红烛学术丛书

中国新诗的现代性

龙泉明 著

RED CANDLE
ACADEMIC LIBRARY

Wuhan University Press

全国优秀出版社
武汉大学出版社

图书在版编目(CIP)数据

中国新诗的现代性/龙泉明著.—武汉:武汉大学出版社,2005.4
(红烛学术丛书)
ISBN 7-307-04501-x

Ⅰ.中… Ⅱ.龙… Ⅲ.新诗—文学研究—中国 Ⅳ.I207.25

中国版本图书馆 CIP 数据核字(2005)第 033768 号

责任编辑:陶佳珞 周善斌　　责任校对:程小宜　　版式设计:支 笛

出版发行:**武汉大学出版社** (430072 武昌 珞珈山)
(电子邮件:wdp4@whu.edu.cn 网址:www.wdp.whu.edu.cn)
印刷:湖北恒泰印务有限公司
开本:880×1230 1/32 印张:9.625 字数:276 千字 插页:1
版次:2005 年 4 月第 1 版 2005 年 4 月第 1 次印刷
ISBN 7-307-04501-x/I·287 定价:21.00 元

目　　录

综　　论

诗　学　论

20 世纪 20、30 年代诗歌论

20世纪40年代诗歌论

后新诗潮论

综　　论

一、中国新诗对传统的承传与变异

中国新诗的现代化建设，一方面是如何把外国的资源充分内化，成为我们的资源，使得中国诗歌能够冲破传统的枷锁，走向世界；另一方面，我们必须看到，现代性中的传统是不可消解的，现代化又有各种不同的文化形式，每一种不同的文化形式又和它各自不同的传统有着深厚的密切关系，那么，如何发掘传统资源，就成为中国新诗进一步现代化必须考虑的重大课题。

中国现代诗人在新诗的建设与发展中，是始终注意把握它在中外古今融合中的现代化转换的方向的。朱光潜当年就指出："我们的新诗运动正在开始，我们必须郑重谨慎，不能让它流产。当前有两大问题须特别研究，一是固有传统究竟有几分可以沿袭，一是外来影响究竟有几分可以接收。这都是诗学者所应虚心探讨的。"①事实上，"固有传统的沿袭"和"外来影响的接收"怎样才能在中国诗歌走向现代化的途程中融通无阻、化育新生，一直是中国现代诗人焦思渴虑的问题。反思传统，回应西方；沟通古今，融会中外，构成了中国新诗建设的思想资源和内在动力。当然，新诗对传统与西方的看取，在各个时期，各个诗派与诗人那里，常常是有条件，有其选择的侧重点的。例如，在五四新诗创建过程中，对西方诗歌的看取是主要的、全面的；而当新诗站住脚跟以后，对传统的看取则由不自觉转向了自觉；各个诗派与诗人对西方与传统的看取也是复杂和多变的，但从总体上看，传统与西方对新诗所产生的作用是综合性、整体性的。但在以前乃至现在的新诗研究中却存在这

---

① 朱光潜：《诗论·抗战版序》，《朱光潜全集》第3卷，安徽教育出版社1987年版，第4页。

样一种观点，认为中国新诗的建设主要受西方影响，照搬西方的模式，甚至将中国新诗的现代化完全等同于西化。事实并非完全如此。在中国新诗现代化转换的过程中，尽管西方诗歌是一个重要的参照，西方诗歌中很多特有的历史经验和文化经验及其基本技能都成为中国新诗创建中非常活跃的因素，但中国诗歌的传统思想和形态仍然是中国新诗现代化的根基，是中国新诗现代化之保持民族特色的一个重要因素。应当说，中国新诗的现代化并不都是西方式的，而是保持了中国特色的。

在中国诗歌转型过程中，对传统的重新审视、重新估价是一个不可回避的问题。如果说近代"诗界革命"已开始把矛头指向传统诗歌的某些层面，那么五四新诗运动则是以"重新估定一切价值"为旗帜的，正因为如此，才使中国传统诗歌真正受到了冲击，使中国诗歌模式开始了革命性的变化。但是，诗歌模式的转换与重构既必然与传统相冲突，又必须与传统相承接。所以，中国新诗的先驱者对待传统是有所否定，也有所肯定的。例如，五四时期的胡适选择"明白易懂"作为白话新诗的美学标准，是以"元白"所代表的白话诗的潮流为源头和正路的。在他看来，五四以来的白话新诗乃是"三百篇"以来"元白"代表的中国诗的必然趋势，对这种"必然趋势"的看法，成为五四白话新诗建设的一股内在推动力量，由此，他对于难懂的"温李"一派的诗歌趋势则作了排斥性的评价。而到了20世纪30年代，废名、戴望舒、卞之琳、何其芳等则不满于白话新诗的"晶莹透彻"而推崇晚唐"温李"一路诗风，因为"温李"诗的朦胧含蓄的传统风格正满足了他们在"表现与隐藏之间"的审美追求，而他们也正从"温李"诗中获得了新诗现代性追求的一种依据和信心。这种对传统诗歌的两种趋势前后迥然不同的选择与认同，并非是矛盾的，而是与不同时期新诗建设的具体目标相适应的。五四以后，中国诗歌走向现代，尽管存在一定的历史距离，但与过去的传统诗歌之间并没有明显的断裂。无论是现实主义诗歌、浪漫主义诗歌，还是唯美主义诗歌、象征主义诗歌、现代主义诗歌，都与中国传统诗歌有着深层的内在联系。一些重要的诗人的诗歌创作虽有浓厚的西化色彩，但其深层仍然渗透着传统诗歌的养分，流贯着传统诗歌的血脉。中国现代新诗广泛接受西方种种诗潮和创作的影响而又逐步实现其民族化、现代化，其根本原因也正在于此。

从中国诗歌的整体变革来看，虽然旧诗与新诗相去甚远，但它的一些基本因素仍存活于新诗框架中。古代诗歌最突出的传统就是以“抒情言志”为本，以“教化”为功，以意境的创造为最高审美追求，以赋比兴为一般表现手段，以格律美为最高形式追求，等等。现代诗人在创造新诗的过程中，既接受了外国诗歌的影响，也包含了对传统诗歌艺术在现代意义上的改造与融会，这至少可从以下五点得到确证：

第一，中国新诗从整体上否定了古代诗歌“思无邪”、“温柔敦厚”、“怨而不怒、哀而不伤”、“止于礼义”的儒家传统诗教，而进一步承传了古代诗歌以抒情言志为本的优良传统，把诗歌当作抒发内在思想情感，传达人生态度、社会理想的工具。抒情言志既是手段，又是目的，用郭沫若的话说就是“诗的本质专在抒情”。以郭沫若为代表的浪漫主义诗人主张“情感的自然流露”，强调对自我情感的自由表达。以艾青、臧克家、田间等为代表的现实主义诗人虽然注重对现实生活的描写，但也不是赤裸裸地再现生活，而是着重诗人对现实的情感态度，对生活的真切感受的抒写。以李金发、戴望舒为代表的象征派、现代派诗人也重视诗的情感表达，只不过他们主要表达的是一种潜意识的隐秘的内在感受，一种朦胧的难以捉摸的情绪。以穆旦为代表的现代派诗人也注重情绪表达，但是他们追求的是情绪的意象化或情感的诗化，其诗情中蕴涵着智性化的思想体验或人生经验的传达。象征派、现代派诗人或以“感觉的表现”抵制“情感的泛滥”，或以“经验的传达”代替“热情的宣泄”，或用“智性的诗化”削弱传统的感情主宰。这其实正是对中国传统诗歌观念的补充、丰富与发展。也就是说，中国现代诗歌不但承传了抒情言志的诗歌传统，还以“感觉的表达”、“经验的传达”和“智性的诗化”来扩大了诗的内涵，革新了诗歌的本质观念。

第二，中国新诗不但承续了古代诗歌的主情主义，而且发扬了古代诗歌重社会功能的传统。古代诗歌重教化，即《毛诗序》所说的，诗可以“经夫妇，成孝敬，厚人伦，美教化，移风俗”。儒家看到了诗可以由人的心灵，在某种程度上作用外在现实，于是，净化诗的内容，使诗实现补察时政、讽上化下的作用，就成为儒家诗教的核心。五四时期，新诗先驱者们对“文以载道”和儒家诗教大加鞭笞，使诗人从封建的统治和束缚中解放了出来，诗歌由此获得了新生，但“文以载道”和“重教化”所包含的实用功能观念仍存留于现代诗人的意识之中，而且赋予了新的时代内涵。他们这种实用功能观念体现于诗歌的价值尺度，便是推崇诗歌的社会政治教育功能，使之成为推动社会改革和社会进步的有力武器。虽然现代诗歌史上曾经出现过“为艺术而艺术”、“以诗为诗”的“纯诗”潮流和着意于艺术经营的诗歌流派和诗人，但诗歌的实用性并没有因此减弱许多，而且在民族解放和社会解放斗争中，几乎一切诗人都自视为民族的代言人，都以笔作刀枪，以诗为武器，“诗是旗帜，是炸弹”，以此完成时代所赋予诗人的使命。从这时期诗歌所起的作用来看，“未尝不是‘载道’；不过载的是新的道，并且与这个新的道合为一体，不分主从。所以从传统方面看来，也还算是一脉相承的。一方面攻击‘文以载道’，一方面自己也在载另一种道，这正是相反相成，所谓矛盾的发展。”① 可以说，中国传统诗歌意识中，功能观念是最难变异的“常量”，它对中国新诗所起的传导作用是最大的。

第三，中国古代诗歌最高的审美追求就是美的意境的创造，这也是古代诗歌获得艺术魅力的重要原因。古代诗论家几乎都把它视为诗的命脉，袁枚的“镜中花，水中月”，王国维的“能写真景物、真感情者，谓之有境界”，可说是对这种诗歌审美特征的精当概括。中国新诗也坚持和发展了这种审美特征，许多现代诗论家也对它作了新的阐发，如艾青说“意境是诗人对于情景的感兴，是

---

① 朱自清：《论严肃》，《朱自清全集》第3卷，江苏教育出版社1988年版，第140页。

诗人的心与客观世界的契合”①；朱光潜认为“诗的境界”（即意境）是“意象与情趣的契合”形成的一个“独立自主”的艺术世界。现代诗人对意境的重视已明显地反映在他们的诗歌创作中，许多优秀诗人都是以独特的意境创造使诗焕发出艺术的魅力的。如郭沫若的《星空》，宗白华的小诗，冯至的《我是一条小河》，戴望舒的《雨巷》，徐志摩的《再别康桥》，闻一多的《忆菊》，艾青的《北方》、《雪落在中国的土地上》，臧克家的《难民》等优秀诗歌，都是以意境取胜的。在创作中，他们的主体情感借助外在物象和情境来表现，注意通过想象和幻想使诗的意境得到升华，这种主客体的审美意境创造，使诗歌避免了情感抒发的直泻与直露。象征派、现代派诗人既从外国意象派那里获得借鉴，又从晚唐诗歌那里获得启示而注重诗歌的意象创造，他们实际上是把古代诗歌中意境构造的因素或手段——意象，提升到了最高层面，从而使中国新诗的最高审美追求由“意境”转向了“意象”。因此，他们诗歌的意旨很少是以抽象的方式呈现的，而更多借助于意象去暗示，意象便延展或深化了诗人的意旨的界域，使之具有了不确定性和多义性，因而就为不同读者引入自己的体验提供了空间。象征派、现代派以诗歌的整体的意象之美，变革了中国诗歌的面貌，而九叶诗派则在诗歌审美境界的追求上提出了“新诗戏剧化”的主张，他们把“客观化”与“间接性”作为新诗戏剧化的两个主要原则，将传统诗歌的意境变为“戏剧性处境”，尽管这种“戏剧性处境”与古代诗歌的意境大异其趣，但其中又有一定的暗合之处，而一些现代诗人的诗歌创作则是在自觉地寻求这种暗合性中开拓着中国新诗的崭新境界的。

第四，古代诗歌所惯用的赋比兴手法，现代诗人也继承了下来。例如五四时期刘半农、刘大白的一些白话新诗，留下了杜甫和白居易诗歌影响的痕迹，李季、阮章竞、王亚平、袁水拍的诗也善用铺陈的手法，具有民歌之风。一般诗人对比兴手法都能运用自如，他们写诗往往借景抒情、托物言志，因而比兴尤为擅长，诗人

① 艾青：《诗论》，人民文学出版社 1980 年版，第 201 页。

们创造意境、营构意象，也多借助于比兴。特别是当西方象征主义诗歌被李金发引进中国之后，周作人看到了其象征、暗示的方法与比兴的内在联系，发现了相互沟通交融的可能性，所以他特别指出新诗的写法，以中国传统诗歌中所谓的“兴”最有意思，它“用新的名词来讲或可以说是象征”，“这是外国的新潮流，同时也是中国的旧手法；新诗如往这一路去，融合便可成功，真正的中国新诗也就可以产生出来了”。① 这种认识，为后来许多诗人所认同，因而这一中国传统诗歌艺术经验就在中西的结合点上被大大地发扬光大了。中国新诗人不断地从世界诗歌宝库中“拿来”更新式的武器，并与中国的旧手法综合运用，从而扩大了中国新诗的艺术表现力。

第五，中国古典诗歌传统主要是格律诗传统，现代诗歌是在突破古典诗歌的文言和格律的形式束缚之后建立起来的以白话为工具的新诗体，大都是自由诗，虽然中国古典诗歌严格的外在形式被现代诗人革除了，但古代诗人所具有的创作的严谨性、追求诗语的精炼性、讲究艺术的节制的作风被现代诗人自觉不自觉地接受了下来。例如闻一多主张“戴着脚镣跳舞”，就是提倡一种严谨的创作态度，重节奏、重韵律、重苦练是闻一多写诗的精神，他的诗是不断地熔炼、不断地雕琢后成就的结晶。还有宗白华、冯至、卞之琳、穆旦、臧克家、艾青等讲究艺术的节制，注重语言的锤炼，都是为了用最恰当最经济的字句和最简练的篇章结构把思想情感表达出来，这都体现了他们对艺术苦心孤诣的追求。中国古代格律诗的许多艺术优长并没有被现代诗人抛弃。正如朱自清所说，新诗一开始就注意押韵，这押韵自然首先是现代生活和外国的影响，但“也曾在我们的泥土里滋长过”，足见写作新诗“不能完全甩开它”，这可算“新诗独独的接受了这一宗遗产”。② 中国文字里有一种极有效力的对偶和均衡的技巧，它在古代格律诗里用得很多，但在新诗里，它仍很有用处。再有，古代律诗的“起承转合”的

① 周作人：《扬鞭集·序》，《语丝》第82期，1926年5月30日。

② 朱自清：《诗韵》，《新诗杂话》，作家书屋1949年版，第148页。

结构规律，使现代诗人很自然地对西方十四行体诗产生了兴趣。一批现代诗人为寻求新诗形式规范的建构自觉地从古代格律诗中吸取营养，并且在中西参照中探索着新诗的道路，所以闻一多称他们的新格律诗，是“中西艺术结婚后产生的宁馨儿”。尽管新格律诗只是中国新诗的一部分，并没有成为新诗形式的主流，但是它的存在，正说明优良的传统诗学规律是不可能被人为地割断的，它永远是我们民族诗歌建构中的“活水”和“精灵”。

以上关于现代诗歌对传统的继承和发展的简略描述，说明传统既是一种消逝了的过去，又是一种活着的现在，它无时无刻不对中国新诗发生着影响。中国新诗是在接通传统诗歌的基础上，又能对外来诗歌营养有所吸纳，同时在吸取外来诗歌的优长的基础上，又能从本民族诗歌传统中获得一种有机发展，即在中外古今的珠联璧合中产生出新的合成品，创造出一种崭新的诗歌模式，这种诗歌模式虽与古典诗歌模式和外国诗歌模式有着一定的内在逻辑联系，但它必定是一个新的产儿，有着自己的内在机制与存在方式。这里不妨对中国现代诗歌与古典诗歌作一总体的粗略的比照，以说明新诗所发生的变化。

第一，在诗歌的文体模式上，古典诗歌一开始就很快完成了从记事（叙述）到抒情的转变，以抒情为主导模式，形成了悠久的诗骚传统；而现代新诗则始终综合抒情和叙事两种因素，以抒情、叙事的互补结构为主导模式。第二，在诗人的审美标准上，古代诗人以和谐为内在结构，寻求人与自然（社会）的和谐与统一（“天人合一”），其诗歌以抒发感情、陶冶性灵、平衡内心为审美的标准和规范；而中国现代诗人则以冲突性为内在结构，注重人与社会（自然）的矛盾与统一，所以其诗歌融“叙述历史”与“体验历史”于一炉，即以内部世界与外部世界的相互搏斗相生相克为审美的标准和规范。第三，在诗歌的表现对象上，古代诗歌重内轻外，注重对“乡愁”、“别情”、“爱”、“醉”、“失意”、“自然”、“闲适”等的表现，把社会生活的内容淡化在个人情感的框架内，因而更趋内向性、情绪化；而现代诗人则既向内，又向外，一部分诗人注重对“国家”、“民族”、“时代”、“人民”等外在社会生活的反映，即把“自我”的表现统一于“大我”的框架中，也有一部分诗人注重表现“自我”，即把“大我”统一于“自我”的框架中，因而前者更趋外向性、客观化，后者更趋内向性、主观化。第四，在诗人观照世界的视点上，古代诗人主要是“以物观物”，即不强加自己的心灵于物，而是将自己忘掉，化入事物之中，让物象得到自身的呈现，所以古诗中的客体，基本上以其原生的方式存在，它与主体精神相映衬而又独立存在；而现代诗歌观照世界的视点主要是“以我观物”，诗人不满足于对自然世界认同，而是以重建世界秩序为己任，他们不注重纯然地感知外物，而是注重将自我的意志和力量强加在物象之上，所以诗中的客体的独立性不存在了，它被主体精神意志强烈地干预、征服，为主体所主宰。第五，在诗歌的构思方式上，古代诗人讲求感兴，诗作往往油然而生；而现代诗人讲求感受，诗作往往在心灵的痛苦搏斗中凝铸。古代诗人讲求天籁，讲求由对象引发的触动；现代诗人注重过程，注重情感与理性交织难分的心灵思辨。古代诗歌大都注重“滋味”和情趣，醉心于得意忘言，得鱼忘筌，对所谓画面和境界的营造，这种画面和境界并非有多少深意，但它却能使人在形而下的沉浸中获得美的欢愉与净化；而现代诗歌则更注重形而上的指向，注重对具体事物与经验中蕴涵的理性因素的深入挖掘，注重内在生命的呈现和对真理的追逐，这就造成现代诗歌结构的多重性和内涵的丰富性与多义性及其解读的歧义性与反复性。第六，在诗歌的审美类型上，古代诗人强调整体的认同、和谐、守衡的审美心理，使他们在诗歌审美方式上恪守传统，合于惯例与规范，因而其诗歌始终抒写着大致相近的内容和长期局限于一个统一的封闭的模式之中；而现代诗人强调以同为耻、竞异争奇的审美心理，使他们始终保持创新意识和艺术个性，用多样化的创作方法和艺术形式表现多彩的社会生活、丰富的个人情感和深邃的思想认知，因而现代新诗的境界比古典诗歌更阔大，更具有历史的和诗意的容量。现代新诗的宏大、雄伟、动荡、自由的诗歌精神，与小巧、宁静、规整、拘谨的诗歌传统适成对照。古代与现代诗歌模式的这种总体的差异，也是与中国历史的巨变和社会的发展相适应的。

从上可知，中国诗歌实现从古典到现代的转换，并非全是外在因素作用的结果，也不主要是照搬外国诗歌的结果，而是其自身嬗变和面向世界双向发展的趋势所致，它既包括中国诗歌内部冲破传统桎梏，寻求自身解放的趋势，也包括中国诗歌面向世界，寻求自我更新的趋势。中国现代新诗的建构，形成于对传统诗歌的继承与优化，对西方诗歌的借鉴与归化之间的张力。也就是说，中国现代新诗是在古今中外文学思潮的交汇中，在不断撞击、对流、互渗中实现其自身的调整与重构的。

二、中国新诗“发展论”概评

中国新诗发展论，是指中国现代诗学家关于中国新诗发展问题的论述。其中包括中国新诗发展的内在动因、发展方向、发展途径和发展动力等问题。它关系到诗歌革命是由形式的变革开始，还是从内容的变革开始，旧诗变为新体诗，合不合乎历史“进化”的程序，中国新诗可不可以“还原”到“民间化”状态，“西化”是不是一条可行的道路，只在“古典加民歌”的基础上可不可以发展新诗，“中西融合”在实践上究竟能否行得通等问题。对这些问题的回答，构成了中国新诗发展的种种观念形态。对这些观念形态的梳理与总结，有利于我们对中国新诗发展规律的深入认识，也有助于我们发掘中国新诗在新世纪进一步发展的内在资源与动力。

一

诗的“进化”说，是由胡适提出来的。他在《尝试集·自序》中说：“那时影响我个人最大的，就是我平常所说的‘历史的文学进化观念’。这个观念是我文学革命论的基本理论。”① “进化”说不仅揭示了中外诗歌发展的内在规律，并且也是中国新诗能够建立之理论基石。

（一）中国诗歌史是一部不断进化的历史

“进化论”本是英国生物学家达尔文关于生物进化的重要学

---

① 胡适：《尝试集·自序》，《胡适学术文集》，中华书局 1993 年版，第 373 页。

说，在晚清时期传入中国，引起了中国人思想与感情上的很大震动。可以说，达尔文“进化”论不但影响了现代中国一大批思想家、政治家，也影响到了现代中国一大批作家、诗人，它甚至成为胡适考察文学、诗歌现象的独特方式，并由此提出了“历史的文学进化观念”。他指出：“文学革命，在吾国史上非创见也。即以韵文而论，三百篇变而为骚，一大革命也。又变为五言七言，二大革命也。赋变而为无韵之骈文，古诗变而为律诗，三大革命也。诗之变而为词，四大革命也。词之变而为曲，为剧本，五大革命也。”① 后来，他在《谈新诗》一文中，又以“进化论”考察中国诗歌变迁的历史，认为新诗的产生，是中国诗歌“第四次诗体大解放”的结果。

胡适认为文学是随历史的进化而不断发展的，“愚惟深信此理，故以为古人已造古人之文学，今人当造今人之文学”②。中国诗歌发展的历史就是一部不断地演变发展的历史，中国新诗代替旧诗而为中国诗歌的主体是合规律合目的的历史现象，胡适的目的不只在揭示这种规律，而是要为中国新诗的发展找到理论基础和历史根据。

（二）“诗体大解放”符合历史进化规律

胡适通过中国诗歌发展历史的考察，认为历史上历次诗歌革命都是“形式”、“体式”的革命，而不是“内容”的革命。于是，提出了“诗体大解放”的口号，并把它作为“诗歌革命”的旗帜。他说：“文学革命的运动，不论古今中外，大概都是从‘文的形式’一方面下手，大概都是先要求语言文字文体等方面的大解

---

① 胡适：《尝试集·自序》，《胡适学术文集》，中华书局 1993 年版，第 373 页。

② 胡适：《历史的文学观念论》，《胡适学术文集》，中华书局 1993 年版，第 32 页。

放。"① "诗体大解放"主要表现在两个方面：一是语言文字由"文言"变为"白话"；二是文体由固定的"格律"体变为不固定的"自由"体。在胡适看来，历史上的"诗歌革命"基本都是"形式"的革命。因此，诗体形式的演化与进步，当是中国诗歌"进化"的标志。

（三）诗歌"进化"中的"人力"因素

胡适认为，历史的进化是"自然的进化"，但如果有人人为地阻碍它，那就非要"革命"来推动不可。20世纪初，旧诗已经走进"死胡同"。近代诗歌多次变革，基本上只变革其"精神"而不变革其"形式"，结果成效甚微。胡适提出要容忍诗人们进行新诗的尝试和实验。他在为汪静之诗集《蕙的风》作序时说："现在这些少年新诗人对社会要求的也只是一个自由尝试的权利。"② 胡适所说的"进化"并不是被动的，而是主动的、积极的，有人称它为主动的"进化论"思想。"进化论"作为一种认识论、方法论，自有它的局限，但在当时却不失为一种先进的科学武器，它被一般作家和诗人所信奉，因而在其文学（包括诗歌）的变革中发挥了积极的作用。

二

诗的"还原说"，是五四初期俞平伯在其《诗底进化的还原论》中提出来的。他说："从胡适之主张用白话来做诗，已实行了还原的第一步。现在及将来的诗人们，如能推翻诗的王国，恢复诗

---

① 胡适：《谈新诗——八年来一件大事》，《胡适学术文集》，中华书局1993年版，第385页。

② 胡适：《蕙的风·序》，《胡适学术文集》，中华书局1993年版，第459页。

的共和国，这便是更进一步的还原了。我叫这个主张为诗的还原论。”① 他所说的诗的“还原”，不是要求诗人们回去写旧体诗词，或者去模仿古代某一时段的诗，而是指诗歌的“平民化”与“民间化”，也就是要求诗歌“还淳反朴”。他认为，只有既强调诗的“进化”，又强调诗的“还原”，中国诗歌才有可能得到真正的、全面的复兴。

（一）新诗要发展，就要“还淳反朴”

康白情在《新诗底我见》中提出诗是“贵族的”观点。俞平伯对此表示反对，并提出诗歌“平民化”的口号。他说：“艺术本来就是平民的。”② “平民性是诗的主要素质，贵族的色彩是后来加上去的，太浓厚了有碍于诗的普遍性。故我们应该取别一个方向，去‘还淳反朴’，把诗的本来面目，从脂粉堆里显露出来。”③ 他所谓的“还淳”，就是还民间诗的淳厚之风；所谓“反朴”，就是要返回到“民间化”状态，获得朴实与朴素的风致。

俞平伯认为中国原始社会的诗歌多是民间创作，没有所谓的“贵族”气息。那些诗歌是那么平凡而真实，真诚而真挚，远不像后来有的“文人化”作品那样无病呻吟，面孔呆板，令人生厌。中国宋以前的旧体诗歌，总体说来应是有“平民性”的，但到了后来，诗则普遍缺少“平民性”。既不是“平民”生活与情感的写照，也不是一般“平民”能够理解与欣赏的。原始的诗歌的“平民性”是中国新诗人理应向往的。如果能够将诗歌创作“还原”到那种“平民化”状态，复归它的民间性，获得朴实的风致，让人感到它和人民的生活息息相关，和人民的情感息息相通，那么中

---

① 俞平伯：《诗底进化的还原论》，《诗》第 1 卷第 1 期，1922 年 1 月 25 日。

② 俞平伯：《诗底进化的还原论》，《诗》第 1 卷第 1 期，1922 年 1 月 25 日。

③ 俞平伯：《诗底进化的还原论》，《诗》第 1 卷第 1 期，1922 年 1 月 25 日。

多把诗的“发展”定位在是否表现了一定的“时代精神”特征上，并将“时代精神”的有无作为评价诗歌的一个标准。

闻一多之所以称赞郭沫若的诗，就是因为那种贯穿于诗中的20世纪的“动”的和“反抗”的精神，那种雄浑、豪放的气魄，那种思想解放和个性解放的强音，与五四时代那种狂飙突进的“时代精神”气度相适应。应当说，“时代精神”成就了诗人，也推动了中国新诗的不断发展，“时代精神”往往是一个时代诗歌发展的动力。

（二）诗人要说出自己“时代的声音”

1927年2月16日，鲁迅在其《无声的中国》中说：“韩愈、苏轼他们，用他们自己的文章来说当时要说的话，那当然可以的。我们却并非唐、宋时人，怎么做和我们毫无关系的时候的文章呢？即使做得像，也是唐、宋时代的声音，韩愈、苏轼的声音，而不是我们现代的声音。”①“我们现代的声音”，是鲁迅对文学、诗歌必须拥有的“时代精神”的要求。当鲁迅看到殷夫的诗歌时，他禁不住自己激动的心情称赞说，这是东方的微光，林中的响箭，是冬末的萌芽，是进军的第一步，是对于前驱者的爱的大纛，也是对于摧残者的憎的丰碑。可见，鲁迅是如何看待当时那些反映了“时代精神”的革命诗歌的。虽然那些诗作不一定都非常成熟，但却是那个时代的人民的心声，因而是难能可贵的。艾青在《诗与时代》中说：“最伟大的诗人，永远是他所生活的时代的最忠实的代言人；最高的艺术品，永远是产生它的时代的情感、风尚、趣味等等之最真实的记录。”② 如果诗人要想自己的作品成为“最高的艺术品”，要想自己也成为“伟大的诗人”，那么他的作品就得说出时代的声音，说出人民的心声！

---

① 鲁迅：《无声的中国》（1927年2月16日），《三闲集》，人民文学出版社1958年版，第8～9页。

② 艾青：《诗论》，人民文学出版社1980年版，第160页。

（三）诗歌形式发展的重要因素

时代精神发生了重大转变，诗歌内容就要发生重大转移，与此同时，诗歌形式往往也要作出相应的转移。茅盾在20世纪30年代分析叙事诗在中国诗坛崛起的原因时说："尽管有些看不起新诗的人们以为这是新诗人们的'好大喜功'，然而我们很明白，这是新诗人们和现实密切拥抱之结果；主观的生活的体验和客观的社会的要求，都迫使新诗人们觉得，抒情的短章不适应时代的节奏，不能把新诗从'书房'和'客厅'扩展到十字街头和田野了。"① 显然，他认为这种叙事诗的崛起，是20世纪30年代激烈动荡的中国社会生活的反映。从诗歌发展史也可以看出，诗歌的形式演变，的确也是随时代精神内容的变化而变化的。为什么中国诗体的形式从二言到四言、从四言到五言、从五言到七言，再到九言？这是人类生活与情感日益复杂的反映。为什么诗体形式越来越多，各种各样的诗体层出不穷，并且还有许多的变体产生？那是为了不断适应与满足人们审美上的需求的结果。

诗歌发展论中的"时代精神"说，是具有合理性的。"时代精神"往往是诗歌发展的基础与条件，但诗歌的发展，并不都是被动的，它在一定程度上也推动着"时代精神"的形成与发展。当诗人的作品成为时代号角的时候，往往又反过来作用于当时人们主体精神的形成，参与着"时代精神"的建构。

四

诗的"西化"说，认为中国新诗的发展进程就是"欧化"或"西化"的过程。正如朱自清所说的："欧化是中国现代文化的一般动向。"② "西化"说是胡适正式提出来的。1929年，胡适为英

① 茅盾：《叙事诗的前途》，《文学》第8卷第2号，1937年2月1日。

② 朱自清：《标准与尺度·朗读教学》，《朱自清全集》第3卷，江苏教育出版社1988年版，第178页。

程，可以概括地称为‘欧化’或‘现代化’。”① 实际上，中国语言在现代的变化就是“欧化”，而新诗首先是从语言变化开始的。中国新诗在建构中主要借鉴了西方的近代自由体诗形式，以及十四行诗、小诗和散文诗等形式。现代新诗的“欧化”或“现代化”，不仅指诗歌语言与形式，还指诗歌的精神与品质。中国新诗人在学习西方近现代诗歌的时候，不但学到了诗歌的技艺，并且通过西方诗歌这个载体，了解了西方的近现代精神，即西方先进的文化与文学思想，西方人的新的价值观念和人格精神。中国新诗的奠基人郭沫若那被称作“女神体”的自由体新诗，不但受惠特曼那“豪放粗暴”的诗的影响，而且接受了西方精神的影响。正如朱自清说的，在五四时期，郭沫若的新诗中“有两样新东西，都是我们传统里没有的，一样是‘泛神论’，一样是‘20世纪的动的和反抗的精神’”。② 郭沫若创造了中国真正的新诗，说它“新”是名副其实，这不仅表现在一目了然的形式的变异上，还更为深刻地表现在它对陈旧而停滞的民族文化传统的冲击和突破上面。他把古今中外诗歌的诸多有益营养整合在自己的创作中，从而丰富和深化了中国新诗的内涵，创立了别具一格的新诗形态；他的多种创作方法和艺术风格的开拓创新与结合并用，开辟了现代新诗的广阔道路。

（三）须将“西化”与“民族化”相结合

新诗的“西化”是历史发展的必然，但是新诗要发展，也不能走“全盘西化”的路。在“西化”理论兴盛的同时，也存在一股强大的“民族化”潮流。20世纪30年代，中国诗歌会提出诗歌“大众化”；40年代，又有“民族形式问题”的讨论；毛泽东在一系列文章中提出“民族化”的口号，批判了“全盘西化”的主张。实际上，“全盘西化”走不通，完全“民族化”也是不可能的。而

---

① 朱自清：《语文拾零·序》，《朱自清全集》第3卷，江苏教育出版社1988年版，第3页。

② 朱自清：《现代诗歌导论》，《中国新文学大系·导论集》，上海书店1982年影印本，第354页。

最可行的就是“西化”与“民族化”的结合。事实上，许多诗论家都持这种观点。如朱自清主张“西化”，但又不主张割断民族传统。“因为社会是联贯的，历史是联贯的。一个新社会不能凭空从天上掉下，它得从历史的土壤里长出。”① 并说：“一味的破坏传统是不公道的。”②“西化”与“民族化”，本身并不是目标，那只是一个过程、一种方式，最终在于新的创造。

五

诗的“古典”说，认为中国新诗要得到发展，就要向中国古典诗歌学习，回归“古典”。持这种观点的人认为，古典诗歌有许多优良品质，不论在形式上，还是在内容上，外国诗歌都不可比拟。因此，新诗要得到广大读者的承认，要在思想、艺术上得到真正的提高，要和世界上其他民族的诗歌处于同一对话水平，忽视古典诗歌的思想、艺术传统，是不可想象的。

（一）古典诗词是世界上优良的诗体形式

古典诗词即所谓的旧体诗词，是中国文化的精华所在。中国传统文化的精神，古人的品格与素质，往往都存在于古典诗词之中。没有哪一个国家的诗歌，像中国古典诗词那样在文化传统中有着崇高的地位。五四时期，保守派人士就是以此反对新诗。他们认为旧体诗词是古人精神和心血的结果，是中国经典文化的代表，绝对不可取消。在五四初期，为了新诗地位的确立，新文学的先驱者们反对旧诗，将旧体诗词打倒，那是迫不得已的。实际上，他们对旧诗是“心有灵犀一点通”的。现代诗史上存在一个有趣的现象：当年主张打倒旧诗的一批作家，新诗的一代开创者，到后来都不再写

① 朱自清：《动乱时代》，《朱自清全集》第3卷，江苏教育出版社1988年版，第117页。

② 朱自清：《现代人眼中的古代》，《朱自清全集》第3卷，江苏教育出版社1988年版，第206页。

新诗，反而不约而同地创作旧体诗词。

这些开初反对旧诗词的人，后来对旧诗评价都很高。闻一多在《〈女神〉之地方色彩》一文中就说："东方底文化是绝对的美的，是韵雅的。东方的文化而且又是人类所有的最彻底的文化。"① 后期新月派诗人陈梦家说："我们自己相信一点也不曾忘记中国三千年来精神文化的沿流（在东方一条最横蛮最美丽的长河），我们血液中依旧把持住整个民族的灵魂；我们并不否认古代多少诗人对于民族贡献的诗篇，到如今还一样感动我们的心。"② 绝大多数中国新诗人认为古典诗词是世界上非常优良的诗歌体式，是他们必须面对、学习的。如果放弃了自己民族的优良文化，而只向西方取经，那中国新诗要得到发展，无异于缘木求鱼。

（二）新诗要承续古典诗词的"艺术特质"

当年闻一多就说："改来改去，你总是改革，不是揎弃中诗而代以西诗。所以当改者则改之，其当存之中国艺术之特质则不可没。"③ 态度之肯定，不容讨论。

现代诗学者认为，旧体诗词的一些艺术特质是值得新诗承继的。一是形式整齐。汉字是单音字，它排列起来就非常整齐，具有一种独特的建筑之美。闻一多认为："中国艺术最大的一个特质是均齐，而这个特质在其建筑与诗中尤为显著。"④ 后来，闻一多在《诗的格律》中，还据此提出了诗的"建筑美"，作为中国现代格律诗的要求之一。二是音韵之美。古典诗词之所以成为"美的标本"，即因它讲究音韵之美的构成。郭沫若说："古诗爱用双声、

---

① 闻一多：《〈女神〉之地方色彩》，《创造周报》第5号，1923年6月10日。

② 陈梦家：《新月诗选·序言》，杨匡汉、刘福春编《中国现代诗论》（上），花城出版社1985年版，第149页。

③ 闻一多：《律诗底研究》（1922年），《闻一多选集》第1卷，四川文艺出版社1987年版，第323页。

④ 闻一多：《律诗底研究》（1922年），《闻一多选集》第1卷，四川文艺出版社1987年版，第316页。

叠韵，或非双声叠韵的连绵字，这种方法在新诗里也是应该遵守的，中国语文是从单音转化为复音的过程中，还要靠着这种方法以遂成其转化。”① 沈从文在评价朱湘的诗歌创作时说：“在音乐方面的成就，在保留到中国诗与词值得保留的纯粹，而加以新的排比，使新诗与旧诗在某一意义上，成为一种‘渐变’的联续，而这形式却不失其为新世纪诗歌的典型，朱湘的诗可以说是一本不会使时代遗忘的诗。”② 他对朱湘诗歌的肯定，就是对古典诗歌音乐性的肯定。三是节拍的鲜明。汉语和西方拼音文字相比较，本身就具有一种节拍，有基本的“内在规律”即“顿”的构成，正如卞之琳所说：“我们说诗要写得大体整齐（包括匀称），也就可以说一首诗念起来能显出内在的像音乐一样的节拍和节奏。”③ 这种汉语本身所存在的一种美质，在古典诗人笔下发扬光大。四是简练到家。讲究文字的简练，是古典诗歌的艺术特质之一。正如臧克家所说：“我很喜爱中国的古典诗歌（包括旧诗和民歌），它们以极经济的字句，表现出很多的东西，朴素、铿锵，使人百读不厌。”④ 也许正因为如此，他的诗，特别是早期诗歌才以精练著称。古典诗学的诸多理想如性灵、神韵、意境、静穆等，重新成了诗人们的自觉追求。古典诗词常用的赋比兴的技巧得到了广泛运用。

（三）新诗的成熟与诗学追求上的转向

诗的“古典”说，有一个发展变化的过程。在五四时期，白话诗人是要甩掉“旧词调”的阴影，但那时的旧势力太强大，对于旧势力的反抗是其惟一的选择，因此他们那时来不及或者压根儿

---

① 郭沫若：《沸羹集·怎样运用文学的语言》，《郭沫若论创作》，上海文艺出版社1983年版，第77页。

② 沈从文：《论朱湘的诗》，《沈从文文集》第11卷，花城出版社1984年版，第121页。

③ 卞之琳：《雕虫纪历·自序》，人民文学出版社1984年版，第10～11页。

④ 臧克家：《戴望舒诗集·序》，《戴望舒诗选》，人民文学出版社1956年版，第2～3页。

就不准备考虑新诗对旧诗的承传和借鉴、吸收与融会。但当新诗打倒了旧诗这一敌人，“及至新诗这件事情无形中已经被大家承认了，天下的诗人已经是要做诗就做新诗了，于是旧诗也换掉了它的敌人面目，反而与新诗有了交情了”。① 正如卞之琳所说：“在白话新体诗获得了一个巩固的立足点以后，它是无所顾虑地有意接通我国诗的长期传统，来利用年深月久，经过不断体裁变化而传下来的艺术遗产”，“倾向于把侧重西方诗风的吸取倒过来为侧重中国旧诗风的继承”。② 在1942年的延安文艺座谈会上，毛泽东提出建立“民族文化”，要求对传统文化要有批判地继承和发扬。20世纪50年代，他又提出“要在古典诗歌和民歌的基础上发展新诗”，认为这是中国新诗发展的正确道路。从总体上看，“古典”说要求诗人们认识古典诗词的审美价值和艺术特质，并落实到“为我所用”，从而在一定程度上推动新诗的发展。但也要看到，有时候对传统的负面效应缺乏清醒的认识，在解决“古为今用”的问题上存在片面性，甚至排斥西方诗歌和五四以来的新诗，不能在弘扬传统的基础上超越，在超越传统的基础上面向世界和未来。

六

诗的“中西融合”说，可能是闻一多最早提出来的。他在1922年曾经说过，中国新诗不能是纯粹的“本地诗”，也不能是纯粹的“外洋诗”，它要做“中西艺术结婚后产生的宁馨儿”③。这就要求中国新诗要走“中西融合”的道路：既要有民族文化的特色，也要有西方文化的精妙，并且是全新的——不但新于中国固有的诗，也要新于西方固有的诗。持这种“中西融合”诗观的诗人，

① 冯文炳：《谈新诗》，人民文学出版社1984年版，第130页。

② 卞之琳：《戴望舒诗集·序》，《戴望舒诗集》，四川人民出版社1981年版，第3页。

③ 闻一多：《〈女神〉之地方色彩》，《创造周报》第5号，1923年6月10日。

不在少数。他们认为，只有将中、西诗歌艺术有机统一、融化，真正的中国新诗才可能建立起来。

（一）“中”、“西”文化是平等的

“中西融合”说是将古典文化和西方文化平等对待。不论中西，都可能为我所用，加以创新。从有“主”、“附”之分，“体”、“用”之分，“强”、“弱”之分的“中学为体”、“西学为用”的主张，到“中西融合”的平等文化心态的产生，表明现代中国人文化心理的平衡与成熟。周作人早年的心态是平衡的，他对那种地方趣味的“爱国的假文学”很反感，主张中国人既是“地方民”也是“世界民”。① 周作人没有将中国文化和西方文化随意比并，而是认为“乡土的”也是“世界的”，也不能以“世界”推开“乡土”。如果认为中高西低或西高中低，那很难有融合的前提。

鲁迅说：“采用外国的良规，加以发挥，使我们的作品更加丰满是一条路；择取中国的遗产，融合新机，使将来的作品别开生面也是一条路。”② 鲁迅认为中国文化遗产与西方文化是平等的，都是可以吸收的。从鲁迅自己的创作来说，他的确是将“中”、“西”同等对待，并加以“融合”，创造了现代文学的一个高峰。强调以“中”为主，则可能陷入“自我中心主义”的泥潭；强调以“西”为主，则可能陷入盲目“崇洋媚外”迷途。因此，“中西融合”说是中国新诗发展的正确方向。

（二）“中西融合”说：比较、鉴别与选择

“中西融合”说首要的文化视点就是比较、鉴别与选择。闻一多在进行中、西比较时指出：“我们中国的文学里，尤其不当忽略

---

① 周作人：《旧梦》，《自己的园地》，人民文学出版社 1998 年版，第 104～295 页。

② 鲁迅：《〈木刻纪程〉小引》，《且介亭杂文》，人民文学出版社 1973 年版，第 36 页。

视觉一层，因为我们的文字是象形的，我们中国人鉴赏文艺的时候，至少有一半的印象是要靠眼睛来传达的。原来文学本是占时间又占空间的一种艺术。既然占了空间，却又不能在视觉上引起一种具体的印象——这本是欧洲文字的一个缺憾。"① 汉字是一种表意的文字，读者一接触到它，就能引起一种视觉上的美感。闻一多的确认识到了汉字的特性，这种特性，是在与西方拼音文字的比较中才能更深刻体会到的。所谓"中西融合"，只有在认识各自特长的基础上，才有可能进行，也才能取得真正的成果。

闻一多还运用比较文化的方法来研究中、西诗歌。他说过，《易》中的"象"与《诗》中的"兴"同西方术语之意象、象征同义，用中国术语则应称为"隐"。② 一般认为，中国古典意象说起源于《易经》，只不过，那时"意象"与诗歌关系不大，只是停留于哲学和生命层次。《诗经》运用"兴"的手法较多。"兴"即是"先言他物以引起所咏之辞"，这二者，与西方诗歌中的"意象"和"象征"有相同之处。闻一多是在反复比较二者的异同之后，才得出这样的结论的。如果不以比较文化视角加以检视，很难发现其共同点，也就无法进行沟通，也就不可能实现"中西融合"。

（三）"中西融合"是中国新诗的光明大道

较早提出中西诗歌"融合论"的还有周作人。他在《扬鞭集·序》中说："新诗的成就上有一种趋势恐怕很是重要，这便是一种融化。"他认为"真正的中国新诗"，既不能在对旧体诗词的彻底否定过程中产生出来，也不可能在对西方诗歌的单纯模仿中产生出来，而只有在吸收和融合中外诗歌艺术精华的基础上，才能产生出来。因此，他主张中国诗人在注重学西方进步诗歌的同时，也

① 闻一多：《诗的格律》，《闻一多全集》第2卷，湖北人民出版社1993年版，第140～141页。

② 闻一多：《说鱼》，《闻一多全集》第3卷，湖北人民出版社1993年版，第232页。

要注重借鉴中国古典诗词的优秀成果。

中国文化与西方文化的融合，是全面的融合呢，还是局部的融合？是内容上的融合呢，还是形式技巧上的融合？这种理论上的探索，是有一个发展过程的。早期的“中西融合”论者，基本上都是主张一种全面的、从思想内容到艺术形式的融合的。后来，在新诗“民族化”的浪潮中，主张“中西融合”的人，也多半是主张在艺术形式与技巧层面上的“融合”，精神上和内容上，还是以本民族的东西为好。在 20 世纪 30 年代，闻一多就主张：“技巧无妨西化，甚至可以尽量西化，但本质和精神却要自己的。”① 特别是抗战以后，当所有的领域都强调民族性和表现“民族精神”的时候，“中西融合”说更是坚定地主张新诗要以本土精神和文化为主，以外国形式为用。这种看法，在当时条件下也是合理的，因为当时的根本任务不是诗歌艺术的发展，而是民族的生死存亡。

“中西融合”说最终的着力点，在于诗歌的创新，即要求诗人在平等对待中西文化的基础上，善于吸收两者的长处，并加以创造，产生出超越两者的全新作品，即鲁迅所说的，“更加丰满”和“别开生面”的作品。“中西融合”说，对中国新诗的发展所起的作用，是相当积极的，并且在以后的诗学发展上，也会有相当强的生命力。

应当说，以上几种中国新诗“发展论”，都为中国新诗的发展提供了某种可能性。作为新诗发展的策略，它们都可能把新诗推向某种新的高度，或某种新的境界，但是我们认为最可取的还是“中西融合”论。中国新诗要真正走向大气，走向繁荣，走向成熟，中西融合，古今贯通，则是一条宽敞的大道，它是解决中国新诗发展问题的最佳良策。

---

① 闻一多：《悼玮德》，《闻一多集外集》，教育科学出版社 1989 年版，第 124 页。

三、中国新诗的现代性特征

中国新诗现代化与整个20世纪文学的现代化步伐是一致的，虽然其行程艰难曲折，但在总体上却是逐步深入向前推进的，它的现代性特征也在此过程中逐步显现出来。其实，到目前为止，“现代性”这个概念还没有一个固定的标准的定义。我认为，从开放性、先锋性、民族性、创造性等四个维度的交接点上，可以建构起一个评估中国新诗现代性特征的标准。

（一）开放性

从世界范围来看，文学的现代化起始于“世界历史”的形成和“世界文学”意识的萌发。按照马恩的观点，近代资本主义的大工业和世界市场，消除了以往历史形成的各民族、各国的孤立封闭状态，日益在经济上把世界连成一个整体，首次开创了世界历史。在这种情况下，各民族的精神产品成了公共的财产。民族的片面性和局限性日益成为不可能，于是由多种民族的和地方的文学形成了一种世界的文学。20世纪文学有别于此前各民族文学的显著特征是民族相互往来与依赖使文学成为人类的共同财产。也就是说，各民族文学的世界性交流的历史进程，导致了一种现代意义的世界文学的诞生。现代化首先从西欧开始，随之通过殖民化弥散到全世界，正因为如此，现代化在历史上被称之为欧化或西化。随着列强的入侵而逐渐加剧的西方文化的冲击是中国诗人和作家世界意识、开放意识勃发的外缘。黄遵宪、梁启超等所倡导的“诗界革命”已标志着世界意识的觉醒。真正站在世界意识高度传播欧洲文艺思想的哲人是鲁迅，其《摩罗诗力说》着重介绍了一批“立意在反抗，指归在动作”，“以起其国人之新生，而大其国于天下”

的诗人和作家。胡适 1915 年夏秋在美国尝试白话诗运动之初就明确地宣言："新潮之来不止，文学革命其时也!"把发动"文学革命"与当时的"新潮"联系起来。在这一背景下，中国新诗人开始从各个不同角度探索中国诗歌革新的道路。在 20 世纪里，中国诗歌真正冲破了几千年的古典模式，开始了现代化的历史进程；中国诗歌真正打开了通向世界的大门，形成了与外国各民族诗歌对流、互补与融合的格局。可以说，中国新诗确实走上了一条与中国传统诗歌迥然不同的道路，即在艰难曲折的探索中创造现代诗歌的道路。

（二）先锋性

中国新诗人将现代性的追求视为诗歌的主题，虽不把现代主义视为最高表现形式，但也并不排斥现代主义。与小说、戏剧等艺术门类相比，或许新诗对现代主义更为青睐。从以李金发为代表的象征派，到以戴望舒为代表的现代派和以穆旦为代表的"九叶"诗人，再到新时期的朦胧诗人和新生代诗人群，这些不断涌动的现代主义诗潮明确地标示着中国新诗的先锋性质。由于中国现代化的起步比西欧晚了几百年，一下要从古典形态过渡到现代形态所缺乏的中间因素太多。为了追上世界现代化的步伐，只有把西欧几百年的历史采取横向"拿来"的办法，因而在短短的几十年间，就走完了西欧几百年才走完的历程，西欧几百年的文学历史也就在中国文坛急遽地重演了一遍。西欧近现代诗歌的多种潮流如浪漫主义、自然主义、现实主义、唯美主义、现代主义等在中国诗坛都有其传人。现代主义并没有成为中国诗坛的主潮，或者说现代主义只作为众多潮流之一种而存在，这不仅是中西诗歌在共时性的发展中同时又有着历时性的差异造成的，也是二者有着完全不同的文学传统造成的。我们不能将诗歌的现代性孤立看待，它是相对其背景和传统而存在的，它的性质与意义取决于它在其文化结构中的位置和功能。西方现代主义诗歌相对于西方近代诗歌是现代性的，西方浪漫主义和现实主义诗歌相对于中国古典诗歌是现代性的，它们相对其不同的文化背景、传统与结构而存在。

（三）民族性

中国新诗是在外国诗歌影响下发生发展的，但它的根须又深深地扎在本民族的土壤上。一面是西方化，一面是民族化，这二者相互对峙，又相互融合，构成中国新诗现代化的主导力量。在有效的激进（西化）与有效的保守（民族化）的强力中，中国诗歌才能在“中西新旧”合理配置的基础上实现创造性转化。例如中国现代主义诗歌是受西方现代主义的影响而产生的，但中国新诗人在对西方现代主义的接纳中又受到了自身传统的影响，尽管他们面对传统常常表现出鲜明的反叛姿态，但他们在创作中又不能不受到传统文化情结和民族审美心理的牵制，所以中国现代主义诗歌就有了不同于西方现代主义诗歌的特质。这也表明，中国新诗的现代化转变不仅是西方诗歌影响的结果，也是中国新诗人以自己的方式综合并发展中外诗歌传统的结果。

（四）创造性

中国新诗比古典诗歌获得了更高的艺术自觉性。这种艺术的自觉性主要是指诗人挣脱了那“精神的动物世界”，呈现出广泛的精神兴趣和深刻的精神追求。从他们身上，我们可以看到古代诗人所无可比拟的心灵的宽广度和灵敏度，能够看到他们那丰富的艺术创造力。中国新诗从大的趋势上看是由同趋异，由单一变丰富，由一统到多元。一个开端（五四）和一个结尾（新时期），构成了20世纪中国新诗的艺术自觉与艺术创造的高峰期。

中国新诗走过的近一百年的历史，是对现代化的不断追寻并逐步与之贴近的历史。但是，中国新诗的现代化还远远没有完成，它和中国社会一样，还处在一种当代世界正持续着的历史演进之中。

四、现代诗歌审美价值标准论

一、"真"、"善"、"美"统一说

"真"、"善"、"美"统一的诗歌审美价值标准，中外早已有之，中国现代诗人艾青在其《诗论》中又一次提出来。他说："我们的诗神是驾着纯金的三轮马车，在生活的旷野上驰骋的。""那三个轮子，闪射着同等的光芒，以同样庄严的隆隆声震响着的，就是真、善、美。"① 这是在现代诗学史上首次将有关诗的现实来源、思想内容与艺术形式三者有机统一起来的诗观，意义重大。它标志一个新的诗歌审美时代的开始。

艾青在"真"、"善"、"美"三种诗歌审美要素中，首先强调的是"真"。他认为没有"真"，就没有"善"，也就没有"美"。因此，"真"是"善"与"美"存在的前提与基础。强调"真"，也就是强调诗歌反映现实生活要真实，抒写诗人情感要真挚，诗人作诗态度要真诚，等等，其内涵是相当丰富的。当然，"真"的标准，并不是艾青首先提出来的。在艾青的前辈诗人作家中，强调诗的"真"和文学的"真"的，还大有人在。鲁迅最反感的，就是中国文坛上长期存在的"瞒"和"骗"的思想方式和行为方式。他在《论睁了眼看》中说："中国人向来因为不敢正视人生，只好瞒和骗，由此也生出瞒和骗的文艺来，由这文艺，更令中国人更深

① 艾青：《诗论》，人民文学出版社 1980 年版，第 171 页。

地陷入瞒和骗的大泽中，甚而至于已经自己不觉得。”① 说中国人向来不敢正视人生，这未免有点五四时代普遍存在的矫枉过正的缺点。不过，中国古代和近代文坛上，的确长期存在这种严重的毛病。那么，究竟怎样才能解决呢？他认为：“只有真的声音，才能感动中国的人和世界的人；必须有了真的声音，才能和世界上的人同在世界上生活。”② 鲁迅在本质上是一个真正的诗人，其旧体诗词创作在现代也是首屈一指的。他认为诗没有“真”作为基础，是不可能富有感染力的。

强调以“真”为重的，还有郭沫若。他认为“诗的本职专在抒情”，因而要求诗“要有纯真的感触”，“情动于中令自己不能不写”时，才可写作。他在给宗白华写信时说得更明白：“我想我们的诗只要是我们心中的诗意诗境之纯真的表现，生命源泉中流出来的 strain，心琴上弹出来的 melody，生之颤动，灵的喊叫，那便是真诗，好诗，便是我们人类欢乐的源泉，陶醉的美酿，慰安的天国。”③

对“真”的要求，如果只强调“真”的诗，还是不够的。闻一多在《律诗底研究》中说：“盖热烈的情感的赤裸裸之表现，每引起丑感。”④ 那就是说，“真”的情感之直接表现，并不一定就有“美”的艺术效果。可见，“真”的并不就是“美”的。戴望舒在给艾青的信中也说过：“抗战以来的诗，我很少有满意的。那些肤浅的，烦躁的声音，字眼，在作者也许是真诚地写出来的，然

---

① 鲁迅：《坟·论睁了眼看》，《鲁迅全集》第 1 卷，人民文学出版社 1981 年版，第 240 ~ 241 页。

② 鲁迅：《三闲集·无声的中国》，《鲁迅全集》第 4 卷，人民文学出版社 1981 年版，第 15 页。

③ 郭沫若：《论诗三札》，杨匡汉、刘福春编《中国现代诗论》（上），花城出版社 1985 年版，第 54 页。

④ 闻一多：《律诗底研究》，《闻一多集外集》，教育科学出版社 1989 年版，第 162 页。

而只有真诚的态度未必就是能够写出好的诗来的。"① 但是，我们也不能因此而否定"真"作为诗歌作品存在前提的意义。如果没有以"真"为本的诗歌观念的建立，中国新诗要得到全面的、实质性的进展，是不可能的。正是因为鲁迅、郭沫若等现代文学先驱者的努力，"真"的诗学观念才开始在中国诗坛上建立起来。到了20世纪30年代，推崇象征主义、现代主义诗艺的诗人们，如梁宗岱也不得不承认："真是诗底唯一深固的始基，诗是真底最高与最终的实现。"②

五四时期，新诗人们又提出了一个"善"的诗歌审美价值标准，并且将其与人生表现联系起来，给中国古代固有的"善"的观念赋予了新的内容。俞平伯在《诗底进化的还原论》一文中说："文学的效用是使人向着善呢，还是感着美呢？有许多人相信文学是超于善恶性而存在的，即有所谓美丑，无所谓善恶。但我仔细思考，颇怀疑于这种主张的合理性。"③ 可见，在五四时期，新文学家们就已经把"善"和"美"联系起来思考了。当时有一部分人，反感在文学、诗歌创作中讲求"善"，认为文学、诗歌讲求"美"，就可以了，只要能给人以美的感染，就完成了。俞平伯回答说："诗是人生底表现，并且是人生向善底表现。诗底效用在传达人间的真挚、自然，而且普遍的情感，而结合人与人的正当关系。"④ 这是集中以"善"为本的现代诗学观念的较早论点。诗歌创作的目标是为了表现人生、为人生服务，也是为了改善人生、推动人生向美好方向发展的。因此，在诗歌审美价值标准中，对于"善"的强调，应是合理的、必要的。只是我们不能将"善"和"美"

---

① 见周红兴、葛荣：《艾青与戴望舒》，《新文学史料》第4期，1983年。

② 梁宗岱：《诗与真·序》，《诗与真·诗与真二集》，外国文学出版社1984年版，第5页。

③ 俞平伯：《诗底进化的还原论》，《诗》第1卷第1期，1922年1月25日。

④ 俞平伯：《诗底进化的还原论》，《诗》第1卷第1期，1922年1月25日。

对立起来。正如艾青所说的："凡是能够促使人类向上发展的，都是美的，都是善的，也都是诗的。"① 他认为，诗之所以成为诗，在于它是"美"的；而它之所以是"美"的，关键在于它是"善"的，是促使人类向上发展的。他明确指出："存在于诗里的美，是通过诗人的情感所表达出来的、人类向上精神的一种闪烁。"② 艾青的诗之所以成为现代诗坛的瑰宝，就在于他的诗是处处以"善"为本，表现中国人对外敌的反抗与斗争，表现中国人的理想与精神品质，能给人一种向上的精神感染。

在诗歌作品中，"真"的，不一定就是"善"的；"善"的，不一定就是动人的。只有在"真"的、"善"的，而同时又是"美"的情形下，才有可能真正成其为诗，才有可能成为富于感染力和生命力的诗。"五四"时期就有人认识到了诗歌作为一种艺术体式所必须具备的美学特征。例如朱自清在为汪静之诗集《蕙的风》作序时说："我们现在需要最切的，自然是血与泪底文学，不是美与爱底文学；是呼吁与诅咒底文学，不是赞颂与咏歌底文学。可是从原则上立论，前者固有与后者并存底价值。因为人生要求血与泪，也要求美与爱，要求呼吁与诅咒，也要求赞颂与咏歌，二者原不能偏废。"③ 明确认识到诗歌创作的美学目标的，是现代诗人艾青。他在《诗论》中说："一首诗的胜利，不仅是它所表现的思想的胜利，同时也是它的美学的胜利——而后者，竟常被理论家们所忽略。"④ 一首诗之所以成功，不仅在于其思想发现，同时也在于其美学建构。只有将二者有机统一起来的时候，才是真正成功的作品。艾青正是有感于人们往往只重诗歌内容，而忽略诗歌美的形式，才提出这个观点的。当然，艾青所说的诗的"美学"，并不只是指诗歌的形式之美或艺术之美，而是包括思想美和内容美在内

① 艾青：《诗论》，人民文学出版社 1980 年版，第 172 页。

② 艾青：《诗论》，人民文学出版社 1980 年版，第 173 页。

③ 朱自清：《蕙的风·序》，《朱自清全集》第 4 卷，江苏教育出版社 1990 年版，第 53 页。

④ 艾青：《诗论》，人民文学出版社 1980 年版，第 176 页。

的。形式的美，虽然有时也具有独立性，但总是要和内容紧密结合时，才能发挥出更大力量。诗人们在讲诗的“美学”时，往往有意无意地忽略诗的形式之美。“真”、“善”、“美”之“美”，当然应是内容和形式的统一，而不只是形式上的美感。诗的“美”也不只是形式上的，诗的最核心的内容是诗美发现，而不是其他因素。一首诗如果没有以诗美发现为基础，形式再讲究都是难于弥补其缺陷的。诗美是内容和形式的统一，不是单一的美可以概括的。

那么，诗歌的审美价值究竟以什么为标准？在现代诗歌史上，有的强调“真”，有的强调“善”，而有的强调“美”，往往各是其是、各非其非。对诗歌的审美价值来说，应当有一种比较具有合理性和适用性的标准。“真”、“善”、“美”的统一，应当是当今最具有合理性的诗歌审美价值标准之一。在艾青的诗歌美学观中，“真”、“善”、“美”三者，是有机统一在一起的。它是作为诗的审美价值标准而提出来的，并为现代多数理论家和诗人所认同。艾青说：“真、善、美，是统一在先进人类共同意志里的三种表现，诗必须是它们之间最好的联系。”① 他还认为：“一首诗必须把真、善、美，如此和洽地融合在一起，如此自然地调协在一起，它们三者不相抵触而又互相因使自己提高而提高了另外的两种——以至于完全。”② 艾青的看法很有见地，“真”、“善”、“美”三者应当有机地、和谐地统一在一起；一首诗，既是真的、也是善的，同时也是美的，那么，这首诗无疑是最成功的作品；如果缺少其一，很难成为优秀作品。

二、“价值”与“效率”统一说

“价值”与“效率”统一说，是闻一多20世纪40年代在《诗与批评》中提出来的。他要求将诗与政治、宣传联系起来，要求诗是“负责的宣传”，“是有利于社会的”，作品宣传性的好坏，则

---

① 艾青：《诗论》，人民文学出版社1980年版，第171页。

② 艾青：《诗论》，人民文学出版社1980年版，第172~173页。

是来自于其艺术性的高低。他批评单独的“价值论”和单纯的“效率论”的片面性时说：“这两种态度都是不对的。因为单独的价值论或是效率论都不是真理。我认为，从批评诗的正确的态度上说，是应该二者兼顾的。”① 要求诗的社会价值与艺术价值的统一，是中国现代诗歌审美观趋于成熟的标志。

在现代诗人中，闻一多的诗歌审美价值标准很有代表性。他早期是个唯美主义者，主张“为艺术而艺术”。20世纪20年代中期，他开始向“现实主义”转移。1926年4月1日，他在北京发表《文艺与爱国——纪念三月十八》一文。他说：“但是谁能说《诗刊》与流血……文艺与爱国运动之间没有密切的关系？”② 他认为文艺运动往往都和爱国运动互为因果，共同促进。在稍后所写的《邓以蛰·诗与历史·题记》中，他说“历史与诗应该携手”③。20世纪30年代的闻一多更多地倾向于诗歌的社会价值论。他在1933年7月发表的《烙印·序》中说：“克家在《生活》里说：‘这可不是混着好玩，这是生活。’……作一首寻常所谓好诗，不是最难的事。但是，作一首有意义的诗，在生活上有意义的诗，却大不相同。克家的诗，没有一首不具有一种极顶真的生活的意义。”④ 闻一多之所以作出如此评价，关键就在其诗歌审美标准发生了巨大的变化，即重视诗对现实生活的表现、对社会矛盾的揭示、对人生痛苦的歌吟。到了20世纪40年代，闻一多感受到中国抗战的严酷现实，认为有必要强调诗歌审美标准中的社会与时代价值。他认为诗歌作品一经发表，就会在社会人群中产生影响，“诗人的作品中对于人生的看法影响我们，对于人生的态度影响我们，

---

① 闻一多：《诗与批评》，《火之源丛刊》第2、3集合刊，1944年9月1日。

② 闻一多：《文艺与爱国——纪念三月十八》，《晨报诗刊》第1号，1926年4月1日。

③ 闻一多：《邓以蛰·诗与历史·题记》，《晨报诗刊》第2号，1926年4月8日。

④ 闻一多：《烙印·序》，《闻一多论新诗》，武汉大学出版社1985年版，第106页。

我们就是接受了他的宣传。"① 因此，诗人必须重视诗的社会价值。他明确指出："到这里，我应提出我是重视诗的社会价值的了。我以为不久的将来，我们的社会一定会发展成为 society of individual, individual for society（社会属于个人，个人为了社会）的，诗是与时代共同呼吸的，所以，我们时代不单要用效率论来批评诗，而更重要的是以价值论论诗了，因为加在我们身上的将是一个新时代。"② 这种诗学价值观的确立，标志着闻一多的诗学思想发生了重大转变。时代造就诗人，时代当然也造就新的诗学观念。

闻一多对诗歌艺术价值的认同，始终如一。他从来也没有放弃诗歌作为艺术的特性和诗歌的审美价值。早期的闻一多的确是倾向于唯美主义的。他在《评本学年〈周刊〉里的新诗》中提出了新诗批评的"原则"："首重幻象、情感，次及声与色的原素。"③ 他认为"幻想"和"想象"是一回事，这种质素在中国新诗里相当薄弱。他指出，五四初期，除了郭沫若和梁实秋等人之外，一般诗人的作品都有一种极为沉痼的通病：缺乏想像力。因此，诗歌应当重视想象和意象。同时，闻一多还很重视诗歌审美中情感的作用。他说："诗家的主人是情绪。"④ 诗歌作品"若是出于至情至性，价值甚高"。在《评本学年〈周刊〉里的新诗》中，又对诗中情感的形态作了精致的论述："诗人胸中底感触，虽到了发酵底时候，也不可轻易放出，必使他热度膨胀，自己爆烈了，流火喷石，兴云致雨，如同火山一样——必须这样，才有惊心动魄的作品。"⑤ 他强调诗人情感的真实、真诚，认为如果没有真正的情感性要素，诗歌是不可能动人的。

对诗歌评价的艺术性标准，他是非常注重的。就是到了中后

---

① 闻一多:《诗与批评》,《火之源丛刊》第2、3集合刊,1944年9月1日。

② 闻一多:《诗与批评》,《火之源丛刊》第2、3集合刊,1944年9月1日。

③ 闻一多：《评本学年〈周刊〉里的新诗》，《闻一多论新诗》，武汉大学出版社1985年版，第3页。

④ 闻一多：《泰果尔批评》，《时事新报·文学》，1923年12月3日。

⑤ 闻一多：《评本学年〈周刊〉里的新诗》，《闻一多论新诗》，武汉大学出版社1985年版，第3页。

期，在重视诗歌“价值论”的同时，也没有放弃诗歌的艺术审美功能。他在《匡斋尺牍》中说：“汉人功利观念太深，把《三百篇》做了政治的课本；宋人稍好点，又拉着道学不放手——一股头巾气；清人较为客观，但训诂学不是诗；近人囊中满是科学方法，真厉害。无奈历史——唯物史观的与非唯物史观的，离诗还是很远。明明一部歌谣集，为什么没人认真的把它当文艺看呢!”① 在这里，闻一多说得是再明白不过了：《诗经》就是诗，是艺术，而历史上的多数时代都不将其当作文艺作品来看。他认为，这是非常荒唐的。诗歌之所以能够存在，首先是因为其诗美而存在，而不是因为其他因素而存在。这是闻一多诗歌审美“效率论”的根本点。

针对中国新诗史上只重“价值”或只重“效率”两种不当的诗歌审美趋向，从20世纪30年代到40年代，闻一多将两者结合起来，提出了“价值”和“效率”相统一的诗歌评价标准。他认为，单独的“价值论”和单独的“效率论”都是片面的，应该二者兼顾，并且将二者有机统一起来。这就是闻一多诗歌批评标准的内涵与特征。

20世纪30、40年代，闻一多在诗歌批评活动中，也是以此为标准来评判诗人诗作的。在《时代的鼓手》、《艾青与田间》等诗论中，他不仅能够把握到田间与艾青诗作的时代主体精神，并且还能够体认其在诗歌艺术上所做的种种探索，将其诗歌的价值论和效率论统一起来评价。他认为，在那样一个时代，诗歌创作一定要注重思想与内容的时代意义，注重诗歌对读者的教育作用。但是，诗歌的宣传和教育功能只有通过审美才可能实现，这是一种相辅相成的辩证关系。他在《诗与批评》一文中，批评前苏联的某些诗作只是宣传品而不是诗。只重诗歌的“效率”，诗中不表现诗人的思想、对时代的认识，不表达对国家和民族的关爱，那诗的作用也只会限于一个狭小的圈子里，不可能产生广大的社会反响。这样的作品，其艺术生命力也就很有限。

---

① 闻一多：《匡斋尺牍》，《闻一多全集》第3卷，湖北人民出版社1993年版，第214页。

作为诗歌批评标准的“价值”与“效率”统一说，是闻一多在经历了种种的人生的苦难，对中国抗战的现实整体思考之后作出的明确选择。当时的抗战诗歌存在两种偏向：或只看重诗歌的社会价值，认为只要反映了当时的社会现实和人民生活的诗，就是好诗；或只看重诗歌的艺术价值，批评诗人只注重时代而忘了艺术，因而造成许多“差不多”的作品。闻一多的诗歌审美标准的提出，其意义不仅在于对这种不良倾向的批评，而且对我们今天的诗歌创作，也具有指导意义。

三、“内容”与“形式”统一说

闻一多论及新诗和旧诗的区别时说：“律诗的格律与内容不发生关系，新诗的格式是根据内容的精神制造成的。”“律诗的格式是别人替我们定的，新诗的格式可以由我们自己的意匠来随时构造。”① 其实质是主张诗的“内容”与“形式”的统一，即强调诗歌的形式是为表现内容服务的，有什么样的内容，就应创造什么样的形式。诗的形式，总是根据内容的需要而创造出来的。诗的内容和形式是统一的、一体化的存在。闻一多这种主张虽然是针对新格律诗创作而说的，但也体现了一种极为普遍的诗歌审美价值标准。当然，在对诗歌作品的实际理解和阅读过程中，虽有偏向内容而忽略形式的倾向，但多数诗人还是承认内容与形式相统一的审美价值标准的正确性与合理性的。比如五四文学革命时期，胡适对内容和形式的关系作了很好的阐述：“形式和内容有密切的关系。形式上的束缚，使精神不能自由发展，使良好的内容不能充分表现，若想有一种新内容和新精神，不能不先打破那些束缚精神的枷锁镣铐。”② 到了20世纪40年代，艾青还提出：“诗人应该为了内容而

---

① 闻一多：《诗的格律》，《晨报诗刊》，1926年5月13日。

② 胡适：《中国新文学大系·建设理论系》，上海良友图书公司1935年版，第27页。

变换形式，像我们为了气候而变换服装一样。"① 这都是说，为了表现新的精神和内容，就必须变换新的形式，不能老是像中国旧体诗那样，无论什么样的内容，都要塞到那有限的几种形式里去，而不论这种形式适不适合表达这样的内容。但从历史发展来说，诗歌的内容有了新变化的时候，形式也往往也要有所变化。

在诗歌作品中，内容与精神是第一位的质素。没有内容与精神，形式再好，也不可能有很好的艺术审美效果。一首诗，是不是真正的好诗，关键在内在的质素，而不在于外在的质素。正如闻一多所说："诗的真价值，在内的原素，不在外的原素。"② 艾青也说："假如是诗，无论用什么形式写出来都是诗；假如不是诗，无论用什么形式写出来都不是诗。"③ 这就是说，诗歌最重要的就是诗的内质的存在的。形式无疑是很重要的，但它是在内容的前提下才存在。在内容充实的前提下，讲求形式的独特与美好，那不是形式主义，而是对于艺术之美的追求。注重诗歌的内质，应是现代诗人的创作追求。朱自清说："但空有形式无用；没有好的情思填充在形式里，形式到底是不会活的。"④ 冯文炳也说："我们的新诗首先要看我们的新诗的内容，形式问题还在其次。""新诗要别于旧诗而能成立，一定要这个内容是诗的，其文字则要是散文的。"⑤ 这就是说，再好的形式，没有好的内容，都是死的、无用处的。戴望舒还说："新诗最重要的是诗情上的 nuance 而不是字句上的 nuance。"⑥"诗情上的"，当然也就是内容与精神实质上的。这都是说，诗之存在，从根本上说，不是为形式而存在，而是为内容与精

---

① 艾青：《诗论》，人民文学出版社 1980 年版，第 189 页。

② 闻一多：《评本学年〈周刊〉里的新诗》，《闻一多论新诗》，武汉大学出版社 1985 年版，第 3 页。

③ 艾青：《诗论》，人民文学出版社 1980 年版，第 190 页。

④ 朱自清：《新诗》，《朱自清全集》，江苏教育出版社 1990 年版，第 216 页。

⑤ 冯文炳：《新诗问答》，《谈新诗》，人民文学出版社 1984 年版，第 231～232 页。

⑥ 戴望舒：《诗论零札》，《现代》第 2 卷第 1 期，1932 年 11 月。

神而存在。

流行的“内容决定形式”说法，确乎很少有人再去考察其是否正确。内容决定形式，当然也是对的，但诗歌艺术的全部真理不只是如此。李广田这样谈到诗歌形式的独特作用：作者应当用那最好的形式去提高他的作品的内容，因为一种很好的形式，它既可以摒弃那些不必要的，而凝练并超举那些最必要的，又可以抛除那些浅薄而浮泛的，而给作品以深度，以精度，它使作品更能禁得起读者咀嚼，也更能禁得起时间的折磨。① 可见诗歌的形式并不全是为了内容而存在的，形式要适合于内容与精神，但并不是在所有的时候都是如此。形式也是内容的要素，内容也是形式的要素，这是二而一的存在。现代多数诗人是诗的内容和形式的统一论者。俞平伯早就指出：“我们做诗的人，也决不能就形式上的革新为满足；我们必定要求精神和形式两面的革新。主义是诗的精神，艺术是诗的形式。”② 在他看来，诗的好坏不单是内容，也不单是形式，而是内容和形式两个方面的问题。所以，他认为这两个方面都要革新，诗歌才有出路。

唯美主义诗人王独清关于诗歌的公式是：“（情 + 力）+（音 + 色）= 诗”。③ 前面括号内的，可视为诗的内容要素；后面括号内的，可视为诗的形式要素。可见，他所谓的诗，也是内容和形式的统一体，不单是内容，也不单是形式。臧克家却以一个恰当的比喻来说明诗的审美标准的完整性：“诗的内容与技巧，有如骨与肉不可分离，缺一便不可能成为一件活生生的完美的艺术品。”④ 这也许是现代诗人关于“形式”和“内容”的统一性的最简要的说明。

内容与形式的统一是诗歌审美的最高标准，在现代诗歌史上产

---

① 李广田：《论新诗的内容和形式》，《诗的艺术》，开明书店 1943 年版，第 4、6 页。

② 俞平伯：《社会上对于新诗的各种心理观》，《新潮》第 3 卷第 1 号，1919 年 10 月。

③ 王独清：《再谭诗》，《中国现代诗论》（上），花城出版社 1985 年版，第 104 页。

④ 臧克家：《新诗片语》，《文学》第 9 卷第 2 号，1937 年。

生了很大的影响，但是也在好些时候对此观点理解不够全面，从而造成了现代诗人创作上的一些偏颇。因此，现代诗人在处理此种诗学命题上，不是所有时候都是完美的。这就给中国的现代诗歌文本留下了许多遗憾。

四、"现实"与"艺术"平衡说

如何评价诗歌作品的成就？"九叶"诗派的诗人们主张"现实"和"艺术"的平衡说的诗学观念。这集中体现在袁可嘉的诗论中。他在《新诗现代化——新传统的寻求》中说："绝对肯定诗应包含、应解释、应反映的人生现实性，但同样地绝对肯定诗作为艺术时必须被尊重的诗的实质……"① 这就是被九叶诗派同人所认同的诗歌审美价值标准。不过，平衡说的形成还可以追溯到20世纪30年代。茅盾在评论徐志摩的诗歌时指出："诗这东西，也不仅是作家个人感情的抒写，而是社会生活通过作家的感情意识之综合的表现。所以一位诗人假使不是独居荒岛，而尚与复杂万变的社会生活相接触，那么，虽然个人生活中没有大波浪，他理应有题材而不会感到诗情的枯窘。"② 他在这里阐明了一个道理，那就是：诗歌来源于生活，但诗歌艺术和社会生活并不是一种简单的从属关系，从社会人生到诗歌艺术，中间还存在着相当多的环节，也就是说，诗歌和生活，并不是一种直接的反映和被反映的关系。

同时，我们对社会人生的理解，不能过于狭小。自然景观，也是社会生活中的一部分。自然，并不是单独存在于世界的，而是与社会人生联系在一起的，也是社会生活的重要组成。因此，诗歌艺术既是社会人生的反映，也是自然生活的反映。所以，朱光潜说："诗对于人生世相必有取舍，有剪裁，有取舍剪裁必有创造，必有作者性格和情趣的浸润渗透。诗必有所本，本于自然；亦必有所

---

① 袁可嘉：《新诗现代化——新传统的寻求》，《论新诗现代化》，生活·读书·新知三联书店1988年版，第5页。

② 茅盾：《徐志摩论》，《现代》第2卷第4期，1933年2月。

创，创为艺术。自然和艺术媾合，结果乃在实际的人生世相之上，另建立一个宇宙。”① 朱自清也说：“文学的生命全在实感——此‘感’意义甚广，连想象也包括在内。”② 当然，他这里所说的“实感”，主要来自于现实人生。没有作家对现实人生的感觉与感受，当然就不可能有“实感”的产生。胡风对此说得非常明白：“能够真实地反映生活的作品，能够真实地反映生活的脉搏的作品，才是好的，伟大的。”③ 这可以说是现代作家对现实与艺术关系的一种诗学说明。

现实与艺术是平衡的关系。诗人创作时，应当将二者统一起来，既重现实性也重艺术性，既要求诗歌反映社会人生，也要求诗人讲究诗歌的特性和艺术的境界，袁可嘉发展了上述观点，提出“新诗现代化”的概念，其内含之一就是要求在诗人的思想倾向上，坚持反映重大社会问题的主张，又保留抒写个人情绪的自由，要求个人感受与大众心志相沟通，强调社会性与个人性，反映论与表现论的统一。他说：“我只愿意郑重指出这群来自南北的年轻作者如何奋力追求艺术与现实间的正常平衡。而这一平衡对于艺术、人生又是何等不可计量的重要而可贵。”④ 九叶诗人们强调人与社会相辅相成，有机综合，不像西方现代派只专注于个人的精神世界。他们坚持必须首先介入现实生活，切入现实的肌理，然后才有资格进入诗歌写作。他们绝对肯定诗与现实的平行关系，同时，又对诗歌艺术的个性与特质相当尊重，对诗与现实间的正确关系有深刻的理解，希望“在现实与艺术之间求得平衡，不让艺术逃避现实，也不让现实扼死艺术”，“要诗在反映现实之余还享有独立的

① 朱光潜：《诗论》，生活·读书·新知三联书店 1984 年版，第 45 页。

② 朱自清：《文学的一个界说》，《朱自清全集》第 4 卷，江苏教育出版社 1990 年版，第 168 页。

③ 胡风：《文学与生活》，《胡风评论集》（上），人民文学出版社 1984 年版，第 297 页。

④ 袁可嘉：《诗的新方向》，《论新诗现代化》，生活·读书·新知三联书店 1988 年版，第 223 页。

艺术生命”，保留“广阔自由”的想象空间。① 这就纠正了现代主义诗歌长期偏离时代与现实的倾向，从而把现代主义诗歌的表现方位确定在一个新的逻辑起点上。

“政治生活”，当然也是现实生活的重要内容。在现代社会中，没有任何人可以完全脱离政治而独立，任何诗人都不可能完全离开政治和时代性主题而存在。袁可嘉在《新诗现代化——新传统的寻求》中说：“今日诗作者如果还有摆脱任何政治生活影响的意念，则他不仅自陷于池鱼离水的虚幻祈求，及到一旦实现后必随之而来的窒息的威胁，且实无异于缩小自己的感性半径，减少生活的意义，降低生命的价值……”② 他在这里实际上是反对有些诗人妄图摆脱政治影响的创作倾向，认为如果那样的话，无异于诗歌艺术的“自杀”。因为如此创作出来的作品，不是感性不足，就是生活意义的呈现不充分，其作品的生命价值也受到影响。这在当时是一种有眼光的、有针对性的见解。当时的确有一批自我陶醉的诗人，总是倦于对现实的关怀，躲在时代之外的“避风港”中从事所谓的诗歌写作。

“九叶”派诗人也并不主张诗与艺术是政治的附属物。他们“绝对肯定诗与政治的平等密切关系，但绝对否定二者之间有任何从属关系”。③ 在20世纪40年代，中国诗坛上有一种偏向，认为艺术是从属于政治的，在文学批评中也是“政治标准第一，艺术标准第二”。这种说法，本身就是承认艺术是政治的“附属物”。这，对于政治没有多少助益，而对于艺术来说，则无异于雪上加霜。因为从政治与艺术的关系来说，政治不能脱离于艺术，也不能等同于艺术。如果将政治等同于艺术，实际上也就是取消了艺术本

① 袁可嘉：《诗的新方向》，《论新诗现代化》，生活·读书·新知三联书店1988年版，第219～220页。

② 袁可嘉：《新诗现代化——新传统的寻求》，《论新诗现代化》，生活·读书·新知三联书店1988年版，第5页。

③ 袁可嘉：《新诗现代化——新传统的寻求》，《论新诗现代化》，生活·读书·新知三联书店1988年版，第5页。

身，政治也变得“浪漫”起来，失去了它应有的严肃性。

“现实”与“艺术”平衡说的提出与发挥，其意义是非常重大的。它要求我们既要认识到现实的本源性，也要认识到艺术的独立性；既要认识到现实与艺术的不可分离性，也要认识到艺术与现实的平衡性。因此，我们在评价诗歌的价值，估价诗人创作成就高低的时候，要将二者统一起来，不能将二者分开。否则，诗歌批评就不可能准确和科学。

以上种种诗歌审美价值标准论，在现代诗学史上发生过重要的影响。在今天看来，它们自然也具有不可忽视的诗学价值。我们不但要认真总结其经验教训，分析其利害得失，又要发掘其可贵的思想资源，使之为今天的中国诗歌理论建构与创作实践服务。

五、中国新诗成就估价

新诗的成就如何？从过去的评论来看，大都估价偏低，如鲁迅、毛泽东的评价就是如此。鲁迅在1936年同斯诺谈话时说，即便是最优秀的几个中国现代诗人的作品也“没有什么可以称道的，都属于创新试验之作”，“到目前为止，中国现代新诗并不成功”①。毛泽东在1958年3月成都会议上讲话时说：“现在的新诗不能成形，我反正不看新诗，除非给一百块大洋。”② 他在1965年7月21日给陈毅的信中又说：“用白话写诗，几十年来，迄无成功。”③其实，无论过去还是现在，许多人都持这种观点。可以看到，在其价值判断后面，大都有一个辉煌的古代诗词的潜在参照系存在。但我认为，我们在评价新诗成就的时候，切不可期望值太高。与几千年的中国古代诗歌的辉煌相比，新诗成就好像比较黯淡，但我们应当看到，在这近百年中，新诗的诞生最早，革新的幅度最大，行进的步履也最为艰难，而且最富个人创造的新诗，在这近百年中所受限制也太多，能达到这个程度，我认为是很了不起的。况且，在这近百年中，中国新诗汇入了世界文学的潮流，走完了西欧几百年才能走完的历程，这之中尽管过于匆忙，也显得有些浮躁，但新诗所取得的成就，确实令外国人刮目相看，与其他国家民族的诗歌成就

---

① 鲁迅：《鲁迅1936年同斯诺谈话》，《新文学史料》第3期，1987年。

② 引自陈晋：《毛泽东与文艺传统》，中央文献出版社1992年版，第322页。

③ 毛泽东：《致陈毅》，《毛泽东书信选集》，人民出版社1983年版，第608页。

相比，可说是毫不逊色的。

以前我们看待新诗的成就，只定位在现实主义、浪漫主义诗歌上，对它们的评价，也多从思想内容上加以肯定，而对于新诗的重要一翼——现代主义诗歌，大都持否定态度。而20世纪80年代的新诗研究，对现代主义的认识则有了一些进步，但从总体上看是不全面的，存在很多误解。一些人对现代主义并不真正了解，甚至不少是用现实主义、浪漫主义的评价尺度去看待现代主义，所以得出的结论是一半肯定、一半否定，即艺术性是可取的，思想情感内容是没落反动的。20世纪90年代以来，对现代主义新诗的认识则较全面深入了，基本上是以肯定为主，而且能够从它与时代、与文学的现代性相联系的角度来看待它的价值和意义，应该说这是一个很大的进步（不可否认，这其中也存在着对现代主义诗歌拔高的个别现象）。随着对现代主义认识的深化，我们一下发现新诗的成就了不起，它是那样多姿多彩，世界上有的，我们几乎都有了。例如对穆旦的认识，几乎是一个发现——他忽然被推到所有新诗人的最前面，决非偶然。即使对像李金发、戴望舒、冯至、卞之琳、闻一多、徐志摩、艾青等现代主义诗人或有现代主义倾向的诗人的认识也更加全面更加深入了。

从流派发展的角度来看，现实主义诗歌一直受到重视，得到迅猛发展，且常常处于主流地位，浪漫主义诗歌也曾经拥有一个良好的发展时机（如五四时期），而现代主义诗歌则常常处于艰难曲折的境遇中。从当时所产生的社会影响和作用来说，现实主义和浪漫主义诗歌则大于现代主义诗歌，但从实际艺术成就来看，现代主义诗歌却优于现实主义和浪漫主义诗歌。尽管现实主义、浪漫主义、现代主义诗歌都各有自己的短长，各有着不可替代的优势，但从其所显示出来的总体艺术水平来看，现代主义诗歌和现实主义、浪漫主义诗歌却有高下之别。我们列数一下中国新诗史上艺术成就较大的诗人，大多是现代主义诗人或具有现代主义倾向的诗人，如李金发、戴望舒、穆木天、冯乃超、王独清、冯至、何其芳、卞之琳、穆旦、杜运燮、郑敏、袁可嘉、舒婷、北岛、杨炼、欧阳江河、顾城、海子等现代主义诗人以及郭沫若、闻一多、徐志摩、艾青、臧克家、田间等具有现代主义倾向的诗人，他们在中国新诗阵营中占据了相当的地位，如果把这些诗人及其优秀作品排除出去，中国新诗的成就将黯然失色。

当然，作出这样的评价，并非标新立异，并非偏爱现代主义，也并非不知道新诗为满足多种审美需要而应有多样化的追求，新诗应表现什么和用什么表现不应有限制，但诗是否成其为诗则有一个客观标准，这就涉及到什么是诗的问题。

古今中外的诗论家都对"什么是诗"作出过很多界定，且众说纷纭、莫衷一是。但我觉得最根本的一点，就是要看诗的生命原质中有没有诗，有无诗意或诗味，即所谓"辨于味而后可以言诗"。诗意和诗味是什么，就是耐人咀嚼、耐人寻味、引人思索的东西。说诗是艺术中的艺术，是最高的艺术，无外乎指一切艺术均有诗意或诗味，即具有诗的品质。朱光潜先生说过，文学（包括诗）之所以美，"不仅在有尽之言，而尤在无穷之意"，因为文学的"无穷之意达之以有尽之言，所以有许多意，尽在不言中"，这就是"无言之美"。超"言"而求"言外意"，可以说在文学诸门类中，诗歌表现最为突出。所以，朱光潜先生特别指出，"就文学说，诗词比散文的弹性大，换句话说，诗词比散文所含的无言之美更丰富。散文是尽量流露的，愈发挥尽致，愈见其妙。诗词是要含蓄暗示，若即若离，才能引人入胜"。① 可以认为，"无言之美"、"无穷之意"是文学，更是诗歌的本质特征。

现代派诗人深谙此理。象征派最先提出朦胧晦涩风格。波德莱尔说，朦胧"有一点模糊不清，能引起人的揣摸猜想"②，为此，他提出了"通感"和"象征"的诗歌艺术手法。兰波在波特莱尔的基础上提出了"语言炼金术"，即要求"打乱一切感"，把字句和意象混合起来，以显示人的精神状态，最大限度地表达人的心

① 朱光潜：《无言之美》，《朱光潜美学文学论文选集》，湖南人民出版社1980年版，第354～355页。

② 波德莱尔：《随笔·美的定义》，《西方文论选》下卷，上海译文出版社1979年版，第225页。

境。魏尔伦宣称：选择词汇的时候不要不带一点错误，再也没有一点东西比诗歌的含糊更宝贵。马拉美提出了晦涩的理论，认为诗的妙处在于猜测它的含义，“诗永远应当是个谜”。① 瓦雷里又发展了马拉美的晦涩理论，提出了有名的论点：“有味的困惑。”他认为一首诗是一部“乐谱”，读者要用自己的心灵和脑子进行演奏，这样便使诗产生了无限的可能性。李金发对法国象征派朦胧晦涩的诗风特别推崇，他认为诗是“你向我说一个‘你’，我了解只是‘我’的意思”②。他把朦胧看做“不尽之美”，认为诗“多少是带有贵族气息的”，并非人人能懂，“有相当训练的人才能领略其好”。③ 因为“美是蕴藏在想象中、象征中、抽象的推敲中”。④ 穆木天、王独清更进一步强调“诗要暗示”，“诗最忌说明”。惟有以“暗示”为特征的世界，才能表现“诗的本能”⑤。他们虽然在创作上未能达至理想的境界，但却为后来的现代派提供了经验和启示。20 世纪 30 年代《现代》杂志创刊以后，就曾收到读者来信，称《现代》上的诗为“谜诗”，提出尖锐的批评，而施蛰存答复说：“散文与诗的区别并不在于脚韵。散文是比较朴素的，诗是不可避免地需要一点雕琢的，易言之，散文较为平直，诗则较为曲折。”⑥ 现代派代表诗人戴望舒认为，诗是真实经由想象而来的，不单是真实，也不单是想象。杜衡把这一点看做“是望舒诗的唯一的真实了。它包含着望舒底整个做诗的态度，以及对于诗的见解”。在戴望舒看来，“诗是一种吞吞吐吐的东西，术语地来说，它底动机是在于表现自己与隐藏自己之间”。所以杜衡把他的诗歌比做“一个人在梦里泄漏自己底潜意识，在诗作里泄漏隐秘的灵

---

① 马拉美：《关于文学的发展》，《西方文论选》下卷，上海译文出版社 1979 年版，第 263 页。

② 李金发：《艺术之本质与其命运》，《美育》第 3 期，1929 年。

③ 李金发：《卢森著〈疗〉》，引自《李金发生平及其创作》，《新文学史料》第 3 期，1985 年。

④ 李金发：《序林英强〈凄凉之街〉》，《橄榄月刊》第 35 期，1933 年。

⑤ 穆木天：《谭诗》，《创造月刊》第 1 卷第 1 期，1926 年。

⑥ 施蛰存：《答吴霆锐问》，《现代》第 3 卷第 7 期。

魂，然而也只是像梦一般地朦胧的”①。九叶诗派在象征派、现代派的基础上提出“现实、象征、玄学的综合”的理论，即“现实表现于对当前世界人生的反映，象征表现于暗示含蓄，玄学则表现于敏感多思，感情、意志的强烈结合及机智的不时流露”②。可以说，通过象征、暗示和曲写的方法，创造含蓄、蕴藉而深邃的诗意诗境，是古今中外优秀诗歌的重要特点，现代派则更突出这一点，甚至试图从这里出发，开拓出一条“纯诗”的道路。

纵观中国新诗史上的诗歌作品，大致存在两种情况：一种是“诗中无诗”，这些诗仅仅分行排列，有一定韵律，但缺乏诗意和诗味。另一种是“诗中有诗”，即既有诗的外在形式，更有诗意和诗味。前一种情况在现实主义和浪漫主义诗人那里，显得比较突出；后一种情况则在现代主义诗人那里占了较大的比重。

尽管中国新诗中的现代主义也有“假洋鬼子”存在，也有一些不可避免的缺陷，但它与现实主义、浪漫主义相比，更多诗的成分，而现实主义、浪漫主义则有相当的非诗甚至反诗的一面。这是由它们的流派性质所决定的。因为现实主义诗歌试图向读者直接呈现什么，即真实地再现生活本来的样子；浪漫主义诗歌试图向读者直接表现什么，即所谓“激情的自然流露”。它们的表达方式都是近于散文式的直露，这在一定程度上于诗性的建构是不利的。而现代主义诗歌却在于让读者感受到什么、体悟到什么，比如你在诗中感受到了一种可以自由联想的关系，或者感受到了某种情绪，或者体悟到了某种意味、某种哲思，这些感受与体悟又常常是可以意会而不可言传的，它于诗性的建构是十分有利的。尽管现实主义、浪漫主义诗歌能直接表现民族和时代的广阔画面，在思想情感内涵上也可达到比较高的境界，但由于大多表现得太露太直白，缺乏内在诗意诗境，所以能称得上好诗的作品实在太少。现代主义诗歌不大

---

① 苏汶：《〈望舒草〉序》，《中国现代文论选》第1册，贵州人民出版社1984年版，第137～138页。

② 袁可嘉：《新诗现代化》，《论新诗现代化》，生活·读书·新知三联书店1988年版，第7页。

能够直接表现民族和时代的广阔画面，但它却善于表达深沉的玄思、微妙的意境、细腻的感触，较之现实主义诗歌那种诉诸于感观的明白晓畅和浪漫主义那种情感的宣泄，现代主义诗歌显然更属于一种契入心灵深处的诗。现代主义诗人主张诗的背后要有大的哲学，就是要求诗中蕴含深意，诗意诗味浓厚，让人在解读的寻获中，获得作为接受主体的创造性满足。所以在中国新诗史上，现实主义、浪漫主义反现代主义，也主要是反它们的“语言—所指”的过分晦涩朦胧，而强调其单调与明快；现代主义反现实主义和浪漫主义，也主要是反对它们的“语言—所指”的过分单一性、明确性和切近性，强调其多义性、歧义性和淡远性。我们读中国新诗史上那些现实主义、浪漫主义作品，大多诗中无诗，而诗中有诗者，大多借助于现代主义的一些方法。如浪漫主义诗人郭沫若《女神》中的一些好诗（《凤凰涅槃》、《天狗》、《光海》、《我是个偶像崇拜者》、《太阳礼赞》等）融会了表现主义、象征主义的因素；闻一多、徐志摩一直被视为浪漫主义诗人，其实，他们的很多优秀作品都具有浓厚的现代主义倾向，如闻一多的《死水》、《心跳》、《荒村》、《奇迹》，徐志摩的《无题》、《我等候你》、《秋虫》、《西窗》、《秋月》等，可以说与现代主义诗并无大异。杰出的现实主义诗人艾青的一些名篇，如《煤的对话》、《芦笛》、《向太阳》、《北方》、《手推车》、《吹号者》、《火把》、《给太阳》、《礁石》、《珠贝》、《鱼化石》、《光的赞歌》等多运用了象征派手法，具有浓厚的现代主义色彩。臧克家的《老马》一直被视为现实主义的杰作，其实它也运用了现代主义手法。中国新诗史上先后出现过象征诗派、现代诗派、九叶诗派和朦胧诗派等影响甚大的现代主义诗派，每一个诗派都涌现出了一大批有成就的诗人。从新诗的整个队伍组成情况来看，现代主义诗派所拥有的诗人数量并不算多，但大多创作质量较高。作为对现代派有“开创之功”的李金发，虽然好诗不多，但《弃妇》可说是一首绝唱，而其《夜之歌》、《希望与怜悯》、《温柔》、《律》、《有感》等颇有诗质。戴望舒是西诗卓有成效的诗人，其诗作仅有90多首，但整体水平较高，他的《雨巷》、《我的记忆》、《烦忧》、《寻梦者》、《乐园鸟》、《狱中题壁》、《我用残损的手掌》等诗都把现代派所强调的色彩、音乐、画感、象征和暗示等特征以及那种深沉抑郁的情绪作了较为完美的体现。卞之琳的诗有较强的知性因素和象征因素，其代表作《断章》、《圆宝盒》、《距离的组织》、《鱼化石》等诗的暗示性、亲切感以及思考的蕴藉深沉，随处可见。冯至的《十四行集》以及《蛇》、《等待》、《歧路》等诗，多注重暗示、象征，哲理深厚，现代主义诗味甚浓。九叶诗人整体素质较高，其代表诗人穆旦可说是中国现代派诗歌的最高整合者，他的诗"意识之流动，象征暗示的运用，整体性涵盖的注重，都表现出新异的现代诗美"，"他的抒情方式和语言比过去任何新诗人都要现代化"。① 新时期的朦胧诗人和先锋诗人舒婷、北岛、杨炼、欧阳江河、顾城、海子等在新一轮的现代诗的创造中，结出了丰硕的果实，他们诗中那丰富、复杂、深邃、真实的灵境，对人民思想感情的启发陶冶，对读者灵感的培育起了很大的作用。他们的创作，给当代诗坛带来了新的光耀。现代主义诗歌在中国20世纪20、30、40年代一直有着连续性的发展，并且取得了显著的成就，而"50年代后新诗转向莫斯科取经，主要遵循革命英雄主义的信条，一直延续到70年代。十年动乱打断了诗坛的沉醉，带来怀疑、失落。80年代初改革开放，惊喜沐浴着整个文化战线，诗歌也不例外，几个年轻诗人在翻阅上半世纪的现代主义诗集时，发现了灰尘覆面、劫后余生的40年代的诗歌，为之震惊。他们说：这些诗正是我们想写的，于是开始了自己的开垦"。"如果将80年代朦胧诗及追随者的诗歌来与上半个世纪已经产生的新诗各派大师的力作对比，就可以看出朦胧诗实是40年代中国新诗库存的种子在新的历史阶段的重播与收获。"② 其实，杜运燮1979年发表于《诗刊》上的《秋》曾在诗坛引发了一场轰轰烈烈的"朦胧诗"大论战；郑敏后期的现代主义诗歌创作和对后现代主义的切入，都直接给予当代诗坛以相当的

---

① 袁可嘉：《现代派·英美诗论》，中国社会科学出版社1985年版，第378页。

② 郑敏：《新诗百年探索与后新诗潮》，《文学评论》第4期，1998年。

影响。甚至可以说，20 世纪 80 年代的朦胧诗、后朦胧诗与 90 年代的后期新诗潮不过是三股不断揭竿而起的诗歌浪潮，它作为新时期诗歌的主流，仍然是中国现代主义诗歌的延续与发展。从整体上看，20 世纪中国现代主义诗歌阵营并不庞大，成分也比较复杂，但其中优秀诗人的丰富性、综合性、典型性，已经标识了中国新诗所达到的高度，对于他们在诗艺上的成就与贡献的认识，有一个从谬误到逐渐接近真理的过程。

过去，我们认为新诗的主要成就是由现实主义和浪漫主义诗歌来体现的，主要是我们长期坚持的“政治标准第一，艺术标准第二”，即重政治思想、轻艺术表现的批评原则所致。当我们纠正了这种批评的偏差，全面客观地审视新诗的成就时，方发现我们新诗史上的优秀诗人与诗作中，现代主义占了绝大的比重，甚至可以认为，新诗的主要成就几乎是由现代主义诗人和具有现代主义倾向的诗人及其诗作来体现的。从世界范围来看，20 世纪的现实主义、浪漫主义与现代主义之争，往往表现为一种文学上保守与创新之争，似乎现实主义是文学形式上创新的障碍因素，而现代主义则成了文学上创新的总名词。尽管其中不无偏颇，即忽略了它们各自的独特作用与一定的相通之处，但出现这种倾向是自有其道理和原因的，因为现代社会与现代文明本身复杂而善变，在纤细精巧的诗心里，必然产生出各式各样复杂的结果，因而诗人的写作将越来越富于包含性、暗示性、间接性，所以，在现代社会，现代主义诗歌有着自己的生存的优越性和有利条件。自 19 世纪后期以来，现代主义成为现代世界文学中最新异的潮流，成为文学上的最高表现形式，也就是很自然的了。而在中国，现代主义则一再受挫，其发展相当艰难，这是因为，相对于中国 20 世纪的社会生活潮流来说，为现代主义发展所提供的条件是相当有限的。因为人民的苦难与反抗、启蒙与救亡、革命与建设的时代主题，决定了中国文学必然选择以现实主义为主导的发展道路，而不可能以现代主义为路标。事实上，现代主义是在东西文学的大交流中，与西方其他文学思潮一道传入中国的，它在中国文坛与现实主义、浪漫主义既相冲突又相并存。这三大文学思潮在西方本来是“鱼贯式”先后出现的历时性文学现象，而在中国20世纪初叶几乎“雁行式”地传入中国，对中国文学发生了共时性的综合影响。由于中国的现代化比西欧晚了几百年，一下要从古典形态过渡到现代形态，它所缺乏的中间因素太多，它在很多方面还需要补课，为了追上现代化的步伐，只有采取把西欧几百年的历史横向“拿来”的办法。由于中国是在被动挨打的局势下对外开放的，是在亡国灭种的危机中放眼看世界的，是在社会与文化相当落后的状态下走上现代化之路的，因而中国20世纪作家的接受与创造必然是有选择性的，他们对现代主义不可能倾注更多的心力与热情，甚至相当多的作家对它十分冷落，只有到了80年代以后现代主义才逐渐直起腰杆来。当然，应当承认，历史是一个圆形的空间，既不存在谁最后代替谁的问题，也不存在谁消灭谁的问题，凡属文化，都将拥有这个空间，现实主义和其他文学上所有的“主义”都共同享有这个空间，因为多方面的表现才能满足人民群众多方面的审美需要。但存在的就是合理的，这是一种历史评价，而历史评价不能代替价值评价，即合理存在的东西，其价值有高下之分、有短长之别。20世纪中国新诗中的现代主义确实比现实主义、浪漫主义有更高的存在价值和更长远的影响。也就是说，现代主义在中国虽然生长并不平顺，但它毕竟顺应了世界文学潮流，并且结出了丰硕的果实，它的革新精神和诗学价值，已为历史所认可。

经过时间的检验，现代主义诗歌的艺术优长逐渐凸现出来。注重象征和暗示的表达方式，追求隐秘含蓄的审美效应，是现代主义诗歌的最根本的艺术特征。适度的隐藏是现代诗美的本质。诗中的思想意蕴不可直诉，须通过象征、隐喻、烘托、对比、渲染和联想等渠道来表现，即艾略特所谓寻找思想的“客观对应物”和庞德所谓建立“情绪对等式”的方法，赋予抽象观念与思想感情以具体的可以感知的形式。在语言上，舍弃空泛无力的表达，追求语言的陌生感，让所指和暗示结合在一起，造成语言的张力。可以说，作为语言艺术的诗歌，其功能性，就是诗的无穷意味在现代主义这里能够得到很好的实现。它与真实地表现现实生活的现实主义和激情宣泄、狂叫怒喊的浪漫主义有极大的不同。当然，这只是相对而言，不可能划绝对的界线，事实上现实主义和浪漫主义也是强调形象的鲜明和语言的新奇的，但就大多数现实主义和浪漫主义诗歌来说，形象只是作为修饰物用的，“不像现代主义诗歌把形象作为事物固有的本质，作为事物实质的直接表现来使用”。① 现实主义和浪漫主义诗歌语言上虽求新，但也遵循一般语法规则，注重明白晓畅，而不像现代主义诗歌那样讲求语言省略、变形，时或破坏一般语法规则，以求陌生化，从而使读者对日常认知的世界产生新奇感受，收到强烈的审美效果。

现代主义诗歌之所以越来越受到中国读者的重视和青睐，也与我们传统的诗学观念和欣赏习惯有关，与诗歌艺术的普遍原则与规律有关。

我们知道，中国传统诗歌观念最重要的一点，就是重视诗歌境界的创造，他们把诗歌境界的创造看做诗歌最高审美追求。正如王国维所说的，“有境界则自成高格”。而境界是什么呢？就是那种说不完道不尽的诗性氛围。从钟嵘的“滋味”说到司空图的“不着一字，尽得风流”，再到王夫之的“神韵说”，袁枚的“性灵说”，无不把只可意会不可言传的寓意作为其最高审美追求。古典诗歌往往通过意化之境的刻写，得其“象外之象，景外之境”、“韵外之致”、“味外之旨”、“弦外之音”，这一点可说是古典诗歌传统的第一要旨。中国数千年诗歌史上留传下来的好诗，几乎都是经过这个传统的审美标准选择的结果。现代主义诗歌反对说明，强调象征与暗示，注重用音乐和绘画手段来表现捉摸不定的感觉，实际上，这正与传统诗学观念相契合。从传统诗学背景看，象征与隐喻既是根植于中国文化独特思维的认知方式，也是中国诗歌中的一种重要表现方法。道家在阐释超验的“道”与具体的“物”的关系时，强调“道”存于“物”，而“物”中可以见“道”：“道之为物，惟恍惟惚，惚兮恍兮，其中有象，恍兮惚兮，其中有物。”②

---

① 袁可嘉：《现代派·英美诗论》，中国社会科学出版社 1985 年版，第 104 页。

② 《老子·二十一章》。

抽象而玄妙的"道"借"物"而显其"象"，这样，在迷离恍惚的"象"中，"物"就超越了当下的具体性而成为"道"的象征。《易》设八卦和六十四爻为符号，以象征天地万物，于是，卦象的组合就具有了玄妙的象征意味，成为天人感应的中介，通过它，可以达到对外界的某种认识。这种借"物"以显"象"，因"象"而悟"道"的直觉性的思维和认知方式，也深刻影响了中国诗学。在中国传统的语境中，象征常常是理解文艺的重要角度。在古人看来，通过相应的音乐形式，即可判别世风，故"治世之音"、"乱世之音"、"亡国之音"皆有其对应的象征形式，而文学作为"道"的载体，则成为观风俗、明盛衰、知得失的途径。因此，一些学者甚至用"象征主义"一词去概括中国文学的特征。从艺术表现方法上说，这种"天人感应"的思维和"天人感应"的境界，也产生了一种独特的象征手法——"兴"，"兴"借"他物"起情而"随物宛转"，与象征确有不少相似。闻一多在《说鱼》一文中谈到兴与隐语的渊源，认为它带着伪装和秘密活动，具有预言的神秘性，实际上已触及了这一问题。周作人则直接将"兴"与"象征"挂钩，说象征既是诗的最新潮流，又是"古已有之"的旧手法。①梁宗岱也认为"象征"与古诗里的"兴"颇近似。② 卞之琳也指出，象征派注重"亲切与含蓄"的特点，"恰合中国旧诗词的主要传统"。③ 这些都道出了它们的相通之处，尽管二者之间有一些区别，但其相同之处正说明了现代主义诗歌得以生长的基础和现代主义诗歌能被中国读者接纳的必然性。无论就中国的认知方式还是诗学传统而言，象征在中国文学中并不都是舶来品。梁宗岱说，象征主义"在无论任何国度，任何时代的文艺活动和表现里都是一个

---

① 周作人：《扬鞭集·序》，《语丝》第81期，1926年。

② 梁宗岱：《诗与真·诗与真二集》，外国文学出版社1984年版，第66页。

③ 卞之琳：《戴望舒诗集·序》，《人与诗：忆旧说新》，生活·读书·新知三联书店1984年版，第64页。

不可缺乏的普遍和重要的原素”①。周作人说得更明白，诗“正当的道路恐怕还是浪漫主义——凡诗差不多无不是浪漫主义的，而象征则是其精义”②。他所说的“浪漫主义”就是对诗的抒情性的强调，他所说的“象征”，就是指诗要以含蓄与隐秘为本。梁宗岱、周作人的话道出了诗之为诗的真谛。大家知道，现代主义文学肇始于象征主义，不少现代派诗歌与象征派诗歌是孪生姐妹，一般人对它们往往不加区别，也难以区别，而且可以肯定，后起的现代派都具有强烈的知性因素和象征因素，象征派的象征、暗示、隐秘等主要表现方法已经成为后起的现代派的主要的艺术手段，它对现代诗的审美意蕴的开掘和语言自身力量的呈现有着重要的作用。正是这样的原故，中国新诗史上的现代主义具有现实主义和浪漫主义所不可比拟的优势，其艺术成就则要高出一筹。

---

① 梁宗岱：《诗与真·诗与真二集》，外国文学出版社 1984 年版，第 63 页。

② 周作人：《扬鞭集·序》，《语丝》第 82 期。

诗　学　论

一、中国现代诗学历史发展论

中国诗学的现代性转换

为适应中国新诗变革的需要以及外来诗学的冲击和影响，中国诗学在五四时期实现了从古典向现代的转换。西方文化和诗学的影响，是中国诗学实现现代化转换的根本动力。中国现代诗人接受外来诗学是以适应中国诗学发展的现实要求为条件和取舍的标准的，因此五四诗歌革命的先驱者们在众多的西方诗学中选择了并不时髦的浪漫主义和现实主义等。某种诗学观念尽管在西方似乎已经过时，已经为新的理论所超越，但只要它切合中国诗学的现实需要，就积极引进和借鉴；相反，某种诗学观念也许是西方流行的新潮，但如果与中国诗学的现实需要相隔膜，就会慎重待之，而不随波逐流，盲目崇新。如象征主义、现代主义诗学并未被五四诗歌革命的先驱者们所真正选择和重视。正因为这种情况和中国社会历史发展的滞后性，中国现代诗学和西方现代诗学之间存在着较大的差距和历史的错位。

现代诗学是作为对传统诗学的一种反叛而出现的。如果没有五四知识分子对传统文化（包括传统诗学）的全面抨击，西方现代诗学的输入是难以设想的；同时，如果没有大量的先进的西方现代诗学作为参照与后盾，那么对传统诗学的反省与批判也是不可能的。从历史动因看，二者是互为因果的。在那时，我们在显意识的、自觉的理论层面，很难发现中国传统诗学思想的影响，这种影响即使存在，与当时强大的西方现代诗学的影响相比，也是微不足道的。但是，中国现代诗学家们所拥有的深厚的传统诗学修养和文化资源，不会不对他们的诗学建构发生影响，只不过在当时这种影响往往是以一种潜在的或间接的方式，发生在一些更隐秘更深刻的思想层面。因此，在对各种各样的西方现代诗学潮流进行选择的时候，传统诗学常常是暗中左右选择的重要因素。例如周作人在读到西方表现理论时便会自然联系到“诗言志”，茅盾在读到有关社会背景与文学的关系时，就会自然联想到儒家的《诗大序》。这种联系在很多现代诗论家那里都存在着。这种联系、规范、推展和衍化原有的文意，使之在接受过程中便发生了潜移默化的深刻演变。这种联系，自然会导致中西诗论的沟通与融合，事实上，外国现代主义诗学中运用得最多的概念如“象征”、“意象”与“隐喻”、“暗示”被移植到中国后，常常与传统诗学中的“比兴”手法相融通，从而丰富了现代诗学内涵。由此可见，深刻的内部诗学理论逻辑的影响也许比外在的理论影响更大①。

应当说，反思传统，回应西方；沟通古今，融会中外，构成了中国现代诗学建设的思想资源和内在动力。当然，中国现代诗学对传统与西方的看取，在各个时期，各个诗论家那里，常常是有条件，有其选择的侧重点的。例如，在五四诗学创建过程中，对西方诗学的看取是主要的、全面的；而当新诗站住脚跟以后，中国现代诗学对传统的看取则由不自觉转向了自觉。各个诗论家对西方与传统的看取也是复杂多变的。但从总体上看，传统与西方对现代诗学所产生的作用是综合性、整体性的。可以说，现代诗学的建构既外应世界潮流，又内存民族传统血脉，即在外来诗学民族化、民族诗学现代化的双向转化中创造具有中国特色的现代诗学。

中国现代诗学的历史发展

中国现代诗学在五四时期已经得以开创和发展，在 20 世纪 20、30 年代则走向了繁荣和兴盛，在 40 年代则有了进一步的拓展和深入。现代诗学的历史发展，既受社会外部历史条件的影响，又

---

① 参考罗钢：《历史汇流中的抉择》，《中国现代文学研究丛刊》第 4 期，1991 年。

受中国诗学的内在力量的驱动，是一种合目的与合规律的呈现。现代诗学的历史发展大致可分为三个阶段，即初期（1917～1925）、中期（1925～1937）、后期（1937～1949）。三个阶段的诗学理论因时代原因不同，创作情况各异，而呈现出不同的特色。其发展虽不平衡，但逐渐走向成熟则是总的趋势。

（一）初期诗学

这时期的诗学理论主要以助白话新诗的确立，是一个重在多方探索的时期，多种诗学问题初步提出，多种诗学理论初步建立。这个时期诗学大致经历了一个从诗歌工具的确立到诗歌艺术特征（规律）的探讨的转化过程。因为五四诗歌革命运动的第一步就是语言的变革，也就是说，诗歌革命是以诗歌语言为突破口的，是从用白话做诗入手的，找到了白话，也就为诗歌工具的刷新打下了坚实的基础，因此，当时的诗歌革命先驱者对为什么要作白话诗和如何作白话诗问题，是最为关注的。从当时诗歌革命先驱者胡适、鲁迅、刘半农、俞平伯等的诗论文字看，都重在说明，以白话做诗，从大的方面看，是语言革命实践的需要，它与白话文运动密切相关。正如鲁迅所说，提倡白话文的目的，正在于丰富中国语言的科学思维能力，使中国人“可以发表更明确的意思，同时也可以明白更精确的意义”①。以白话做诗，从小的方面看，是从文学的本义出发。文学的本义是“达意状物”的，要做到“达意状物”，只能用活的语言（白话），不能用死的语言（文言），所以必须用白话做诗作文。中国新诗的白话标志确定以后，进一步就是讨论如何建立白话诗的诗性规范。对此，胡适提出了一个响亮的口号：“诗体的大解放。”其意思是：“不但打破五言七言的诗体，并且推翻词调曲调的种种束缚；不拘格律，不拘平仄，不拘长短；有什么题目，做什么诗；诗该怎样做，就怎样做。”② “诗体大解放”是白

---

① 鲁迅：《答曹聚仁先生信》，《鲁迅全集》第6卷，人民文学出版社1981年版，第77页。

② 胡适：《胡适学术文库·新文学运动》，中华书局1993年版，第389页。

话新诗的理论和创作的纲领。被朱自清誉为“诗的创造和批评的金科玉律”的胡适的《谈新诗》，以及刘半农的《我之文学改良观》、俞平伯的《白话诗的三大条件》、康白情的《新诗底我见》等，都是以“诗体大解放”为核心，提出白话诗的理论主张和艺术规范的。可以说，在那时，推倒文言文，实行白话文，推倒格律的束缚，实行诗体大解放，这一诗学定位，为白话新诗的诞生和成长找到了真正的契机和动力。

五四诗歌革命的先驱者们通过较大规模的白话新诗试验，使白话新诗有了坚实的基础，但同时也表露出了明显的弱点和缺陷，那就是只重“白话”不重诗的“非诗化”倾向。于是，五四诗学重心马上转向对这种“非诗化”倾向的批评和对白话新诗艺术性的探索。做了一本白话新诗《冬夜》的俞平伯，不待闻一多提出批评，他已备尝白话新诗创作的甘苦。他在《社会上对于新诗的各种心理观》中坦率地谈到白话诗“工具的缺点”和“用工具的人的笨拙”，十分明白地说，白话诗的难处，“不在白话上面，是在诗上面”。后来梁实秋也说：“经过了许多时间，我们才渐渐觉醒，诗先要是诗，然后才能谈到什么白话不白话。”① 由于大都认识到了白话诗“未曾注意到诗的艺术”的缺陷，所以对白话新诗艺术特质及艺术原理的探讨，就成了五四白话新诗确定之后的主要诗学目标。

作为诗学流派的现实主义和浪漫主义，在五四时期已基本形成。在五四白话新诗的理论倡导中，已初步体现了现实主义的诗学趋向。胡适在《谈新诗》中，多次提倡“写实的描画”，肯定“完全写实”的诗歌。俞平伯也说过，文学家的惟一天职是“老老实实表现人生”，“新诗的大革命，就在含有浓厚的人生的色彩上面”。② 文学研究会成立后，明确地提出了“为人生”的诗歌价值观。他们把新诗和“为人生”意图联系起来，强调对现实人生的

---

① 梁实秋：《新诗的格调及其它》，《诗刊》创刊号，1931 年 1 月。

② 俞平伯：《社会上对于新诗的各种心理观》，《新潮》第 2 卷第 1 号，1919 年 10 月。

表现。因而在文研会成立不久，郑振铎就在《文学旬刊》上发表文章，首次提出了“血和泪的文学”的口号，文章开宗明义提出：我们现在需要血的文学，泪的文学，而不是雍容尔雅、吟风啸月的冷血的贵族文学。他们主张在表现人生与表现自我的关系上，通过表现自我和个人来表现人生，即要求把表现人生与表现自我统一起来；在“为人生”与“为艺术”之间，他们强调的不是二者的分离，而是二者的统一。在如何表现人生的问题上，他们大多强调“自然而然的表现”，即要求诗人通过真切的感觉、印象、感受，入乎人生之内，再在结晶成诗中融于人生，使诗成为人生的一分子。其实这种不让“闯入别的科学的范畴，去僭号称尊”① 的写实主义，仅重个性化的客观的写实，无视科学的理性精神渗透，是难以达到“为人生”而艺术的最高境界的。文研会在探讨诗歌“为人生”和“如何为人生”的问题上，虽然存在机械论倾向，却为现实主义诗学奠定了最初的基础，但在诗歌艺术性的具体探讨上，用力还不够深，收获还欠丰满。

创造社成立前后，郭沫若、郁达夫、成仿吾等发表了不少诗论文章，从不同角度论述了诗的本质，强调了诗的灵感、情感与想象以及诗的形式的“绝端自由、绝端自主”的种种特性，形成了一套比较完整的浪漫主义诗学理论体系。创造社浪漫主义诗学主要体现在田汉、宗白华、郭沫若的《三叶集》中。创造社浪漫主义诗学最突出之点为：1. 明确提出了“情绪论”和“自我表现论”。他们认为，“诗底的主要成分总要算‘自我表现’了”。② 因此，“情绪”高于一切，“情绪的吕律，情绪的色彩便是诗”。③ 2. 强调情感、灵感和想象在诗中的作用。在他们看来，情感、灵感和想象

① 俞平伯：《诗底进化的还原论》，《诗》第1卷第1号，1922年1月25日。

② 田汉、宗白华、郭沫若：《三叶集》，上海亚东图书馆1920年版，第133、47、8、49页。

③ 田汉、宗白华、郭沫若：《三叶集》，上海亚东图书馆1920年版，第133、47、8、49页。

是相互联系、相互依存的，因为以抒情为其本职的诗歌创作，是从情感的喷发中塑造形象，它需要强烈的情绪的波动，猛烈的灵感爆发和丰富的想象驰骋。情感、灵感和想象是“诗的本体”，“只要把它写了出来，它就体相兼备”。① 3. 在形式上强调个性的无拘无束的表现。他们反对诗歌定型化，以“自然流露”为上乘；非常重视诗的“内在韵律”，这种“内在韵律”就是情绪的自然消长。创造社浪漫主义诗学并非达到了成熟的境地，但却给中国新诗坛带来了崭新的诗学风貌。正当浪漫主义诗学方兴未艾之时，革命形势的重大转折，改变了创造社诗人的生活基础和诗学趋向，即从浪漫主义转向了革命现实主义。尽管以后中国新诗的浪漫主义精神始终以不同方式存在着，但浪漫主义诗学并未再独立地发展下去，这不能不说是中国现代诗学的遗憾。

五四时期，西方其他诗学流派如唯美主义、象征主义、表现主义、未来主义、意象主义、现代主义等已开始在中国诗坛萌芽，诗学声音虽然纷繁多样，但大多浅尝辄止，入境未深。西方的诗学流派理论大多属于零星的介绍，缺乏系统性和整体感。现代诗学尚处于幼稚、不定型、未成熟状态。

（二）中期诗学

在这一时期，现代诗学出现了比较自觉的探讨氛围，诗学问题涉及层面较多，范围较广，内容丰富复杂，现代诗学有了较大的拓展，因此，这一时期也可以称作现代诗学的“自觉”时期。与诗歌创作相一致，这时期的诗学呈现出两种相互对峙与竞争的潮流，即“向内转”（回到自身）与“向外转”（面向社会）、“纯诗”（把诗当作诗）与“非诗”（把诗当作工具）的两种诗学潮流并立、对峙的局面，这不仅是现实社会情势作用的结果，而且也是诗歌内部规律的必然趋势。

在这个时期，诗坛面临着两种压力，两种选择：一是来自社会

① 田汉、宗白华、郭沫若：《三叶集》，上海亚东图书馆1920年版，第133、47、8、49页。

外部的，一是来自诗歌本身的。从社会外部来说，社会现实变得更加黑暗，时代政治变得更加严峻，我们的新诗运动将不可避免地担负起沉重的责任。从诗歌本身来看，新诗刚刚得以成立，它还不够健全和强大，它还需要发展，因而新诗本身的建设问题也迫切地摆在诗人面前。于是，20 世纪 30 年代诗学就出现了这样一种状况：一些诗学工作者承诺了社会历史使命，探讨诗歌适应社会现实需要的规律，而在一定程度上又疏离了诗歌本身的建设，当他们把诗歌作为完成历史使命的工具时又偏离了诗的轨道；而一些诗学工作者则承诺了诗歌本身建设的使命，但在一定程度上又疏离了现实的责任。这种对社会历史使命与诗歌本身建设的承诺与疏离的两种偏向，决定了本时期诗坛必然会出现两种诗学——革命现实主义诗学与“纯诗”诗学对立与冲突的格局。

这时期政治革命的形势是那么激动人心，它以刻不容缓的姿态感召和牵引着诗歌的神经，于是，无论是现实主义诗学派，还是浪漫主义诗学派，都无法摆脱社会形势的纠缠与诱惑，都不能不时常去考虑超乎诗歌艺术之外的社会政治问题，去倾听时代和人民的呼声。正是在这种情况下，一些诗学工作者从他们原本的文学圈子里走了出来，形成了新的诗学流派——革命现实主义诗学，它推动中国诗歌从“诗歌革命”走向“革命诗歌”。与中国 20 世纪 30 年代的革命诗歌运动相一致，革命现实主义诗学经过了从普罗诗派——中国诗歌会——密云期诗人群这样几个发展阶段。革命现实主义诗学主要着眼于诗歌怎样适应工农革命斗争，反映现实生活的诗歌外部规律的探讨，其探讨大多集中在诗歌的主题与题材，诗歌的内容与形式，诗歌的语言与风格，诗歌的雅与俗等问题，他们力求从革命性、战斗性和群众性等方面去建构革命现实主义诗学框架。在这方面用力较勤的有鲁迅、郭沫若、胡风、蒲风、任钧，袁勃、柳倩、穆木天（后期）、王亚平、臧克家等。他们都是有着“忧国忧民”的使命感和强烈的参与意识的知识分子，在新的历史使命感召下，他们要让诗歌成为现实斗争的工具。在他们那里，尽管也想求得政治与艺术的统一，但大多数则作了倾向前者的选择（鲁迅是个例外）。当然，他们对政治与艺术的关系的认识和把握也有一个逐渐深化、成熟的过程。在普罗诗派那里，主张用辩证唯物主义的创作方法指导和规范诗歌创作活动，诗人忠于现实生活就是忠于辩证唯物主义哲学和革命的世界观，真正的社会实践和生活实感则成了可有可无的东西。这种以社会科学精神和世界观为先导作用的诗学思想，必然导致他们对于诗歌肩负的时代使命的思考重于诗歌自身艺术使命的思考，以至于把诗歌视为无产阶级革命斗争的工具，把宣传煽动作用作为衡量艺术的惟一标准。中国诗歌会承续普罗诗学，强调“捉住现实，歌唱新世纪的意识”①，就是强调题材的现实性和重大性，反对非现实主义的“虚伪的题材”，并且要求以“观念形态是否属于无产阶级”来为现实主义作品定位。正因为这样，他们与普罗诗派一样，进一步强调诗歌对于现实斗争的呼唤和对于革命激情的表现。除此之外，中国诗歌会还致力于诗歌大众化、通俗化（创造“大众歌调”）的推进和民间艺术资源的发掘，这对于现实主义诗学是一个不小的贡献。普罗诗派与中国诗歌会由于强调“政治价值对艺术价值的支配权利”，就摒弃了诗传达当代人复杂而隐秘的内心世界的丰富性特征，取消了诗的形象表达规律，而换来了诗学取向的单一和诗学内涵的匮乏，造成了一个时代诗学的贫瘠。而到了“密云期”，一批新诗人既继承了普罗诗派和中国诗歌会诗学革命性的一面，又对诗歌的艺术性作了切实的强调与探讨。例如胡风对田间、艾青的评论就体现了当时革命现实主义诗学能达到的高度。他在《田间底诗》中充分肯定田间的诗里，“只有感觉、意象、场景底色彩和情绪底跳动”，而没有当时革命诗歌所存在的“用抽象的词语来表现‘热烈’的情绪或‘革命’的道理”，以及“没有被作者底血液温暖起来，只是分行分节地用韵语写出‘豪壮’的或‘悲惨’的故事”的不良倾向，这“诗底大路，田间君本能地走近了”。② 他又在《吹芦笛的诗人》中肯定艾青的《大堰河》唱出了“我们所能够感受的一角人生”，“唱出

① 《发刊词》，《新诗歌》创刊号，1933 年 2 月。

② 胡风：《田间底诗》，《胡风评论集》（上），人民文学出版社 1984 年版，第 407 页。

了被现实生活所波动的他底情愫，唱出了被他底情愫所温暖的现实生活底几幅面影”。他的诗没有“用论理的雄辩向读者解明什么问题或事象”，也没有脱离内容的“精巧的形式”，完全是富于个性色彩的诗，是艾青用他那“健旺的心”所发出的“我的歌”。因此他作出结论：“诗不是分析，说理，也不是新闻记事，应该是具体的生活事象在诗人底感动里面所搅起的波纹，所凝成的晶体。”说到底，“诗人底力量最后要归结到他和他所要歌唱的对象的完全融合”。① 胡风通过对“密云期”诗人田间、艾青创作的评论，阐发了他对诗的本质特征的认识。胡风的诗论与诗评，体现了现实主义诗学的趋于成熟。可以说，经过众多的诗歌理论工作者的努力探索，终于趟出了现实主义的诗学大道，这给现实主义诗学的发展奠定了坚实的基础。

这一时期，新月派、象征派、现代派前后相连续相承传，基本构成了“纯诗化”诗学潮流的发展趋势。由于中国社会环境的急剧变化，以及诗自身的偏离日益加重，他们为反抗“非诗”的无休止的侵入提出了“纯诗”的诗学主张。这一诗潮的重要诗论家都接受过传统文化的熏陶和欧风美雨的浸染，对艺术有一种执著的向往与追求。加之当时社会的极端黑暗和环境的极端污浊，他们很容易躲进艺术的迷宫之中，藉以逃避。他们脱离现实的偏向又进一步强化了他们对纯诗艺术的追求。

这股“纯诗化”诗学潮流，着重探索诗的本体，致力于抒情的艺术化，借用朱自清的说法，使诗“回到了它的老家”或“钻进了它的老家”。② 他们把诗的本体探索的焦点集中在诗的艺术规范、表现技巧及整个诗艺的革新上，在诗本体探索上，他们虽各有不同的侧重点和不同的价值取向，但都从不同的方面构成了本时期此伏彼起的“纯诗化”诗学潮流。最早的弄潮儿则是新月派。

综观新月派的诗学观点，可以认为，“本质的醇正”、“情感的

---

① 胡风：《吹芦笛的诗人》，《胡风评论集》（上），人民文学出版社1984年版，第416～422页。

② 朱自清：《抗战与诗》，《新诗杂话》，作家书屋1949年版，第36页。

节制”、“格律的谨严”乃是他们的基本诗学原则，三者的统一，构成了他们关于诗歌艺术规范化的主要目标。新月派的“本质的醇正”，实际是面对诗坛的“混乱”，以挑战的姿态提出的一种诗歌尺度。他们认为，新诗在彻底取代旧诗和建立起自己的基本格局之后就应当寻求一种新诗的诗美风范，要求诗回到诗本身，诗必须是诗，而不能偏离诗作为诗的轨道，从而表现出对诗歌本体的强调和重视。新月派这种诗歌本体观既是对革命现实主义诗歌偏离本体的反拨，也是对他们曾视为“同调”的前期创造社“绝端自由”的诗学主张的调整。新月派提出的“理性节制情感”的美学原则与诗的形式格律化的主张，是相辅相成的。他们把格律形式要求当作“节制情感”的最好镣铐，从而实现最高的审美愿望。新月派关于格律诗建设的具体意见，集中体现于闻一多的《诗的格律》一文，他那“戴着脚镣跳舞”的著名论断，对艺术形式的能动作用，是十分准确的阐发。1931 年，陈梦家在《新月诗选》序言中对他们关于格律诗的理论立场作了进一步的总结：“我们并不是在起造自己的镣锁，我们是求规范的利用。”① 总之，新月派强调格律，标榜形式，对否定旧诗格律的自由体新诗作了某种新的意义上的否定，它标志着中国新诗已经由初期的注重新旧的对立转入注重美丑的艺术追求了，标志着对新诗艺术本体性的追问已由内容转向形式，诗的本体论实质便成了“语言形式”本体论。在那时，如果说革命现实主义诗学往往为着内容而轻视形式，为着思想而丢弃语言，那么新月派则把他们所忽视的形式和语言提到了诗学的日程，试图在诗坛树起一股“纯正”的诗的风气。后来，随着社会生活的迅猛发展，他们的格律诗运动就难以为继了，但他们的格律诗探讨的成果和经验却给后来者以很大的启示，朱光潜、林庚、卞之琳、何其芳等在后来所进行的格律诗探讨，就是在他们的基础上更进一步的推进与发展。

象征派诗人崛起于诗坛时，不满意于“狂叫直说”、“坦白奔

① 陈梦家：《〈新月诗选〉序言》，《新月诗选》，上海书店 1931 年版，第 15 页。

放”的诗坛风气，他们从法国象征主义诗派那里找到了对抗坦白直说、过分的感情倾泄和缺乏深沉含蓄的艺术缺陷的出路。于是，一种新的诗歌美学思想便孕育了出来。他们明确地提出：“诗不是说明，诗是得表现的”，“把纯粹的表现的世界给了诗歌作领域，人间生活则让给散文担任”。① 他们明确表示追求诗的“幽深、晦涩和涵蓄”，即“从意象的联结，企望完成诗的使命”。象征派的诗学观念比较集中地体现在李金发的诗论和穆木天的《谭诗》与王独清的《再谭诗》中。特别是穆木天的《谭诗》强调诗人“以诗去思想”，完全划清了诗歌与散文的界限，显示了对诗歌本体的自觉意识。从“以诗去思想”观点出发，他提出了“诗的思维术”、“诗的逻辑学”、“诗的构成法”，就是强调诗对世界感知方式和表达方式的独特性，使得对世界的把握方式艺术化。这一基本观点，正是对象征派的新的诗学原则的集中概括。可以认为，象征派的诗歌创作实践并非很成功，但他们的诗学思想却对新诗的发展具有很大的启示作用。

由于后期新月派对形式的片面追求和象征派对法国象征主义诗歌的生搬硬套，新诗发展面临新的危机，需要一批诗人探索诗歌的新的发展道路，于是，现代派应运而生。现代派的诗学探索既是对新月派和象征派的承继，又是对他们的改造与反叛。同时，时代的发展也给他们提供了历史的机遇。在当时，在世界范围内，以象征主义开端的现代主义思潮呈现逐渐加强的势头，同时对传统文学的态度已不像五四时期那样流于极端，在这种情势下，诗坛对西方现代主义诗潮就有了更强的认同感和受容性。

现代派诗论家梁宗岱当时所写的《关于象征主义》等一系列诗论，已表明现代派对象征主义的认识的深化。梁宗岱的诗论不仅在理论上较系统全面，而且结合诗歌创作实际深入阐发象征主义的本质特征，较李金发、穆木天等人的理论基本停留于介绍阶段是一个突破。它对于现代派的诗学理论建设的作用及影响，与胡适的《谈新诗》之对于初期白话诗学，闻一多的《诗的格律》之对于格

① 穆木天：《谭诗》，《创造月刊》第1卷第1期，1926年3月。

律诗学的作用及影响颇有相似之处。梁宗岱关于“象征即兴”说的提出，在纯粹属于外来新潮流的象征主义中，看到了某种属于我国传统诗学意识的成分，从而找到了象征诗歌中西融合的契机；而他关于象征主义的“契合”论的提出，更明确揭示了象征主义的主要特征：“意”与“象”的“融成一片”，并“暗示给我们的意义和兴味的丰富和隽永”，为现代派的诗艺建设提供了有益的启示。《现代》编委之一施蛰存首先明确打出“意象抒情诗”的旗帜，意在寻求诗的“意象之美”。他还强调现代的诗“是现代人在现代生活中所感受到的现代情绪用现代的词藻排列成的现代的诗形”①。现代派代表诗人戴望舒在阅读法国象征派诗歌后所作的十七条诗论零札和苏汶的《望舒草·序》，也是对现代派诗学的丰富和发展。他们认为写诗的动机是在“隐藏自己与表现自己”之间，“是一种吞吞吐吐的东西”。“一个人在梦里泄漏自己底潜意识，在诗作里泄漏隐秘的灵魂，然而也只是像梦一般地朦胧的。”他们把朦胧美、多义性当作诗的一种审美特征，看做诗的魅力之所在。这也正是现代社会日趋纷繁复杂所带来的心态变化与诗歌思维方式变革的必然反映。

尽管“新月”、“象征”、“现代”的诗学系统是不相同的，其视角和话语是有差异的，但从他们各自对艺术的社会作用，艺术与现实的关系，艺术的内容与形式等见解来看，他们的“纯诗”诗学具有基本一致的内涵，即强调艺术创作的执著态度，注重艺术美的探求。或者说，他们的“纯诗”诗学就是想以艺术去和丑恶的现实形成对立，想以艺术美去扭转新诗创作中的“非诗化”倾向，而不完全像西方唯美派和现代派那样否定艺术的功利性。他们中绝大多数人以与普罗诗派、中国诗歌会、密云期诗人群不同的另一种姿态奋力抵抗着专制政治的压迫和摆脱政治斗争的干扰，所以在很长一段时间里，他们聚集在社会政治的“中间地带”。他们表现的对政治与现实的淡漠、回避和超脱，并不一定是对社会黑暗的妥协，在很多情况下，是为了维护诗歌的独立性、纯洁性。实际上，

① 王独清：《再谭诗》，《创造月刊》第1卷第1期，1926年3月。

在那政治风云激荡，社会动乱不已的时代，所谓“纯艺术”、“纯诗”的追求只是一种态度，一种愿望，距实际目标相差甚远。正如瓦雷里所说：“纯诗的概念是一个达不到的类型，是诗人的愿望、努力和力量的一个理想的边界。”① 他把它比喻为科学上的“净水”和“绝对零度”，实际上是不存在的。事实上，瓦雷里的导师马拉美建立“纯诗”的工作既高贵又悲壮，终其一生都没有实现他的目标。身处中国社会的这一代诗人，也更不用说了。朱自清说得好，“诗钻进了老家，访问的就少了”，刘西渭也说，“纯诗”的追求“离开大众渐远，或许将是一个不可避免的趋止”。到了抗战时期，“纯诗”诗学走到了一个物极必反的转折点。不过，他们的“纯诗”梦，虽然存在逃避现实、看轻诗歌内容的倾向，但他们在抵制诗坛“非诗”倾向，革除新诗弊端，提高诗歌艺术水平方面的成就是不可轻估的。事实上，在 20 世纪 30 年代的诗坛，要想解决政治和艺术这一矛盾，还不具备条件，现代主义诗学要真正达至与中国本土的结合，适应时代，还需走一段长长的路。

这时期诗坛呈现两种对峙的格局，表明新诗正处于紧张的探索之中，前景并非分明，因而当时的诗论除了站在各自的立场阐明自己的诗学主张外，更多的是追求，是探索。特别是梁宗岱的《诗与真》和《诗与真二集》、废名的《谈新诗》、草川未雨的《中国新诗坛的昨日今日和明日》等诗论著作和茅盾的《论初期白话诗》和《叙事诗的前途》、蒲风的《五四到现在的中国诗坛鸟瞰》、朱自清的《中国新文学大系·诗集导言》和《新诗的进步》、叶公超的《论新诗》、朱光潜的《心理上个别的差异与诗的欣赏》、石灵的《新月诗派》、孙作云的《论“现代派”诗》、柯可的《论中国新诗的新途径》等诗论文章，都企图从历史中总结新诗的教训，探索新诗的前途。这些诗论诗评既回顾新诗的成长道路，又指出新诗所面临的危机；既总结新诗的成绩，又批评其流弊。他们那深中肯綮的分析批评，对新诗的健康发展，曾起过积极的推动作用。这

① 瓦雷里：《纯诗》，《现代西方文论选》，上海译文出版社 1983 年版，第 27、29 页。

些宝贵的诗论文字，记载着一代诗论家在迷茫中追求、探索的心路历程。现代诗学经过这样一个混乱、探寻的时期之后，应当有一个转机。

（三）后期诗学

这一时期，现代诗学呈现出大汇合趋势。这是因为，一方面中国的历史转向全民族争取独立解放的时代，人们的趋同意识则日益强烈；另一方面，在经过此前连续不断的诗坛冲突、论争之后，融合的趋势已经形成。诗学的成熟必有一个积累时期，到了20世纪40年代，多种积累已为融合奠定了基础。因此20世纪40年代诗学应该互相融合，朝着一切可能融合的方向发展。独创性寓于变化之中，也同样寓于融合之中，每一种独特的个性都可以创造出一种独特的融合来。如艾青、胡风的诗论在融合以前现实主义诗学的基础上达到拓展；袁可嘉、唐湜的诗论在融合以前现代主义诗学的基础上达到创新。当然，并不是所有诗论家都在有意融合，但真正具有建设性的诗论家是体现了这种特征的。阿垅、任钧等的融合比较突出自己的主色调；朱自清、朱光潜的融合则具有较大的包容性和涵盖面，因而他们两位不失为诗论大家。

和当时的社会一样，诗学在趋同中寻求发展。虽然当时诗歌团体不少，但真正具有流派性质的也不多，即使具有流派性质的延安诗派、七月诗派和九叶诗派，也并不存在像20世纪20～30年代那样的流派间的尖锐对立状况，并且流派之间的趋同性是明显的。如延安诗派和七月诗派都是遵奉现实主义的流派，其政治倾向和诗学思想并无大异；九叶诗派在忠实现实情感方面也与其他诗派相通。当时的诗学求同是主导性的。当然，这种求同的主导性格局有利于诗歌社会功利作用的发挥，同时也有利于诗学整体水平的提升。但是，思想倾向迥异的诗学流派的减少和隐退，也影响了诗学的多方面的开拓与发展。不过，像真正具有流派特征的七月诗派与九叶诗派，在寻求流派的发展中，为20世纪40年代诗学增添了多样的光彩。当40年代诗坛把为政治服务、紧贴现实抬到压倒一切的位置上，内容的“革命”掩盖了诗质和诗艺的时候，七月诗派和九叶诗派都从各自的立场感到了矫正时弊的必要，认识到了只有把诗学纳入到时代与其自身的多重关联中，才能获得一种切实的诗歌意识和一种敏锐的诗学创造能力。

从20世纪30年代以来，浪漫主义一直附着在现实主义和现代主义之中，没有独立地生长起来，也没有形成流派。在本时期，现实主义成为诗学大潮。与政治革命、社会革命同步，现实主义诗学经历了一场较大的革命，它在观念上进一步强化了诗的工具性，同时在诗的形态上强化了大众化与民间性。诗学从来没有像现在这样地联结着社会和大众，从来没有像现在这样强烈地发挥了社会“代言者”的职能，它有力地宣告了诗学作为理性载体的胜利。但由于现实主义诗学被严格纳入时代政治的轨道，因而群体认同性极为强烈，现实主义诗论家的独创性与个性则没有施展开来。现实主义的许多诗学问题如诗与宣传、诗与时代、诗与政治、诗与大众等几乎是在重复的层面展开。革命现实主义诗学除了实用性地搬用前苏联革命现实主义原则外，几乎关闭了世界现代诗学大潮的闸门，朝着政治化、大众化、民族化（民间化）方向发展，只有以艾青和胡风为代表的七月派的诗学是个例外，他们在一定层面上突破了现实主义诗学的既定框架，建立起以真、善、美统一为核心的诗歌审美价值标准和高扬主体的现实主义诗学的开放体系。

20世纪40年代，是社会、道德与审美方面不甚和谐的时代，有人要么重视文学作为工具的作用，把文学服务社会政治看得高于一切，而忽视文学的审美特性；要么把文学艺术的纯化放在首位，而缺乏关注和探讨现实问题的热情和耐心。艾青对此诗坛现状深为不满。自抗战以后他就开始了创作上痛苦的沉思：“如何才能把我们的呼声，成为真的代表中国人民的呼声。”① 思考的结果，他坚定地认为，诗歌艺术是伟大时代的产物，诗歌艺术应当真实地表现出这个时代的全部激烈冲突和时代特征，在其内容表达和审美创造两方面应当是统一的，相辅相成的，而不应人为地割裂它们。艾青说，他“渴求着‘完整’，渴求着‘至美、至善、至真实’，因而

① 艾青:《艾青全集》第3卷，花山文艺出版社1994年版，第120页。

把生命投到创造的烈焰里"①。这表明艾青的诗学观就是寻求诗的"完整"，即创造至真至善至美的诗篇。面对诗坛的偏至现象，艾青不甘寂寞，一种诗歌创造的使命感驱使他既用诗歌作品为新诗的发展开辟航道，又用诗歌美学主张来巩固新诗的阵地。他在桂林办诗歌讲座，写《诗论》，就是为了矫正诗歌创作中的偏至现象，以振作诗坛，让诗歌在肩负时代使命的同时走向和谐，达到完美。艾青在《诗论》中开宗明义地提出："真善美，是统一在先进人类共同意志里的三种表现，诗必须是它们之间最好的联系。"② 在艾青看来，真、善、美属于不同的价值范畴：真是我们对客观世界的真切认识；善是社会的功利性，它是以人民的利益为准则；美是依附在人类向上生活的外形。也就是说，真是科学追求的境界，善是伦理追求的境界，美是艺术追求的境界。但这三者又有着不可分割的联系。而对于艺术的最高形式的诗来说，艾青认为它不仅仅是真的，也不仅仅是善的，还不仅仅是美的，而是要将这三者统一起来，成为一个整体。艾青的真、善、美相统一的观点，排斥了那种"唯真"、"唯善"、"唯美"的价值偏差，确立了现实主义诗歌的审美价值方位，对20世纪40年代现实主义诗歌的发展具有重要的意义。

如果说艾青的诗论强调的是真、善、美相统一的诗歌审美价值标准，那么胡风的诗学则着重提倡高扬主体的现实主义，即强调诗人的主体性。他把诗人的整个生活实践和创作过程视为"对于血肉的现实人生的搏斗"过程，并认为其中关键是发挥诗人的能动的主观作用。我们在胡风和七月诗派的另两个重要理论家吕荧和阿垅的著作中，以及其他七月派诗人零散的诗论中，都可以清晰地感受到这种共同的诗学观。

胡风在20世纪30年代就对现实主义诗学作了比较切实的探讨。在20世纪40年代，他的诗论与诗评，与其总的文艺观相一致，形成了一套完整的诗歌美学系统和诗歌评价系统。胡风的诗学

---

① 艾青：《艾青全集》第3卷，花山文艺出版社1994年版，第47页。

② 艾青：《诗论》，人民文学出版社1980年版，第171页。

核心就是高扬主体的现实主义，这种诗学观的提倡，是有着鲜明的现实针对性的，即反对过去和现在诗歌创作中普遍存在的主观主义与客观主义倾向。主观主义和客观主义的根本缺陷，就在于主观与客观相分裂，这两种倾向都是同现实主义背离的，这两种倾向在当时的存在，妨碍了现实主义的发展。为了克服创作中的这种不良倾向，胡风强调主观战斗精神和主观突入客观、拥抱客观的美学追求。主体要反映或认识客体，必须通过主体的内部条件才能实现。在创作中，当现实生活、客观对象进入人的意识的时候，首先要高扬主观战斗精神，就是在创作过程中，首先要提高作为诗歌的主体的诗人的思想觉悟、理论水平、认识生活和感受生活的能力，也即是提高对于客观现实的捕捉力、拥抱力和突击力。然后，以这种高扬了的主观战斗精神去拥抱客观，“向赤裸裸的现实人生搏斗”。胡风的现实主义诗学特征最突出地表现为这样几点：一是强调在时代生活、时代精神与诗人的主体意识的高度结合上，追求诗歌历史认知的深度。二是强调在主观与客观的统一中，追求诗歌的感人的思想艺术魅力。三是强调诗人应有“精确的人生感受能力”与艺术上的“新的表现能力”。

胡风的诗学具有很强的战斗性，他从自己的诗学主张出发，对诗坛存在的种种问题，提出了自己的看法和尖锐的批评，发表了极富启示意义的思想见解。例如：针对当时诗坛有人提出“放逐”抒情的主张，他进一步阐发了诗歌重于抒情的本质特征，强调诗歌创作中诗人的生活实践和他的主观精神活动的重要性与必要性。针对当时诗坛强调“大我”，否定“自我”的倾向，他指出诗的主人公是“作者自己”，“诗是作者被客观世界所触发的主观情操的表现”，所以诗人不应抛弃与抹煞自我去表现大众，而是要通过自我的感受与体验去表现大众。针对当时诗坛流行的“形象化”的理论——提出诗歌创作要先有抽象，然后再用具体形象表现出来的所谓“形象化”，他尖锐批评其机械论的错误，强调诗人的“主观战斗精神”在形象塑造上的重要性，指出诗歌固然要刻画形象，但诗中的形象是“从血肉的现实生活里诞生的”，是经过诗人感情孕育的，是在主观与客观的融合上表现出来的结果。针对当时诗坛对

“生活”的片面认识，即认为只有深入某处的生活，获得了某一方面的创作源泉，才能写出好诗来，他提出“到处都有生活”的观点，认为凡生活在人民的生活里面，就一定有生活，也就一定有诗。他还对当时诗坛“题材决定论”和“技巧决定论”提出了批评，指出题材并不是决定诗作高下优劣的关键，重要的是“主观精神的突击”，因为题材本身的真实生命只有通过诗人的精神化合才得以“表现”，诗的生命只有在题材与诗人主观的结合中才得以更高的升华。他对当时有些人把诗的创作过程归结为寻找“技巧”的偏见提出了批驳，认为诗的生命不是由技巧决定的，而是由客观事物通过主观精神的燃烧所凝成的。

以胡风、艾青为代表的七月派诗学主张给现实主义诗学带来了一种新的气象，开辟了一条新的路径，使20世纪40年代现实主义诗学开始突破一元化框架，走向开放与综合。

这个时期，现代主义诗学在艰难的环境中获得了沉稳的发展，呈现出明显的开放与综合趋势。不但原有的象征主义、意象主义等被整合其中，而且在一定程度上容纳了现实主义成分；不但进一步吸纳了世界现代诗学新潮，而且还吸收了本民族传统诗学养分。他们在深刻体认现代主义精神的基础上，自觉地确认“新诗现代化”的发展方向，“通过强烈的现代化倾向，而确定地指向诗的新生”。①

九叶诗派是20世纪40年代的“一群自觉的现代主义者”，他们不但进行现代主义诗歌创作，而且有着自觉的理论倡导。袁可嘉在1946年冬到1949年底，连续发表诗论文章探讨“新诗现代化”，这些文章于1988年以《论新诗现代化》为题结集出版。唐湜于1945年至1949年写下了大量的颇有影响的对“现代派色彩十分浓郁之作”的诗评文章，并于1950年以《意度集》为题结集出版，后又收入1990年出版的《新意度集》。这两位诗论家的诗论与诗评文字，对九叶诗派的形成与发展，对九叶诗派的认识与总结，都

---

① 袁可嘉：《论新诗现代化》，生活·读书·新知三联书店1988年版，第223页。

具有重要的意义。袁可嘉提出“新诗现代化”的概念包括两个方面的含义：第一，在思想倾向上，坚持反映重大社会问题的主张，又保留抒写个人心绪的自由，而且力求个人感受与大众心态相沟通，强调社会性与个人性，反映论与表现论的统一；第二，在诗艺上，要求发挥形象思维的特点，追求知性与感性的融合，注重象征与联想，让幻想与现实交织渗透，强调继承与创新，民族传统与外来影响的结合。① 受20世纪40年代社会形势和文学思潮的影响，在继承中国20世纪20、30年代现代派诗学传统和借鉴西方现代主义诗学的基础上，九叶诗派形成了独特的诗学追求。

九叶诗派推崇的是像艾略特那样的“现代诗人的综合意识”，强调把“现实、象征、玄学的综合”作为自己的诗学原则，把“对当前世界人生的紧密把握”作为诗歌综合的第一要义。他们绝对强调人与社会相辅相成，有机综合，不像西方现代派只专注于个人精神世界，他们坚持必须首先介入现实生活，切入现实肌理，他们“绝对肯定诗与政治的平行密切联系”，“绝对肯定诗应包含，应解释，应反映的人生现实性”，“肯定文学对人生的积极性”。在他们看来，“现代人生又与现代政治如此变态地密切相关，今日诗作者如果还有摆脱任何政治生活影响的意念……无异于缩小自己的感性半径”。② 他们不但强调诗与现实的密切关系，而且对诗歌艺术的个性与特质相当尊重，他们希望“在现实与艺术之间求得平衡，不让艺术逃避现实，也不让现实扼死艺术”，“要诗在反映现实之余还享有独立的艺术生命”，保留“广阔自由”的想象空间。③ 九叶诗派强调反映现实，但反对拘泥、粘滞于现实，主张面对现实而有所突入，溶入到现实中去，反映现实的本质，“不能只

---

① 参考袁可嘉：《诗人穆旦的位置》，《一个民族已经起来》，江苏人民出版社1987年版，第17页。

② 袁可嘉：《论新诗现代化》，生活·读书·新知三联书店1988年版，第5页。

③ 袁可嘉：《论新诗现代化》，生活·读书·新知三联书店1988年版，第219～220页。

给生活画脸谱，我们还得画它的背面和侧面，而尤其是内面”①。他们反对对现实作肤浅的、平面的、机械的反映，反对“新闻主义式”的叙述现实生活，“要求自内而外，由近而远，推己及人地面对生活，向生活的深处半意识或非意识处搏斗向前，并创丰厚的雄浑的新天地”。② 九叶诗派意识到来自中国现代主义诗歌内部的逃避现实的倾向，危害着20世纪40年代人们对现代主义的接受和认同，所以他们竭力反对以往将“诗监禁在象牙之塔里”的做法，并力图破除人们已经习惯的那种将现代主义与逃避现实拴在一起的观念。总之九叶诗派不但重视对现实生活的反映，而且要求把对现实生活的反映达到艺术的高度，这就纠正了现代主义诗歌长期借口“尊重诗的实质”而回避反映现实问题的偏颇，从而把现代主义诗学确定在一个新的逻辑起点上。这可说是九叶诗派对现代主义诗学的一个突破，一个重要开拓。

九叶诗派为了打破“情感”对诗国的绝对统治，还特别强调“知性与感性的融合”，官能感觉与抽象玄思的统一，使生活的内在经验通过转化而升华为底蕴丰富深厚的诗。他们认为，“现代诗人重新发现诗是经验的传达而非单纯的热情的宣泄”③。袁可嘉比其他人更频繁地强调诗与经验的关系，并毫不含糊地把“经验”同“热情”、“说教”、“感伤”、“单纯”这样一些他所说的“新诗的毛病”尖锐地对立起来，并指出“诗经验”与“生活经验”的差别，要求诗人努力“从事物的深处，本质中转化自己的经验”。④ 从这种观点出发，他们尖锐地批评了“迷信感情”的“浪漫派”与“人民派”——前者迷恋于感情的柔与细，后者则陶醉于粗砺的情绪。为此，他们强调诗歌表现上的客观性与间接性，而

① 成辉（陈敬容）：《和唐祈谈诗》，《诗创造》第6期，1947年。

② 唐湜：《论中国新诗》，《华美晚报》（第3版），1949年9月13日。

③ 袁可嘉：《论新诗现代化》，生活·读书·新知三联书店1988年版，第47页。

④ 袁可嘉：《论新诗现代化》，生活·读书·新知三联书店1988年版，第29页。

且最明确响亮地提出了“新诗戏剧化”的口号。他们认为，“说明自己的强烈意志或信仰”和“表现自己某一种狂热的感情”的两类诗作，大多数之所以失败，都在于没有能将其表现的过程“客观化”和“间接化”。为了避免说教的和感伤的倾向，就要设法使“意志和情感都得着戏剧的表现”，使“意志和情感转化为诗的经验”，使诗歌取得客观抒情的效果。在他们看来，新诗戏剧化重要的是“思想知觉化”，即“用外界的相当事物寄托作者的意志或情思”。九叶诗派提出的“新诗戏剧化”，作为现代派诗歌的一个总的艺术表现策略，它不仅包括了西方现代派主要的艺术优长，也吸纳了中国新诗的有益的艺术经验（特别从新月诗人最早尝试新诗戏剧性中得到启示），使现代主义诗歌在更具宽容性、包含性的层面上大大地提高了艺术表现的力量。

总的来看，20世纪40年代诗学成就是相当突出的，这不但表现在诗学主色调相当鲜明，而且诗学内容也相当丰富多彩。这时期出版的诗论著作不仅数量多，而且质量较高。除了影响很大的艾青的《诗论》，朱光潜的《诗论》，朱自清的《新诗杂语》，任钧的《新诗话》，李广田的《诗的艺术》等著作和闻一多、何其芳、胡风、阿垅、袁可嘉、唐湜等的系列诗论文章外，还有黄药眠的《诗论》，钟敬文的《诗心》，臧克家的《我的诗生活》，王亚平的《新诗辨革》、《诗歌论》和《新诗源》，吕荧的《诗的花朵》，徐迟的《朗诵诗手册》等诗论著作，都在不同的诗学层面上产生了影响。这时期参与诗学建设的人比以前任何时期都多。这时期的诗学与初期诗学的单调肤浅相比，显得丰富、扎实、深刻；与中期的繁复驳杂相比，显得明朗、坚实、深厚，它所达到的深度、厚度和广度，是以前不可比拟的。

但是，20世纪40年代既是诗学蓬勃发展的时代，又是诗学“贫乏的时代”。因为40年代的文学在总体上是寻求一种适应性，适应那个革命战争时代，适应主流文化提示的生存空间，因而不少诗论家难以保持诗学探索的热情。那时主流文化是一种大众文化，大众文化的核心是功利原则，功利追求就很容易导致一种盲动的从众心理，这就难免不造成诗论家趋赶潮流的局面。不少诗论家并不

二、中国现代诗学主客体观

诗的主体与客体之关系，是现代诗学中的一个重要理论问题。任何文学艺术作品，都可以说是主体与客体相结合的产物，它在主观思想、情感方面，离不开人的存在状态；在客观物质、事物方面，离不开社会、自然界外观的存在状态。因此，诗歌艺术作品无论是偏向于内在，出于诗人内在心理之奥秘，还是偏向于外在，出于自然社会的外在形态，都不可能离开“主观”和“客观”中的任何一方，不可能脱离诗人对主体与客体关系问题的恰当处理。中国现代诗学家在处理主体与客体的关系时，主要是从“做诗与做人”、“完全融合”、“入与出”、“小我与大我”等方面来把握的。

一、“做诗与做人”统一说

曹丕在《典论·论文》中就说过“气之清浊有体”的话，并提出“文以气为主”① 的主张。他所说的“气”，在很大程度上就是诗人的人格与心理气质的表征。到了现代，郭沫若、郁达夫、鲁迅、朱自清、胡风、臧克家等人，也都先后对“做诗与做人”的命题发表过许多真知灼见，大都认为“做诗”的前提是“做人”，主张“做诗”与“做人”的统一。

（一）“诗是人格创造的表现”

郭沫若认为，“人格比较圆满的人才能成为真正的诗人”。他

① 曹丕：《典论·论文》，郭绍虞：《中国历代文论选》，上海古籍出版社 1979 年版，第 60 页。

明确地说："我今后要努力'造人'，不再乱做诗了。人之不成，诗于何有？"① 这可以说是现代较早提出的"做诗与做人"相统一的诗学观。郭沫若是一个主观性极强的诗人，他强调"自我"，强调"个性"，强调"情感"和"直觉"。他认为"诗是人格创造的表现"，也就是自然而然的事。他说："真正的诗，真正诗人的诗，不怕便是吐诉他自己的哀情，抑郁，我们读了，都足以增进我们的人格。诗是人格创造的表现，是人格创造冲动的表现。"②

为什么说"诗是人格创造的表现"呢？他指出："无论什么人，都是有理智的动物。无论什么人，都有他自己的宇宙观和人生观。"③ 无论哪一个诗人，首先是一个生物，是一个人，他就有生命和生物性，就有人的情感与"理智"，就有他的"宇宙观"和"人生观"。而所谓"人格"——即"直觉"、"情感"、"理智"等因素的综合体现。既然诗人的人格与诗格有重要关系，那如何才能培养完全、彻底和美好的人格呢？郭沫若认为，首先是要充分发展自己的"个性"。他说："个性发展得比较完全的诗人表示他的个性愈彻底，便愈能满足读者的要求。"④ 由此，他总是称赞历史上那些个性充分发展的诗人。他称屈原、陶渊明、李白和杜甫是我国古代"真正的大诗人"，而把长期做官自保的白居易看轻，说他"要次一等"。那如何才能发展自己的"个性"呢？他认为，要无拘无束地做个"真人"才好。他说："我看我们不必偏估，也不要笼统：宜扩充理智的地方，我们尽力地去扩充；宜运用直觉的地

---

① 郭沫若：《郭沫若全集·文学编》，人民文学出版社 1982 年版，第 50 页。

② 郭沫若：《论诗三札》，杨匡汉，刘福春：《中国现代诗论：上》，花城出版社 1985 年版，第 52 页。

③ 郭沫若：《论诗三札》，杨匡汉，刘福春：《中国现代诗论：上》，花城出版社 1985 年版，第 58 页。

④ 郭沫若：《论诗三札》，杨匡汉，刘福春：《中国现代诗论：上》，花城出版社 1985 年版，第 59 页。

方，我们也尽量地去运用。"① "扩充理智"、"运用直觉"即成为他发展诗人个性的两个"维度"。其次，诗人要在"生活的艺术化"，或曰"感情的美化"上培养人格。要求诗人在日常生活中和情感上，培养和提高自己的人格水准。郭沫若说："我们在成为一个艺术家之先，总要先成为一个人，要把我们这个自己先做成一个艺术!"② 这是"诗品出于人品"的最好的解释。"做诗"之前先"做人"，而"做人"，并不是一句空话。诗人必须在日常生活的每时每刻，都以"艺术化"的要求来规范自己。"诗情"出于"人性"，"人性"本恶，"诗情"当然不会美好到哪里去。所以，郭沫若强调说："我想诗的创造是要创造'人'，换一句话说，便是在感情的美化，艺术训练的价值只可许在美化感情上成立……"③ 看来，创造诗的前提是创造人，没有人的创造，就不可能有诗的成功创作。而人格、人品并不是一个愿望、一个许愿、一本书的学习就可以解决的。只有经过长期生活的磨练，经过思想的锻烤，经过情感的提纯，在日常生活中长期地做到"艺术化"也就是"美化"，那才可能提高人格，也才能写出富有生命活力与艺术魅力的诗歌作品。

（二）诗的风格来自于诗人的"个性"与"人格"

诗的风格来自诗人的个性与气质，虽然诗的风格并不等同于诗人的个性与气质。每一个有独特风格的诗人都有独特的个性气质。鲁迅在《摩罗诗力说》中批评古人对《诗经》评价的不当："如中国之诗，舜云言志；而后贤立说，乃云持人性情，三百之旨，无邪所蔽。夫既言矣，何持之云？强以无邪，即非人志。"④ 他认为，

---

① 郭沫若：《论诗三札》，杨匡汉，刘福春：《中国现代诗论：上》，花城出版社 1985 年版，第 59 页。

② 郭沫若：《论诗三札》，杨匡汉，刘福春：《中国现代诗论：上》，花城出版社 1985 年版，第 61 页。

③ 郭沫若：《论诗三札》，杨匡汉，刘福春：《中国现代诗论：上》，花城出版社 1985 年版，第 61 页。

④ 鲁迅：《摩罗诗力说》，郭绍虞：《中国历代文论选》，上海古籍出版社 1979 年版，第 465 页。

《诗经》三百篇乃“性情”、“言志”之作，是当时民间各家诗人个性与气质之流布。但后人总将其解释为与“政治”、“操守”相联系的内容，说皆“思无邪”。“强以无邪，即非人志”，这种批评是深刻而尖锐的。既然是“言志”和“性情”，当然就可能是诗人的个性和气质的流露了。

历史上有许多人格高尚的人，其诗是其性情之流露，因而品高格洁。而那些在政坛、文坛虽荣耀于一时，而没有传世之作的，往往是因为人品不高，性情不真所致。当然，人格不洁的人，偶尔写出好诗真诗来，也不是不可能的。正如朱自清说：“但一种作品中的个性，不必便是作者人格的全部；若作者是多方面的人，他的作品也必是多方面的……”① 作品中的个性，当然不一定是作者“人格的全部”，却往往是作者性情的流布。朱自清其实是在强调作品风格的多样性，来自于作者个性的多样性和人格的多样性。个性温和的，作品也许温和；个性刚烈的，作品也许刚烈。这种种风格，正是作者人格、人性之流露。美的标准，也是多种多样的，当朱光潜认为“和平静穆”的美是“美的极致”，“美的最高境界”之时，鲁迅不无批评地指出：中国古代伟大的诗人没有一个人是浑身静穆的，连陶渊明那样的诗人，也有“金刚怒目”式的《读〈山海经〉》一类的作品。鲁迅认为在那样一个虎狼成群的时代，朱光潜主张“和平静穆”的美是不适宜的，他认为诗人的诗来自于诗人的人格，而诗人的人格的多面性也带来诗的风格的多面性。

有什么样的人格就有什么样的诗格，诗的风格是由人的格调构成的，此为现代诗人们的共识。臧克家说：“战斗的人，才能写出战斗的诗。”② 胡风也强调指出：“有志于做诗人者须得同时有志于做一个真正的人。无愧于是一个人的人……”③ 诗人还不能是一般的人，而应是一个“真正的人”、“人的人”，即鲁迅所说的“真

---

① 朱自清：《文学的一个界说》，《朱自清全集》第4卷，江苏教育出版社1993年版，第175页。

② 臧克家：《臧克家文集：4》，山东文艺出版社1994年版，第554页。

③ 胡风：《胡风评论集：中》，人民文学出版社1984年版，第358页。

人”和“超人”。

（三）学诗者，首要的和根本的，在于学诗者的“人格”

既然“做人”在先，“做诗”在后，那么学写诗也必须先学“做人”。臧克家说：“想做一个诗人，不能够从做‘诗’下手，而得先从做‘人’下手，做不好人，绝对做不好诗的！因为诗人不是贩卖和玩弄字句的艺匠，他的诗句是从他心上摘下来的。”① 诗是“从心上摘下来的”，这是相当精彩的论述。你“心上”没有诗，那就无从“摘下”，当然就没有诗的文本。胡风也曾指出，对于一个特定时代的诗人作品，孤立地去论他的技巧，“这只有走江湖的形式主义者才会想到的事情”②。首先的和根本的，当然是学好如何“做人”，只有人格到了很高境界，那无论如何创作，诗作都可以达到那样的高境界。如果没有人格，那当然就很难有诗格。

“做诗与做人”相统一的诗学观念，是现代诗学史上占主导地位的诗学观。中国历代都主张“人格化”的建设，中国人历来也注重自己的人品和形象。在激烈动荡的20世纪，“做诗与做人”相统一的诗观念，就极易在诗坛上和读者中流行开来。这，也是社会上总将诗人视为“时代的良心”，将诗人视为人格高尚、品性纯洁之人的重要原因。“做诗与做人”相分离，就是诗的“主体”与“客体”的分离。主体一缺少，或客体一缺少，都只是单一的层面，没有立体时空产生的契机。而“做诗”与“做人”相统一的诗学观，实际上为诗的“主体”和“客体”的结合，提供了保障。

二、“完全融合”说

如果说“做诗”与“做人”论所强调的是诗人的主体人格与创作之间的关系，那么，“完全融合”论所强调的则是诗人的主体人格与所要表现的客观对象之间的关系。

---

① 臧克家：《诗人》，《中学生》第8期，1947年。

② 胡风：《胡风评论集：中》，人民文学出版社1984年版，第364页。

“完全融合”论是胡风重要的理论主张。在《关于诗和田间底诗》一文中，他认为诗人的力量最后归结到“他和他所要歌唱的对象的完全融合”①。即诗人自己的主观情意、思想、气质，要和所要表现的客观对象达到一种有机的、和谐的统一。只有将二者完全“融合”为一，诗歌作品才能构成为一个完整的、有机的“生命体”。诗人的主观离开社会自然的客观，或社会自然的客观离开诗人的主观，都是不可能有诗的。诗美不仅是自然美，也不仅是心灵美，它绝对高于自然美和心灵美。因此，诗人的主观和社会自然的客观只有完美的结合，“主观”发现了“客观”，“客观”又融入了“主观”，才可能有诗美火花的产生。

（一）诗美是诗人主体与客体相结合后的“结晶”

胡风认为，诗不是“纯主观”的，也不是“纯客观”的，主观的心情和客观的对象自身，都不可能产生诗歌之美。如果只是说诗是作者的情绪的表现，“这是不够的”；如果说诗是现实生活的“新闻记录”，也是不够的。他说：“诗是作者在客观生活中接触到了客观的形象，得到了心底跳动，于是，通过这客观的形象来表现作者自己的情绪体验。”② 这实际上涉及了诗歌产生的几个要素：一是“客观生活”，二是“客观形象”，三是“心底跳动”，四是“情绪体验”。这四者，对于诗歌本体来说，似乎是缺一不可的。只有产生过“心底跳动”，才可能有“情绪体验”；而“情绪体验”，要通过“客观形象”来表现，才可能形成为诗。

胡风认为诗歌是主观和客观的互相“发现”与“撞击”。他说，诗“应该是具体的生活事象在诗人底感动里面所搅起的波纹，所凝成的晶体”。③ 这里的“波纹”和“晶体”，不仅是一种比喻，而且是对诗歌产生过程的准确认识和独到把握，“感动里面所搅起的波纹”、情绪的“晶体”，任何对于诗有所了解的人都会对此有

---

① 胡风：《胡风评论集：中》，人民文学出版社 1984 年版，第 99 页。

② 胡风：《胡风评论集：中》，人民文学出版社 1984 年版，第 53 页。

③ 胡风：《胡风评论集：上》，人民文学出版社 1984 年版，第 407 页。

所领会：那不是一般的情绪和心灵状态。如果只是“主观”的，那诗可能只是情绪的抒发，那就可能是空洞的大喊大叫；如果只是“客观”的，那就可能只是事的叙述和象的描写。现代诗史上那种自然主义的作品，那种标语口号式的诗的产生，从本质上来说，都是由于没有把握好诗的主体与客体的关系的结果。

（二）主客体的结合，关键在于“主观精神”的“燃烧”

“主观战斗精神”，是胡风论诗谈艺的一个重要观念。他认为，作家和诗人都要有“主观力量”的“坚强”，要以自己主观人格的力量，去改造客观现实，突入客观生活，这样，才有可能产生有深度和力度的作品。如果相反，那可能就是一种被动的创作态度，只能对生活现象作一些“跟踪式”的描写，作品的深度和广度、生命力与价值内涵就相当有限。

他说：“没有情绪，作者将不能突入对象里面，没有情绪，作者更不能把他所要传达的对象在形象上、在感觉上、在主观与客观的融合上表现出来。”① 在主观和客观的“融合”上，“情绪”居于主导地位。诗歌并不是只传达诗人的情绪，也要刻写他所表现的对象。因此，每首诗，当然要通过对象来表现情绪。但这种通过对象的传达，是要在“形象上”、“感性上”和“主观和客观的融合”上来进行。而在这一过程中，诗人的“主观情绪”起着关键的作用。因为只有诗人的主观情绪突入到了生活对象的深处，才有可能把握他所要表现的完整的思想和诗美。但主观情绪和主观精神并不是凭空产生的，“所谓情绪底饱满，是作者对于现实生活的反应的情绪底饱满；所谓主观精神作用底燃烧，是作者对于现实生活的反应的主观精神作用底燃烧……”② 胡风认为“主观精神”，并不是诗人和作家头脑里固有的东西，而是“对现实生活的反应”。离开了对现实生活的反应，那主观精神就不复存在。“情绪底饱满”和“主观精神作用底燃烧”，是胡风所要特别强调的。在他看

---

① 胡风：《胡风评论集：中》，人民文学出版社 1984 年版，第 19 页。

② 胡风：《胡风评论集：中》，人民文学出版社 1984 年版，第 134 页。

来，“在现实生活上，对于客观事物的理解和发现需要主观精神的突击；在诗的创造过程上，客观事物只有通过主观精神的燃烧才能够使杂质成灰，使精英更亮，而凝成浑然的艺术生命”。① 没有“主观精神的突击”，诗人对于客观事物的理解和发现，就可能受到阻碍。一个主观精神萎缩，或者主体意识不强的人，他对于现实生活的理解，当然只能是被动的和浅层次的，他就不可能认识到事物的本质和规律。因为现实生活是复杂的原生态，是现象与本质、真象与假象相杂而生的。没有强烈的主体意识和主观精神，对生活很有可能就是“照相式”的复写，而不是一种能动的穿透性的观照与反映。生活在一定历史条件下和社会联系中的诗人都有自己的主体意识，他们常常在主体意识的支配下，主动地去接受和选择进入他们视野的客观生活对象，任何客观生活对象，任何题材、主题意旨、艺术形式和技巧，即使再有意义，若进入不了诗人的主体意识，都不可能有真正的创作。

（三）主体与客体，只有在对于“血肉的现实人生的搏斗”中，才能达到“完全融合”

主体与客体，在艺术创作中，呈“双向运动”态势：一个向度是“主体”突入“客体”、“燃烧”“客体”，即作家和诗人主观情感与思想的“自我扩张”；一个向度是“客体”对“主体”进行修改和丰富，即客体的“自我斗争”。胡风指出：“对于血肉的现实人生的搏斗，是体现对象的摄取过程，但也是克服对象的批判过程。”② 他认为，对对象的体验与表现过程或克服过程，在作为“主体”的作家这一面，同时也就是不断地“自我扩张”的过程，不断地“自我斗争”的过程。在体现过程或克服过程里面，客观对象的生命被作家的“精神”世界所拥入，使作家“扩张”了自己；但作家的主观，一定要主动地表现出“迎合、选择和抵抗”，客观对象也要“主动地用真实性来促成、修改甚至推翻”作家的

---

① 胡风：《胡风评论集：中》，人民文学出版社 1984 年版，第 362 页。

② 胡风：《胡风评论集：下》，人民文学出版社 1985 年版，第 19 页。

“迎合、选择和抵抗”。他还说：“这就引起了深刻的自我斗争。经过了这样的自我斗争，作家才能够在历史要求底真实性上得到自我扩张，这是艺术创造底源泉。”① 没有与现实和人生发生关系，则不可能有“主体”与“客体”的“融合”；没有产生过对于血肉的现实人生的搏斗，也不会有“主观”和“客观”的“融合”，因而也就没有诗歌艺术的产生。

胡风认为创作过程是一个“与血肉的现实人生的搏斗”的过程。没有“主观战斗精神”的作家，也就不可能有“对于血肉的现实人生的搏斗”。既要有“精神力量”的资本，也要有“客观现实”对他的不间断地补充与丰富。只有这样，才算达到了一种完全的“融合”。

“完全融合”论强调的是主客体的统一，主观战斗精神和客观生活的结合或融合，为的是“使文艺的认识对象更广茂更突出，创作底追求力更能向人生更深地突进”，两者的关系是“相生相克”的。胡风指出：“这指的是创造过程上的创造主体（作家本身）和创造对象（材料）的相生相克的斗争；主体克服（深化、提高）对象，对象也克服（扩大、纠正）主体，这就是现实主义的最基本底精神。”② 他是将“完全融合”论当作现实主义最基本的精神来对待的。这是胡风对现代文学作出的突出理论贡献。

三、“入”与“出”说

“入”与“出”相统一的诗学命题，是现代诗人臧克家提出来的。他曾说过：“一个诗人对于生活要能入，入得愈深愈好，但是还得出，出得愈高愈好。”③ 所谓“入”，就是深入生活，紧贴现实的态度；所谓“出”，就是超越现实，驾御生活的能力。在诗歌创作中，就主观和客观的关系来说，它主要是指诗人对于生活客观

---

① 胡风：《胡风评论集：下》，人民文学出版社 1985 年版，第 20 页。

② 胡风：《胡风评论集：下》，人民文学出版社 1985 年版，第 66 页。

③ 臧克家：《生活——诗的土壤》，《大公报》，1943 年 11 月 28 日。

现实，首先要“入”，这是诗歌灵感的来源；同时，也要“出”，感情正烈的时候，“不宜做诗”。“入”的过程，是诗人主观与客观相接触的过程；“出”的过程，是诗人选择主观与客观的过程，也是表现主观和客观的过程。

（一）“入”是诗人“主观”深入“客观”的过程

臧克家说：“诗的隔是由于对表现对象的隔。对生活深入，对自然亲切的诗人，他已经得到了不隔的重要条件。”① 有些诗人的作品之所以不成熟，原因就在于他对生活、现实总是不痛不痒，对生活和现实体察与观照不深入，没有亲身而独到的体验、感受。所谓“深入生活”含有两个方面的意思。一方面，诗人要“忘记”自己是个“诗人”，把自己看做生活中、战斗中的普通一员，这样才能“以强烈的火样的热情去拥抱生活”，“去经验人生最深的各种辣味”；另一方面，诗人深入生活之中时，又不要忘记自己是一个“诗人”，而要以诗人的心去体验丰富多样的社会生活情态，以诗人敏锐的艺术眼光去获取“诗的胚胎”。事实上，生活既是无情的，又是有情的。你用热情去拥抱它，它也会以同样的热情和你拥抱在一起。这里所谓的“忘记”和“不忘记”并非矛盾，而是问题的两个层面：“忘记”才能“入”得“实”，“不忘记”才能“入”得“深”，二者是辩证统一的。

“主观”对“客观”的“入”的过程，主要是通过视觉通道系统，对自然界的一切事物，对社会生活中的人，加以了解和感受。人的感官能力，当然是多种多样的，但以视觉系统最为重要。正如朱光潜所说：“所谓意象，原不必全由视觉产生，各种感觉器官都可以产生，创造诗时，视觉意象也最为重要。”② 所以，盲诗人的诗，因为其视觉系统的欠缺，影响了其诗歌的意象。因为他接受客观物象的能力，的确受到了局限。

在诗人“主观”对于“客观”的“入”的过程中，诗人主观精神的强大是很重要的。臧克家指出：“诗人深入生活时，必须带

---

① 臧克家：《生活——诗的土壤》，《大公报》，1943年11月28日。

② 朱光潜：《诗论》，生活·读书·新知三联书店1984年版，第55页。

着认真的顽强的严谨的生活态度和强烈的燃烧的感情。”① 这种说法，和胡风的“主观战斗精神”的主张是一致的。没有强烈的“主观战斗精神”，所谓“主观”对于客观的深入，不是一种真正的“入”，而只是一种被动接受。诗人要靠强烈的主观精神，突入生活的原生态，把握生活而不是被生活所把握，理解生活而不是被生活所理解。当然，所谓“主观战斗精神”，并不是诗人在深入生活之先，就要有对生活的什么先见。如果那样的话，就可能没有真正的“入”的过程。这种“入”，应该是自然而然的，而不是一种强迫的、先验的行为。在“入”的过程中，当然要有“意识”状态的出现，同时也要有“潜意识”和“无意识”状态的保存。朱光潜在比较“意识”和“潜意识”的时候说：“潜意识的想象比意识的想象更丰富，在意识中所搜索不得的往往可以在潜意识中酝酿成功。”② 所以，“无意识”和“潜意识”对于诗歌创作中“入”的过程，也是相当重要的。诗美，有时并不是能够完全意识得到的。

同时，进入创作阶段，诗人如果没有进入情感状态，特别是紧张的情感状态，也是很难写出好作品来的。正如黄药眠所说：“这些紧张的情愫正是形象的母亲。而且也只有在这样情形之下产生出来的形象才真正是活的形象，有生命的、新鲜的形象，有激动性的形象，能给予这个世界以美丽的颜色，灿烂的光芒。”③ 可以说，对生活现实的“入”，并不只是对客观现实的接触，而主要是一个主观移入的过程。

（二）“出”是在更高层次上、在更多参照系上反观生活、驾御生活

诗人对生活仅是“入”还不够，还得“出”。“出”就是在更高的层次上，在更多的参照系上，在更广阔的背景上反观生活，驾

---

① 臧克家：《从学习到创作》，《新华日报》，1942年10月5日。

② 朱光潜：《论灵感》，《绿洲月刊》第1卷，1936年4月1日。

③ 黄药眠：《论诗底美、诗底形象化》，杨匡汉，刘福春：《中国现代诗论．上》，花城出版社1985年版，第399页。

御生活，把生活写成诗。臧克家说："为了生活的反观，久动之后的静是需要的。"它可以使诗人"从沉淀中挖掘、咀嚼生活，这样隐的才会显，死的才会活，纷乱的才会有头绪，这样，诗人才会有诗"①。这说明诗人写诗不能成于初得某种生活感受之时，而是要冷静下来，在一定的距离上观照和分析自己的生活感受，这样就能更集中、更清晰、更鲜明、更强烈地表现生活感受。简言之，诗人不但要深入生活，还要超越生活。这种超越，是对生活的美学审视，是更深一层地认识生活，本质地反映生活。

如果只有对生活的"入"，而没有对生活的"出"，好的诗作就没有产生的条件。如果说"入"主要表明诗人对现实生活的态度，那么"出"主要表明诗人创作的态度。

（三）诗人从"入"到"出"，还必须经过选择、剪裁与洗练，才能创造客观化的"文本"

从"入"到"出"，是不是直进直出的呢？当然不是，胡风就曾明确地指出："生活与创作，不是直出直入的。"为什么不是"直进直出"的呢？"诗，不是生活激流的本身，而应该是生活激流的浪花。诗，首先来源于生活，紧接着的是诗人自身的'质'生发出的战斗火花。没有主观战斗精神的搏斗，就没有诗。"②虽然胡风这里的论述再一次落脚到"主观战斗精神"，但还是强调了"诗不是生活激流的本身"，强调了从生活到创作不是"直入直出"的。

他认为，诗歌要表现诗人的主观情感，诗人必须有"主观战斗精神"，但是，这种主观，并不是诗人自己想当然的主观，而是在深入生活现实之后而产生的主观；诗人要表现现实生活，但诗人并不只是要表现生活与现实的本身，既不只是描写生活的现在姿态，也不只是表现生活与现实的发展过程。诗歌表现的更是经过了

---

① 臧克家：《生活——诗的土壤》，《大公报》，1943 年 11 月 28 日。

② 参见朱寨：《关于胡风文艺思想的评价的问题》，《文学评论》第 1 期，1999 年。

诗人的主观浸泡了以后的“客观”，即“生活的浪花”。并且，这种“浪花”与诗人自身的“质”，是紧密地联系在一起的。没有诗人的“主观战斗精神”，也就没有所谓的“生活的浪花”。

从生活到创作，在“出”的阶段，还有一些重要的中间环节。首先是“选择”。诗不是生活现实的有闻必录，也不是灵感的如实记录，而必须有所选择。闻一多就说过：“选择是创造艺术的程序中最紧要的一层手续，自然的不都是美的，美不是现成的。其实没有选择便没有艺术。”① 这是他在评论郭沫若诗集《女神》时说的。他认为诗并不是生活的本身，而必须有所选择和取舍，才能构成真正的艺术作品，诗歌也不是“情感”的本身，所以，入诗的情感、情思，都要经过剪裁和提炼。鲁迅早就指出过：“我以为感情正烈的时候，不宜做诗，否则锋芒太露，能将‘诗美’杀掉。”② 实际上，他就是反对诗人对情感的直接抒写，反对那种大喊大叫的诗歌表现方式。感情正烈的时候，那种抒写当然是浮躁凌厉的。那些直接抒发情感的诗，哪里还有诗美可言呢？

诗人从“主观”的“入”到“客观”的“出”，还要有许多中间环节。有没有这些中间环节，其产生的诗歌文本是完全不同的。朱光潜说：“日常的情思多粗浅芜乱，不尽可以入诗；入诗的情思都须经过一番洗练，所以比日常的情思较为精炼有剪裁。”③ 臧克家的诗歌创作态度，可以作为朱光潜此论的注脚：“我讲求凝炼。我把一个材料向心的深处沉埋，像今天变成煤块的树木，千万年前向大地的深处沉埋一样。我注重推敲。但这决不是玩弄什么技巧的把戏，好比照相，我在苦心寻找思想和情感饱和交凝的焦点。”④ 由此可见，诗歌创作必须经过许多程序，每一个程序都要

---

① 闻一多：《〈女神〉之地方色彩》，《闻一多论新诗》，武汉大学出版社1985年版，第66页。

② 鲁迅：《两地书》，人民文学出版社1973年版，第84页。

③ 朱光潜：《诗论》，生活·读书·新知三联书店1984年版，第102页。

④ 臧克家：《我的诗的道路》，《克家论诗》，文化艺术出版社1985年版，第46～47页。

到位，才可能创作出有生命力的作品。

就创作对象来说，无论是自然界的山水风物，还是社会生活，在没有进入诗人的审美视野之前，它们都还只是一种客观存在。诗人接触创作对象之后，就是对创作对象进行审美观察、审美感受与审美体验。但诗人要真正进入创作状态，还须冷静下来，对其审美心理中的那些审美因素进一步培植、浸润和濡染，从而将直观情感移入客观对象，并使它们作审美的过渡、转换、变形，以便获得审美底蕴和审美意味，从而成为诗歌创作的真正客体，即客体化的“文本”。很显然，创作中主观和客观的统一是一个彼此之间双向交流、相互融合的过程，即由“入”到“出”的长长的复杂的连环过程，绝对不是所谓“直入直出”的过程。正如徐志摩所说的：“从一点意思的晃动，到一篇诗的完成，这中间没有一次不经过唐僧取经的磨难。”① 这真是经验之谈。从诗人的主观对客观的“入”，到诗人的主观到客观的“出”；从现实生活对诗人主观的“入”，到新的主观到客观的“出”，总之，从生活到创作的“入”与“出”，是要经过许多艰难与曲折的。

四、“小我”与“大我”论

不论是“小我”与“大我”，都是主观与客观的结合体。没有纯粹的、无客观因素的“小我”，也没有纯粹的、无主观因素的“大我”。对于主观和客观因素而言，“小我”与“大我”，只是程度上的区别而已。

（一）“小我”是诗歌作品能够成立的基本前提

“表现自我”，可说是诗歌作品能够成立的基本前提。郭沫若认为，文艺的本质是主观的、表现的，而不是没我的、摹仿的。让我们看看他关于“泛神论”的话语：“泛神便是无神。一切的自然都是只是神的表现，自我也只是神的表现。我即是神，一切的自然

① 徐志摩：《猛虎集·序》，《猛虎集》，新月书店1931年版。

都是自我的表现。"① 在这里，他将世界上的万事万物，都看成"神"的表现，而自然和神，却都是自我的表现。那么，世界上的一切，实际上都是"自我"的表现。在郭沫若的诗学思想中，"自我"显然居于中心位置。

文学研究会的朱自清，也有相当多关于"自我"的精辟见解。他主张诗人要表现"现实"，但要在"自我"的基础之上，才有可能更深入地表现现实。他说："我们诅咒家庭，诅咒社会，要将个人抬在一切的上面，作宇宙的中心。"② 这颇有一点尼采"超人"哲学的味道。朱自清在为俞平伯诗集《冬夜》作序时，也说："在我们新诗里，正需要这个'人底热情底色彩'。"③ 而"人底热情底色彩"，并不是一个启蒙性概念，而是一个"个性化"的概念。没有人的个性与自我的存在，也就没有所谓的"人底热情底色彩"。他在这里所强调的，当然是诗人自我的"个性化"。

朱自清还有一个对"自我"与"个性"的总结性认识，认为"表现自己"实是文学的第一义，"表现人生"也只是表现自己所见到的人生。所以他说："表现自己，以自己的情感为主。"④ 并且认为："能显明这个千差万殊的个性的文艺，才是活泼的，真实的文艺。"⑤

（二）以"小我"写"大我"，力求"小我"和"大我"的有机统一

诗歌应是以"小我"为主，以"小我"表现"大我"，以"自我"表现"时代"与"社会"。可以说，诗人就是要在表现自

---

① 郭沫若：《沫若文集：10》，人民文学出版社 1959 年版，第 176 页。

② 朱自清：《哪里走》，《一般》第 3 期，1928 年。

③ 朱自清：《〈冬夜〉序》，《朱自清全集：4》，江苏教育出版社 1993 年版，第 51 页。

④ 朱自清：《文学界的一个界说》，《朱自清全集：4》，江苏教育出版社 1993 年版，第 168 页。

⑤ 朱自清：《文艺的真实性》，《朱自清全集：4》，江苏教育出版社 1993 年版，第 93 页。

我的基础上，做时代精神和人民大众的代言人。

诗人艾青就说过：“诗人的‘我’，很少场合是指他自己的。大多数的场合，诗人应该借‘我’传达一个时代的感情与愿望。”① 诗人以“我”来表现一个时代的“情感和愿望”，就是要求诗人以“小我”表现“大我”，以“自我”表现“时代”与“人民”。艾青的诗，可以说没有哪一首中没有他自己，但是，也没有哪一首诗只是表现他自己。在他的诗中，有他自己的忧郁个性与情感特征，同时，更多的则是他那个时代人民的心声。这种表现方式，实际上影响到了建国以后郭小川和贺敬之政治抒情诗的创作。我们认为，五六十年代郭小川和贺敬之的政治抒情诗的好的方面，正是对艾青诗的优秀方面的发扬；不好的方面，恰好也是学艾青的诗没有学到家的体现。当然，我们也要注意到郭小川和贺敬之诗歌的独特性。

（三）在“小我”与“大我”之间，可以有所偏重，但不可偏废

在现代诗史上，“小我”与“大我”的争论有一个此起彼伏的过程。当强调“小我”的时候，就有人出来反对，而要求诗歌表现“大我”即社会和时代；当强调“大我”，使诗歌创作走向“公式化”、“概念化”的时候，就会有人出来反对，而要求诗歌以表现“自我”即“小我”为主。在五四时期，因为此前的中国近代文学和诗歌走进了“死胡同”，“八股调”的诗文流行，所以，在中国诗歌思潮的影响下，新文学作家和理论家就强调表现自我意识和自我情感。正如朱自清所说的，表现人生，也是表现个人所理解的人生。所以，五四时期是一个个性化的抒情时代。到了20世纪20年代末30年代初，新月派继续强调“个人”的时候，就有另一派诗人强调表现“时代”，表现“大众”，即表现“大我”。中国诗歌会就是其代表。

中国诗歌会的诗人们，批评新月派诗人沉浸在“风花雪月”

---

① 艾青：《诗论》，人民文学出版社1980年版，第209页。

之中，批评象征派诗人“闹着洋化”，说他们总是以自己的小小私情，来作为其诗歌创作的主题。当然，这两派诗人自己也是这样表述其对诗的认识的。李金发在1935年11月还说：“我的诗是个人灵感的记录表，是个人陶醉后引吭的高歌，我不能希望人人能了解。”① 而这样一种诗学主张，是为中国诗歌会的诗人们所坚决反对的。他们认为，诗歌必须反映中国当时的时代主体精神，即“急风暴雨”的阶级斗争。所以，中国诗歌会的诗歌，往往是对“大我”的强调，或对于“小我”的排斥。

实际上，在“小我”和“大我”之间，可以有所偏重，但不可以偏废。如果诗人过于注重“小我”之情，或者过于强调诗歌的时代精神和社会功能，则不可能产生真正的经典性的作品。中国现代诗史上之所以精品不多，特别是在某些时段，少有真正的有生命力的作品，其原因当然很多，但其中一个重要原因，就是诗人们没有处理好“小我”和“大我”关系。臧克家认为诗人的感情“是个人的，又是千千万万人的”，诗人应当从高处走下来，走到老百姓的队伍里去，做一个真正的老百姓，把生活、感觉，全同他们打成一片，这样，“个人的歌哭，是个人的也是大众的了；个人的诗句，是个人的也是大众的了”。② 他认为只有情感与生活同构，小我与大我相融，个人和时代相通，历史与未来相连，才会使作者的生活经验、时代感受、人民的情绪产生综合的晶体。

郭沫若在五四时期虽然主张“抒写自我”，认为诗的主要成分就是“自我表现”，个性最彻底的文艺才是最有普遍性的文艺。但是他的“自我表现”主张和象征派、现代派的诗人是不相同的。他认为：“人生的苦闷，社会的苦闷，全人类的苦闷，都是血泪的源泉，三者可以说是一根直线的三个分段，由个人的苦闷可以反射出社会的苦闷来，可以反射出全人类的苦闷来。”即是说，诗人可以通过“自我”达到表现“社会”的目的。在这里，“小我”和

---

① 李金发：《个人灵感的记录表》，《文艺大路：二卷，（1）》，1935年11月29日。

② 臧克家：《诗人》，《中学生》第8期，1947年。

“大我”是有机统一的。其《女神》等诗集也正是其理论主张的注脚。随着时间的推移，郭沫若在20世纪30年代中期以后，提出了诗歌要“抒时代之情，抒大众之情”的主张。他在1936年说：“抒情不限于抒个人的情，它要抒时代的情，抒大众的情。要诗人与时代合拍，与大众合流。”① 他在1944年说：“一个伟大的诗人或一首伟大的诗，无宁是抒写时代的大感情的。”② 这种诗学思想的转变，使他后期的诗歌创作发生了偏误，失去了自己的艺术个性，没有通过自我的心理感情来表达时代和大众之情。当然，要将二者结合得很好，并非容易，但诗歌创作要取得成功，二者的确不可偏废。

中国现代诗学是在中外文化相互交流与撞击的时代产生和发展起来的，它不可能离开中国传统诗学和西方诗学的双重渗透与影响，现代诗歌创作中的主体与客体的关系论也同样是如此。综观现代诗学中的“做诗”与“做人”、“完全融合”、“入”与“出”和“小我”与“大我”等命题，都可以从中国古代诗学和西方现代诗学中找到历史根源与文化渊源。当然，我们也应当指出，中国现代诗学并不是它们的翻版，也不仅仅是中外诗学的现代性转换，而是伴随着中国现代诗歌创作而崛起的新的诗学体系。中国现代诗歌创作的成就与不足，都是与诗人们对于诗的主体与客体的关系的认识水平密切相关的。这种诗学体系当然还处于不断构建的过程中，一代一代诗人和理论家为其合乎诗歌创作的规律而不断地追求着、探索着。因此，我们总结中国现代诗学对于主体与客体关系的论述，应该说是很有理论意义与实践价值的。

---

① 郭沫若：《郭沫若诗作谈》，《现世界》创刊号，1938年。

② 郭沫若：《诗歌的创作》，《郭沫若论创作》，上海文艺出版社1983年版，第275页。

三、中国现代诗学与西方话语

当我们回望中国现代诗学几十年的发展历程时，总能看到中国现代诗学与西方话语的紧密联系。西方和西方话语，始终是中国现代诗学视野中的主要理论资源，是构成中国诗学由古典走向现代建构的重要知识背景。中国现代诗学在几十年的发展历程中，每向前行进一步都笼罩着西方话语的巨大影响。在西方话语的巨大影响下，中国现代诗学的基本观念、方法和范畴大都是以西方诗学的观念、方法和范畴等为主干的。不妨这样说，中国现代诗学的发展，它的基本指向，就是借用西方话语改建中国诗学话语，实现中国诗学的现代化。在这种谋求现代化的过程中，西方话语不仅作为一种体现了某种先在的强势理论话语形态成为中国现代诗学颠覆古典诗学的内在动力，而且随着西方话语在中国现代诗学领域的逐渐深入，这种强势话语也成为了中国现代诗学自觉建构的体系化结构中的躯体和血肉。我们认为，如果要探寻中国现代诗学历史发展的特征与规律、未来发展的内在理路，就不能不客观、公正地看待西方话语对中国现代诗学的影响。而在西方话语对中国现代诗学几十年的影响中，如下三个方面的影响又尤显重要和深刻，即：诗学观念、诗学思维和诗学风格。就此而论，我们所谈的中国现代诗学与西方话语，既涉及西方话语是如何被中国现代诗学转述与置入的，又涉及西方话语怎样地影响了中国现代诗学的建构，并在何种意义上使它发生了现代性的转换。

首先，进入我们视野的，是诗学观念的转换。是否承认、尊重诗歌本身的独立地位和价值，持审美的工具论还是目的论，是判别诗学观念现代性或古典性的重要依据。中国古典诗学受儒家礼教的影响，在其发展过程中，一直倡导和坚持“文以载道”的诗学观念。在这种诗学观念的影响下，诗人心中的内在激情和生命欲求被无所不在的道德律令日趋分割为几无生气的碎片，诗人创造的作品也日趋远离诗人内心的呼唤而成为了虚假、平庸的装饰。与之相反，西方现代诗学从一开始就是以强调诗的独特性和非功利性为逻辑起点的。西方现代主义诗人从波德莱尔到魏尔仑、韩波，再到马拉美、瓦雷里，都以对“纯诗”的倡导来强调诗的独立性。波德莱尔指出：“如果诗人追求一种道德目的，他就减弱了诗的力量……诗不能等于科学和道德，否则诗就会衰退和死亡。”① 瓦雷里也认为，“纯诗”与散文完全不同，“任何散文的东西都不再与之沾边”②。波德莱尔、瓦雷里等西方现代主义诗人倡导纯诗论的意图，是要为诗的领域划定界限，确立诗学领域的有效原则，正是这种划界和对纯诗的强调，使波德莱尔等人的诗学显现出一种奇异的梦幻般的魔力，它点燃了中国现代诗人那渴慕突破“载道”诗学观念的思想火花，激发了他们建构现代诗学观念的生命激情，他们陶醉于对波德莱尔等人描绘的纯诗的那种自由、独立的梦幻般的图景的想象之中，如同在漫漫的黑夜的煎熬中终于盼来了希望的曙光。他们从波德莱尔等西方播火者手中接过纯诗论的火种，开始走上了一条通过纯诗的倡导与古典诗学“载道”观告别的艰难旅程。他们相信，只有在波德莱尔等人构建的这种纯诗王国里，诗的本体意义才能得到充分的敞开。为此，李金发等象征派诗人对新诗运动初期对诗的独立性地位注意不够的倾向极为不满，发出了“艺术独立”的呐喊，要求改变诗对政治、道德的依附状况和地位，他宣称：“艺术是不顾道德，也与社会不是共同的世界。艺术上唯一的目的，就是创造美。”③ 穆木天则在《谭诗》中，依据西方现代主义诗学观，更为明确地提出了“纯粹诗歌”的理论主张。他指

① 波德莱尔：《论泰奥菲尔·戈蒂耶》，《象征主义·意象派》，中国人民大学出版社 1989 年版，第 5 页。

② 瓦雷里：《论纯诗（之一）》，《瓦雷里诗歌全集》，中国文学出版社 1996 年版，第 310 页。

③ 李金发：《烈火》，《美育》第 1 期，1928 年。

出："我们要求的是纯粹的诗歌（The pure poetry），我们要住的是诗的世界，我们要求诗与散文的清楚分界。"20世纪30年代，纯诗论到了梁宗岱那里有了新的阐释。梁宗岱指出，"所谓纯诗，便是将摒除一切客观的写景、叙事、说理以至感伤的情绪，而纯粹凭借那构成它底形体的元素——音乐和色彩——产生一种符咒似的暗示力，以唤起我们感官与想象底感应"，纯诗是一个"绝对自由、比现世更纯粹、更不朽的宇宙"。① 梁宗岱的纯诗理论的观照视点首先来自瓦雷里纯诗论的启迪，瓦雷里推崇的诗的纯粹性理论通过梁宗岱在中国现代诗学中第一次得到了较为系统的阐释。他既从文体层面揭示了诗不为他物决定的禀赋与特性，又从艺术层面和哲学层面揭示诗作为存在的构成方式以及存在之为存在的最高境界。20世纪40年代，以袁可嘉等为代表的新生代诗派诗人既反对将诗当作与现实绝缘的孤立体，又反对将诗看成政治的奴仆和工具。袁可嘉在《新诗现代化》中指出："绝对肯定诗与政治的平等密切联系，但绝对否定二者之间有任何从属关系。"如果说梁宗岱对诗的地位的纯粹性的阐述更多的是停留在理论层面上，那么，袁可嘉对诗的地位或特性的阐述就具有更大的实践性和现实性。他对诗歌地位的纯粹性的追求并未单纯着眼于文本层面，而是将诗返回本体与诗人的主体精神联系起来进行综合论述。

上述不同的诗人和诗论家，当他们接受和转述西方纯诗论话语时，尽管其偏重程度有所差异，然而，他们都坚守了波德莱尔、瓦雷里等倡导的现代诗学的一个基本原则、立场，即以纯粹和审美作为诗歌的本质属性，强调诗歌对人生问题的解决必须置于这种诗歌自身特性的充分敞开上。这样，中国现代诗人和诗论家就在将诗的问题牢牢地系于"纯诗"的基础上时，也在尝试着回答诗是什么命题的努力中赋予了中国现代诗学浓厚的学理色彩。基于对流行了几千年的"载道"观的反拨，纯诗不仅能突出地折射出他们内在心灵绝对真实的光辉，而且还承担着使他们被现实摧残得晦暗如漆的生命上升到澄明、理想之境的使命。这样，纯诗论就不仅是一种

---

① 梁宗岱：《谈诗》，《人间世》第15期，1934年。

独特的诗学观，而且是一种哲学化了的诗学观。作为一种诗学理想，它已植根于中国现代诗学的演进过程之中，促成了中国诗学观念的现代转化。

其次，是诗学思维和认知方式的转换。我们知道，导致不同诗学之间相异的根本性的要素不只在具体的诗学观念之上，也在把这些具体的观念或成分组合起来的思维之上。在西方话语的影响的实际发生过程之中，最深刻、最有力、也最有效的往往来自诗学思维层面上的东西。换句话说，中国现代诗学只有注重从诗学思维层面去转述西方话语，西方话语对中国现代诗学的影响才会是真正持久的、有效的。因而，总结中国现代诗学接受西方话语的影响，不但要注重中国现代诗学如何转述西方的诗学观，也要分析现代诗学以何种层面来选择、转述西方话语，由此把握西方话语给中国现代诗学带来的思维的结构性嬗变。

一般来说，诗的本体的确立总是要求建立起一种与之相应的诗化哲学。在西方现代诗人眼中，诗和哲学是相互贯通和相互联系的，它们同是人类精神的器官，同是认知世界的有效方式，因而，诗不仅不应拒斥理性和普遍性的概括，反而应在自己的大地上搭起一架神秘的云梯，接通理性的天国。于是，西方诗人、诗论家普遍表现出强烈的哲学冲动。从波德莱尔开始，西方现代主义诗人大都较为重视理念等知性内涵在诗中的作用和地位。波德莱尔在《异教派》中强调指出："任何拒绝和科学及哲学亲密同行的文学，都是杀人和自杀的文学。"艾略特对那种只会唤起读者情感的浪漫主义诗极为不满。他指出："诗不是放纵感情，而是逃避感情，不是表现个性，而是逃避个性。"所以他特别强调诗歌"非个人化"，即注重诗歌的客观性、普遍性与知性表现。在艾略特看来，诗人在创作中"知性越强就越好，知性越强他越可能有多方面的兴趣"①。当我们在解读艾略特等现代西方诗人的这些对知性强调的论述时，我们一方面深深感到了知性对于诗与诗学的重要性；另一

① 艾略特：《玄学派诗人》，《艾略特诗学文集》，国际文化出版公司1989年版，第31页。

方面，我们也发现，艾略特等西方现代诗人的思维无论怎么变化，都没有超出西方传统诗学那根深蒂固的逻辑思维模式的制约。西方人那种喜欢按一种理性思辨方法去进行思维的意识已经化入了波德莱尔等人的骨髓里，使他们总想通过逻辑推理从杂乱的世界中把握出它的发展规律。理性就像上帝和灵魂一样，盘旋在西方的思维上空，散发着经久不息的科学的认知精神的光芒，它照亮的是诸如知性、理念、理智等诗学概念和范畴。

与西方诗学重抽象的逻辑和系统的演绎推理不同，中国古典诗学以直观、领悟、体验为基本的思维方法。客观地说，中国古典诗学中不是没有形而上的哲理，但这种形而上的存在从来就没有成为中国诗学家孜孜以求的对象。如道家的“道”，指涉的本是宇宙和生命的本体，但道家却并不对这个本体存在为何存在的形而上学理进行富有思辨性的考察。从根本上说，中国诗学感悟思维关心的不是某种终极价值的根据，或理性的认识结果，而是自我的内在情感体验。“诗言志”、“诗缘情”论就充分地显现了这一诗学思维的非理性特色。

随着西方话语在中国现代诗学中影响的逐渐深入，传统的这种单一的审美思维方式引起了诗人们的不满。在他们看来，真正的好诗不只要在情感上打动人，它还要能带给人知性层面的触动和精神意识上的震撼。于是，从20世纪初开始，中国现代诗学以一种较为自觉的方式，逐渐转向了对于诗的知性和思维方法的现代性追求。

现代主知诗学的源头，可追溯到五四时期的说理诗和哲理小诗。但这类诗虽表现了一些琐碎的哲理意绪，却并不具备真正意义上的诗哲品格。从严格的意义上说，现代诗学对知性的自觉认同和追求，是从20世纪30年代的诗人那里开始的。20世纪30年代较早介绍西方知性理论的是高明。他在翻译日本阿部知二的《英美新兴诗派》中对英美现代派的主知理论这样阐述道：“近代派的态度，结果变成了非常主知的。他们以为睿智（intelligence）正是诗人最应当信任的东西”，“这种主知的方法论”“其特征就在其理论的、主知的、分析的态度”。随后，英美现代派的知性理论，尤其是艾略特以玄学思辨为特征的知性诗学获得了20世纪30年代现代派诗论家、诗人叶公超、金克木、卞之琳等人的高度重视。

对于20世纪30年代的现代派诗人、诗论家来说，引入和转述西方的知性理论话语，其意义不仅在于对传统的感悟思维模式的突破，而且也在于对从五四以来坦白奔放的浪漫主义诗学话语的反拨。在《论中国新诗的新途径》一文中，金克木就借鉴了艾略特的经验论和瑞恰慈的综感论，在中国现代诗学史上第一次提出了"主智诗"的主张。他强调指出，主知诗与主情诗不同，它以智为主，"不使人动情而使人沉思"，"极力避免感情的发泄而追求智慧的凝聚"。但金克木又反对将主知诗完全等同于旧的说理诗或哲理诗。在他看来，主知诗必须是情智合一的。这种情与理统一的观点，与艾略特、瑞恰慈的情感理性平衡说极为切合。在其根本上把握住了西方知性话语最本真的含义。更为重要的是，金克木在转述西方知性话语时，还努力从更为深入的层面去理解知性诗产生的根源："近二三十年来新科学的突飞发展，将使人类思想起巨变，现代政治经济等的混乱与矛盾影响到文化的急剧变化与驳杂，使现代人的心理与人生观有了极大歧义与动摇"，这样，"新诗人若要表现新人生就不能漠视其所处的环境，不能不对周围的人事有分析的认识和笼括的概观"。金克木在这里实际上已涉及中国现代诗学为何在20世纪30年代注重知性的背景事实。它提示我们，对于20世纪30年代的中国现代诗学来说，重要的其实不仅是西方知性话语进入中国诗人的视野，更重要的是使西方知性话语进入视野的同时也使视野本身得以显露。西方知性话语之所以在20世纪30年代对中国现代诗学构成实质性影响，一方面缘于这种知性话语与情感话语等相比，自有其可取之处和优势基础；而另一方面，则又缘于此时中国现代诗学发展的迫切需要。

20世纪40年代，西方知性话语在中国现代诗学界得到了更为全面的转述和阐释。这一时期，西方的知性话语无论在形态上还是内涵上都获得了充分的展开。我们既能在袁可嘉、穆旦的主知诗论和诗作中看到艾略特玄学思辨论的深刻影响，又可在冯至、郑敏等人的主知诗论和诗作中发现里尔克主知论的影响。这其中，尤以袁可嘉对艾略特、瑞恰慈为代表的英美现代主义的主知话语的转述和阐释最为突出。之所以是突出的，是由于它已融入了袁可嘉对主知这一理论问题进行追问的独创性意识。当袁可嘉提出“现实、象征、玄学的综合”① 理论时，我们不仅可以发现其中“玄学”一词在基本意义上与艾略特推崇的玄学派中的“玄学”含义的一致性，而且，我们也发现了一种对新的诗学思维和体系的寻求与建构的冲动。正是源于这样一种创造性冲动，围绕着“现实、玄学、象征”这一理论圆心，袁可嘉构建了一个以张力、机智、悖论、辩证性等概念和范畴为经纬的诗学系统。至此，西方知性话语在不断地被转述中才消除了西方话语陌生的他性，真正化为了中国现代诗学架构中的血肉。②

最后，是诗学风格的转换。风格是诗体呈现的最高范畴，是诗歌文体形式趋于成熟的标志。但诗学风格关涉的又不仅仅是文体问题，它又与意象、象征暗示、通感等诗学法则以及诗人的诗学观、诗学思维等因素密切相关。因而，对中国诗学由“朦胧”向“晦涩”诗风的转换的考察，又必然要从对意象、象征暗示等诗学法则的变化的分析入手。

不可否认，意象一直是中国古典诗学中一个核心性范畴。意象意境化，则被中国古典诗学视为诗歌意象的最高品格和诗歌审美的最高境界。在中国古典诗学这里，诗歌表现的意境不管怎样朦胧，它都是建构在人与自然和谐圆融基础之上的。和谐性、静态性、审美性构成了中国古典意象意境化的诗学风格的本质特性。

历史的车轮推进到20世纪初，中国古典诗学的意象观和意象体系受到了西方话语和时代潮流不可阻挡的冲击。象征性意象取代意境化意象成为了现代诗学中意象的最高品格，与此相关，矛盾性、动态性、审丑性的意象也取代了和谐性、静态性、审美性意象而成为了现代诗学中的主要审美构成和结构方式，它们共同促成了

---

① 袁可嘉：《新诗现代化》，《大公报》，1947年3月30日。

② 此部分观点，可参见龙泉明《中国现代主义诗歌在四十年代的调整与转化》，《文艺理论研究》第6期，2002年。

中国诗学风格由朦胧向晦涩的转换。

这种由追求意象的意境化到追求意象的象征化导致的诗学风格的晦涩，从更为宏阔的背景上看，一方面源于现代诗人立足在一切都裂变成了碎片的现代沙漠中，已经不再相信古典诗学中的人与自然和谐圆融的乌托邦之境有关；另一方面，也与西方话语的影响有关。西方现代主义诗人认为，现实世界和自然世界都是不真实和丑恶的，惟一真实的只有人的内在世界。而要表现人的隐秘的内在世界，就不能不用隐秘、晦涩的象征和暗示。因为只有隐秘、晦涩的象征才具有一种暗示的神力，才能最为深刻地表现人的内心深处那些可见而不可见，可感而不可感的情绪波动和千回百转、转瞬即逝的欲望。波德莱尔反对诗意的直白浅显，认为诗应该“有一点模糊不清，能引起人的揣摸猜想”①，为此，他主张诗歌大量采用象征与通感。马拉美在《关于文学的发展》中说，“在每个人的内心都应该有某种隐秘的东西，我断然相信某种晦涩的东西，其意义是密封的、隐藏的”，而要表现这种隐藏、晦涩的东西，就不能不用晦涩、隐秘的象征和暗示，因为，只有这样，才能“一点一点地把对象暗示出来，用以表现一种心灵状态”。马拉美等西方现代主义诗人对晦涩、象征等的强调，是建构在对现实主义摹仿自然和浪漫主义歌颂自然诗学观的反拨基础上的。在他们这里，晦涩以及与此相关的象征、暗示等问题不仅可以突出地折射个体生命的内在世界的隐秘的悸动，而且实际上还引导着个体生命在最为本源意义上对宇宙奥秘的把握。这无疑是一种哲学化了的晦涩观。这种哲学化了的晦涩观，总是对那些被现实压抑、折磨而企求解脱的诗人充满着诱惑。李金发对法国象征派的晦涩诗风就十分推崇。他认为诗是“你向我说一个‘你’，我了解只是‘我’的意思”②，他看来，诗“多少是带有贵族气息的”，并非人人能懂，“有相当训练的人才能

---

① 波德莱尔：《随笔·美的定义》，《西方文论选》下卷，上海译文出版社 1979 年版，第 225 页。

② 李金发：《艺术之本质与其命运》，《美育》第 3 期，1929 年。

领略其好"①。穆木天认为诗歌关注的焦点不在外在世界而是"潜在意识的世界"，而要表现这个"一般人找不着不可知的远的世界"，"诗是要有大的暗示能"② 的。20 世纪 30 年代，朱光潜更是依据心理学知识公开为晦涩的诗风辩护。他以法国象征派诗歌为阐释对象，将晦涩与诗歌的特殊想像力联系在一起进行考察，进而认为，晦涩是一种"不能用理智捉摸的飘忽渺茫的意境和情调"③。梁宗岱在阐释他的纯诗系统论时，以融合中西诗学的广博知识，跨越了中西诗学话语的鸿沟，将诗的晦涩与象征、想像力综合起来进行考察，对晦涩作出了独创性的阐释。在他看来，象征不是一种与中国传统诗学中"比"相似的一种修辞手法，而是一种极为特殊的想像力，这种想像力可以使我们"渐渐沉入一种恍惚非意识，近于空虚的境界"。这样，当梁宗岱将象征看做一种文学的存在方式时，象征导致的晦涩就已经不仅仅是语言表现的问题，而且也是一个诗学观的问题。而更为重要的是，倘若我们认同象征是一种特殊的想像力这样一种界定，我们就无法否定晦涩在诗歌中的重要审美功能。

20 世纪 40 年代，袁可嘉对晦涩的系统阐述，更是标志着晦涩作为一种诗学风格的价值在中国现代诗学中的真正确立。在《诗与晦涩》一文中，袁可嘉不仅从语言修辞的角度肯定了晦涩是一种现代诗人构造意象或运用隐喻的特殊法则，又从思维层面上否定了晦涩等同于思维不畅的观点，指出，"晦涩是西洋诗核心性质之一"，同时，是"现代诗人的一种偏爱"。当晦涩被袁可嘉由修辞上升到诗人的审美趣味，再由诗人的审美趣味上升到诗学观时，我们已经明白，尽管晦涩为阅读制造了一定的障碍，但它却在坚持了诗的本位立场的同时，保持了诗歌的一种非常纯粹的品格和极为高

---

① 李金发：《卢森著〈疗〉》，引自《李金发生平及其创作》，《新文学史料》第 3 期，1985 年。

② 穆木天：《谭诗》，《创造季刊》第 1 卷第 1 期。

③ 朱光潜：《心理学上个别的差异与诗的欣赏》，《大公报》，1936 年 11 月 1 日。

雅的姿态。从整体的视野上看，仅仅只是修辞或是审美趣味的晦涩，它所唤起的只能是陌生的神秘感，只有这些要素整合成一个系统显现的诗学风格的晦涩，它才能使我们面对一种近似于空旷渺远的诗的空间。此时，我们体验到的不仅仅是一种神秘感，而且，也可能是一种渗入天地宇宙的大神秘。这，便是晦涩的诗学魅力和晦涩诗学风格的价值所在。

任何一个不带偏见的人，在回顾中国现代诗学这段历史，目睹了20世纪上半叶中国诗学发生的这种前所未有的大变革、大转换时，他都不能不承认，这段诗学发展史不仅不是被西方话语逐渐淹没、自我话语完全丧失的历史，而且是一段由聆听、转述西方话语再到主动发问的历史。我们认为，对历史进行简单的肯定和否定是容易的，关键在于理解历史，理解现代诗人、诗学家们当时选择的历史合理性。上个世纪之交，在西方强势文化的冲击和传统文化衰竭双重力量的挤压下，中国诗学的历史使命就是实现自身诗学话语从古典向现代的转换，而除了借西方现代形态的话语来实现自身诗学的变革以外，别无其他选择。历史已经证明，正是得力于对西方话语的聆听和转述，中国现代诗学才能创造性地发展自身。如果没有西方话语的引入和创造性接受，中国现代诗学的独立发展与建构简直是不可想象的，中国诗学由古典向现代的转型也近乎痴人说梦。历史已经进入到新世纪，在经历了一个世纪的接受西方话语的影响历程之后，中国诗学与西方诗学的差距正在缩小，这为中西诗学的交流、互补与独创提供了可能。双方尽管仍存在着落差和不平等，但只要中西诗学能以开放的心态坚持互为主体、互为补充的长期对话，在对话中不断探讨一种能够跨越双方诗学的新视域，寻找双方面临的共同的诗学话题，那么，中国诗学就会在双方对共同诗学问题追问的视界的互动、转让活动中，在坚持了独立、自由精神的同时，扩展自己的诗学视野，强化自身的现代性特质和品格，开创世界性与民族性为一体的诗学体系与格局。

四、中国现代主义诗歌在20世纪40年代的调整与转化

在过去的文学史写作中，一个普通的观念是，抗战爆发以后，现代主义诗人都起而反叛自己的艺术追求，都义无反顾地向现实主义依归，所以现代主义诗歌在抗战以后相当一段时间内衰落了，中断了，出现了空白。其实，这只是一种表面现象，并不完全符合历史的真实。准确地说，在抗战爆发之后，现代主义诗歌不但没有被中断，而且在经过一个反思、调整与革新的过程之后，在20世纪40年代中后期又出现了一个中兴的局面。

抗战爆发以后，现代主义面临着严重的危机和挑战，不少现代主义诗人告别现代主义，向现实主义依归，但也有一部分现代主义诗人并未抛弃现代主义，而是对现代主义进行着内部的深刻反思与自觉调整，即对现代主义进行扬弃与变革，使之适应抗战现实的需要，使之在新的环境中得到进一步的发展。

一个显而易见的事实是，在与“革命诗歌”的对峙与竞争中，现代派诗歌在20世纪30年代获得了很大的发展，产生了相当大的影响，形成了与现实主义并驾齐驱的势头。到1936年，现代主义诗歌呈现出十分兴盛的景象。其标志是：刊物甚多（达十多种），诗人甚夥，整个流派声势浩大。在那时，很多年轻人要写诗就写现代诗。纪弦曾说1936～1937年是中国新诗自五四以来的黄金时代，其时南北各地诗风颇盛，人才辈出，质佳量丰。当事人吴奔星先生也说过：过去数年一片荒凉的诗坛上，到了1936年，由于一拨站在纯艺术立场上的朋友的开拓，出现了中国新诗运动以来的诗的“狂飙期”，而写诗的技巧也至此而进入了“成熟期”。这都说明，

现代主义的发展在此时方兴未艾。如果不是一场战争，它接着会有更大的发展。然而，一场战争骤然而至，却改变了它的历史进程。在民族救亡和严峻的现实面前，现代主义面临严重的危机与挑战。“纯诗”艺术与时代的要求之间出现了不可调和的矛盾，于是现代派诗人群急剧分化，从象牙塔走出来，匆忙地告别了过去，迅速投入到新的生活洪流中去。与此同时，作为立足于诗坛潮头的现实主义诗人，一面大力弘扬诗歌服务于现实的功能与职责，一面猛烈地批判现代主义的艺术倾向，并表示要把现代主义“从现阶段的诗歌当中排除出去”①。在这种时代潮流的挤压与感召下，一部分现代主义诗人很快做出新的价值选择，从现代主义转向现实主义，从而使现代主义诗歌一下处于冷落与沉落的尴尬境地。

在那时，“诗人的独特追求与大时代的一致性召唤不由自主地构成了不可调和的反差，在这样的氛围里诗人的坚持可能意味着苦难”②。但事实上，有一部分现代主义诗人在严峻的民族抗战面前，迅速走出象牙塔，投身现实生活，但他们并没有一股脑儿抛弃现代主义，而是对之进行反思、改造和革新，对现代主义诗歌艺术作新的探索，使之为民族解放斗争服务。也就是说，要使现代主义在抗战洪流中获得新生，使之在诗坛具有自己的立足之地。

要使现代主义重新立足于诗坛，首先必须改变其姿态，重新调整其诗歌与现实的关系，就是改变现代主义脱离现实的倾向，重新建立艺术表现与现实内容之间的平衡关系。一个突出的事例是：汪铭竹、孙望、常任侠、吕亮耕、李白凤、徐迟、吴奔星等现代派诗人在抗战爆发后清醒地认识到若“老是在蔽塞的小天地中回旋”，乍看起来，“虽然冠冕堂皇而实际上却空无一物”，因而提出了“面对现实”，“内容与艺术并重”的主张。他们发起组织“中国诗艺社”及编印《中国诗艺》月刊（在长沙创刊，后又在重庆复

① 任钧：《谈谈诗歌写作》，《新诗话》，上海国际文化服务社1948年版，第143页。

② 谢冕：《一颗星亮在天边——纪念穆旦》，《穆旦诗全集》，中国文学出版社1996年版，第9页。

刊），就是企图使现代主义诗歌脱离现实的倾向有所改变。一部分现代派诗人在新的历史环境中，拒绝沉湎于象牙塔内唯美、唯情的浅吟低唱，变更了与现实疏离的诗学主张，但他们并未放弃对艺术独立性的认同，坚持要以现代主义艺术去表现现实生活情感，把从西方现代主义那里学到的东西用来写中国的现实，所以，他们对那种大量充斥诗坛，且缺乏艺术性的“抗战诗”，从内心“看不懂”，从实践上也不愿仿效。孙毓棠在《读抗战诗》一文中明确表达了这种心态：“我们要写这种新时代的诗，但我们写诗的思路不习惯，表现的技术不习惯。叫一个写读个人抒情诗的人骤然一变而改为写读抗战诗，正如叫拜伦一变而改写 T. S. Elliot 的诗一样，也许不是绝对不可能，但一起首总不容易，两年以来以新环境为新题材的抗战诗，作者也作了，读者也读了，但却在习惯上觉得不像诗，至少仿佛不像平日所喜欢的好诗。你要愣着叫作者读者都承认这些东西一定是好诗，正如你愣把个北极的白熊放在赤道线上，叫他承认自己是热带动物一样。”① 这说明，在他们心中已经形成了“好诗”的价值标准，使他们难以看得起这种诗，难以接受和苟同这种诗。他们坚信诗不仅要有美的灵魂，也要有美的形式，诗不讲究艺术，就失去了艺术审美和教育的对象，也就丧失了艺术生命本身。经过一个内部的深刻反思与调整阶段之后，一批现代派诗人进一步继承和发扬了现代派诗歌的艺术方法，从不同的角度平衡了艺术和时代的关系，在新的历史条件下实现了现代主义诗艺的调整与转化。

正因为如此，现代派诗歌在抗战之后虽一度显得沉寂，但并没有中断，没有缺席，在当时的诗歌潮流中仍然保持了与 20 世纪 30 年代现代派诗歌的某种连续性。他们的一些反映抗战现实和抒发爱国热忱的诗并未截然斩断与现代派的联系，如卞之琳的《慰劳信集》和冯至的《十四行集》仍葆有现代之风。戴望舒的《白蝴蝶》、《致萤火》、《我用残损的手掌》等诗运用了象征主义与超现实主义手法。李广田的《小盒与小刀》、《早晨》和《空明》等诗

---

① 孙毓棠：《谈抗战诗》，《大公报·文艺副刊》，1936 年 6 月 14、15 日。

都吸取了法国后期象征派诗人的养分。还有相当一部分年轻诗人对现代主义诗艺进行了新的尝试和探索，取得了一些值得注意的新的进展。如前面所提到的中国诗艺社的一批青年诗人，如汪铭竹、孙望、常任侠、吕亮耕、李白凤、徐迟、吴奔星、徐仲年、林咏泉等对现代派的承续与延展，以及沦陷区的南星、沈宝基、刘荣恩、吴兴华、朱英诞、闻青、顾视、黄雨、金音、成弦、黄烈等诗人对现代主义诗风的追寻，他们在把现代主义诗歌艺术引导到为现实服务的健康道路上，作出了很大的努力。其中，最具代表性的是卞之琳和冯至。

卞之琳于抗战爆发后赴延安并经晋东南，随军生活，出入太行山内外，用诗的形式写成慰劳信，编为《慰劳信集》①。慰劳信体的写作是响应延安文艺界的号召，以动员一切力量支援持久抗战。它取材于“真人真事”，诗人以一个受感动者、致敬者的身份向遍及抗战前后方各个岗位的抗战军民表示自己的钦敬之情。其中大多数诗篇都可以跟他同时期写的报告文学《第七七二团在太行山一带一年半战斗小史》和系列通讯《晋东南麦色青青》相对照。《慰劳信集》的题材和浅白明朗的口语化、散文化风格（如前所述），只是特定的历史与现实使然，但诗的表现形式与技巧却一如既往。其诗的致思方式受到20世纪30年代英国的奥登的影响。奥登那迅捷、敏锐地把握当前政治，将具体事件置于整个文明的大背景上加以审视，对人类的生存境况作出思考与批判的表现方式，在《慰劳信集》中有比较明显的反映。在形式方面，仍然借鉴西洋诗体，试验新格律，承接前期努力方向继续发展下去。例如《给〈论持久战〉的著者》和《空军战士》，前者受奥登影响而吸纳意大利式变体，后者利用瓦雷里短行变体《风灵》的形式。这两首诗也表现了中心意象与象征的妙用，《给〈论持久战〉的著者》中的“手”概括了人民领袖在复杂的战争风云中的镇定自若、运筹帷幄的英雄形象和在战争各层次起的重要作用，《空军战士》中的

---

① 卞之琳于1938年至1939年所写的20首诗，结集为《慰劳信集》，由明日出版社1940年出版。

"鹫"和"人仙"也就成为空军战士在战争的紧要关头的象征。张曼仪说:"卞之琳那四首奥登式十四行体——《给委员长》、《给〈论持久战〉的著者》、《给一位政治部主任》、《给一位集团军总司令》,描写对象不是文坛翘楚,都是当前政坛的要人和军队的将领。这四首诗都能在十四行有限的篇幅内,勾勒出诗中人物在抗战中所表现的特质。"他又说:"《慰劳信集》用浅白的口语,气定神闲地摆事实,说道理,描述当前大事能语带幽默和机智,在风格上与奥登不无共同之处。"①《慰劳信集》的精神尽管是支援抗战的,却没有当时抗战诗歌一味慷慨激昂的擂鼓之声,而多从小处着眼,侧面描写各阶层人物生活细节,肯定他们对抗战的贡献,起鼓舞人心的作用。作者一贯的从容不迫的态度,由小见大,由实入虚的手法,以及象征、意象和暗示等手法的综合运用,才使这部诗集不曾湮没于标语、传单和口号式的抗战宣传之中,而经受住了时间的考验。在20世纪40年代那趋同日盛的时代潮流中,卞之琳大胆地切入政治,敏锐地反映现实,同时既不放弃个人的视角,又要引入困难的形式,从而写出了中国战场上的"感情的洪流"和时代的风涛。在现代派从象牙之塔走向十字街头的过程中,卞之琳的转变显示出内在的一致性和连续性。卞之琳在抗战后的这种转变,给后起的现代派诗人以很大的感染。正如九叶诗派代表诗人穆旦所说:"卞之琳的转折点和'变',我恰好是个目击者和见证人。当时我初学写诗,在昆明西南联大与我同时爱上写作的也不少。我们都感受到《慰劳信集》的影响。他的'变',在为广大人民而写方面,提供了另一种写法的实例。"② 冯至在抗战爆发后自觉"放逐情感",把现代主义诗艺调整到一个新的维度上,他写于1941年的《十四行集》不像卞之琳诗歌那样直接取材于社会生活、政治生活,而是运用一种客观体验的方式去感受和领悟个体生命的存在,

---

① 张曼仪:《卞之琳与奥登》,台北《蓝星》诗刊第16号,1988年7月。

② 穆旦:《〈慰劳信集〉——从〈鱼目集〉谈起》,香港《大公报·文艺》,1940年4月28日。

表达人世间和自然界互相关联、不断变化的关系，再加上现代派手法的圆熟运用，使其诗的境界更加宽广和深邃。他和卞之琳一道，对20世纪40年代中后期的“新生代”——“九叶诗派”的崛起起了至关重要的作用。袁可嘉在谈及穆旦、杜运燮等人的诗歌创作时说，他们之所以采取了现代派的艺术方式，是因为受到了“在借鉴现代派诗艺上获得优异成果的前辈诗人戴望舒、卞之琳、艾青、冯至的影响”。① 如有人指出的那样，像冯至的《十四行集》所产生的“笼罩一时的影响”，在很大程度上“启示了青年诗人探索的航道”；② 卞之琳的《慰劳信集》“用现代主义的诗歌艺术，写出中国抗战的现实生活”，成为校园诗人闪光的路标。③ 也就是说，如果没有前辈诗人在现代诗艺上的成功探索和影响，新生代诗人要在20世纪40年代的历史环境里作出取向现代主义的选择也许要困难得多。

由于一批诗人对现代主义诗歌艺术进行艰难的调整与探索，使现代主义诗歌在抗战中期以后开始复兴，一批年轻诗人经过长期的动乱生活，对残酷的战争所造成的生存困境有了深刻的体认，对人生价值和生活苦难的困惑与思索，使他们对西方现代主义有了更深的理解。以穆旦为代表的西南联大青年诗人群和以杭约赫为代表的上海青年诗人群的崛起，标志着现代主义诗歌在20世纪40年代的调整与转化的成功。他们在20世纪40年代中后期掀起了一股现代主义诗潮，并且围绕上海创办的《诗创造》、《中国新诗》，形成了一个诗派，后称“九叶诗派”。他们的崛起，使现代主义诗歌在硝烟弥漫中竞一时之盛。他们的诗风已不同于20世纪30年代的现代派，其诗歌的内容与艺术已与现代派的前辈们大异其趣。他们所提出的一个重要的诗学命题：“现实、象征、玄学的综合”，既是他

---

① 袁可嘉：《现代派论·英美诗论》，中国社会科学出版社1985年版，第375页。

② 孙玉石：《面对历史的深思》之八，《文艺报》，1987年6月20日。

③ 唐祈：《卞之琳与现代主义诗歌》，《卞之琳与诗艺术》，河北教育出版社1990年版，第40页。

们诗学理念的核心，也是他们创作实践的重要特征，用他们自己的话说，“现实表现于对当前世界人生的反映，象征表现于暗示含蓄，玄学则表现于敏感多思，感情、意志的强烈结合及机智的不时流露”。① 可以说，这一诗学观念具有重大的革新意义，它集中体现了现代主义诗歌在20世纪40年代的重大调整与发展。

强调“现实”，可以说是九叶诗派的一种历史的高度自觉。因为他们深知，逃避现实是过去现代派诗歌的一个致命弱点，它大大地影响了现代派诗歌的生存与发展，所以九叶诗派首先要纠正的就是现代主义诗歌长期偏离时代与现实的倾向。他们竭力反对以往将“诗监禁在象牙塔里”② 的做法，并力图破除人们已经习惯的那种将现代主义与逃避现实拴在一起的现象。他们从艾略特和奥登那里获得启示——两位诗人的现代主义诗艺都渗透着对现实的强烈关注，因而他们把对艺术的守护与对当前世界人生的紧密把握放到了同等重要的位置。他们要求“诗和这时代成为一个感情的大谐和”③，明确提出了艺术与现实的平衡，诗与政治的平衡的主张，对此前“纯诗”理论矫枉过正的偏颇进行了有效的调整，从而把现代主义诗歌的表现方位确定在一个新的逻辑起点上。这可说是九叶诗派对于中国现代主义诗歌的一个突破，一个重要开拓。

“象征”是现代派的诗歌艺术的核心。通过象征，由此及彼，以少总多，以有限传达无限，以个别表现一般，以具象化的方式表达抽象的形而上观念，这种诗性传达方式几乎与现代派诗紧紧地结合在一起，成为现代派诗歌的一个鲜明标记。对“象征”的认同与强调，就是对现代主义诗艺的坚持，就是要求诗歌以含蓄与隐秘为本。现代主义肇始于象征主义，不少现代派诗歌与象征派诗歌是

① 袁可嘉：《新诗现代化》，《论新诗现代化》，生活·读书·新知三联书店1988年版，第7页。

② 袁可嘉：《对于诗的迷信》，《论新诗现代化》，生活·读书·新知三联书店1988年版，第58页。

③ 穆旦：《〈慰劳信集〉——从〈鱼目集〉说起》，香港《大公报·文艺》，1940年4月28日。

孪生姐妹，一般人对它们不加区别，也难以区别。象征派的象征、暗示、隐秘等主要表现方法已经成为后起的现代派的主要艺术手段，它对现代诗的审美意蕴的开掘和语言自身力量的呈现有着重要作用。对象征的认同与强调，体现了九叶诗派对现代主义基本立场的执著与坚守。

“玄学”，乃指诗的智性（也即“知性”）与哲思特征，它体现了现代派诗歌一个新的发展趋向。从世界范围来看，大多数现代主义诗歌流派发展到20世纪20年代，在突出非理性因素的同时，往往更见出理性的思考，瓦雷里、里尔克等现代派诗人的作品中都包含着哲理思辨的因素，而艾略特的成功，则标志着以《荒原》为代表的知性诗时代的到来。当中国20世纪30年代现代派诗人刚刚告别早期象征派而进入一个新的探索阶段的时候，卞之琳、金克木、徐迟、废名、路易士等则在现代派诗歌中另辟蹊径，使现代派形成“知性诗群”与“感性诗群”（以戴望舒为代表的一批诗人）的区别，他们在五四以来新诗主情（以抒情感兴为主）传统之外努力于现代派诗歌的智性建构。在作为后期西方现代派诗歌的核心特征的“智性”并未引起中国诗坛注意的情况下，叶公超于20世纪30年代中期组织翻译艾略特的诗论《传统与个人》和《玄学派诗人》；金克木于1936年提出“智的诗”应为“中国新诗的新途径”之一，应成为中国新诗“内容方面的主流”；① 徐迟在其后又提出了“放逐抒情”的口号等，② 就是要实现中国新诗的“智性转变”。其中，表现最为突出的是卞之琳。他于20世纪30年代中期就受到西方现代派“智性泛滥的蛊惑”③，从翻译《传统与个人》开始，他就执迷于艾略特的诗和诗论，他于1935年出版的《鱼目集》可说是现代派的诗歌创作从主情向主智转换的标志。正如穆旦所说，“自五四以来的抒情成分，到《鱼目集》作者的手下

① 柯可（金克木）：《论中国新诗的新途径》，《新诗》第4期，1937年。

② 徐迟：《抒情的放逐》，《顶点》第1期，1938年。

③ 张曼仪：《卞之琳著译研究》，香港大学中文系1989年版，第35页。

才真正消失了"①。他的诗歌不再追求主观抒情效果，而重视诗思的提炼和凝聚，追求诗歌的智性之美，即在主智这一新的诗艺途径上艰难而执著地探索，其主智诗——当时被称为"新智慧诗"，"极力避免感情的发泄而追求智慧的凝聚"，"以不使人动情而使人深思为特点"，② 其《断章》、《圆宝盒》、《白螺壳》、《距离的组织》、《鱼化石》等诗就是极富理智之美的诗作。从总体上看，卞之琳的"新智慧诗"虽然规模还不够大，数量还不够多，甚至有些诗的分量还较轻，有些诗的内蕴过于冷涩费解，但它却为现代派诗歌的发展拓宽了道路。因为不管是以李金发为代表的早期象征派，还是以戴望舒为代表的现代派，大多数诗人都偏重于颓废、绝望、忧郁、神秘的现代情绪的表达，而对现代人的生存处境和心理变幻的哲理探寻，对于社会现实的冷峻解剖与理智批判，则关注不够，这就使现代派诗歌呈现出一定的薄弱和贫乏、狭隘和单调的状态。中国现代派诗歌的发展有待于哲学思想及艺术表现的开拓，而卞之琳则顺应了这种历史的要求，他的新智慧诗不但在现代诗人中领先一步，并给后起的现代派以极大的启示和影响。到了20世纪40年代，冯至又把这种诗歌创作向前推进了一大步。他那"沉思的诗"——《十四行集》，在诗艺上自觉师法后期象征派大师里尔克，而在意蕴上则将存在主义引进了中国新诗创作。作者"令人羡慕地完成了发自诗的本质的要求。其中观念被感受的强烈程度都可从意象及比喻得着证明"。③ 所以，他的诗不管是写蔡元培、鲁迅、杜甫、歌德和梵诃，还是写有加利树、鼠曲草、驮马、初生的小狗，都能从敏锐的感觉出发，在日常的境界里体味出精微的哲理，都能从哲学层次上将个体生存和民族精神作深度的思考。可以

① 穆旦:《〈慰劳信集〉——从〈鱼目集〉说起》，香港《大公报·文艺》，1940年4月28日。

② 柯可（金克木）:《论中国新诗的新途径》，《新诗》第4期，1937年。

③ 袁可嘉:《诗的主题》，《论新诗现代化》，生活·读书·新知三联书店1988年版，第76页，。

说，“冯至作为一位优越的诗人，主要并不得力于观念本身，而在抽象观念能融于想象，透过感觉、感情而得着诗的表现”。① 所以，与卞之琳相比，他的诗更多哲思，更具形而上色彩，更多审美的哲学意蕴，然而也更合乎诗的本质的要求。到了以穆旦为代表的九叶诗派，则更加突出了这一诗学追求，他们对新诗现代化的探索突出表现在“主智诗”的探索上。穆旦写诗就是“拼命地思索，拼命地感觉”。② 所以，在其艺术表现和形象内涵上，“追求高远的历史视野和现代人的深沉的哲学反思。无论取材于自然或社会现象，他的诗的意象中都有许多生命的辩证的对立、冲击和跃动，表现出现代人的思维方式”。③ 可以说，对社会现实的冷峻解剖、理智批判，对现代人生存境遇的深切关怀和对自我深层心理的探求，几乎是九叶诗派创作的共同的主题意向。他们的创作在感性与智性、官能感觉与抽象观念的艺术整合中，表现出一种沉思的美、智性的美，由此开拓出现代诗的崭新境界。他们在整体上所达到的艺术高度，既表明中国现代派诗歌发展已经与世界诗歌潮流取得了同步之势。同时，也反映了中国现代诗歌发展的内在需要。应当说，在20世纪30、40年代的多种艺术的激烈竞争中，新智慧诗的生存和发展不仅为中国新诗的发展拓宽了疆域，而且对于民族灵魂和智慧的塑造，也具有十分深刻的影响。

由于九叶诗派对现代派的诗歌艺术作了卓有成效的调适，使现代主义真正与中国现实生活相结合了，与中国民族传统相结合了，同时又在一定程度上拓展了现代主义诗艺空间，所以九叶诗派的诗歌创作真正体现了现代主义诗歌的深化与成熟，使中国新诗坛真正具有了“中国式的现代主义”。他们的出现，反映了中国新诗发展

① 袁可嘉：《诗的主题》，《论新诗现代化》，生活·读书·新知三联书店1988年版，第76页。

② 袁可嘉：《诗的新方向》，《论新诗现代化》，生活·读书·新知三联书店1988年版，第221页。

③ 唐祈：《现代杰出的诗人穆旦》，《一个民族已经起来》，江苏人民出版社1987年版，第59页。

的一定的历史要求，代表了中国现代主义诗歌一个独特的发展阶段。

可以说，从抗战开始，经过相当长时期的艺术反思、调整与转化，才使现代主义在新的历史条件下获得了新生，九叶诗派乃是现代主义诗歌艺术调整的集大成者。而我们不能只看到后起的九叶诗派的辉煌成就而忽略了此前一大批现代派诗人为建构和发展现代主义诗歌所进行的默默的奉献和牺牲，以及所经受的深刻的徘徊与挣扎、扬弃与选择的种种内在矛盾与强大的外在压力。他们的调整与探索，使现代主义经受了时代的考验，并为现代主义这棵大树蓄备了后来发展的长势。所以我们务必看到，现代主义诗歌在 20 世纪 40 年代后期的深化与成熟，是经历了一个长长的准备时期的。在 20 世纪 40 年代现代主义诗歌成长的道路上，洒下了多少探索者的心血，留下了多少前行者的足迹，才使现代主义诗歌在后来结出了累累硕果，并且产生了穆旦这样杰出的现代主义诗人，为现代主义诗艺在一个新的历史时期到来之前，画上了一个圆满的句号。

在中国现代新诗史上，贯穿着一个现代主义艰难而曲折的发展历程，这其中尽管出现过徘徊、衰歇、转型与分化等种种复杂情形，但它在中国新诗的现代性诉求上却有着一贯性与一致性特征，而并不是一个个杂乱无章的历史“断章”，从中是可以“寻出一条进行的线索来”的。

20 世纪 20、30 年代诗歌论

一、五四白话新诗的“非诗化”倾向与历史局限

白话新诗的开拓者们不仅形成了一套比较完整的诗歌观念，而且还进行了较大规模的试验。正是这种理论和实践的较好统一，使白话新诗奠定了坚实的基础，得到了群众的拥护，符合了时代的需求，为以后中国新诗的全面铺开开创了道路。因此我们认为五四白话新诗的成就巨大，它是中国新诗的伟大起点，开拓了一代诗风。

但是也要看到，五四白话新诗终究处于新诗的初创阶段，不成熟是明显存在的事实。在一部分诗作中，诗人作为抒情主人公的自我，还没有从描摹事物的圈子里跳出来，形成独立的、鲜明的自我性格。不少白话新诗作品艺术性较差，艺术性上存在的一些问题，概括起来就是一种“非诗化”倾向。

五四白话新诗运动顺应历史要求而兴起，其历史任务是否定旧诗，解放诗体，通过理论和创作证明白话写诗的必要和可能，所以从当时的诗坛中，我们可以发现白话新诗存在着严重的只重“白话”不重“诗”的倾向。梁实秋在1931年所发表的《新诗的格调及其他》中说：“新诗运动最早的几年，大家注重的是‘白话’，不是‘诗’，大家努力的是如何摆脱旧诗的藩篱，不是如何建设新诗的根基。”应当指出，梁实秋在一些论著中对五四新文学所持的偏激之见，是不足取的，但其中也有合理的成分，特别是他关于白话新诗的一些看法，是颇为中肯的，在《新诗的格调及其他》一文中，梁实秋确实道出了五四白话新诗的一个带普遍性的问题，指出了五四白话新诗之所以出现“非诗化”倾向的根本原因。不可否认，正是依赖白话这种鲜活的语言形式，五四白话新诗有了表达

现实生活情感的自由，传达出了中国古典诗歌很难具备的内容。但是，从总体上看，五四新诗运动由于只注重语言工具的更新，不考虑诗歌本身的审美特征，就使一些白话新诗的“非诗”倾向越来越严重，越来越偏离自己的艺术轨道，做了一本白话新诗《冬夜》的俞平伯，不待闻一多作出批评，他已备尝白话诗创作的甘苦，他在《社会上对于新诗的各种心理观》中坦率地谈到白话诗“工具的缺点”和“用工具的人的笨拙”，十分明白地说，白话诗的难处，“不在白话上面，是在诗上面”。这表明他对初期白话诗所存在的“非诗化”倾向已相当清醒而敏感。后来梁实秋也说：“经过了许多时间，我们才渐渐觉醒，诗先要是诗，然后才能谈到什么白话不白话，可是什么是诗？这个问题在七八年前没有多少人讨论。偌大一个新诗运动，诗是什么的问题竟没有多少讨论，而只见无量数的诗人在报章杂志上发表不知多少首诗，——这不是奇怪么？这原因在哪里？我以为就在：新诗运动的起来，侧重白话一方面，而未曾注意到诗的艺术和原理一方面。一般写诗的人以打破旧诗的范围为唯一职志，提起笔来固然无拘无束，但是什么标准都没有，结果是散漫无纪。”① 梁实秋的话虽然说得过分了些，但他对白话诗“未曾注意到诗的艺术”的批评是中肯的。白话新诗作为我国旧诗的直接对立物出现，它那种冲击文言文的气概和追求世界进步潮流的新姿证实了其存在的合理性和发展的必然性。然而由于当时白话诗人更多地注意了白话，对诗的特质及艺术原理缺乏认识，因而其功绩与失误相伴而生。

白话新诗语言工具的浅易化、现代化，的确恢复了诗的新鲜与活力，但同时却逼得我们不能不承认所谓现代语，也许可以绰有余裕地描画某种题材，或惟妙惟肖地摹写某种口吻，如果要完全胜任文学表现的工具，要充分应付那包罗了变幻多端的人生，纷纭万象的宇宙的文学底意境和情绪，非经过一番探检、洗练、补充和改善不可。② 这一番“探检、洗练、补充和改善”工作，就是诗的艺

① 梁实秋：《新诗的格调及其他》，《诗刊》创刊号，1931年1月。

② 梁宗岱：《诗与真》。

术性的必不可少的途径。同时，每个诗人不但要把纯粹的现代语，即最赤裸的白话，当作诗歌表现的工具，而且还要创造他自己的文字——能够充分表现他的个性，他的特殊的感觉、特殊的观察、特殊的内心生活的文字，因为一个诗人“所描写的不是客观的事实本体，而是经过他底精神浸润或选择的事实意识——这事实意识是因人因时而变的——姑无论他底思想的起伏、纡回，深入或浅出有一定的曲线，因而表现这事实与思想的文字亦不能不随而变易流转——就是每个字，每个字底音与形，不也在每个作家底内心发生特殊的回声与阴影么？经过了特殊的组织与安排，可不呈现新的面目，启示新的意义么？”① 这种“特殊的组织与安排”，就是诗的艺术性必不可少的手段。可是，初期白话新诗人对这种诗的艺术性必不可少的途径与手段却极少注意，而是奉行“有什么话，说什么话，该怎么说，就怎么说”，即“做诗如作文”的原则，让自然的生活内容不加诗化地表现在诗里，让自然的生活语言不加选择地入诗。不少初期白话新诗人不顾一切束缚，痛痛快快、毫无顾忌地写他们的诗，自由自在地唱他们的歌，完全用“散文的语风”为诗，自由放语，明快洒脱，这对于冲破传统的束缚，自有意义，但他们却模糊了诗和文的界限，忽视了诗的特征，使诗趋向散文和大白话。一些人把用白话做诗看得很容易，把做白话诗当作“空口说白话”，结果使语言不讲究，词汇贫乏，那种“我怎么想就怎么写”的“言语任性病”成为白话诗的一个通病。周作人这样说到他的《小河》：“有人问我，这诗是什么体，连自己也答不出……或者算不得诗，也未可知，但这是没有什么关系的。”② 即如俞平伯所说，“是诗不是诗，这都和我的本意无关”。“诗体的大解放”是不错的，但如果在其“解放”中丢了“诗”之体，脱离“诗”这个基点，就走向了另一种极端。对五四白话新诗存在的这种种弊端，一些诗歌理论家进行了毫不留情的批评。梁宗岱指出：“所谓‘有什么话说什么话’，——不仅是反旧诗的，简直是反诗的；不

---

① 梁宗岱：《诗与真》。

② 周作人：《小河·前记》，《新青年》第6卷第2期，1919年。

仅是对于旧诗和旧诗体底流弊之洗刷和革除，简直是把一切纯粹永久的诗底真元全盘误解与抹煞了。"① 梁实秋一针见血指出："自白话入诗以来，诗人大半走错了路，只顾白话之为白话，遂忘了诗之所以为诗，收入了白话，放走了诗魂。"② 闻一多在《〈冬夜〉评论》中激动地说："不幸的诗啊！他们争道替你解放……谁知在打破枷锁镣铐时，他们竟连你的灵魂也一齐打破了呢？不论有意无意，他们总是罪大恶极啊！"并认为其原因是"对于诗——艺术的根本观念的错误"。这些批评虽有些过激，却可见其对初期白话新诗"非诗化"倾向的强烈不满和对新诗艺术要求的强烈程度。

当时对白话新诗的"非诗化"倾向的批评，除了针对白话新诗开拓者的态度与观念外，大都集中在其语言文字工具及表达方式的缺陷上。这到底应作何理解呢？白话新诗在五四新文学运动乃至整个新文化革命中所充当的是一种先锋的角色。它不是一般的文体革命，它的文体革命的目的，是服从于整体的时代追求之目标的，因此，作为一种新文体，它本身所肩负的使命比诗这一品种所应当承担的重得多。它首先要证明语言革新的可能性，因而其用心首先在"白话"而不在"诗"上。其次，这场语言革新的取向及其大的目标也于白话新诗的诗性特征的形成多有不利。正如有的研究者所指出的，五四语言革命重在适应现代科学发展的要求，追求语言的精确性、明快性，这就必然以丢失中国传统语言方式中固有的隐喻性、模糊性等带有文学色彩的风格为其代价；而要保存中国语言方式中的被西方人称之为"诗的风格"，则又难以使中国语言适应科学思维的要求。五四时期的语言革命在科学与文学之间的两难选择中，无疑是倾向于科学的。由于五四时期过分强调语言的明确性，促进了科学的发展，推动了文化在整体上的转换，但对文学这一具体领域而言，其损失也是不言自明的。文化的整体性历史转

---

① 梁宗岱：《诗与真二集·新诗的纷歧路口》，外国文学出版社 1984 年版，第 167 页。

② 梁实秋：《读〈诗的进化的还原论〉》，《晨报副刊》，1922 年 5 月 27 日。

换，似乎不得不以牺牲局部的文艺的本体特性为代价。尤其是最具文学性的文学种类——诗歌，所受的损失则更大一些。相比较而言，小说、杂文等文学种类要幸运一些。语言的精确性、明快性，在某种程度上或许可以说是玉成了以陈述为主要语言特征的小说（增加了叙述的清晰度）和以说理为其语言特征的杂文（增加了说理的逻辑性）；而以含蓄、寓意、多义、暗示、抒情为其语言特征的诗歌，则不能不受到不利方面的影响。① 难怪俞平伯说，“白话诗的难处，正在他的自由上面”，因为“他是赤裸裸的”，使诗容易流于“空口说白话”而缺乏“诗美”。② 当然，初期白话新诗在语言文字和表达方式上存在的“非诗化”倾向，不但与五四新文化整体变革相关，同时也与五四时期对白话的全面使用尚处于初级阶段，白话的幼稚、单调、粗糙、贫弱，很不利于诗的抒写有关。但随着以后白话的进一步改造，以及对西方文学语言和中国古代文学语言的借鉴与融会，现代新诗语言就渐趋丰富成熟。所以，在以后新诗的发展中，语言文字问题就再也没有像初期白话新诗那样显得突出和严重了。

初期白话新诗的“非诗化”倾向的形成，也与在五四文化整体变革氛围中形成的诗人的诗歌观念和作诗态度有关。

朱自清在论及初期白话新诗时说，胡适“提倡‘诗的经验主义’，可以代表当时一般作诗的态度。那便是以描写实生活为主题，而不重想象，中国诗的传统原本如此，因此有人称这时期诗为自然主义”。③ 胡适认为诗歌是诗人对生活观察与实验而得的经验的产物，因此他主张“诗的经验主义”。他还说：“做梦尚且要经验做底子，何况做诗？现在人的大毛病就在爱做没有经验做底子的

---

① 参考朱晓进：《从语言的角度谈新诗的评价问题》，《文学评论》第3期，1992年。

② 俞平伯：《社会上对于新诗的各种心理观》，《新潮》第2卷第1号，1919年。

③ 朱自清：《中国新文学大系·诗集·导言》，上海书店影印1982年版，第2~3页。

诗。”他讥讽一位新诗人做出“棒子面一根一根的往嘴里送”这样的诗句，连吃棒子面的体验都说不准确，“何况做诗”!① 胡适的“诗的经验主义”，强调作诗须凭个人的经验，对客观生活作逼真的描写。这对反对无病呻吟、向壁虚构的“琢镂粉饰”的诗风，引导诗人对现实生活的密切关注，无疑是有积极意义的。不过，“诗的经验主义”对“真实”的解释还十分浮浅，仅停留在事物表层，带有一定的自然主义痕迹。同时，“诗的经验主义”忽视想象的作用，在手法上重白描而轻比兴，钱玄同对此表示：“古代文字，白描体外还有比兴。比兴之体，当与胡先生所谓‘广义之典’为同类。”为此，他认为白话诗“以白描为最好，如《焦仲卿妻》，皆纯为白描，不用一典，而作诗者之情感，诗中人之状况，皆如一一活现于纸上”②。白描固然是反映现实的一种手法，但将偏重于现实生活写照的白描，与偏重于想象的比兴对立起来，这种“白描”便难与机械摹写区别开来。一味强调真实摹写的结果，便产生了当时被引为笑柄的诗：“小胡同口，/放着一副菜担——满担是青的红的萝卜，/白的菜，紫的茄子；/卖菜的人立着慢慢的叫卖。”这样的诗，康白情却认为，“这是具体的写法，就是刻绘的作用”，“我们读了就如看见的一样”。③ 由于一些初期白话诗人受“诗的经验主义”观念影响，因而他们的诗一般都平实明白却拘泥于具象，滞留于事实，缺乏想象的飞扬和情感的热烈，缺乏对生活内容的净化和升华。平直叙述和随意白描，往往意随言尽，淡而乏味。这时期的写景诗特别发达，与此影响有关。这些写景诗不少带有“摹写自然”的倾向。如胡适的《蝴蝶》、《鸽子》，沈尹默的《三弦》、《人力车夫》，周作人的《两个扫雪的人》、《小河》，俞平伯的《春水船》、《绍兴西部门头的半夜》，傅斯年的《深秋永定城门晚景》等，都是对自然景观的直接描摹。尽管有时写得生动

① 胡适：《尝试集·〈梦与诗〉自跋》，《新青年》第8卷第5号，1921年。

② 钱玄同：《寄陈独秀》，《新青年》第3卷第1号，1917年。

③ 康白情：《新诗底我见》，《少年中国》第1卷第9期，1920年。

逼真，甚至其中不乏诗人的感情色彩，但总的来说，则缺乏诗的自发性和创造力。不少描写社会现象的诗，几乎真有所指，其中好多诗都可称作历史文件性的作品，如俞平伯的《他们又来了》，周作人的《偶成》等，都是五四运动里的“六三”运动的写实。不过由于反对假诗和“假诗世界”，提倡真诗和写实精神，因而当时的描绘社会现象的诗作，特别是具有历史文献性质的作品，结果多数成为印象的、旁观的或自然主义的，缺乏深入的表现和热烈的情绪，这是特色，但也是缺点。茅盾说早期诗大都“具有‘历史文件’的性质”①，正是准确地概括了初期白话新诗的某种历史价值和局限。

初期白话诗人“力求解放而不作怪炫奇”，强调“须要用具体的做法”，从而在遁入因袭、雕琢、虚情假意末路的旧诗面前，树起了一面反叛的旗帜。但是，他们却又出现了另一种偏差，即重实感轻想象，重白描轻比兴，也就是说，他们的创作在生活和感觉面前不能超越物理和生理感觉的局限，使诗成为现实生活流水账式的罗列，虽然康白情强调想象，认为“诗是主情的文字”，“有浓厚的情绪而没有丰富的想象去安排它，毕竟也不中用”②，但是梁实秋却说他的创作“情感太薄弱，想象太肤浅”③。闻一多则一针见血地指出：“早期白话诗极沉痼的通病，那就是弱于或竟完全缺乏幻想力。”他认为这违反了诗歌创作规律，要做诗决不能还死死地贴在平凡琐俗的境域里，诗人惟有“跨在幻想的狂恣的翅膀上遨游，然后大着胆引嗓高歌”，才能创造出真正的艺术。闻一多在1922年评述《冬夜》的诗作时，也特别指斥想象素质缺乏，“读起来总是淡而寡味，而且有时野俗得不堪”。④ 其实，在1920年初，俞平伯就已经意识到白话诗的这种缺陷了。他说：“我现在对于诗的做法意见稍稍改变，颇觉得以前的诗太偏于描写（descriptive）

① 茅盾：《论初期白话诗》，《文学》第8卷第1号，1937年。

② 康白情：《新诗底我见》，《少年中国》第1卷第9期，1920年。

③ 梁实秋：《〈草儿〉评论》，清华文学社1922年版。

④ 闻一多：《〈冬夜〉评论》，清华文学社1922年版。

一面，这实在不是正当趋向。因为纯粹客观的描写，无论怎样精彩，终究不算好诗——偶一为之，也未尝不可。这些事应该让给照相者去干。诗人的本责是要真挚活泼代表出人生，把自然界及人类的社会状况做背景，把主观的情绪想象做骨子；又要把这两个联合融调起来集中在一点，留给读者个极深明的 image，引起读者极诚挚的同情。"① 俞平伯的"反省"认识，正说明了主观的情绪和想象的匮乏，是五四白话诗缺少诗意的重要原因。

同时，初期白话诗人还重理轻情，由此造成诗美结构协调度差。初期白话诗是思想解放运动的产物，因此偏于说理倾向，一些诗人借白话诗传达时代的信息，传播时代的新思想，表达自己对现实的看法，抒写自己的理想，或者描写社会矛盾和自然现象，而很少有人把诗当做独特的抒情艺术。一些白话诗人不善于把自己的思想意识和生活感受化为诗的意象，只好采用直接说理。所以朱自清指出："新诗的初期，说理是主调之一，新诗的开创人胡适先生就提倡以诗说理，《尝试集》说理诗似不少。"② 一般来说，理性因素能提高艺术，也能伤害艺术，这取决于诗人有没有足够强大的思想力量和艺术力量。李大钊的《欢迎陈独秀出狱》在论辩中贯之以形象思维的特点，鲁迅的《梦》、《爱之神》、《他们的花园》等表现为杂感的诗化，周作人的《小河》则以象征之物寓理，它们都既蕴含强烈的思想光芒，又富有隽永的诗味。在思想内容的表达上，胡适尽管学得一些意象派或象征派手法，但总嫌隔膜肤浅。俞平伯的诗在这方面更有代表性，他的许多诗说理过于直露，艺术效果较差，就连喜欢以理入诗的胡适也在《俞平伯的〈冬夜〉》一文中毫不客气地批评他偏于说理的弊病，如《游皋亭山杂诗·初次》一诗，"描写已经很够了，偏要加上八九句哲学调子的话；他想拿抽象的话来说明，来'咏叹'前面具体的事物，却不知道这早已犯了诗国的第一大禁了"。闻一多也视"偏重理智"为早期诗的根

① 俞平伯：《与新潮社诸兄谈诗》，《新湖》第 2 卷第 4 号，1920 年。

② 朱自清：《新诗杂活·诗与哲理》，作家书屋 1949 年版。

本弱点，甚至认为“哲理本不宜入诗”，“诗的主人是情绪”。① 他指出《冬夜》里的诗作“太多教训理论”，其中“大部分的情感，是用理智底方法强迫的，所以是第二流的情感”。② 初期白话诗中泛滥的理性化偏向，确乎损害了情感的表现，这种“理智”因素反客为主的状况引起了很多人的强烈不满。

五四白话新诗的开拓者，几乎都是“贵族化”诗风的反对者，在“写什么”上，他们的态度是眼光向下，面向平民生活，强调诗的“言之有物”，鄙弃诗的“无病呻吟”；在“怎么写”上，明确主张“诗须用具体的作法”，“注重实地的描写”，“以质朴的文词写人性”；同时还倡导“可懂性”和“明白清楚主义”。③ 其实，“具体的做法”也不过是“用比喻说理”，一样不离直白与浅露。这种诗风的兴起，固然有向广大民众靠拢的积极意义，但却把诗引向了“低俗化”的危险轨道，连周作人也只好承认不喜欢这种诗风，并且批评那时的“一切作品都像是一个玻璃球，晶莹透澈得太厉害了，没有一点儿朦胧，因而似乎少了点余香与回味”④。刘大白也自我批评说：“我的诗用笔太重，爱说尽，少含蓄。”⑤ 胡适后来在《蕙的风·序》中也承认他的诗“浅入而浅出”的毛病，而提倡“深入浅出”的含蓄。茅盾也在《论初期白话诗》中举例说明初期白话诗“病在说尽，少回味”，“明快有余而深刻不足”等缺点。的确，早期白话新诗人主张具体、明白、清楚，自有好处，但就另一方面说，明白清楚就缺少深度和诗味，水至清则无鱼，生命的幽深处，自然有烟有雾。这种明白、清浅、直露的诗风，虽然在某种程度上会受到普通读者的欢迎，但在另种程度上也

---

① 闻一多：《泰戈尔批评》，《时事新报副刊·文学》第99期，1932年。

② 闻一多：《〈冬夜〉评论》，《闻一多论新诗》，武汉大学出版社1985年版，第51页。

③ 胡适：《什么是文学》，《中国新文学大系·建设理论集》，上海良友图书公司，1935年版，第214~216页。

④ 周作人：《扬鞭集·序》，《语丝》第82期，1926年。

⑤ 刘大白：《〈旧梦〉付印自记》，陈绍伟编：《中国新诗集序跋选》，湖南文艺出版社1986年版，第104页。

许是对普通读者的殆害。正确的做法是，我们的作品既要投合读者的口味，同时又要提高读者的品位。这表现在诗歌的用语及表现方式上，就是为读者设想；与其降低我们的工具去迁就读者，不如改善他们的工具，以提高他们的程度。由于不少初期白话新诗停留于浅显层次的追求，所以广大读者不久就感到厌倦和不满了。

五四新诗人处在旧诗“破坏”期，为把诗从旧制束缚中挣脱出来，他们在诗歌创作上尽力追求解放，追求自由。但他们的许多诗歌虽然实现了“白话化”，而真正意义上的“白话诗”并不多，在文本各个层面上，均还不同程度地保留着古典诗词的结构法则。正如胡适为汪静之《蕙的风》作序时所说，“我们虽然认清方向，努力朝着‘解放’做去，然而当日加入白话诗的尝试的人，大都是对于旧诗词用过一番工夫的人，一时不容易打破诗词的镣铐枷锁”，摆脱不了“旧诗词的鬼影”。因而他们创作起新诗来，于无形之中，却仍受到旧诗词的影响，尽管运用了白话，长短自如，但诗中仍有很重的旧诗词的气味。当时不少诗人把文言句法硬拼在白话上，很不和谐统一，读来十分拗口。他们一方面避免使用传统诗语，另一方面又保留着征引古文或使用文言词汇与句法的习惯，呈现出典型的半文半白的特征，他们尽管认为“文言中有许多字尽可输入白话中”，但并没有考虑怎样把文言的好处化入白话里。例如胡适的《鸽子》就留有浓重的文言痕迹：“云淡天高，好一片晚秋天气！/有一群鸽子，在空中游戏，看他们三三两两/回环来往夷犹如意——/忽地里，翻身映日，白羽衬青天，/十分鲜丽！”其中杂入文言词语“夷犹如意”，明显与全诗不那么协调，我们细读全诗，觉得声音一点都不统一，仿佛一个新时代的人同时说着两个不同时代的话。胡适说自己“历史癖太深，故不配作革命”①。他在传统诗词基础上，试用白话写诗，开了诗歌革新的风气之先。他的《尝试集》不少篇章，都是用旧体诗框架掺入白话，白话味相当浓，但未能摆脱旧诗的窠臼，这种现象直到“尝试后期”才有所

① 胡适：《五十年来中国之文学》，《胡适学术文集·新文学运动》，中华书局1993年版，第151页。

改变。他后来承认："我现在回头看我这五年来的诗，很像一个缠过脚后放大了的人回头看他一年一年的放脚鞋样，虽然一年放大一年，年年的鞋样上总还带着缠脚时代的血腥气。"① 这个"缠脚放大"的比喻确是十分贴切的。其实这种现象并不奇怪，既然它刚刚脱胎于旧诗词，其周身便不免负荷着旧诗词的正负面意义。在当时诗坛上远非胡适一人如此，刘半农、刘大白、沈尹默、沈玄庐、俞平伯、康白情等均有这种蜕旧变新的痕迹。胡适认为初期白话诗人，"除了会稽周氏兄弟外，大都是从旧体诗、词、曲里脱胎出来的"。② 他认为沈尹默的初作新诗是从古乐府化出来的；傅斯年、俞伯平、康白情初作的新诗也都带着词曲的意味音节，可以说是"词化了的新诗"。朱自清评述《冬夜》有"十余种相异的风格"，但基本的特征仍然是形式上的新旧过渡性，表现为在欧化文法中杂糅着旧诗词的格律的痕迹和"融旧诗的音节入白话"。③ 卞之琳说早期白话诗人"写旧诗词，是卓然老手，写白话诗，就不免稚气"④。"这些先行者，实际上都不懂西诗是怎样写的，写起白话诗来基本上都不脱诗、词、曲的窠臼。"⑤ 冯文炳也说："我们这回的白话诗运动，算是进一步用白话作诗不作旧诗了，然而骨子里还是旧诗，作出来的是白话长短调，是白话韵文。"⑥ 这些都是符合历史真实的论说。白话新诗诞生以后，在一定时期里还带着"古诗味道"，有的还十分浓厚，以至每个稍有艺术判断力的读者都能明显感到，它们还相当缺乏现代新诗的审美品格。当新文学对

---

① 胡适：《〈尝试集〉四版〈自序〉》，《胡适学术文集·新文学运动》，中华书局1993年版，第418页。

② 胡适：《谈新诗》，《胡适学术文集·新文学运动》，中华书局1993年版，第390页。

③ 朱自清：《冬夜·序》，《朱自清全集》第4卷，江苏教育出版社1990年版，第50页。

④ 卞之琳：《新诗与西方诗》，《诗探索》第4期，1981年。

⑤ 卞之琳：《徐志摩诗重读志感》，《诗刊》第9期，1979年。

⑥ 冯文炳：《谈新诗·〈小河〉及其他》，人民文学出版社1984年版，第84页。

人们的审美眼光进行再造之初，人们都感受着白话新工具和自由体新形式为诗歌拓出新天地的历史性的喜悦，而当时新诗人又每每苦于不能爽利地挣脱浸润已久的旧诗词的影响。存在这种状况，说明要“给诗找一种新语言，决非容易，况且旧势力也太大，多数作者急切里无法甩掉旧诗词的调子”。① 中国新诗先驱者们都从旧营垒来，有很高的古典诗词修养，这既是他们的一种精神财富，又是一种文化包袱。在新诗初创时期，它作为一种文化包袱，的确阻碍了五四诗歌革新，束缚了诗体的解放，但在后来的新诗发展中，它又作为一种精神财富，得到了“创造性的转化”，成为诗体解放后寻求新诗发展的积极因素。这种文化的正负效应是与一定的历史条件相关联的。

白话新诗所存在的种种弊端，给复古派向新诗反扑提供了口实，在学衡派卵翼下的《国立东南大学南京高师月刊》刊出了所谓《诗学研究专号》，对新诗竭尽攻击污蔑之能事。学衡派一篇文章写道：“所谓白话诗者，纯拾自由诗及美国近年来形象主义之余唾。而自由诗与形象主义，亦堕落派之两支。乃倡之者数典忘祖，自矜创造，亦太欺国人矣。”② 胡先骕甚至攻击《尝试集》为“死文学”，“以其必死必朽也”。于是他们极力鼓吹复辟古诗。

面对这种挑战，新诗开拓者们保持着清醒的头脑。他们坚信白话诗不仅革新了诗歌语言工具，而且提示出了一个新的作诗的方向；坚信白话新诗改变的不仅是语言，还有传统的诗学观念；坚信白话新诗不仅是时代变化的产物，而且显示了中国新诗新的艺术可能性。他们确信打破旧诗镣铐，采用白话自由体诗，并非只是受到来自外部的影响，它同时也是中国诗歌要解决自身机体上所存在的弊病的必然趋势。他们认为中国现代新诗的成就只能建立在它超越于中国古典诗歌的层次上，它的价值应该表现在它对古典诗学理想的挣脱，而进入“陌生”的艺术境界，自然，它的平庸也就意味

---

① 朱自清：《中国新文学大系·诗集·导言》，上海书店影印 1982 年版，第 351 页。

② 梅光迪：《评提倡新文化者》，《学衡》第 1 期，1922 年。

着它并没有走出传统诗学的怪圈。他们决心致力于新诗自身的建设，以巨大的社会价值与审美价值吸引读者，影响诗坛，击退反扑，使新诗不陷于停滞而获得进一步发展。正是这样，新诗开拓者们对自己所做的白话诗试验的审视是很严格的。胡适在《尝试集》的再版自序中说："我做白话诗，比较的可算最早，但是我的诗变化最迟缓。"即是说花样不多，诗体解放得不够彻底。他认为创作《尝试集》就是"但开风气不为师"。他在给徐志摩的信中说："只有不断地试验，才可以给中国的新诗开无数的新路，创无数的新形式，建立无数的新风格。若抛弃了这点试验的态度，稍有一得，便自命为'创作'，那是自己画地为牢，我们可以断定这种人不会有多大前途。"① 正是新诗人们的这种敢于"试验"，敢于创造的精神，使中国新诗没有"画地为牢"。如果没有胡适等新诗开拓者们"以数年之力，实地练习之"，顺应了"新潮之来不可止，文学革命其时矣"的需要，那么白话新诗运动也不会如雷鸣谷应，云流风行，得到广大进步文化界的热烈响应；同时，白话新诗运动如果不曾有胡适、鲁迅、刘半农、刘大白、康白情、俞平伯等人做先锋，这回的诗歌革命恐怕同黄遵宪、梁启超的"诗界革命"一样的革不了旧诗的命。

五四新诗开拓者们正是以这样的战斗的姿态，在守旧势力和自身束缚的重围中勇猛奋斗，左冲右突，努力开拓，才使白话新诗以较快的速度摆脱幼稚而走向成熟，这是中国新诗的第一块碑石，它记载着创业者的全部热情、智慧和艰辛，当然，也记载着当时的幼稚与缺陷。对于这种幼稚和缺憾，当年的开拓者们并不避讳。新诗出世不过几年，这层缺憾，谁能说不是应有的呢？初期白话新诗的优点，在以后的新诗发展中得到了进一步的发扬，而其缺陷和不足，则强烈地引起了后来者的不满，这种不满与当年复古派心怀杀机的"不满"有着本质的区别，他们是以此为教训与动力，进一步推动"诗的改造"运动向前发展的。从1920年开始，郭沫若、宗白华、成仿吾、闻一多、穆木天、梁实秋、冯文炳、梁宗岱等先

① 《胡适档案资料》1370号，中国社科院近代史所编。

后发表文章，从不同的艺术角度，对中国新诗及其命运进行了深刻的反思，提出了他们新的艺术主张，同时着手于创作实践。耐人寻味的是，当他们试图把新诗进一步推向前进时，大都不约而同地选定初期白话诗作抨击的目标，以此为突破口，其姿态的激烈，否定的尖锐可说是空前的。无论闻一多《〈冬夜〉评论》对《冬夜》所作的条分缕析的严厉批评，还是成仿吾《诗之防御战》对初期白话诗所作的粗暴砍伐，或是穆木天在《谭诗》中对白话诗先驱者的无情斥责……虽然以极端偏激的面目出现，却迫使中国新诗很快走上了一条通过自身的艺术否定与超越而向前发展的道路。他们的艺术反思和艺术批评，既表现了历史批判的必然性，也表现了历史前进的合理性。在后来新诗走向发展和成熟的过程中，可以看到新诗人们对"五四"白话新诗的承传与变异、矫正与反叛的种种回应，种种联系与沟通。事实上，在白话新诗基本站稳脚跟之后，新诗人们很快就开始了新的观念层次上的各种"诗化"试验；在诗的创作方法上，以浪漫派强化的激情和象征派朦胧的诗意排挤了"理智"的过于触目和情感的过于稀释；在诗的要素变化上，出现了郭沫若、闻一多"想象"的大胆与奇特，李金发、戴望舒"比喻"的艰涩、怪异与亲切、含蓄，改变了语言表达的单调与浅露；在诗体形态上，既有郭沫若等人的极端奔放，也有闻一多等人的极端严谨，既有李金发等人的过分的别致，也有戴望舒等人的自由与谨严的调和，改变了诗体形式贫弱的状况……这种对五四"诗体大解放"偏向的矫正和对五四诗歌革命精神的张扬，使新诗始终处于流变和运动之中，不断地开出新路，创出新形式、新境界。刘半农在 1932 年为《初期白话诗稿》作序的时候，十分感慨地指出，初期的白话诗已变成了"古董"，而他们这批白话诗的倡导者也被人们视为"三代以上的人"了。梁宗岱也在 20 世纪 30 年代写的《新诗的纷歧路口》中说："虽然新诗运动距离最后的成功还很远，在这短短的十几年间已经有了惊人的发展却是不容掩没的事实。如果我们平心静气地回顾与反省，如果我们不为'新诗'两字底表面意义所迷惑，我们将发现现在诗坛一般作品——以及这些作品所代表的理论（意识的或非意识的）所隐含的趋势——不独和初期作品底主张分道扬镳，简直刚刚相背而驰：我们底新诗，在这短短的期间，已经和传说中的流萤般认不出它腐草底前身了。”他还说：“这只是一切过渡时期底自然的现象和必经的历程。”①

五四白话新诗的出现，既体现了历史的进步，而其缺陷又是那样触目惊心地存在着。但它毕竟不失为中国诗史上一次破天荒的革命，它开创了中国诗歌发展的新纪元，为中国新诗的繁荣和发展开了先河。

① 梁宗岱：《诗与真二集·新诗的纷歧路口》，外国文学出版社 1984 年版，第 167 页。

二、20年代象征主义诗歌论

象征主义作为一个诗歌潮流，源自于19世纪中叶的法国。波德莱尔为法国象征派的先驱，其后又有魏尔伦、兰波、马拉美等一大批年轻的诗人集聚在象征主义旗帜下，推动了这个诗歌潮流的发展。到了20世纪20年代，象征主义文学潮流越过法国，越过诗歌领域，对整个世界文学的发展产生了广泛的影响。正是在这样的背景下，发展中的中国新诗也受到这一文学潮流的影响。

一、新诗坛上的"一支异军"

在中国新诗的草创时期，象征主义并未引起人们普遍的关注，象征诗只是零星的存在。当中国诗坛处在白话新诗写实主义的氛围中时，一批诗人对它存在的"晶莹透澈得太厉害了，没有一点儿朦胧"，缺少"余香与回味"的弊病深为不满，表示要给他"食一点补品"，以使其发生新的变化，这补品之一就是法国象征主义。周作人反对在诗中"唠叨地白描"，认为比、兴是一条可能的光明大道，并认为"兴"即西方的象征。① 郭沫若认为"真正的文艺是极丰富的生活由纯粹的精神作用升华过的一个象征世界"②。为补救写实主义之弊，诗坛已在酝酿着某种变化。及至20世纪20年代上半期，诗坛通行着一种自我表现的说法，做诗习于狂叫直说，以坦白奔放为标榜，他们对于这种倾向私心里反叛着。中国象征派诗人从法国象征主义诗歌那里找到了对抗"坦白直说"、过分的感

---

① 周作人:《扬鞭集·序》,《语丝》第82期，1926年。

② 郭沫若:《批评与梦》,《创造季刊》第2卷第1期，1923年。

情宣泄和缺乏深沉含蓄的艺术缺陷的出路。于是，一种新的诗歌美学追求从诗歌内部孕育出来。他们明确地提出，“诗不是说明，诗是得表现的”，“把纯粹的表现的世界给了诗歌作领域，人间生活则让给散文担任”;① 他们明确表示追求诗的“幽深、晦涩和涵蓄”，即“从意象的联结，企望完成诗的使命”。② 象征派诗人当时深感“中国现在的诗人粗制滥造，不愿多费脑力”，“是一件最可痛心的事”。他们针对新诗“不复杂”也“不完整”的缺陷，提出要多下工夫“努力于艺术的完成”以“求艺术的精进”!③ 这一派诗人与追求“新音节新格式”的新月诗派存在于诗坛的时间大体一致，但他们在诗的观念上却大不相同，即企望从西方象征主义那里寻找珠贝，在浪漫主义和现实主义之外，发现一个新的世界，开拓一种新的途径。也就是说，当新月诗派努力将一些形式准则重新引入诗歌的时候，而中国象征诗派则开始把法国象征主义诗艺用于诗歌创作。如果说新月诗派在形式方面探求创新的重要意义在于克服新诗散文化倾向，那么和它差不多同时出现于诗坛的中国象征诗派对法国象征主义诗艺运用的意义则在于纠正新诗太实、太白、太直、太露、缺少诗味的艺术弱点。新月诗派和象征诗派对新诗流弊的修正和超越，一重形式，一重表现，两者在艺术上都是富于创新意义的建构，都是对整体的新诗的一种推进和拓展。朱自清在《新诗杂话》中认为自由、格律、象征“一派比一派强……新诗是在进步的”。这里的“进步”，当然是指新诗的艺术表现。象征进入新诗，自由诗派重形式革命而疏于艺术表现探索的缺陷，由此得到弥补。

中国象征诗派的开创者李金发于 1920 年留学法国时开始做诗。1923 年把最早写成的诗编成诗集《微雨》，不久又写了两本诗集:《食客与凶年》、《为幸福而歌》。他把前两本寄给周作人，周作人

---

① 穆木天:《谭诗》，《创造月刊》1926 年第 1 卷第 1 期。

② 刘西渭:《〈鱼目集〉——卞之琳先生作》，《李健吾文学评论选》，宁夏人民出版社 1983 年版，第 83 页。

③ 王独清:《再谭诗》，《创造月刊》第 1 卷第 1 期，1926 年。

称赞“这种诗是国内所无，别开生面的作品”①。1925 年至 1927 年，他的三本诗集先后在国内出版。《微雨》出版后，震撼了诗坛，有人把李金发称为中国诗歌界的晨星，中国的魏尔伦，东方的波德莱尔。有人称他的作品是“对于生命欲揶揄的神秘及悲哀的美丽”②，但也有许多人认为他的作品“太神秘、太欧化”，令人难以索解。《微雨》最早的评论者钟敬文则说，读了李金发的作品，在那“诗坛的空气消沉极了”的时候，“突然有一种新异的感觉，涌上了心头”。虽然“起初就已是那样觉得它的不大好懂了”，但“像这样新奇怪丽的歌声，在冷漠到了零度的文艺界，怎不叫人顿起很深的注意呢”?③ 朱自清比较客观地指出，在当时的诗坛上，李金发“是一支异军”，法国象征派的手法，他“是第一个人介绍它到中国诗里”来的。④ 与李金发同时或稍后，出现了一批象征派诗人，这些诗人有倾向于法国象征派的后期创造社的王独清、穆木天、冯乃超，有受这一思潮的影响或直接取法于法国象征派而从事诗歌创作的冯至、石民、梁宗岱、胡也频、姚蓬子、侯汝华、林英强等。这些人后来的发展变化虽不相同，但在当时却同李金发一起形成了中国象征诗派。

二、诗的情感基调

李金发说：“艺术是不顾道德，也与社会不是共同的世界。艺术上惟一的目的，就是创造美；艺术家惟一的工作，就是忠实地表现自己的世界。所以他的美的世界，是创造在艺术上，不是建设在社会上。”⑤ 穆木天说：“我们的要求是‘纯粹诗歌’。我们的要求

① 见李金发：《异国情调·从周作人谈到“文人无行”》，商务印书馆 1941 年版。

② 黄参岛：《〈微雨〉及其作者》，《美育》第 2 期。

③ 钟敬文：《李金发底诗》，《一般》12 月号，1926 年。

④ 朱自清：《中国新文学大系·诗集·导言》，上海书店影印 1982 年版，第 8 页。

⑤ 李金发：《烈火》，《美育》创刊号，1928 年 10 月。

是诗与散文的纯粹的分界。我们要求是‘诗的世界’。”① 李金发和穆木天都强调“忠实地表现自己的世界”和创造“纯粹的诗歌”，这实际上也表明了20世纪20年代象征诗派总的审美取向。象征诗派在思想情感特征上，和西方象征派有相通之处，即表现的是不满现实的知识分子内心的痛苦空虚，寂寞与失落感，有浓厚的消极颓废，绝望厌世的思想情调。李金发内心有着“一切的忧愁/无端的恐怖”（《琴的哀》），《风》给他“临别之伤感”，《雨》告诉他“游行所得之哀怨”，生命是“死神唇边的笑”（《有感》），只有“美人”与“坟墓”才是真实（《心游》）。“一切生命流里之威严”最终都将成为“无牙之颚，无色之颧”，并“为草虫掩蔽，捣碎”（《生活》）。李金发率先把西方象征主义的丑恶、死亡、虚无、恐怖的主题引入诗中，从波德莱尔、马拉美、魏尔伦的诗中感应了世纪末的病态心理，学来了人生痛苦的摹拟和无名忧愁的沉吟，唱出了伤心者之歌。王独清的诗集《圣母像前》、《死前》、《威尼市》，唱出了他的两种主要的动机：“对于过去的没落的贵族的世界的凭吊”和“对于现在的都市生活之颓废的享乐的陶醉与悲哀”，② 唱出了一个没落阶级飘零子弟内心的挽歌和追求。穆木天饱尝人生的苦味，内心充满困惑、迷惘、悲哀，其诗集《旅心》充满着漂泊异国青年的凄苦、忧郁。冯乃超为诗坛点起的那盏明灭闪烁的“红纱灯”，歌咏“颓废、阴影、梦幻、仙乡”，朦胧地照出了“现实的哀愁”、“伤痛的心悴”。蓬子的《银铃》摇响的是烦闷、忧愁之音，“寂寞的灵魂”中美好而又“痛苦的记忆”。胡也频“负担着，而且深吻着苦味生活”（《卷头题辞》），他那“悲愤的、惆怅的诗篇”，充满感伤与虚无。石民的诗集《良夜与恶梦》所表达的，是一种不可排遣的悒郁的情调，一种“沉痛的哀音”。象征派诗歌虽不乏积极健康之作，但对人生的厌倦和绝望情绪、神秘主义色彩则充斥在他们大部分作品中，特别是对死亡的战栗与讴歌、病态的呻吟与欢乐、寂灭的感叹与祈求，乃是颓废、绝

① 穆木天：《谭诗》，《创造月刊》第1卷第1期，1926年3月。

② 穆木天：《王独清及其诗歌》，《现代》第5卷第1期，1934年5月。

望、神秘的“现代”情绪的典型反映。应当说，象征派诗歌所抒写的思想内容，对于认识和了解当时错综复杂的社会现实生活，特别是现代人的生存危机和心理变幻，是有一定的意义和价值的。

但是，由于20世纪20年代中后期的思想文化界对西方象征主义精神实质的认识和理解还不够深入，因而对西方象征主义的移植与创造还不可能达到内外统一的较高层次，还不可能获得其真髓，而主要表现在对象征主义表现技法的移植与借鉴上。所以，象征诗派对于中国新诗的贡献，主要不在于提供了多么有意义有价值的思想情感内容，而是提供了与以前新诗坛完全不同的新的表现技能，赋予诗歌一些新的变化和革新，推动了自由诗的发展，开创了新的诗风。也就是说，象征诗派“忠实地表现自己的世界”不无缺陷，而创造“纯粹的诗歌”的意义则是不可轻估的。那么，象征诗派所追求的“纯粹的诗歌”到底有哪些特质和成效呢？

三、诗的主导风格

象征派诗人大都排斥理性，强调表现变幻不定的内心情感、刹那间的感受情绪，表现梦幻和下意识的精神状态，表现幻想和直觉。非理性的幻想和直觉，本来就很暧昧模糊，再加上“象征在本质上是双关的或模棱两可的”（黑格尔语），就必然导致意旨的扑朔迷离和晦涩难解，而象征诗派不仅不认为这是一种缺陷，相反却认为这是一种美学追求。波德莱尔说，朦胧“有一点模糊不清，能引起人的揣摩猜想”①；马拉美说，“诗的妙处在于猜测它的含义”，“诗永远应当是个谜”。② 李金发把朦胧看成“不尽之美”。所谓朦胧，就是将万物仅显露一半，使“万物都变了原形”，“看

---

① 波德莱尔：《随笔·美的定义》，伍蠡甫主编《西方文论选》下卷，上海译文出版社1979年版，第225页。

② 马拉美：《关于文学的发展》，伍蠡甫主编《西方文论选》下卷，上海译文出版社1979年版，第263页。

不清万物之轮廓"，而现出"暗影"，具有"神怪之梦及美也"。①他认为诗"多少是带有贵族气息的"，并非人人能读懂，"有相当训练的人才能领略其好"②，因为"美是蕴藏在想象中、象征中、抽象的推敲中"③。这就是说，朦胧是含蓄、模糊与晦涩的融合。穆木天、王独清把"朦胧论"推到了极端。穆木天的《谭诗》反复强调"诗要暗示"，"诗最忌说明"，惟有以"暗示"为特征的世界，才能表现"诗的本能"。王独清在应和穆木天的《再谭诗》中强调跟着感觉走，即排斥理性，任其自然，追求诗意的流动性、不确定性和神秘性。中国象征诗派为追求这种朦胧、怪涩，往往采用隐蔽曲折的方法。他们注重在诗歌中留下内部的空白，因而在诗中出现的不是连贯的线，而是断续的线，在段落与段落之间，行句与行句之间，意象与意象之间，在精巧的片断场景和心理波动之间，出现了很多空隙地带。他们认为空白的增加，是相信读者欣赏力的表现，因为诗中最能产生美感的，往往是读者结合自己想象画出来的图画，作者涂得越满，诗便显得越单调，越定型；象征诗，不应该是粘稠的一块，而应该是跳动的圆点和落差悬殊的阶石，隐在诗后的才是作者感情潜在的连续性。中国象征派诗人自觉学习法国象征主义手法，写出了不少好的作品，但由于他们还没有完全掌握象征诗的真髓，因而越写越怪，这种故作怪态，故弄玄虚的倾向，越发使一些诗呈现出神秘晦涩的面貌。李金发的"怪"使你很难走进他的诗里去，所以曾被胡适、梁实秋、卞之琳等人讥为"笨谜"与"糊涂体"。陆耀东在《论李金发的诗》中把李诗分为三类：为数不多的作品，虽有点朦胧，却不很晦涩；约占总数一半左右的诗，有些晦涩，诗的主旨尚能探知；近半数的诗与读者之

① 李金发：《艺术之本原及其命运》，《美育》第3期，1929年10月。

② 李金发：《卢森著〈疗〉序》，转引自《李金发生平及其创作》，《新文学史料》第3期，1985年。

③ 李金发：《序林英强的〈凄凉之街〉》，《橄榄月刊》第35期，1933年8月。

间，像有一道不可逾越的高墙，读者只好望诗兴叹。① 读李金发《给蜂鸣》、《完全》、《夜之歌》这样的诗，如面对密码，莫知所以，非得“破译”不可。因此，如果说早期白话诗和浪漫派诗“像是一个玻璃球”的话，那么象征派诗就是一个不易解开的谜团。

不管中国象征派诗的成效如何，他们追求朦胧晦涩的风格，既是对新诗坦白奔放、直露肤浅倾向的反叛，也是出于对西方现代诗的崇尚。现代诗着重于智力结构的建设，这当然是对读者智慧乃至智商的挑战。人们面对的不再是传统的新古典主义的触目即是的感悟，而是凿壁偷光式的破译。美感在艰涩中酿成。中国象征诗派对西方象征诗的仿效移植，使人们已经开始认可：朦胧晦涩是现代诗歌的一种艺术风格。造成朦胧晦涩的原因，是因为它的咏叹是超验的，对超验的内容绳之以经验的理解，料必难以认同。中国新诗一开始就追求清朗单一的风格，但清朗单一难得深刻。因此，朦胧晦涩理应受到公正的价值判断。拒绝清朗单一，崇尚朦胧晦涩，已开始成为现代诗歌艺术的一种倾向。所以对中国象征诗派对朦胧晦涩的崇尚，应该看做是对一种新的艺术风格的创新追求。面对前辈的艺术传统，他们采取的态度就是抛弃一切可能提供给他们的陈腐的方法。当然，朦胧晦涩的诗风并非一概都好，它有两种情况：一种是朦胧的美；一种是没有美的朦胧。因此，对中国象征诗派的朦胧晦涩风格，我们应作具体分析，不能采取一概否定或一概肯定的简单方法和态度对待之。

象征派诗朦胧晦涩的美学风格的形成，是由他们那独特的诗歌意识和诗歌艺术法则所决定的。

四、诗的艺术法则

象征诗派理论家穆木天在《谭诗》中说：“我希望中国作诗的

---

① 陆耀东：《二十年代中国各流派诗人论》，中国社会科学出版社 1985 年版，第 290 页。

青年，得先找一种诗的思维术，一种诗的逻辑学。作诗的人，找诗的思想时，得用诗的思想方法。直接用诗的思考法去思想，直接用诗的旋律的文字写出来：这是直接作诗的方法。因为是用诗的逻辑想出来的文句，所以他的 Syntaxe，得是很自由的超越形式文法的组织法。换一句说，诗有诗的 Grammaire，绝不能用散文的文法规则去拘泥它。诗句的组织法得就思想的形式无限的变化。诗的章句构成法得流动，活软，趋于散文的组织法。用诗的思考法去想，用诗的文章构成法去表现，这是我的结论。"① 很显然，他强调诗人"以诗去思想"，其实是对初期白话诗"散文化"的弊端的矫正，因为初期白话诗的思维逻辑在本质上不是诗的，而是散文化的，"以诗去思想"的主张完全划清了诗歌与散文的界限，显示了对诗歌本体的自觉意识。从"以诗去思想"观点出发，他提出了"诗的思维术"、"诗的逻辑学"、"诗的组织法"，就是强调诗对世界感知方式的独特性，使诗对世界的把握方式艺术化。这一基本观点，正是对象征主义的新的美学原则的集中概括。在这里，我们结合他们的诗歌理论与创作实践，把他们的"诗的思维术"、"诗的逻辑学"和"诗的组织法"作一剖析，以呈现他们的象征诗的艺术法则与内在规律及其整体面貌。

第一，诗的思维术：象征与暗示。

各种文学流派的差异是作家对文艺与现实世界（主观心灵也是一种现实世界）关系的不同认识形成的。象征主义鼻祖波德莱尔对诗与现实存在关系的集中认识体现在他的"契合"理论上。著名的"象征派宪章"《契合》一诗是其理论的形象说明。他认为自然与人之间，人的各种感官之间，自然的万物之间，相互有着隐秘的、内在的、不可言明的"对应""契合"关系。世界上的一切事物都相互感应、渗透，互为象征。它们仿佛为别一世界的某种神秘力量左右，形成"深邃而不可思议的统一体"（《契合》）。因之，诗不是明白的解释和描述，也不是一种情感的直接表现，而是强调外界事物是内心世界的象征与暗示。象征诗派提倡"诗的思

① 穆木天：《谭诗》，《创造月刊》第1卷第1期，1926年3月。

维术"，就是受到西方象征派的启发，不满意传统的认知方式和审美方式，开始求助于象征和暗示的表现方法，不再让诗歌的情绪平展畅直，一泻无余，而是追求形象的创造，意象的呈现，间接的表达。因此，其"诗的思维术"的核心就是强调象征与暗示在诗中的诗化作用的充分显现。

其一，"象征的森林"：寻找思想与情绪的客观对应物。西方象征派的象征建立在"对应"、"契合"论的基础上，在他们看来，万事万物都是向人们发出信息的"象征的森林"。所以以有声有色的物象来暗示、烘托诗人内心世界的某种感受和印象，是象征派诗歌重要的表现途径，即象征主义表现内在精神的客观化原则。诗人不再采用传统的陈述式、喷射式的表达方式，要求赋予朦胧的情绪与抽象的观念以具体的、富于质感的感性形式；诗人要表达自己的情感，最好的艺术方法，便是为这情感寻找一个"客观对应物"。中国象征诗人受此影响，其诗歌创作不重视以逻辑和因果来再现生活，而是重视对景物事件作主观上的传达与象征。其诗的产生，无论"因情生景"，还是"即景生情"，其主要的手段就是捕捉和猎取与诗人主观感情相呼应的"客观对应物"，在对客观景物的描写中注入诗人的感兴与情绪的流变。显然，象征派的"象征"与中国传统的象征是大不相同的。传统的象征是由共同的认可或习惯所选择的、用以代表某种抽象东西的事物构成，例如用玫瑰象征爱情，鸽子象征和平。虽然它们也能建立起客观事物和抽象意义之间的联系，寻求某种对应关系，但其关系都是低层次的，即本义性的、类比性强的，只能达到寓言的形式。而象征派的象征是在自然与人之间，人的各种感官之间，自然的万物之间构成对应和契合关系，即创造整体性的象征意象：它是一种超越具体意象，整体性赋予作品以象征意义的表现方法。如李金发的《沉寂》没有直抒情怀，而是用三个意象构成一个象征体：大雪覆盖小路、石子，洒在死叶上；枯瘦的树枝欲哭无泪；大地愤恨，似张开手捏死万类。它们构成"沉寂"的境界，以象征人生的寂寞、社会的重压。穆木天的《我愿……》一诗，是抒发诗人寻找恍惚迷幻的"天边孤岛"的恍惚迷幻之情，但诗人不点明这种情绪，而是用一系列象征性极强的形象去暗示烘托这种情绪，即诗中所有的形象、情态——无论是动态还是静态，都组合成了一个象征的世界，那便是诗人想暗示给我们的情绪世界。可见，在象征主义诗歌艺术中，所有的客观事象都是人的内在感受的一种神秘对应物，凡是为诗人注意到的东西都是他情绪的动态的征象。总之，象征诗打破了真实描写和直抒胸臆的传统表现方式，诗人只注重寻找思想和情感的客观对应物，以构成诗的“象征的森林”，对于这个“象征的森林”的认识，会因读者的不同而产生无数个“解”，从而显示出诗的艺术魅力。

其二，暗示效应：“有无数的世界在环绕你的周围”。适度的隐藏与暗示是象征主义诗歌的本质。波德莱尔称诗是“富于启发的巫术”；魏尔伦说诗应像“面纱后面美丽的双眼”；马拉美说得更直接：“诗写出来原是叫人一点一点地去猜想，这就是暗示，即梦幻……一点一点地把对象暗示出来，用以表现一种心灵状态。”①中国象征诗派受此启迪后更加重视诗的暗示功能。穆木天说：“诗要有大的暗示能，诗的世界固在平常的生活中，但在平常生活的深处。诗是要暗示出人的内生命的深秘。”说到底，他们不主张直接表现诗人的直观情绪与意蕴，也反对直观描写一望而知的事物表面，而是主张以暗示的思维方式去表现诗人瞬间的印象、飘忽的幻觉、不可捉摸的思绪，以构成一个可供读者想象的暗示物。“穆木天氏托情于幽微远渺之中”，其《落花》中，贯穿全诗的是“孤独飘荡”的落花意象，诗人以此暗示人生的孤寂漂泊。冯乃超“诗中的色彩感是丰富的”，其《红纱灯》以森严的殿堂为背景，描绘寒气森森的殿堂深处，一盏微明微暗的红纱灯，构成一种极为神秘朦胧的象征性氛围，以暗示森森暗夜中的微茫希望——生活的希望之光既微弱，却又不甘熄灭的暗示。李金发的诗，“虽用文字，却朦胧了文字的意义，用暗示来表现情调”。② 他的《有感》一诗，以颓废的观念审视人类的生命价值，诗人没有采取直接陈述的方

---

① 马拉美：《关于文学的发展》，伍蠡甫主编《西方文论选》下卷，上海译文出版社 1979 年版，第 262 页。

② 朱自清：《抗战与诗》，《新诗杂话》，作家书屋 1949 年版，第 56 页。

法，而是用一连串的暗示性的形象和意义朦胧的语言来表达自己的痛苦思考，诗人在“死神”和“生命”之间，寻找某种联系，创造了“死神唇边的笑”这一新奇的意象，以此暗示诗人一个颓废的彻悟：人生短促，时光不再，只能在酒与爱的享乐里消除痛苦。其《弃妇》一诗是一个情感的象征性命题，诗人并没有刻意呈现弃妇的外在形象，而立意表现的是弃妇与现实决绝后无法摆脱的一种孤寂哀戚的情怀，这种主观情怀不同于浪漫主义的直诉与自白，它化而为想象世界中的一连串闪烁跳跃的意象。从这首诗中，我们明显地感到它的思想的蕴含量和情绪的宽厚度非一般诗作所能比拟。读这样的诗，使人“总觉得有无限的世界在环绕你的周围”①。象征诗由于它的暗示性，适于表达多层主题和复杂感情，适于表达抽象的意识和情绪，在使用中与视角变换、变形、虚实结合等手法交错起来，构成了诗的朦胧美。但是，西方象征派强调的“暗示”是对于哲理性内容而言的，中国象征派诗人在致力于“暗示”的表现时，每每把情绪感受或感应的内容和对象当作理性感知的内容和对象，将一种本属于自然状态的情绪当作一种富有暗示力的哲理去表现，这样必然会导致朦胧晦涩之感。本来中国象征派诗人的经验世界大多是情绪的，可他们有时硬要诉诸理性表现的“暗示”，要在本来说不清楚的感受、体验中挖掘出一点人生的微言大义，以暗示给读者，那当然只有一片朦胧。但是，象征诗派突出“暗示”在诗歌艺术思维中的地位，重视读者在欣赏过程中的能动作用，这显然标志着新诗艺术规律上的一种深化。

第二，“诗的逻辑学”：“观念联络的奇特”。

为了创造神秘美，象征主义诗人一反传统诗人的理性创作方式。他们认为“在诗人这儿，是耳朵讲话，嘴听；智慧和苏醒状态在创作，在梦想，而睡眠则在清楚地看；是形象和幻觉在看，是匮乏和缺陷在创造”②，是在一种梦幻般的非理性状态下进入创作过程。非理性的创作方式在诗歌形象体系和审美外观上打破了传统

① 穆木天：《谭诗》，《创造月刊》第1卷第1期，1926年3月。

② 陈力川译：《瓦雷里诗论简述》，《国外文学》第2期，1983年。

的、习惯的、理性的、逻辑的界线。一个陌生化的审美特征出现了。这种陌生化虽然导致了诗的艰涩难懂，但也因此而强化了诗歌情意的深度和形式的奇特丰富。概括地说，中国象征诗派非理性的创作方式，就是强调舍弃陈旧平淡的表达法，追求语言的陌生化和技巧的新奇化，他们不讲究诗歌语言的畅达与和谐、技法的平易与娴熟，而是追求诗歌句法的复杂、语义的多重和词语搭配的错位，追求诗歌技法的变异与怪诞，因而其诗大量出现省略、跳跃、通感、“远取譬”和意象的奇接等，以有意破坏正常的思维逻辑和通常的时空自然秩序以及常规性的语法习惯，以避免平铺直叙，使诗歌产生更大的“暗示能”，使读者对日常认知的世界产生更加新奇的感受。这就是象征诗派所谓“诗的逻辑学”。

其一，“不固执文法的原则”。在象征主义诗人那里，传统的时空逻辑似乎不存在了，因为象征主义诗歌的目的不在写“物”，而在写“心”。心理情绪是没有时空逻辑限制的，因此，象征主义诗歌的语言结构不存在什么外观上的统一完整和一贯，它几乎是由一些心理象征物的碎片构成的。最典型的就是李金发的诗。他的不少象征诗乍一看不知所云，语言结构上的跳跃太大，太零碎，句与句、部分与部分之间，几乎没有什么过渡的桥梁。在章节安排、词语搭配上又打破了起承转合、文从字顺的习惯方式，中间往往有很大的跳跃，也有很多句子成分的省略，造成了种种“无序”状态。李金发诗歌的这一特征，最早被苏雪林称为“象征派诗的秘密”。她说：“原来象征诗人所谓‘不固执文法的原则’，‘跳过句法’等等，虽然高深奥妙，但煞风景的加以具体的解释，不过应用省略法而已。”① 仅以《弃妇》一诗为例就可见一斑。“与鲜血之急流，枯骨之沉睡”，字面的意义与它的内涵有很大的距离，让读者去猜想。“如荒野狂风怒号：/战栗了无数游牧。”倒装的句式增加了读者理解的障碍，但也由于新奇使得征服障碍本身就是一种美的获取的快乐。有些词的搭配看上去是不合理的，如“弃妇之隐忧堆积在动作上”，忧愁怎能“堆积”，但细细咀嚼，则会更强烈地感受

① 苏雪林：《论李金发的诗》，《现代》第3卷第3期，1933年7月。

到弃妇忧愁重压下动作迟缓的心神恍惚的状态。“夕阳之火不能把烦闷化成灰烬”，“烦闷”怎能化成“灰烬”，但一经诗人搭配，就比起说“黄昏也无法驱除他内心的烦闷”来，别有一种诗味。“衰老的裙裾发出哀吟”，裙裾怎么会衰老，又怎么会发出哀吟？但细加思索，你会在这不合理的搭配中体会到一种更深的情理：弃妇心如苦井一般悲哀绝望的心境。① 象征主义诗歌的出现，使诗歌中语言的自然组合、排列的方式消失了，语言的结构不再以约定俗成的方式出现，而被诗人的主观情思所肢解。为了强调一个动作，可以把动词放在句首；为了强调情绪，可以把几个形容词重叠起来，或者去掉所有的标点；为了加强暗示效果，语言的关联完全截断，大量省略；为了渲染神秘气氛，故意搅乱句子成分，或者自己造字；等等。诗人以特殊的语言结构形成一种诗歌的独特形式，既给人以新鲜感，又给读者以间离感。他们这种“不固执文法的原则”，需要读者用想象去补充诗的空白。正如朱自清在评论李金发诗时所说的那样，“他的诗没有异常的章法，一部分一部分可以懂，合起来却没有意思，他要表现的不是意思而是感觉或情感；仿佛大大小小红红绿绿一串珠子，他却藏起那串儿，你得自己穿着瞧”②。

李金发虽突破了常规的诗歌语言法则，但在语言的有形与无形、显露与隐藏的关系上却存在很大的偏误。真正的好诗是在有形的语言中渗透着无形的语言，使文本充满丰厚的内涵和弹性，即在显露与隐藏之间产生诗美。李金发的诗歌大多是以非正统的语言传达晦涩的非正统的感受，而其中最大的缺失就是在语言上强扭或粗暴地追求怪异，以此达到一种强烈的刺激，而不是着力让那些有生命力的、活跃的经验进入有形的文字，让人看后能接受或感受到。他的很多诗的语言的强烈刺激不是来源于他的生命的震荡，而是从字眼中硬加给人的，所以就缺少内在的感染力了。当然，从把诗从

---

① 参考孙玉石主编：《中国现代诗导读》，北京大学出版社 1990 年版，第 67 页。

② 朱自清：《中国新文学大系·诗集·导言》，上海书店影印 1982 年版，第 356～357 页。

逻辑的陈词滥调中解放出来，从诗的条条框框的压制中解放出来，使诗的面貌改观方面来看，他比此前和同时期新诗人的步伐迈得更大，其创新的意义更为突出。

其二，“远取譬”。象征派诗人十分注意运用新奇的想象和比喻，表现复杂微妙的情境。波特莱尔说，“想象力是真理的皇后”，“想象力”不仅创造了“比拟和比喻”，而且可以“创造出一个新的世界，产生出一种清新的感觉”。① 李金发也说：“诗人需要 image（形象，象征）犹人身之需要血液。”② 在中国象征诗派的创作中，特别注意艺术想象和比喻的运用，他们把想象和比喻“几乎、当作诗的艺术的全部”。但是他们这种想象和比喻则与一般诗人的创作不同，即如朱自清所指出的，象征诗派不把自己艺术想象的比喻“放在明白的间架里”。“象征诗派要表现的是些微妙的情境。比喻是他们的生命；但是‘远取譬’，而不是‘近取譬’。所谓远近不指比喻的材料而指比喻的方法；他们能在普通人以为不同的事物中间看出同来。”③ 一般所谓比喻，即“近取譬”，是在相近或相似的事物中构造比喻关系，而象征诗派的“远取譬”从根本上改变了比喻这一古老的修辞手法的结构关系，即“在普通人认为不同的事物中间”构造比喻关系，在看去没有联系的事物之间找到一种联系。这归根结底是源于象征派的一个普遍的诗歌观念，即认为万事万物之间，有一种互相感应和互相契合的关系。他们借这种关系构造的比喻，使不同的事物间达到某种“神似”，给人以飘忽朦胧的整体性感受，从而引发读者的想象，得到某种启示。如李金发的《温柔（四）》的开头写爱的一种独特境界：“我以冒昧的指尖，/感到你肌肤的暖气，小鹿在林里失路/仅有死叶之声息。”

---

① 波德莱尔：《美学探奇·一八五九年的沙龙》，伍蠡甫主编《西方文论选》下卷，上海译文出版社 1979 年版，第 232 页。

② 李金发：《序林英强的〈凄凉之街〉》，《橄榄月刊》第 35 期，1933 年 8 月。

③ 朱自清：《新诗的进步》，《新诗杂话》，作家书屋 1949 年版，第 10 页。

前两句写做爱的实感，后两句则是运用比喻来深化这种做爱的感觉。从表面看，后两句与前两句似没有什么必然的联系，但仔细品味，又似乎可以找到很多的关系：譬喻做爱时情绪与气氛的浓深与宁静，譬喻两颗爱心在沉醉中迷失，譬喻在美好的爱的情境中，时间停止了，灵魂栖息了，美好的感觉在延伸……总之，因为这取譬之远，也便扩大了读者想象的天地。再如写灵魂的孤寂、痛苦，就用“我的灵魂是荒野的钟声”（李金发《我的》）这样的比喻，灵魂的孤寂、痛苦与钟声有什么相干呢？然而细细思索就会悟到：这恰恰是空虚的灵魂的最真切的呈现；灵魂本是虚的，而借助荒野的钟声这看来不相干的喻体，反而在读者中具体了，这里引起的联想太多了。这种“远取譬”，不单指比喻的奇特，还指它所比的不是实在之物，而是捉摸不定的感受，但比喻的意思要串到感受的“串儿”上才能显示出来。象征诗派视比喻为“他们的生命”，其“感觉或情感”，完全是靠比喻暗示出来的。

其三，“通感”。通感作为一种诗歌艺术技巧，无论中外都早已有之。然而把通感提升为超越纯感觉的沟通理性与非理性的重要手段，法国象征派当推首次。波德莱尔认为，诗人用混合一切感觉的方法，把自己的体验翻译成超验世界的象征，成为超感觉的意象。兰波在《文字的炼金术》中说：“我企求有朝一日，以本能的节奏创造足以贯通任何感觉的诗文字。”表明象征诗人对通感的重视。中国象征诗派为了避免陈旧的明白的表现方法，追求诗歌的暗示性和意象的奇诡性，常将官能感觉的顺序交错，使各种感觉相互交叉挪移，让颜色有声响，让声音有形象，让气味有棱角。例如李金发的《律》开头从视角角度描绘月亮桐叶的姿态，后两行则诉诸听觉：“我张耳细听，/知道来的是秋天。”打通了视觉、听觉之间的界限，使之互相沟通，发生共鸣。再如他的诗句：“粉红之记忆，/如道旁朽兽，发出奇臭”（《夜之歌》），把“记忆”（意念）与“粉红”（颜色）相沟通，然后又把“记忆”（意念）与“奇臭”（气味）相沟通，以表达那种因爱情失望所引起的痛苦，发他人之未发。“窗外之夜色，染蓝了孤客之心”（《寒夜之幻觉》），把“寒夜”与“蓝天”相联系，表达孤客那种如寒夜蓝天一样寂寞深重的心境。穆木天诗中，“落花吹送来白色的幽梦到寂静的人家”，冯乃超诗中“浓绿的忧愁吐着如火的寂寞”，蓬子诗中，“你的歌声须花似地缤纷”，等等，也都成功地运用了象征派诗歌官能感觉交错搭配的方法，使得视觉的色彩感和听觉的音感与嗅觉的味感交叉连接构成形象，造成了特殊的审美效果。但是，象征诗派有时侧重于这一技巧的照搬和运用，却忽视了蕴于其中的体验，在很大程度上破坏了诗歌意象的真实性和完整性，产生了混乱迷离的结果。如李金发的：“你的杂乱之小径，/与随风之小磨，/在深夜之底，/如黑色寡妇之孤儿”（《朕之秋》）等诗句，由于体验的抽离，出现于诗中的各个意象未能像波氏说的那样将感觉“混合”起来，反而给人一种拼凑的印象，这样的例子，在象征派诗中尤其是李金发诗中并不少见。

其四，“意象的奇接”。为了追求意象的奇诡神秘，中国象征诗人有意把一些表面上并不相关的事物、形象和观念，罗织在一起，采取意象奇接的手法，以增强诗歌形象的内在活力和弹性。李金发的《夜之歌》在不长的篇幅中排列出十余组跳跃性很大的意象，每组意象间的联系也被奇怪地省略了，在诗歌情感和意象之间开拓出一个广阔的想象空间，让读者自己去思索补充。还有冯乃超的《消沉的古伽蓝》、蓬子的《酒后》等诗也都是以单个意象的联络、奇接，营造诗歌的想象天地，调动读者阅读的能动性。这类诗没有任何语义上的前因后果可寻，结构也不是靠直线追寻的逻辑联系组成，而是通过意象的跳跃与奇接，构成整体的暗示系统。象征派诗重视意象的跳跃与奇接，如同电影中把“蒙太奇”作为基本的叙事语言一样，把意象的突转与奇接方式作为抒情的主干，这样往往能增强诗语的密度与诗情的浓度。但是，象征诗这种意象奇接常常受到诗的“情绪线”的内在控制，也就是说，意象的大幅度跳跃并非是无拘无束、天马行空式的，而是顺着情绪的走向来转换连接，从而使诗成为整合为一的机体。例如李金发的《弃妇》一诗，在意象的多层转换与跳跃中，使诗的意境获得了丰富扩展，诗中的意象完全跳跃无序，没有逻辑性的关联，但诗人追踪着自我独异的感觉，把种种抽象内在的复杂情绪外化到一个个生动鲜明可感的具体意象上，这样就使读者对诗获得了丰富而具体、复杂而统一的审美感受。中国的象征诗派在使用这种方法时，由于过于趋新，只注重感觉意象的堆积与跳跃，而忽略了内在“情绪线”的支配作用，超过思维与想象的限度，使其一些诗歌缺乏内在逻辑关联，而无法解读。还有一些诗的意象的无序陈列与抒情视点的转换，没有取得内在的协调，再加上章句词语关系的“差错”，造成了一种读解的障碍。如李金发那首颇令人费解的《题自写像》便是明证。诗中“月”、“武士”、“皎日”、“革履”、“羽”等主要意象之间缺乏必要的联系，意象的跳跃有如天马行空的随意而无整合一致的趋向，致使这首诗异常晦涩难解。

中国象征诗派的“不固执文法的原则”、“远取譬”、“通感”和“意象的奇接”等，构成了“观念联络的奇特”的主要表现方式，即所谓“诗的逻辑学”。象征诗派大量运用这些奇特的观念联络方法，使诗歌在抒情上产生了一种特殊的效果。“它使生活、感情、景物与艺术的表现之间的联系，超越了或者说打破了一般想象力涉及的范围和轨道，在人类的感情和艺术形象之间开拓了一个跳跃的想象的空间。”“当新奇的观念联络完全脱离了人们的思维、心理和艺术欣赏的习惯的时候，他所创造的意象和诗句，只能增加晦涩和怪诞，不能给人以美的联想和感受。”① 在不同一般的观念组合的方式作用下，他们的象征诗形成了这样的特征，也就是朱自清所说的，象征诗派以“最经济的”方法组织诗歌，“就是将一些联络的字句省掉，让读者运用自己的想象力搭起桥来，没有看惯的只觉得一盘散沙，但实在不是沙，是有机体。要看出有机体，得有相当修养与训练，看懂了才能说作得好坏——坏的自然有”。② 朱自清的话把象征派诗歌这一重要的特征说得再准确不过了。

第三，“诗的构成法”：绘画、音乐与情思之整合。

---

① 孙玉石：《中国初期象征派诗歌研究》，北京大学出版社 1983 年版，第 130 页。

② 朱自清：《新诗的进步》，《新诗杂话》，上海书屋 1949 年版，第 11 页。

穆木天在《谭诗》中提出“诗的统一性”和“诗的持续性”两个概念来表明他关于诗的整体构成观。他认为一首好诗的标志是内容的统一和写法的统一，“雄壮的内容得用雄壮的形式——律——去表。清淡的内容得用清淡的形式——律——去表。思想与表思想的声音不一致是绝对的失败”。和这种“诗的统一性”密切相关联的，是“诗的持续性”：“心情的流动的内生活是动转的，而它们的流动动转是有秩序的，是有持续的，所以它们的象征也应是有持续的。一首诗是一个先验状态的持续的律动。”他针对当时的一些诗的“粗糙”、“平面”、“东鳞西爪”的散漫无序状态，提出“诗要兼造型与音乐之美”，即把统一性（造型）与持续性（音乐）结合起来，要求诗歌造成“一个有统一性有持续性的时间的律动”，“立体的、运动的、在空间的音乐的曲线”，“一切动的持续的波的交响乐”。王独清在穆木天之后补充发挥了象征派这种诗的整体构成观，在致穆木天的《再谭诗》中，提出了他的理想的诗歌艺术构成模式：“（情+力）+（音+色）=诗”。在这个模式中，如果说（情+力）显示的是浪漫主义特征，那么（音+色）就表现出象征主义特质了。王独清对此说得十分明白：“我很想学法国象征派诗人，把‘色’（Couleur）与‘音’（Musigue）放在文字中。”事实上，波德莱尔、魏尔伦、兰波、马拉美、瓦雷里等象征诗人都十分重视诗歌的音乐美和绘画美，他们并不重视诗歌的语法构造的严谨性和词汇的语义特性，而把诗歌的音乐性提到极高的地位。音乐性是象征主义诗人所创造的既取自于现象又有别于现象世界的本体世界的一种境界的体现。他们把每个词当做一个音符，把一首诗当做可以演奏的乐曲。他们还认为写诗就是发声和着色，因而赋予词以声和色的特殊功能。中国象征诗派也进一步表现了这种独特的追求。李金发在法国专攻雕刻，冯乃超在日本学过美术史，因而他们也很容易表现出这种自觉的追求。如果说新月诗派把音乐美、绘画美、建筑美视为一种形式准则，那么象征诗派则是把绘画美、音乐美当做一种超越形式文法的组织法则。从音乐美来说，象征诗派要求“诗的律动的变化得与要表的思想的内容的变化一致"①。从绘画美来说，他们要求诗表现光亮色彩的协调。"这种'音''色'，感觉的交错，在心理学上叫作'色的听觉'。在艺术方面，即是所谓'音画'。"② 李金发的《里昂车中》巧妙捕捉车厢内外色彩、声音、光亮的瞬间变化和印象，呈现为光、影、音闪烁不定的朦胧美，与自我漂泊、时光流逝的叹息融为一体，深得印象派绘画的真髓。他的《律》、《故乡》等诗不失为音色相融、节奏整齐的诗篇。《我从 Cafe' 中出来》是王独清认为自己进行音乐美试验最满意的一首诗。句式的参差不齐，与醉者的动作、情绪起伏应和；把语句分开，用不齐的韵脚来表示作者醉后断续的起伏的思绪，体现了音乐美；而"冷静的街衢，黄昏，细雨!"是一种灰蒙蒙的颜色，表现了色彩感，可谓融形、音、色于一体。他为了文字的音乐性和色彩感，特别喜欢运用叠字叠句。其《但丁墓前》、《埃及人》、《最后的礼拜日》、《威尼市》等诗，在诗行、诗节、字句的重复叠现中，传达出诗人的哀伤情怀。穆木天特别追求诗的音乐性，《雨丝》中那如雾如烟，绵绵不断的濛濛雨丝飘落正是诗人迷惘凄清、剪不断思绪的外化；《苍白的钟声》那断而续的句式，平缓沉重的节奏，一节更换一节的韵脚和古钟的声浪与诗人单调、倦怠的情思十分合拍！冯乃超追求诗歌语言音节的美感和色彩的丰富，是颇有成效的。他的诗很注意给自己的情调找到一种富于音乐美的外形，即努力在整齐的形式美中实现音乐美。他的《现在》、《默》、《残烛》等诗都具有音乐美和建筑美的特质。同时，他从重视听觉的美感转入注意视觉的新鲜，他的诗歌对色彩感的追求已经超出于一般的程度，而显出极为丰富浓重的特征，不愧为"色彩点染的妙手"。更为重要的是，他注重视觉美与听觉美的有机统一，常常以整齐和谐的诗行、色彩鲜明的语言，勾勒出富于诗意的优美图画，因此他的不少诗兼得音乐与绘画之妙，代表作《红纱灯》集铿锵音节、丰富色彩于一体。综上所述，在音乐美与绘画美相协调中，达到与主题情思的交合，是象征诗派的

---

① 穆木天：《谭诗》，《创造月刊》第 1 卷第 1 期，1926 年 3 月。

② 王独清：《再谭诗》，《创造月刊》第 1 卷第 1 期，1926 年 3 月。

"诗的构成法"的基本特征。可以说，这种"诗的构成法"不但丰富了诗的表现手法，催化了艺术形式的完美，而且是对新月派的格律诗理论的一种改进，即诗歌的形式不能外在于诗歌的内容，而诗人必须用一种整合的思维方式去把握和传递"内生活的持续的律动"的内在统一性，可惜他们这种理论与实践尚有一些差距，因而成功之作并不多见。

以上是对中国象征诗派艺术特征及其表现技巧和手法的切割分析，这种分析可能是不够周全的。事实上，这些特征及其技巧和手法并不是支离破碎地表现在他们的诗作中，而是整体地、综合地体现于他们的诗作中的；在很多时候，若干种技巧和手法综合地运用于诗作中，很难说清具体使用了哪些方法。而且象征派诗人中，对象征艺术的探索也是有程度的差异的。例如李金发，倾心于法国象征主义，是典型的中国象征主义诗人。而后期创造社三诗人王独清、穆木天、冯乃超虽然受了法国象征主义影响，由浪漫主义走向象征主义，对象征诗派的形成和发展作出了重要贡献，但从实际情况看，王独清和穆木天在象征主义诗歌理论探讨上贡献较大，在创作实践上则是熔象征主义和浪漫主义于一炉，相对来说，冯乃超的创作中象征主义色彩则更浓厚一些。除此，于赓虞、邵洵美和胡也频等的诗歌以象征主义为主，但同时也有浪漫主义的融合与渗透。其他象征派诗人对象征主义也作了有益的探索。总的来说，象征诗派重象征，重暗示、契合，讲究用新鲜的意象含蓄朦胧地表达诗意，是符合诗歌的内在规律和现代性要求的，也正是当时的中国诗坛所缺乏、被很多人所忽视的，因而他们的诗无疑给当时诗坛带来了一股奇异而新鲜的空气，使人耳目一新。尽管他们的诗那样神秘晦涩，给人以怪异之感，但在当时仍引人瞩目。"许多人看不懂，许多人却在模仿着"，有人仅仅是因为看不懂才喜欢它。正如冯文炳说的，李金发的诗"文字之驳杂"乃是"一个极端的例子"，但"无论写得怎样驳杂，其诗的空气浓厚乃是毫无疑义的了"。① 这

① 冯文炳：《谈新诗·〈冰心诗集〉》，人民文学出版社 1984 年版，第 132 页。

"诗的空气" 正是诗的生命力之所在。

五、象征派诗歌的缺失

中国象征派诗歌存在着严重的缺陷。这首先表现为诗歌内质的贫弱，具体说就是现实批判精神的淡薄和哲理意识的匮乏。如前所述，他们在思想上太消极、太颓废。这种思想感情的特征虽然与西方象征派有相通的一面，但是比照波德莱尔等人的作品，他们的弱点就显露出来了。波德莱尔等人的作品所表现的，不仅仅是颓废和绝望，还有着更为重要的一面——反叛的精神和批判的锋芒。波德莱尔有诗云："透过天堂，我能挖掘出地狱/给我粪土，我能变它为黄金。"李金发等人一心想学到那点粪成金的神奇幻术，却始终缺乏波氏那直面惨淡人生的大勇者气魄和透过天堂洞察地狱的犀利目光，这便是中国象征诗派的致命弱点。他们的诗歌虽然在一定程度上领悟到了西方现代派艺术的个中三昧，但又在一定程度上缺少中国社会现实的投影。在那个中华民族在血火中转战的时代，面对着浸透了血泪的严酷人生，他们这一致命弱点就暴露得更为明显。

诗歌内质的贫弱还表现在哲理意识的匮乏。西方象征主义者十分强调诗人的抽象思维能力，要求在诗与哲学之间架设桥梁。由于对哲学的普遍关注，西方象征派优秀诗作在内容上表现人性、人道精神和人类意识，一般都具有丰厚的哲理内涵。尽管死亡与虚无是他们诗歌常见的主题，但也有不少诗人从正面以严肃的方式探索人类的命运，寻求生存的意义和价值。中国象征诗派对西方象征主义诗歌具有浓厚兴趣，但其注意力主要在诗艺的移植上，而在对诗的内质的挖掘与开拓上却用力不够。尽管他们表示偏爱哲学，但哲学意识并没有建立起来；尽管想挖掘自己心灵深处的东西，却缺乏情感体验的深度。他们关于人生的探索虽然包含着虚妄的夸张，伴随着青春热情的真诚的体验与感悟，并不带有强烈的形而上的意味，并不浮现抽象的"人生"。而西方象征主义诗人关于人生的忧患意识常常是从个人的生理、心理层次上升到形而上的哲学层次，从对人的焦虑上升到对世界、宇宙、人生认识作超验性的思考，它既极端具体、琐碎，又极端抽象、神秘，融合成一片模糊空泛的深刻。考察中国象征诗派所运用的象征，不仅普遍缺乏把实体之物与抽象之物之间的两极性沟通的想像力，而且缺乏艺术经营的力量，即象征不能通向哲理的殿堂，或不能把深邃的哲理渗透入象征体中。在日常经验所赋予的事物的底蕴里，隐秘地存在着一种意象和哲理，象征的任务就在于表达这种意象，揭示那种寄寓于事物的形象中又超出事物自身的哲理意识。中国象征派诗人也认识到了这一点，并且还强调“诗的背后有大的哲学”①，但由于他们的哲理意识还不那么深厚，而对日常经验所赋予事物的内在底蕴却难以发掘和表达，因此象征主义诗歌未能在当时达到应有的思想深度，未能出现举世公认的杰作。在一些较为成功的作品中，现代人的困惑迷惘或敏锐感觉在一定程度上得到了新颖表现，使人感到耳目一新。但不少诗作一味嗜怪求奇，而缺乏深刻的内涵或新意；一些作品在思想和艺术之间也很难找到综合，一些在艺术上经得起咀嚼的诗作又往往在思想上有某种不足。

中国象征诗派的缺陷还表现在对法国象征派诗歌意象的大量照搬与雷同。刘西渭说李金发“有一点可贵，就是意象的创造”。但是他还说，“李金发先生却太不能把握中国的语言文字，有时甚至于意象隔着一层，令人感到过分的法国象征派诗人的气息，渐渐为人厌弃”,② 这实际上是指出了中国象征派诗歌在艺术创造上得失兼备的特征。其缺失主要表现为诗中大量意象的照搬与雷同。这首先是颓废情感的生硬模仿导致了意象构造的因袭。正如有的研究者所指出的，中国象征诗派大都是出于个体生命的彷徨失意，人生道路的困顿迷惘和艺术审美趣味的驱使而趋向于法国象征派诗歌，在情感的表浅层面上与之产生了强烈的认同，因此，像“坟墓”、“枯骨”、“乌鸦”、“枯叶”、“尸体”、“寒夜”、“死亡”、“梦幻”等经常出现在法国象征派诗歌中的意象，也频频出现在他们的笔

① 穆木天：《谭诗》，《创造月刊》第1卷第1期，1926年3月。

② 刘西渭：《咀华集·鱼目集——卞之琳先生》，《李健吾文学评论选》，宁夏人民出版社1983年版，第83～84页。

下，以铺展某种神秘的情绪或者暗示生命的潜意识感受。其中有些意象，仅仅是承袭了前者诗歌意象的具象外壳而摒弃了它原有的文化思想情感心理意蕴。情感的着意趋同和简单模仿的结果，使得象征派诗中的意象，大都只在外在形态上与法国象征派诗歌意象相似或相同，却少有内蕴于其中的深刻的体验，意象的暗示性被无意抽离，象征功能受到弱化。① 其次是某些诗歌意象的直接牵强照搬背离了民族文化传统。例如魏尔伦的名作《月光》中的“月光”意象，在中国象征派诗人笔下受到了大量的因袭和模仿；冯乃超《月光下》、李金发《下午》、王独清的《月下的歌声》等诗就有明显的体现。特别是李金发诗中所充斥的大量驳杂的意象都来自法国象征诗歌，但这些意象脱离了民族语言和文化的母体，因此难以形成意象统一的、具有鲜明艺术感染力的艺术境界。

过去，人们认为中国象征诗派主要受法国象征派影响，而与中国古典诗歌传统无甚关系。其实并非如此，无论是典型的象征派诗人李金发，还是倾向于象征主义的创造社三诗人，他们在主观上并不想对法国象征主义作简单的移植，而是考虑如何与民族传统相结合的问题。李金发不满于新诗的清楚、平淡、粗糙，不能继承古典诗歌的比兴手法，而在《微雨》导言中提出要改革新诗的“无治状态”。如何改变呢？他在《食客与凶年》的自跋中明确地说，他要沟通中西诗歌的“根本处”，所谓“根本处”即“比兴”和意象的象征作用。应该说，他们试图从中西诗歌的沟通中，探讨新诗发展的道路，而且立足于诗的艺术特性，这种主观愿望是好的，但由于他们对西方文化的隔膜，使他们在对法国象征主义手法的借鉴中表现出明显的“斧凿痕”和“生涩味”；同时由于他们的传统文化修养的根基太浅，使他们在对古典诗歌艺术的借鉴中表现出明显的不足。我们在仔细研读了他们的作品尤其是分析了其意象构造后，就会发现他们的作品与中国古典诗歌的某种联系和某种缺陷。然而，正如他们在学习借鉴法国象征派诗歌艺术时更多注重艺术技

---

① 参考赵林云：《中国初期象征派诗歌意象构造得失论》，《山东师大学报》第6期，1992年。

巧的移植一样，在师法中国古典诗歌艺术时，则偏于个别意象的承继而未能得其精髓，显示了某种严重不足。尽管他们在象征主义诗歌艺术探索上作出了努力，但终因未能将异域的象征诗歌艺术和本土的诗歌传统予以融合交汇，导致他们的创作在整体上未能达至圆满与成熟。①

周作人在1926年就指出：象征“是外国的新潮流，同时也是中国的旧手法；新诗如往这一路去，融合便可成功，真正的中国新诗也就可以产生出来了”②。这说明，象征主义本来就是同中西融合的理想一起带进现代诗坛的，但象征诗派的探索没有获得较大的成功，它把任务留给了后起的现代诗派。

---

① 参考赵林云：《中国初期象征派诗歌意象构造得失论》，《山东师大学报》第6期，1992年。

② 周作人：《扬鞭集·序》，《语丝》第82期，1926年5月。

三、郭沫若与闻一多：在自由地追求中实现艺术秩序的新整合

作为中国新文学史上杰出的诗人，郭沫若与闻一多的艺术成就主要属于五四时期即新文学第一个十年。在那艺术自觉的时代，他们以执著的探索精神，热切地描绘新诗建设的蓝图，自由地追求各自的艺术秩序。“诗和科学的最高使命之一，都是从零乱和混沌之中整理出秩序”①，惟有在艺术的秩序中，诗人的灵魂才能得到安宁、平衡和慰藉。人们赞叹郭沫若和闻一多的诗歌创作原因之一，也是他们诗歌呈现了两种各异其趣的艺术秩序。

生命·社会·文化：诗歌三层面的叠合

五四时期，对于文学的认识有种种，但郭沫若与闻一多的认识却是基本一致的。郭沫若在《生命底文学》中比较全面地表达了“文学是生命的反映”的观点，并且还说：“我的诗只要是我心中的诗意诗境之纯真的表现，生命源泉中流出来的曲调，心琴上弹出来的旋律，生之颤动，灵的喊叫，那便是真诗，好诗。”② 闻一多认为，“艺术不管他是生活底批评也好，是生命底表现也好，总是

---

① 赵鑫珊：《哲学与当代世界》，北京人民出版社 1986 年版，第 79 页。

② 郭沫若：《论诗三札》，杨匡汉、刘福春编《中国现代诗论》，花城出版社 1985 年版，第 54 页。

从生命产生出来的"。① 这都无非是说，文学是一种生命现象，即是人的生命活动的自由表现。自由是一种创造价值的活动，就文学而言是创造审美价值的活动。只有充分掌握主体个性的潜能，做到全生命的投入，全人格的外化，包括潜意识的神秘活动，才有可能创造出这种价值，获得文学作为审美活动的自由本性。在那以"人的觉醒"和"人的解放"为主旋律的五四时期，郭、闻所写下的诗篇，无不是其"生之颤动，灵的喊叫"，无不是其"生命的表现"，即他们生命活动自由展开的过程。

郭沫若在五四前夕，心灵被涂上了深深的孤苦、悲哀和绝望的色彩。五四爆发后，他用海涛般的音调、雷霆般的声响把心中的苦和哀全盘喊了出来。整个五四时期，他被理想支撑着，创造了具有时代精神和现代意识的诗篇。五四退潮后，他又陷入深沉的悲哀和失望之中。诗人以追怀太古，仰望"星空"，来对现实作不屑的睥睨，以获得心灵的慰藉；以爱情的抒写（《瓶》），在现实之外去营造一个乌托邦，开辟一个灵魂栖息的空间，以求得补偿的心理平衡。这些诗看似平静，但却充满了生的苦闷，性的苦闷，思的苦闷，上下求索而不得的痛苦。但诗人在孤寂中并没有颓唐，而苦苦寻求着新的出路和新的同伴。他终于走进了革命洪流，从而发出了雄声，谱写出了宏伟壮丽的诗篇。

闻一多在五四时期充满了正直美好的愿望和斗争的热情。一到国外，因受尽歧视，而深感失望和孤独，于是他描写失群的孤雁（《孤雁》），赞美祖国的菊花（《忆菊》），歌吟神速的金乌（《太阳吟》）。回国以后，他对祖国的美梦肥皂泡似的破灭了。于是，一方面，他追怀古代文明，把现实的痛苦转移到过去；另一方面，他面对不可逃避的现实，感到深哀巨痛，爱之愈深，恨之愈切，而终于爆发出愤激的歌唱。《死水》、《一个观念》、《发现》、《祈祷》、《一句话》等就是诗人智慧的痛苦和焦灼的真诚之结晶，是爱与恨矛盾冲突在诗人心灵上产生的必然结果。后来，血淋淋的现实使诗

---

① 闻一多：《女神之地方色彩》，《闻一多全集》第2卷，湖北人民出版社1993年版，第118页。

人希望更觉渺茫，痛苦更加深重，以至最后放下诗笔，把研究中国古代文学作为“向内发展的路”。

不与现实和反动政府同流合污的品格和改造社会的愿望，乃是郭、闻痛苦孤独的内在原因，社会现实的黑暗、险恶乃是其外在原因。这种内在世界与外在世界的距离扩张，使诗人灵魂处在不停的躁动和创造中，从他们诗歌创作的历程中，大致可以看到他们生命内在律动的起伏，即从一个情感高峰向另一个情感高峰，从一个诗的爆发期到另一个诗的爆发期的跳跃。他们在现实世界中，无论是受到压抑，遭到否定，还是得到满足，获得肯定，都要在其精神世界中形成失望，形成焦虑，形成渴求，形成激动与愉悦、期待与希望、探寻与斗争的种种张力。而主体自身精神生命的存在与发展，就实现在这种种失望与希望、探寻与斗争的追求之中，就实现在这种心理—精神的一阵紧似一阵的漩涡似的生命流动之中。

文学又不仅是一种生命现象，而且是一种社会现象和文化现象。郭沫若说：“诗人虽是感情的宠儿，但也有他的理智，也有他的宇宙观和人生观的。”① 闻一多也说，艺术“是从生命产生出来的，而生命又不过时间与空间两个东西底势力所遗下的脚印罢了”②。这所谓“宇宙观与人生观”和“时间与空间”都包含了社会和文化的因素。这即是说，生命现象有着极其明晰的社会、文化反应，生命体验和感受生长自社会及其文化的深处。文学作为一种生命现象，同时联结着社会的内容，积淀着文化的因子。生命现象是与社会现象、文化现象经纬交错的，如果说生命现象是经线，那么社会现象、文化现象乃是纬线，文学就是这经线和纬线织就的一匹锦。

郭、闻以“不肯逃脱，也不肯降服”的态度对待社会现实，但现实生活往往不尽如人意，于是生发出他们改造现状、创造未来

---

① 郭沫若：《论诗三札》，杨匡汉、刘福春编《中国现代诗论》，花城出版社 1985 年版，第 58 页。

② 闻一多：《女神之地方色彩》，《闻一多全集》第 2 卷，湖北人民出版社 1993 年版，第 118 页。

的欲望，因而他们的诗歌创作必然带有强烈的社会意识，而绝不是“为艺术而艺术”的唯美主义产物。郭沫若诗歌中的社会意识主要体现为彻底的乐观的革命精神。他对民族的前途从一开始就有着无比热烈的信念，普泛地颂扬着现实中一切创造和进步的东西，“不断的毁坏，不断的创造，不断的努力”。在诗人心目中，旧中国从它的过去到现在，“一切的一切”都必须在革命烈火中烧葬以尽，以使“死了的光明”、“死了的宇宙”更生。与郭沫若一样，闻一多也否定现实，追求理想，但他追求理想的途径又与郭沫若有所不同，即不是向前看，而是回到过去。但他回到过去乃是对现实的一种反弹，他始终摆脱不了萦绕于心的现实，他始终对现实进行冷峻的剖析，所以他的社会意识主要体现为彻底的现实批判精神。正如江锡铨同志所说①，“死水”概括了闻一多对于黑暗沉寂的旧中国社会的深刻认识，作为一个艺术形象，它活动于闻一多20年代艺术思索的始终。在《死水》里，闻一多的这种形象认识得到了高度的精炼和深化。对腐朽社会的深恶与对伟大祖国的挚爱，对黑暗现实的激愤与对美好未来的向往，对封建礼教的痛恨与对古老文明的沉迷，对生活的失望与对艺术的执著，这些既朦胧又真切，既矛盾又统一的情绪，经过精细的艺术处理，外化成既冷隽又炽热的诗句：“这是一沟绝望的死水，这里断不是美的所在，不如让给丑恶来开垦，看它造出个什么世界。”“这不是恶之花的赞颂”，而是诗人积思成疾、积爱成疾、积恨成疾的深厚凝重的爱国主义情绪所凝聚成的彻底的历史批判精神。

郭沫若与闻一多把社会思考的重心放在本民族的身上，他们的民族意识是与现代精神浑然一体的。从闻一多的《忆菊》到《死水》，表明他对民族的赞颂或批判都是出于一种深厚的爱。他在国外受辱及资本主义的现实，使他早就有的民族自强的信念变得更加坚定，但回国后的所见所闻却使他情绪一落千丈，从兴奋地呼喊“咱们的中国”到痛苦的呼喊“这不是我的中华”，由“民族崇

---

① 江锡铨：《闻一多的〈死水〉与〈庄子〉研究》，《文艺论丛》第22辑。

拜”的峰巅而跌落到失望的深渊，诗人一变热烈的歌颂为严峻的批判，这显然是诗人从“民族崇拜”的心理高坡上的陡然跌落引起了诗人沉痛的思考。与闻一多忧思相近，做法迥异的郭沫若，则主要以激越之声，沿着否定现实，肯定未来的方向，依靠塑造“中国人的脊梁”去鼓励国民的崛起。他的“女神”、“天狗”、“匪徒”、“凤凰”以及诗剧中的主角，都包含着这种塑造新民魂的强烈愿望。所以在他的作品中，渲染的黑暗即使再浓重，结局再惨烈，也总是点化着一种理想主义的使命，也总是在走向未来的开拓意识上把握着民族的精神和心态。郭、闻这种思虑人生，忧国忧民，探寻人类出路的心理决定了他们个人内心生活的态度、广度和强度。“真正的内心生活，主体并不是处在一片心态平静的空白之中，而是生活在不断的体验和感受之中，生活在人与对象不断发生的价值关系之中。”① 惟其如此，他们心中之流才不断涌起一串串情感、情绪的漩涡，他们的内心才那样一张一弛，波澜起伏，激荡汹涌，他们不断涌起的心理过程才那样灵气灌注，富有生机。

郭、闻诗歌既包含了丰富的社会内容，又凝聚着丰厚的文化内涵。与社会现象的范畴相比较，文化现象是一个更加广泛也更加独特，更加稳定却也更加充满内在活力的文学范畴。郭、闻诗歌清醒地表现了现代文化思潮，文化传统和文化心理，这种文化现象从深层上决定了他们作品的永久魅力。

在五四那历史大转折时期，现代化的呼声与民族传统意识相激相荡，中国的传统文化与西方文化相撞相融。我们读闻一多《女神之地方色彩》一文，深感生活在这一漩涡中的郭沫若与闻一多文化选择的艰难心态。在这篇论文中，清楚地说明了他们的不同文化意识。一个是西方文化意识：在吸收西方文化精神时，对民族传统表现出强烈的反抗心理；一个是东方文化意识：在西方文化的挑战面前，对民族传统表现出强烈的自卫心理。就郭沫若来说，由西方文学唤起的对中国文学、文化思想的再认识，对他诗歌的产生具有重要的意义。他把西方文化精神当作理想的文化意识，这种文化

---

① 吴兴明：《精神价值论》，《文学评论》第 2 期，1987 年。

意识所带给他的狂热，和由这种文化意识所产生的对主观意志的强调、个性精神的张扬及由此导致的乐观的眼光，构成了他五四诗歌创作的精神特质，他想彻底摆脱传统文化的重压，以主动精神去进行有意识的文化选择和文化调节。他往往把民族传统文化纳入他那破旧立新的诗歌框架内，融入他的以民主主义为核心的现代意识里。因此，他的诗歌所表现的古代历史和神话传说被他有意识地“改写”后，已不再是历史的翻版，而赋予了浓厚的现代西方文化精神。“他所歌讴的东方人物如屈原、聂政、聂嫈，都带几分西方人底色彩。他爱庄子是为他的泛神论，而非为他的全套的出世哲学。他所爱的老子恐怕只是托尔斯泰所爱的老子。墨子底学说本来很富于西方的成分，难怪他也不反对。”① 郭沫若吸收泛神论进化的自然观，并没有停留于对大自然的吟咏慨叹上，而是要借助大自然的威力，不断地毁坏，不断地创造。总之，古今中外，天上人间，一到诗人笔下，就富于强烈的西方文化精神，这种西方文化精神经过艺术处理后与现代中国人的思想意识产生了某种同一性，同现实生活产生了某种内在感应，从而达到了天衣无缝、气韵生动的境界。在五四那破坏旧世界、创造新世界的时代，民族文化意识的收缩，西方文化精神的扩张，起到了巨大的历史作用。

闻一多从小就在民族传统文化的母体中孕育、成长，培育了民族自强的文化心理。面对民族饱受屈辱、文化衰落的社会现实，他往往表现出强烈的忧患与痛苦；当欧化风气甚浓时，他呼吁“恢复我们对于旧文学的信仰”，“了解我们东方底文化”，“东方底文化是绝对地美的，是韵雅的”。② 正是这样，闻一多对中国传统文化表现了热忱的厚爱，并依托对中国传统文化的强烈认同来排除苦闷，平息内心的文化骚乱。由民族文化和自卫心理所决定，他的诗歌内容和题材的描写中，包含着中国人的思想品格和审美意识，浸

① 闻一多：《女神之地方色彩》，《闻一多全集》第 2 卷，湖北人民出版社 1993 年版，第 122 ~ 123 页。

② 闻一多：《女神之地方色彩》，《闻一多全集》第 2 卷，湖北人民出版社 1993 年版，第 123 页。

润着中国人的哲学、文化、心理传统。如闻一多那一以贯之、不断深化的爱国激情，就是几千年历史文化孕育起来的对于自己祖国的一种深厚的感情。他诗中所歌咏的白石一般坚贞的爱情和老牛舐犊似的父女母子之情是我国人民所特有的传统美德。由于这些情感意识永恒地存在于人们的记忆中，所以当它通过一种艺术手段传达出来时，很容易拨动人们共鸣的心弦。

闻一多对外来文化并非一概排斥，就在他被这种文化自卫心理所支配的时期也还在研究西方诗歌艺术，努力培育“中西艺术结婚后产生的宁馨儿”。但须指出，由于对传统文化的自卫机能，他在吸收西方艺术的精神时，总是注意于像济慈、丁尼生等追求“以丑为美”的现代美学观念和多意象、多层次的朦胧诗风及静穆与美的境界的诗人，郭沫若则注意于像雪莱、歌德、惠特曼等具有反叛精神、高扬进取的人生态度和磅礴粗砺风格的诗人，“郭沫若偏重于思想，闻一多偏重于艺术”①。总之，郭沫若诗歌对民族传统文化的保留与超越是以西方现代文化意识为核心，统一于西方文化意识的；闻一多诗歌对西方文化的吸收与择取是以东方文化意识为核心，统一于东方文化意识的。他们在中西文化的融合与撞击中，表现出了不同的倾斜性选择。

综上所述，郭、闻的诗歌有着多种层次和多维图景，而生命现象、社会现象、文化现象乃是最基本的层次，他们的层叠，构成了诗歌的内容实体。他们的诗歌由于表现生命现象而充满了灵气，也由于社会现象、文化现象的参与而有了明确的指向。生命、社会、文化的浑然一体，保证了他们诗歌的内在结构的完整和统一。

“酒神精神”与“日神精神”的凸凹：诗歌双重性格的展示

当我论述郭、闻诗歌的艺术特性时，我希望将希腊那两位艺术

① 参考吕维、徐葆耕：《对母体文化的自卫与超越》，《中国社科院研究生院学报》第2期，1987年。

之神——阿波罗与狄俄尼索斯，放置在我们的面前。这两位艺术之神越到后来越脱去了它们的实体意义，而成为两种不同艺术精神或品格的象征。或许可以这样说，前者主要象征理性与意象，后者主要象征直觉与激情。阿波罗的理性光芒把激情冲淡，我们靠着它，可以探究到事物的底蕴和秘密；狄俄尼索斯的激情之水冲破理性的束缚，我们靠着它，可以把心中情绪宣泄得痛快淋漓。

郭沫若特别钟情于狄俄尼索斯——这位不安、放纵而迷狂的造形之神。我们知道，郭沫若是冲动型诗人，他写诗完全靠着灵感的推动。他说："五四运动发动的那一年，个人的郁积，民族的郁积，在这时找出了喷火口，也找出了喷火的方式，我在那时差不多是狂了。民七民八之交，将近三四个月的期间差不多每天都有诗兴来猛袭，我抓着也就把它们写在纸上。"① 每当灵感袭来，"我"全身"作寒作冷，牙关发战，观念的流如狂涛怒涌，应接不暇"②，这种"神经性的发作"，使他写下了《女神》中一系列诗篇。他说："我所著的一些东西，只不过尽我一时的冲动，随便地乱跳乱舞罢了。"③ 这正是对他那狄俄尼索斯的狂醉式的精神状态的真实描绘，这种精神状态在他的诗中清晰可见。闻一多特别钟情于阿波罗——这位睿智、宁静而富于幻想的智慧之神。我们知道，闻一多是个沉静的好作玄思的诗人，他在《玄思》一诗中写道："在黄昏底沉默里，从我这荒凉的脑子里，常迸出些古怪的思想，不伦不类的思想"，"同野心的蝙蝠一样，我的思想不肯只爬在地上，却老在天空里兜圈子，圆的，扁的，种种的圈子。"这种耽于玄思、好作"白日梦"的癖性，使他创造了诗的虚幻的现实，一种直接的幻象出现的秩序。如他在美国的时候，明知伟大的祖国被

---

① 郭沫若：《序我的诗》，《郭沫若论创作》，上海文艺出版社 1983 年版，第 213 页。

② 郭沫若：《诗歌底创作》，《郭沫若论创作》，上海文艺出版社 1983 年版，第 277 页。

③ 郭沫若：《论诗三札》，杨匡汉、刘福春编《中国现代诗论》，花城出版社 1985 年版，第 59 页。

军阀们弄得破碎不堪，然而他彼时彼地的心情使得他把祖国描绘得如花似玉般的美丽。当回到魂牵梦绕的祖国时，他的幻象似肥皂泡一样地破灭了，于是他又创造了梦境化的现实：紧紧“抱住”“伟大民族”“五千多年的记忆”，“夸道”中华古代文明的庄严神圣。诗人说：“我们喜欢做梦的人，自从在梦乡里发现了那一个光明的世界，就看着现在这牢狱的世界里，无事不是痛苦。”① 因此诗人便以梦想来排遣现实的痛苦，平息内心的躁动。尽管他的诗并没有回避血淋淋的现实，但仍隐隐约约投射出梦境般的幻象，阿波罗梦幻式的精神状态经过艺术处理后仍依稀可见。这里已显露出两位诗人创作上的不同分野，从下面的比照中将进一步看到两位诗人是怎样把目光分别投向狄俄尼索斯和阿波罗的。

郭诗最明显的特征是着意创造诗的情感氛围。在创作中，他让心灵处于无所束缚的状态下，让潜意识层多种心智机能共同参与对生命的感受和情境的体验，他不重视甚至排斥理性，而强调直观、直觉和灵感。闻诗注重创造诗的意象，这种意象是意与象的统一，情与理的统一，是心境与物境的相互作用。他是在生活经验的基础上，长期冥思苦想后，把一种观念、一种情绪投射到物象上，以创造深邃的意境或意象。这种意象的真正功用是：它可作为抽象之物，可作为象征，即思想的荷载物。所以他并不摒绝理智，而强调诗歌内容的“思想超卓”和艺术构思的“精益求精”。

抒情诗歌本体的构成从现象上看包括对象意识和自我意识，但它们在诗歌中也不是比肩而立的。郭诗往往把客观事物（对象）打碎、简化，消融于情感洪流中，让它成为情感的形式或媒介。我们所看到的不是这些客观事物复杂的过程、情节及其丰富血肉，而是情感洪流所激起的朵朵浪花和潮汐。其诗不注重对象意识的刻绘，而注重自我意识的镕铸，让对象意识服从统一于自我意识。诗人曾借屈原之口喊叫：“我效法造化的精神，我自由创造，自由地表现我自己。”（《湘累》）“他的自我以特别突出的姿态在他的诗

---

① 闻一多：《读沈尹默〈小妹〉想起我的妹来了，也作一首》，《闻一多全集》第1卷，湖北人民出版社1993年版，第174页。

句中喧嚣着，从它，发出音调，生出色彩，涌出新鲜的形象。这个自我占据了宇宙的中心，不，简直就是宇宙，宇宙的真宰。"① 闻诗则不同，他往往通过对客观世界或外部事物的直接抒写来融会自我意识，通过对象意识来获得自我意识，任何一种对象意识的深层都蕴含着自我意识的因素。这些诗篇往往是诗人从现实生活中看到了某一事物或景物后，得到了启示，以所咏事物（景物）为依托，由此寄寓和抒发某种情怀。闻一多讲求"形神兼备，虚实结合"的意象，讲求"不即不离，若即若离"的境界，他把自我意识融入对象意识的过程本身就是这种意象或意境的创造过程。

郭诗由于注重自我意识的抒写，其自我扩张和冲动激情得到充分的展现，其外在事物服从内在情感的需要，因而具有情感的冲击力、爆发力和情绪流程的完整性。闻诗由于注重通过对象意识来获得自我意识，而着意于事物的理性透视和内外结构的有机把握，因而具有理性的穿透力和意象的完美性。

虽然激情与意象是密切相关的，但由于郭诗好作激情宣泄，多借助呼喊，因而很难组合或镕铸为诗的意象。闻诗由于注重意象的刻绘，而激情则蕴藉其中，往往不赤裸裸地宣泄出来。所以郭沫若的诗情具有动的激烈，闻一多的诗情具有静的深沉。读郭沫若的诗，读者都处在一种振奋和不安的情态之下——专心注意于激情的力度、幅度及其情绪流程的全过程，而诗中所真正表现的意念他们反而忽略了；读闻一多的诗，读者往往处在一种冷静的品味和思索的情态之下——专心注意于诗思的内涵和诗意的流向，而诗中所真正具有的情感节奏和优美旋律他们反而忽略了。郭诗所经常被诟病的是其空洞的叫喊而缺乏诗的意味和意象，这实际上是郭之易于动情的天赋和大胆的个性的结果；闻诗所经常被诟病的是其诗思的艰涩和构思的怪异，这实际上是闻之好作玄思的天赋和内向的个性的必然结果。

狄俄尼索斯的酒神精神和阿波罗的日神精神分别鲜明地渗透在

① 周扬：《郭沫若和他的〈女神〉》，延安《解放日报》，1941 年 11 月 16 日。

郭沫若和闻一多的诗歌里，成为他们诗歌的重要的特色，但不是惟一的特色。艺术是由于狄俄尼索斯与阿波罗的双重性格，才产生了不断的革新，才得以不朽。这双重性格呈现在艺术的整体形式中，就如同贝壳的凸凹两面，我们可以把这两面看成是构成艺术形式的两个因素。上面我们展现了郭、闻诗歌的“凸面”，还得看到其“凹面”，这样才不会使我们的观照失之于偏。

郭沫若在《女神》时期让激情之水放纵奔流，但到《星空》时期则“沉静”了，他把自己的热力凝聚在艺术形象的结晶体中，诗的意境深致、幽远，在对自然景物的描写中寄寓着自己深沉的思考，闪烁着理智的光芒。《星空》和《瓶》在沉思中造成了严谨的诗歌艺术，“技巧方面”也比《女神》“高明一些”。① 就是《女神》、《恢复》除了鼓荡人心的豪放诗外，也有耐人咀嚼、余味无穷的沉思的诗。在这里，狄俄尼索斯的激情让位于阿波罗的理性思考。闻一多本是富有内在激情的诗人，他的诗往往在冷隽中蕴含着激情，在沉思中可以看到地火的运行，特别是他的爱国诗充满了“凌厉之气”，具有沉劲雄浑的风格，他自己所说的“现在则渐趋雄浑沉劲，有些像沫若”② 也就是指此。他的有些诗美妙地把神话、幻想、夸张这些手法结合运用，更似郭沫若。在这些诗中，闻一多将阿波罗的规范忘得一干二净，诗的形式、节奏完全服从情感的需要，在狄俄尼索斯的迷狂里完全得意忘形了。

从诗人的本能来看，郭沫若喜欢高潮，喜欢热烈；闻一多喜欢冷静，喜欢沉思。但高潮之后也有低潮，狂潮之后也有沉静，反之亦然。在诗歌的自律运转中，一段时间非理性的冲动可能强一些，一段时间可能弱一些；一段时间理性的束缚可能强一些，一段时间可能弱一些。诗歌的自组织系统具有自我修复和调节的可能，一种因素急剧膨胀所造成的空白，必将有另一些因素来填补。郭诗一方

---

① 郭沫若：《序我的诗》，《郭沫若论创作》，上海文艺出版社 1983 年版，第 214 页。

② 闻一多：《致闻家驷》（1923 年 3 月 25 日），《闻一多全集》第 12 卷，湖北人民出版社 1993 年版，第 162 页。

面热烈的情绪把摆在狄俄尼索斯的心荡神迷之中，另一方面又把冷静的理性摆在阿波罗的沉思里，闻诗一方面把冷静的理性摆在阿波罗的沉思里，另一方面又把热烈的情绪摆在狄俄尼索斯的心荡神迷之中。酒神精神与日神精神或多或少、或隐或显地聚合在他们身上，使他们的诗歌充满了艺术的张力、活力和魅力。①

“艺术的自由”与“自由的艺术”：诗歌审美意识的重构

上面的论述已经显露了这样的意向：在那新旧交替的五四时代，郭沫若和闻一多都冲破了封建儒家诗教的束缚，自由地追求心中的诗艺，无拘无束地抒写他们的生趣和情怀，充分地显示了主体意识的高度自觉性。他们在诗歌内容的抒写上都有着极大的自由性，而在诗歌艺术形式的创造上则走了不同的路子，即在狄俄尼索斯的自由性与阿波罗的规范性之间，表现了不同的审美意识的裂变和取向。

郭沫若打破旧诗格律，创造了自由体新诗，确立了艺术的自由（以自由为核心）的审美观念；继后，闻一多为新诗探索新的规范，创造了格律体新诗，确立了自由的艺术（以艺术为核心）的审美观念。他们都是在新的、开拓性的追求中寻找新的交点，以此来构筑自己的艺术大厦，为新诗开辟新的发展道路。

旧格律诗到了近代仍然统治着古老的诗坛。五四革命斗争的狂风暴雨迫切要求打破旧格律诗的镣铐，实现诗体大解放。郭沫若一登上诗坛，就迅即超越所谓“尝试”阶段，以其自觉的革新精神打破了旧诗格律的镣铐，使诗歌领域起了划时代的变化。

郭沫若在五四时期找到了惠特曼，找到了宣泄自己的狂飙式的革命激情的最适合的方式。他的激情与形式同化了，或者说他的激

① 此段因字数所限，论述简略。出于文章的整体构思，此段内容与《社会科学战线》之拙作有某些重合交叉之处，请参考。

情与形式对象化了。他以自己的思想情绪支配诗行，以情绪的旋律表现诗的旋律，他不愿局限在一个格式里，他创造了多种多样的表达方式和多姿多彩的艺术形式，他综合了一切可以获得的形式和风格，他徘徊翱翔于所有叙述性的、抒情性的、戏剧性的形式之间，来回于散文与诗歌的风格之间，突破了那风格之统一律的旧原则。诗人以其多样的风格和经常变换的形式，将那“狄俄尼索斯精神”保全起来，诗人面临格律的一统天下的局面，极倡自由创造的精神，即以“破坏一切，创造一切”的力量和气魄去推倒一种旧形式，重建一种新形式，这种新形式再也不是一种束缚人们手脚的镣铐，而是一种无拘无束的自由体诗。他那自由创造的精神，实践了他那“绝端自由，绝端自主”的理论，即“艺术的自由”的审美观念，这种审美观念要求每个诗人都成为他自己，要求每个诗人冲出狭小的空间，走进广阔的艺术天地；它实际上是想唤起每个诗人的艺术的觉醒。这种审美观念是五四时代精神在文学形式上的体现，它既是郭沫若的创见，也是人们千呼万唤始出来的历史的产物。

郭沫若所奠定的自由诗在五四诗坛具有巨大的艺术活力，但也因为诗人们自由无度，越到后来越露出了它的弊端，即散文化和欧化倾向的泛滥。闻一多面对诗坛流弊，以十分焦灼的心情关心新诗的前途和命运，他关于新诗建设的意见反映出诗人文学观念已经由初期新诗的注重新旧的对立转入注重美丑的艺术追求，从“艺术的自由”向“自由的艺术”的迈进。他关于诗歌的一个总的审美原则就是：“没有选择便没有艺术”①，艺术选择就是对美的创造。这具体表现为三点：第一，新诗当注重“镕铸”和“修饰”，认为“一切艺术应以自然作原料，而参以人工”，“以修饰自然的粗率”。“修饰”即“艺术化”，“艺术化才能产生出艺术来”。② 第二，在

---

① 闻一多：《女神之地方色彩》，《闻一多全集》第 2 卷，湖北人民出版社 1993 年版，第 120 页。

② 闻一多：《〈冬夜〉评论》，《闻一多论新诗》，武汉大学出版社 1985 年版，第 25 页。

“写”与“做”之间，当更注重“做”的工夫，他批评郭沫若《女神》过于欧化的毛病是“太不‘做’诗的结果”，“一个成熟的艺术家，自有余裕的精力顾到这里，以谋其作品之完美”。① 第三，“诗不当废除格律”，认为“越有魄力的作家，越是要戴着脚镣跳舞才能跳得痛快，跳得好”。② 他所倡导的格律诗并不是复古，而是创新；不是退化而是进化。这是因为，第一，“新诗的格式是层出不穷的”，具有多样性、丰富性；第二，“新诗的体式是相体裁衣”，“是根据内容的精神制造成的”，从而体现了内容决定形式的原则；第三，新诗的格式不是由别人既定的，而是由每个诗人“自己的意匠来随时构造”的，具有未定型性。可见，他的格律诗并非是束缚人们手脚的镣铐，而是有着内在的自由性的艺术。总括起来，闻一多的诗歌观念就是：追求艺术美的磨练，而又不能看出匠人气的雕琢；讲求规矩和约束，而又显得宽宏大度，即要求诗人在一定的规范性中获得更大的自由性，在规范与自由的辩证统一中产生真正的自由的艺术——诗歌。他的《死水》正是这种审美观的体现。后来一些思想空虚的诗人片面追求诗的光滑的外形，堕入形式主义的末路，那是不能归咎于闻一多的。

郭沫若后来曾说过：“新诗也有束缚性。任何艺术形式、任何事物都有一定规律，规律就是束缚。有规律性的自由是真解放，无规律性的自由是狂放而已。”③ 郭诗是十分自由的，但仍是一种有规律性的自由，即遵循着“情绪的自然消涨”、“内在韵律”的规律性；闻诗是十分规范的，但仍有着随内容变化的张力和弹性，正如他所说的，“诗这东西的长处就在它有无限的弹性，变得出无穷的花样，装得进无限的内容”。形式的规范是为了审美的自由，形

---

① 闻一多：《女神之地方色彩》，《闻一多全集》第 2 卷，湖北人民出版社 1993 年版，第 120 ~ 121 页。

② 闻一多：《诗的格律》，《晨报副刊 · 诗镌》第 7 号，1926 年 5 月 13 日。

③ 郭沫若：《诗歌漫谈》，《郭沫若论创作》，上海文艺出版社 1983 年版，第 332 页。

式规范的成熟往往意味着形式本身的封闭，形式的有限性与内容无限性的矛盾运动，使诗歌艺术具有自组织、自调节和更新自身内部结构的功能。郭、闻所开创的自由诗、格律诗就是新诗发展在五四时期前后不同阶段的必然结果。他们的诗歌不但代表了新诗发展上的不同阶段，而且其诗歌审美观念也反映了新诗发展上的历史要求。在五四新诗开创时期，他们的诗歌美学观经历了艺术实践的检验，体现了一种群体审美意识，这种审美意识在那个特殊时代的艺术观念的裂变和重构中，呈现了独有的异彩。

从本文以上三个方面的论述中可以看到郭、闻诗歌在审美意向和创作实践、内容和形式、内在结构和外在结构的有机统一中所呈现的艺术个性、特征和规律性，即他们各自的艺术秩序。艺术的不朽，实是艺术秩序的不朽。郭、闻所精心建筑的诗歌艺术秩序，自有其持久的生命力，并且对于当今诗坛，也有着某种沟通和联系。更为重要的是，他们对现代新诗的探索与革新的精神，已经唤醒了一代又一代人去考虑新诗艺术的基础，去考虑它在每一阶段的推进和发展，由此产生的影响是长久的。寻求真理乃是比真理本身更为重要的事，郭、闻对新诗艺术的探索精神远比他们所贡献的诗歌艺术更有意义，发生的影响也更为重大深远。

四、中国新诗第一个伟大的综合者

——论郭沫若五四时期新诗创作的成就

郭沫若在五四时期的新诗创作成就不仅支撑了整个创造社诗人群，而且照亮了整个五四新诗坛。他不仅“代表五四以后最早也是特出的浪漫主义诗潮”，而且也是中国新诗第一个伟大的综合者。在五四时期，他是站在时代的高度来审视中国新诗坛、参与诗歌创作的。他的《女神》一问世，就急遽地结束了五四诗坛上的“胡适的时代”，开一代诗风，引领着新诗走上新的里程。五四诗歌革命，只有到了《女神》“异军突起”，才充分显示出摧枯拉朽、所向披靡的威力，新诗阵地才有了主将。《女神》以彻底反帝反封建的革命精神，崭新的浪漫主义审美意识，恢宏的诗歌创造才能，创造了一个全新的艺术世界。郭沫若的《女神》及其后几部诗集真正地实现了五四时代所要求于新诗的情感的大解放和诗体的大解放，创立了自由体诗的格局。它所体现的浪漫主义精神、美学原则及其独特的审美价值，达到五四时期中国新诗主潮的顶峰，为中国新诗的开拓和发展作出了划时代的贡献。

（一）郭沫若力倡“主情主义”，强调内心情感、情绪的表现，从而把中国新诗从“摹仿自然”阶段，推向“表现自我”阶段，从此，一种新的诗歌美学观开始建立起来

以胡适等人的白话诗为开端的中国新诗所努力的目标，主要是打破旧诗的镣铐，创造一种白话的无拘无束的新诗，至于这种新诗内在的质素到底应是什么，尚未引起足够的重视。胡适提倡“诗的经验主义”，可以代表当时一般作诗的态度，它属于“摹仿”——一种过时的陈旧的理论之范畴。然而对于五四初期的中

国诗坛来说，它却是崭新的东西。在这种诗歌观念的影响下，五四初期的白话诗几乎不可避免地都带着“摹写自然”的倾向，很多诗都是对自然景观和社会现象的描摹，缺乏诗人的自发性和创造力。对于诗歌尤其是抒情诗来说，它并不是对经验世界的描绘或复写，而是情感和意绪的流溢。如果说胡适等人的初期白话诗仅仅还停留在“摹仿自然”的阶段，那么郭沫若的诗歌则进入了“表现自我”的阶段，它是对前者的超越。①

郭沫若明确提出“情绪说”或“自我表现说”。他认为，诗的主要成分是“自我表现”，因此“情绪”高于一切，“情绪的律吕，情绪的色彩便是诗”②。他在1920年1月18日写给宗白华的信中激情地宣称：“我想我们的诗只要是我们心中的诗意诗境之纯真的表现，生命源泉中流出来的Strain（曲调），心琴上弹出来的melody（旋律），生之颤动，灵的喊叫，那便是真诗，好诗，便是我们人类欢乐的源泉，陶醉的美酿，慰安的天国。”郭沫若的这种理论导源于卢梭、歌德，更与英国浪漫诗人华兹华斯十分接近。早在1798年华兹华斯就给诗下过这样的定义：“所有的好诗，都是从强烈的感情中自然而然地溢出的。”③在一定的程度上，郭沫若发展了华兹华斯的偏颇之处。尽管如此，对五四新诗理论及创作来说，它显然是一次猛烈的冲击和反叛。在这种诗歌观的指导下，郭沫若创造了和“摹写自然”迥然不同的“表现情绪”的诗歌。他这种诗与早期白话诗相比，不但有了诗才，更有了“诗魂”，即首首都是他的血，他的泪，他的自叙传，他的忏悔录。虽然，郭沫若和五四时期的新诗尝试者们一样，喜欢用自然作为自己诗歌的原料，然而，郭沫若笔下的自然已经在自然景观中流溢着诗人心中的诗意诗

---

① 参考孙晨：《试论“创造诗派”》，《徐州师院学报》第3期，1987年。

② 田汉、宗白华、郭沫若：《三叶集》，上海亚东图书馆1920年版，第47页。

③ 转引自伍蠡甫：《西方文论选》下册，上海译文出版社1979年版，第3页。

境，是诗人情绪中的自然，或者说是诗人在自然中的情绪。因此，在郭沫若的自然为题材的诗中，就有了更多的“自我表现”成分，有了较为分明的主体形象。这样，郭沫若的诗歌观及其创作就开创了一个新的时代，标志着中国新诗由“以物观物”向“以心观物”的转移。中国新诗到郭沫若才真正塑造了主体形象，才真正具有审美意识的主体性，中国新诗才真正跃进到现代化的行列。郭沫若的这种特点最清楚不过地体现在他的代表作《女神》中。

（二）郭沫若借助泛神论，“展开了一个辽阔而丰富的新的世界”，开拓了新诗宽广的领域，加强了新诗“自我表现”和反封建的力度

朱自清曾经指出，在五四时期，郭沫若的新诗中“有两样新东西，都是我们传统里没有的”，一样是泛神论，一样是“二十世纪的动的和反抗的精神”。“看自然作神、作朋友，郭氏诗是第一回。至于动的和反抗的精神，在静的忍耐的文明里，不用说，更是没有过的。”① 泛神论以反对封建专制和神权统治为其特征，它与“静的忍耐的文明”的产物——佛学是对立的。在五四时期，中国诗歌最终完成了从古典向现代的历史性过渡的重要标志，就是旧体诗的迅速衰微和白话新诗垄断诗坛，与此同时，还有儒学和佛学影响的明显削弱和泛神论思想的崛起。严重束缚人的个性和欲望的儒学首先被当做攻击的对象，自不消说，而诱导人们远离人生、远离现实、寡欲清心、无爱无嗔，要求人们泯灭任何个性、遏制任何本能欲望的佛学，也必然在排斥之列。而人们所找到的与儒学特别是与佛学相对立的思想武器，就是泛神论。与儒学与佛学相比，泛神论超越了具体的偶像崇拜，认为一切自然皆是神的表现，主张“本体即神，神即万汇”，也就是说，泛神论把个人的主观之力充溢到整个宇宙，使之与宇宙的超自然力融会为一，从而成为改造客观世界的强大精神力量。无疑，泛神论作为一种鼓励人们勇于实

---

① 朱自清：《中国新文学大系·诗集·导言》，上海书店影印 1982 年版，第 354 页。

践、勇于抗争的积极哲学，为五四时期的青年知识分子解放思想、解放自我提供了有力的思想武器。

把泛神论思想带进五四新诗坛的，除郭沫若外，还有田汉、郑伯奇、冰心、宗白华等，但把泛神论思想发挥到极致的，惟有郭沫若。郭沫若的泛神论主要不是一种哲学上的泛神论，而是表现在诗歌中的诗人的泛神论思想，而这种思想又是同他的个性主义、表现自我的思想紧密地结合在一起的。诗人赞美创造，赞美天才，赞美“开辟洪荒的大我”。诗中创造者的形象，既是诗人的自我形象，又是一种精神，一种人神，一种自然力，一种宇宙意志，但归根到底，还是诗人自我。然而，诗人并不是用诗歌宣传泛神论，而是借助泛神论，“展开了一个辽阔而丰富的新的世界”①。“他在一种泛神主义外衣之下歌颂了自己所要歌颂的一切。”② 由于诗人把自我提高到本体和神的地位，又经过主观精神的扩张，达到主客交融、人与自然合一的境地，而且万事万物都被赋予了生命和感情，超越时空、永恒、无限，自我既内在于一切个别事物，又超越了一切个别事物。这样就为诗人个体的心灵自由和情感驰骋提供了极为广阔的天地。没有泛神论，也许郭沫若难以完成这种高度的“自我表现”，难以达到这种高度的审美意识的自主性。

（三）郭沫若诗歌所表现出来的“二十世纪的动的和反抗的精神”，既是郭诗中最可宝贵的东西，也是中国新诗的艺术精魂和生命线所在

郭沫若的“二十世纪的动的和反抗的精神”，就是“不断的毁坏，不断的创造，不断的努力”的激越的20世纪时代精神。这在他的诗歌中集中表现在个性与情感解放的深厚度与震撼力上。郭沫若诗歌在冲破束缚人的藩篱中表现出一种勃发的创造活力与人性的放恣状态，即是在对人的自由、个性、权利、尊严的追求与向往

---

① 冯至：《我读〈女神〉的时候》，《诗刊》第4期，1959年。

② 周扬：《郭沫若和他的〈女神〉》，延安《解放日报》1941年11月16日。

中，表现出前所未有的“人的解放”的深度、强度与广度。那种被几千年传统文化所压抑而丧失殆尽的人的欲望、人的要求，在郭诗中得到了空前的大解放。我们的古典诗歌一个最重要的传统就是情感的抑郁、压制，无论就哪一方面而言，它都被牵引着进入了克制、压抑感情的有限空间中。要发展中国现代诗歌乃至整个中国现代文化，都必须突破这层美学规则的束缚。鲁迅写于1905年的《摩罗诗力说》是第一篇对中国古典诗歌传统提出挑战的诗论文章，他从整个文化精神方面革故扬新，“别求新声于异邦”，以西方的魔鬼精神取代中国固有之“平和为物”的思路，提出中国现代诗歌与中国现代文化的建设，首先要呼唤“立意在反抗，指归在动作”的“精神界之战士”，这样的人都有着“美伟强力”，“而污浊之平和，以之将破”。到了五四时期，新文化先驱者们提出了“反传统”和“人的解放”的响亮口号，而五四新文学则谱写了这一时代情绪最辉煌、最耀眼的一页。可以说，五四时代人的解放，不仅是思想意义上的解放，更是情感意义审美意义上的解放，人的一切情感都被引发出来，在空前广阔的审美天地里，作自由、奔放、真实、自然的表现，无所顾忌地追求“天马行空”的心灵世界、情感世界与艺术世界，实际上就是追求人的放恣状态，这对于习惯于压抑自己的情感，心灵不自由的中国人，自然也是破天荒的。五四初期的白话小说较早地体现了人的解放的深度和情感表现的力量，而五四初期的白话新诗却没有实现这样的目标，在那些诗篇中，自我情绪是隐藏的甚至是萎靡的。直至郭沫若《女神》的出现，我们才在新诗中第一次感到了自我的情感可以有如此惊人的释放。在这个时期，人的主体意识、个性自由和创造活力增强了，整个心灵之窗洞开了，感情的闸门冲决了。一大批诗人热烈地呼唤感情形态的“生”的自由、欢乐、愤怒、痛苦、孤独；他们暴露自我，抒写情爱，表达诗哲，抨击现实……他们大胆地表现着自己的情感，自由地宣泄心中的块垒，一切礼法都在强大的情感冲击下失去了昔日的威风，特别是浪漫诗派以情感性为诗歌的轴心和灵魂，情感的表现既成为手段又是目的；他们以情感去否定过去传统的陈规，以情感自身来证明人的存在，实现生命的合理冲动。例如冰心的婉约、轻柔和爱的至切，仿佛把那粗鲁的灵魂也要消融；湖畔诗人的爱情渴求与呼唤，更要冲破那囚禁人性的铁笼；闻一多的浓烈沉郁，似燃烧的烛火，"要烧破世人的梦，烧沸世人的血"(《红烛》)，以及徐玉诺、朱自清对内心的彷徨、苦闷、寂寞、矛盾的复杂的心绪抒写，冯至对世态炎凉、人间无爱的揭示，都给人以强烈的新鲜的感受。这些都已突破古典诗歌的情感桎梏，但他们都不拥有郭沫若那样的强劲个性和情感的震撼力。郭沫若的热情奔放、"昂首天外"的气魄，在当时无人能与他相比，他以前无古人的情感力量，冲击着封建精神大厦，他那洪钟大吕般的诗歌，奏出了不可遏止的撼人心魄的音调，真正体现了人类情感解放在中国的实现。中国诗人几千年来未曾有过的情感的宣泄，在五四那一个时辰，通过郭沫若这一生命彻底爆发出来了。如果说五四是一场彻底的反封建的思想革命运动，那么在文艺上真正反映这场革命的极大震动的思想和情感的，则是《狂人日记》和《女神》，鲁迅以强大的思想力量，把五四批判精神推到了前所未有的高度。而在情感力量的表现上，郭沫若则是"最有光芒的，好多的作者都在他面前为之减色"，在其他诗人那里，"那辗转在封建重压之下要求解放的个性，不过是被堰拦住，只是徒然地在堰前乱流的'小河'的水，到他，这水便一下子泛成提起全身力量来要把地球推倒的无限的太平洋的滚滚怒涛"。① 郭沫若的主要诗作都浸蘸着他那青春的血液，满溢着那一时代的兴奋和愤怒，那一时代的骚动情绪，其烈火般的诗情灼灼烫人，其"暴躁凌厉之气"，极为生动地表达出五四时代的狂飙精神。他用生命迸发出代表整个民族的新诗，起到了冲破一切清规戒律和轰毁封建礼教所设置的种种箝制精神的路障的作用，也冲击了旧的陈腐的诗学观念。郭沫若的《女神》代表了人类本性中热烈奔放、无限创造的自由精神，它是诗人自我意识的深化和现代精神走向自觉的表现。它是那样强烈地表现着诗人的个性、气质、心理特征和精神面貌。郭沫若的诗歌真正改变了中国诗

① 周扬:《郭沫若和他的〈女神〉》，延安《解放日报》，1941年11月16日。

歌的性质。尽管郭诗的激情是相当幼稚的，甚至是相当空泛和驳杂的，但作为一种情绪的记载，它带给新诗坛一种新的东西：心灵的自由、心灵的欲望的自由表现，生命的本能、生命的冲动的自由表现。这是中国诗歌极其宝贵的东西，是中国新诗走向现代化的标志，是中国新诗的艺术精魂和生命线所在。

（四）郭沫若诗歌所表现出来的非凡的“动”与“力”既是对传统诗文化的挑战，也是对一种新的诗歌境界的追求，郭诗的独到之处，超出同代人成就的地方，也在于此

郭沫若诗歌“动”与“力”即“二十世纪的动的和反抗的精神”，不但明显表现为个性和情感解放的深厚度和震撼力，同时还指动态，它是相对于“静止”而言的。或者借郭沫若的话来说，诗人必须有一个“振幅”，读者也要有一个与之相应的“振幅”，而诗歌必须是“动底律吕”。所谓“力”，也不仅仅指反抗的精神，同时也指“诉诸情绪的力”。他要求的是“力的绘画，力的舞蹈，力的音乐，力的诗歌，力的律吕”①。郭诗的“动”与“力”与他接受泛神论影响有关。他从泛神论思想出发，把宇宙世界看成是一个不断进化、更新的进程，从宇宙万物看到了“动的精神”和创造的“力”。因而在《天狗》、《我是个偶像崇拜者》、《立在地球边上放号》等诗中，都毫不遮拦地表现了伟大，表现了一切不在话下、一切不足惧的气魄。这种“动”与“力”正是改造自然和社会的动力，是那个时代的进取精神。同时，这种“动”与“力”不仅指内容，还指形式。即是说这种“动”与“力”的诗歌是不同于五四初期“平面诗”的“立体诗”。它不是一幅平面图，而是一幅有景深，有光线的阴暗对比，有时间感，有空间感，有“全宇宙之无时无刻无昼无夜在流徙创化”景观的立体图。五四初期流行的小诗，吟咏的意象多是小河、小草、小船及鸽子、乌鸦、蝴蝶之类，虽率直清新，但未能完全摆脱温柔敦厚的传统诗风和狭小

① 郭沫若：《女神·立在地球边上放号》，《郭沫若全集·文学编》第1卷，人民文学出版社1982年版，第72页。

境界。郭沫若诗歌则一反旧套，或探究星空，或拥抱地球，或讴歌大海，或赞美太阳，以狂放的笔力，狂幻的境界崇拜着“动”与“力”。在《女神》中，大多数诗篇都充满紧张的动荡感和强烈的情感风暴。诗人把自己和大自然雄伟的力合在一起，展示他那粗犷豪放的性格；他随手拈来一些富有力度的词语融入或嵌进句里，以加强诗的硬度和强度；他往往连续使用排比和反复的修辞手法，以增强诗的气氛和力感；他所写的人物也大都是英雄、勇士、叛逆者，“他把主观世界的英雄精神和客观世界的一切壮美雄强的形象互相交流，以达到最高的英雄诗的效果”。① 我们读他的诗，无不感受到一种力的冲击波震荡着我们的心胸，无不在精神上生出勇于进取的力量。郭诗的力度感和雄放直率的风格与他那种独特的“奔迸的表情法” 相关，他写诗都是“情感突变，一烧到白热度，便一毫不隐瞒，一毫不修饰，照着那情感的原样子，迸裂到字句上”②，这就使他的诗“豪放粗暴” 而不含蓄蕴藉。宗白华批评他的诗缺少“流动曲折”，希望他从传统诗词小令中吸取“意简而曲，词少而工”的长处，形成一种“曲折优美的意境”。③ 实际上这是一个矛盾。郭沫若外向、冲动的性格和偏于直觉、灵感的思维方式，决定了他的诗的风格必然以雄放直率为主。他如果真正做到“意简而曲，词少而工”，也就不可能有惠特曼式的“豪放粗暴”的诗。这与其说是郭沫若的缺点，不如说是他的特点。郭沫若这些“动”与“力”的诗歌都是尼采所说的“酒神”状态下的产物，是诗人整个情绪系统的激动亢奋，是诗人情绪的总激发和总释放，同时又是诗人个性某一侧面的最充分、最鲜明的艺术表现。郭沫若这类诗歌虽然显得直露粗暴，但并不缺乏诗味，这是因为他把强烈的直观感受融化于自己的笔下，使自己的情绪、希望、理想、幻象

① 张光年：《论郭沫若早期的诗》，《诗刊》第 1 期，1957 年。

② 借用梁任公：《中国韵文里头所表现的情感》，《饮冰室合集 · 饮冰室文集之三十七》，中华书局影印 1989 年版，第 77 页。

③ 田汉、宗白华、郭沫若：《三叶集》，上海亚东图书馆 1920 年版，第 27 页。

诗化、个性化的结果。

郭沫若那“动”与“力”的诗歌并不经常表现为高昂的呐喊和反抗，尽管在《女神》中确实常常是高昂的狂歌。另一方面，低调也具有“动”与“力”。如赞美那“高超、自由、雄浑、清寥”的静夜太空和被风摇动似举手欢呼的松林(《夜步十里松原》)，或为清晨的鸟声、鸡声和身边的稚儿而勃兴骤起(《晨兴》)，或为大自然的颜色变化、动物的神态而感兴春之胎动（《春之胎动》)，或从晚霞和西下的太阳引起遐思和幻想(《日暮的婚筵》)。这些冲淡的诗，虽没有“黄钟大吕”、“大江东去”般的气势和力度，但它却在多种色调、多维图景中构成了一种立体感和动态美。再如《星空》，虽然表现诗人五四退潮以后的极为苦闷与感伤的情绪，但并不使人感到“死寂”；虽然“象产生《女神》时代的那种火山爆发式的内发情感是没有了”①，但诗人胸中不可遏止的怒火和愤怒仍然像地火一样在奔涌，这也是一种“动”与“力”的诗歌。

郭沫若诗歌所体现出来的非凡的“动”与“力”，不仅是一种新的诗歌观念的体现，一种新的诗歌境界的追求，也是对传统诗文化的强有力的挑战。凡是对中国文化深刻反省的人，几乎无一不感到中国民族的阴柔性格与西方民族的阳刚性格的强烈对照。如果说西方文化“动”得令人眩目，那么中国文化可谓“静”得使人安睡。但到了郭沫若的诗歌，这种“静”的文化受到了极大的冲击。郭沫若把西方现代的人与自然、个体与社会对立的思潮，以及西方文化“动”的精神与敢于争天抗俗的竞争意识融进诗里，以表现大震撼、大咆哮的时代精神。这种宏大、雄伟、动荡的诗歌精神与格局，与中国小巧、宁静、和谐、拘谨的诗歌传统适成对照，正是在这个意义上，郭沫若的诗歌具有不可多得的价值。郭诗的独到之处，超出同代人成就的地方，也在于此。

① 郭沫若：《序我底诗》，《郭沫若论创作》，上海文艺出版社 1983 年版，第 214 页。

（五）郭沫若那异常活跃丰富、大胆奇特的想象，使诗的翅膀真正飞腾起来，郭诗的诗性特征也因此大大突出了，中国新诗的质素有了很大的提高

郭沫若“是一个偏于主观的人”，“是一个冲动性的人”。主观性，决定了他的诗重在表现自我；冲动性，则决定了他凭灵感和直觉写诗。因此，他与歌德取得了共识，提出了“诗的本职专在抒情”、“以自然流露为上乘”的创作理论；他自觉他的想像力比观察力强，因此强调主观抒情，“爱写历史的东西和爱写自己”。在表达方式上，不是采取象征、隐喻等手段，而是以直抒胸臆的宣泄为满足，他从惠特曼的诗歌《草叶集》那里，找到了“火山爆发式的内发情感”的“爆喷”的方式。郭沫若诗歌的这种“爆喷”的方式，主要是采取宣泄式、申诉式、独白式等，但这仅仅是外在表现形式，而起根本作用的还是在情感作用下的艺术想像力。郭沫若曾给诗歌拟了这样一个公式：

诗 =（直觉 + 情调 + 想象） =（适当的文字）

（内容）　　　　　　　　　（形式）

由此可见，他是把想像力看做诗人创造一首好诗的生命的一部分，并把它包括在内容范围。事实上，注重想象，充分运用幻想力，抒发他那猛烈喷射的激情，是他诗歌创作的一个重要特点。

郭沫若想象奇特开阔，想象在他的诗里，是可以任意驰骋不受任何拘束的东西，它既可以上穷碧落，又可以下尽黄泉，古今可以在须臾中看到，四海可以在片刻中抚就。如吞吐日月的“天狗”，在烈火中更生的“凤凰”，其“开端在地下，结局在天上”的神奇想象，令人倾倒。诗人在五四革命激情冲击下，神思飞扬，他张扬着想象的翅膀，翱翔于太空、苍穹，将强烈饱满的情绪纳入神话传说故事的框架中，创造出令人神往的艺术境界。如诗人借凤凰涅槃的情境为舞台，以火中凤凰为化身，来尽情抒发自己的感情，使难以捉摸的情绪得以成型表达（《凤凰涅槃》）；又如诗人自诩为“天狗”，唯天狗是威，是能，是力，展现出一幅奇特的画面（《天狗》）。特别在以古代神话和传说为题材的诗篇里，诗人不是拘泥

于历史材料（事实），而是通过大胆的艺术想象和夸张，用时代精神和主观想象加以酿造和丰富，诗中的英雄人物都带有诗人理想化的色彩，他们已不是古代社会的英雄，而是五四时期高唱赞歌的勇士。郭诗那奔放不羁、纵横驰骋的想像力，也正好表现了五四时期那冲击一切丑恶事物、推倒一切腐朽势力的力量。

郭沫若把奇特的想象弥漫于他的一切诗篇之中，使人感到无处不充满了神奇的力量和生命的活力。这是因为郭沫若的泛神论不仅强调“我即是神”，而且因其受到柏格森“生命哲学”的影响，把宇宙万事万物都看成是有生命有感情的东西。所谓“一切生命都是 Energy 的交流，宇宙全体只是个 Energy 的交流”。“Energy 的发散便是创造，便是广义的文学。宇宙全体只是一部伟大的诗篇。”①因此他的诗中“到处都是生命的光波，到处都是新鲜的情调”（《光海》），使你感到眼前的一切是那样生气勃勃，充满了生命的跃动感，充满了神奇的力量。同时，郭沫若诗的想象是那样漫无边际，但并不让人感到空泛无味。这与郭沫若创作“以哲理做骨子有关”。宗白华最早看出了郭沫若诗歌的这种特色，1920 年他在写给郭沫若的信中说道：“你的诗是以哲理做骨子，所以意味很深。不像现在有许多新诗一读过后便索然无味了。”② 郭沫若用哲学家的智慧、哲学家的胸怀去把握自然，乃至整个宇宙，这就使他的诗的想象有一种哲学的“冥想”的意味。正因为有了这种哲学的冥想，他那无拘无束的想象才不至于流于空洞和肤浅。

中国新诗诞生以来，最大的缺陷之一就是艺术想像力的匮乏，初期白话诗的“非诗化”倾向的形成，与此有关。到了新诗发展的第二个阶段，诗人们开始重视想象在新诗中的作用，新诗的“诗”性因素随之增强了。但是，很多诗人善于想象的诗篇大都是从现实的景物、场面的描写中联想开去，从具体的事物中推出遐想，因而他们的这种想象具有强烈的现实感和朴实的特点，不同于

① 郭沫若：《生命底文学》，《时事新报·学灯》，1920 年 2 月 23 日。

② 田汉、宗白华、郭沫若：《三叶集》，上海亚东图书馆 1920 年版，第 25 页。

郭沫若善于以古鉴今，用古代神话、传说和历史题材驰骋想象，具有“通古今而观之”的特点。郭沫若通过非凡的想象使诗歌获得了极大的艺术力量和艺术自由，诗中那些经过夸张、扭曲、变形的形象，在读者心中唤起了真实而强烈的感情。郭诗那富于情感和想象的诗篇，虽不能说在外国诗中没有，但却是中国诗史所无，而为郭沫若所独具的，它犹如希腊神话一般具有永久不可复现的美学价值。因郭沫若的努力创造，中国新诗开始装上想象的翅膀，开始超越经验的时空而达于诗的境地。由此，中国新诗的质素有了很大的改进和提高。

（六）郭沫若的诗歌以浪漫主义为主色调，而象征则是其精义。他把象征纳入浪漫主义的总体框架中，增强了诗歌的表现力，扩大了诗歌的精神内涵。郭诗的巨大艺术魅力，与此有关

郭沫若的诗歌以浪漫主义为主导，同时也与现代主义有若干的联系。他曾对表现主义很感兴趣，但从总的情况看，他对西方表现主义，除了情绪上的感应外，对其艺术和美学的把握则不充分，而对象征主义的接受，虽然没有像浪漫主义那样在其思想和艺术上达到身心交融的境地，但在他的创作中却是占有相当比重的；他把象征纳入浪漫主义的总体框架中，使诗歌显示出了独异的精神风采。

在《女神》的很多诗作中，我们可以看出作者是怎样把激情、想象、联想与象征有机地糅合在一起，以至很难对它们作出具体细致的区分。可以说，在郭沫若富于激情与想象的诗篇中，几乎都有象征的意义，或象征某种精神，或象征某种情感，或象征某种意愿。《凤凰涅槃》这首诗是象征诗，而且还带着神秘的色彩。“涅槃”是佛家言，谓和尚死后，形骸化灭，神识永生，意指幻想的超脱生死的境界。郭诗题为《凤凰涅槃》，大概是取其类比之意。诗人把象征与狂幻的激情、奇丽的联想结合起来，构成了象征“美的中国”再生的神话的诗。长诗的《序曲》抒写凤凰集香木燃火、群鸟飞来观葬的神话仪式；继之以凤和凰的对唱和同歌，发出了诅咒天地的悲愤之音，诅咒宇宙间“冷淡如铁”、“黑暗如漆”、“腥秽如血”，以及在漫长的历史中“流不尽的眼泪，洗不尽的污浊，浇不熄的情炎，荡不去的羞辱”。凤歌思考着空间，凰歌思考着时间，双双叩响着生命与存在，有限与无限，永恒与刹那。再接着《群鸟歌》展示了对宇宙人生的不同层面的理解，以及精神宇宙的主体性。群鸟对宇宙人生的体认与凤凰处在不同的精神层面，说明凤凰的黑暗、冷酷、荒谬的环境中的自焚行为充满了孤独的悲壮感。但凤凰自焚而更生，是一种超生死界限的大境界，融合着原始人类对火的崇拜和佛学对涅槃的玄思。火具有不可思议的净化和升华的功能，经过自焚后的凤凰异常鲜美，不再死亡了。在长诗最后的《凤凰更生歌》中，可以看到对佛学"涅槃"意蕴的借喻，即更生的凤凰进入了世间与涅槃"无分别"的境界，因而唱出了"一切的一，和谐。一的一切，和谐"，"一切的一，悠久。一的一切，悠久"一类的和鸣曲了。可以说，"作为《女神》中最宏伟奇丽的中心诗章，《凤凰涅槃》是交融着非常丰富的文化内涵的象征现代中国更生的神话诗"。① 《女神之再生》一诗的象征意义也是很明显的：共工颛顼之争霸，象征着当时中国的南北战争，共工象征南方，颛顼象征北方，最后都要灭亡，创造光明（新的中国）有待于诗人的努力。诗中女神象征着诗人，女神们不愿再在壁龛中做神像，象征着诗人不应再住在"象牙之塔"。《天狗》也是含有象征意义的诗。它与《凤凰涅槃集》、《女神之再生》寄托的意义是相同的，可谓异曲同工。《女神》中的《炉中煤》、《晨安》、《匪徒颂》等诗作以及《星空》、《瓶》、《前茅》中的部分诗作，也具有象征的意蕴。同时，郭沫若还善于运用象征性意象以扩大诗的内蕴和强化诗的情感。在《太阳礼赞》、《金字塔》等诗作中，都贯穿着一个热力无比的太阳意象，它象征着青春、生命、激情、力量。

应当指出，郭沫若诗中所运用的象征，还不是严格意义上的西方象征主义，他对西方象征主义诗艺并没有作过认真研究，而是取其"类比"方式。他的一个重要的观点就是："真正的文艺是极丰

① 杨义：《二十世纪中国文学图志》，《新文学史料》第1期，1994年5月30日。

富的生活由纯粹的精神作用升华过的一个象征的世界。"① 正因为文艺都是"象征的世界",所以郭沫若在《女神》中几乎是在力求"创造一个类比的大网"②,这个"类比的大网",并不体现为对象征主义的诗艺(符号)的着意经营,而是体现为对象征精神意蕴的关注与探索。象征主义作为浪漫主义运动以后兴起的一种新的潮流,"同时也是中国的旧手法"③,因而郭沫若虽未专注于对西方象征主义的移植,但由于他的传统诗词的深厚功底,也能使他得其精义。郭沫若的富于象征意味的神话诗,大多是诗人随兴之所至而写成的,"兴"的意味甚浓,从而印证了梁宗岱所谓"象征即兴"的说法。还有一些象征意义的诗,是诗人在自然现象面前感受着某些情绪,而把这些情绪各个具象化,使无生命的自然变成有生命的存在,一切无性变成有性,一切平面变成立体。或者说,诗人以自我为中心,把其主观情绪投射到大自然的物象上去,从而在情绪的流变过程中,让自然物象产生变形,使之具有象征暗示的意味。这类诗无田园牧歌式的描绘与赞叹和推崇自然之美的古典韵味,而与西方象征主义诗歌确有某种相通之处。周作人曾经说过:"正当的道路恐怕还是浪漫主义——凡诗差不多无不是浪漫主义的,而象征实在是其精义。"④ 这话用来评价郭沫若五四时期的诗歌创作,可说是恰如其分的。郭沫若把象征融入浪漫主义,加强了诗歌的表现力,丰富了诗歌的精神内涵。郭诗的巨大艺术魅力与此有关。

(七)郭沫若创造了被称作"女神体"的真正的自由体新诗,充分显示了五四"诗体大解放"的实绩

郭沫若的诗是在为青春的热情寻找着诗的语言和形象,我们从

---

① 郭沫若:《文艺论集·批评与梦》,《创造》季刊第2卷第1期,1923年7月。

② 郭沫若:《文艺论集·未来派的诗约及其批评》,《创造周报》1923年9月2日,第17号。

③ 周作人:《扬鞭集·序》,《语丝》第82期,1926年5月30日。

④ 周作人:《扬鞭集·序》,《语丝》第82期,1926年5月30日。

中可以看出以形式手段爆破传统精神的自觉努力

胡适等人虽然提出了“诗体大解放”的口号，但其白话诗还是旧文人一套习气的缠绕，带有浓厚的旧诗词的痕迹，中国新诗在蹒跚挪步中迈不开前进的大步。郭沫若《女神》的问世，把旧诗词的限制一扫而光，把一切羁绊统统推倒了，中国诗歌从这里真正得到了解放。郭沫若最厌恶一切阻碍思想情感表达的束缚，强调个性的无拘无束的表现；他要为青春的热情寻找恰当的语言和形式，创造出完全合于自己诗歌内容的崭新的多姿多彩的新形式。他接受了泰戈尔、雪莱、海涅、歌德、惠特曼的影响，特别是惠特曼那“豪放粗暴”的诗对他影响极大，他借鉴外国诗歌的形式，并经过崭新的创造，形成了既有鲜明的独创性又有着浓郁的民族风格的新形式。那狂热的感动人心的思想情感，正是通过这种天马行空、狂风扫地般粗犷的自由形式体现出来的。郭沫若自己说：“我所著的一些东西，只不过尽我一时的冲动，随便地乱跳乱舞罢了。”① 然而正是这种乱跳乱舞的诗，很好地倾泻出胸中“大波大浪的洪涛”，完美地反映了五四时期狂飙突进的精神。

郭沫若既为青春的热情寻找着诗的语言和形式，又以形式手段爆破一切旧形式的羁绊及其所负载的传统精神，这就决定了他的诗体的大解放和形式的绝端自由。在创作的时候，他的激情与诗歌形式同化了，或者说他的激情与形式对象化了。他以自己的思想情绪支配诗行，以情绪的旋律表现诗的旋律。他不愿局限于一个格局，而是徘徊翱翔在所有叙述性、抒情性、戏剧性的形式之间，来回于散文与诗歌风格之间，突破了那风格之一律的旧原则，诗人以“破坏一切，创造一切”的力量和气魄去推倒一切旧形式，重建一种新形式，这种新形式再也不是一种束缚人们手脚的镣铐，而是自如地抒写自己的激情和想象的自由的形式。从郭沫若开始，新诗不再存在固定的格律规范，诗中的语流随着内在情绪的节奏而起伏；读者的注意力不再集中于对音韵形式美的品味和感知，而主要是以

① 田汉、宗白华、郭沫若：《三叶集》，上海亚东图书馆 1920 年版，第 45 页。

联想的方式投入情绪的体验，从而获得美的享受。郭沫若的诗歌创作，实践了他那“绝端自由，绝端自主”的理论，即“艺术的自由”的审美观念，这种审美观念要求每个诗人都成为他自己，要求每个诗人都冲出狭小的空间，走进广阔的艺术天地，它实际上是想唤起每个诗人的艺术的觉醒。

郭沫若创作的“绝端自由，绝端自主”，使他的诗形成了与精巧、精致适成对照的粗糙、粗砺、粗野的特性。有人将此视作郭诗的缺憾。其实，对这个问题，我们应当作历史的分析。必须看到，在五四新文学的开创时期，还不是特别需要讲究精巧的时期，而是要以一种粗野的东西来与传统对抗。中国古典诗歌够精巧、够圆满、够娴熟的了。郭沫若的诗的“粗野”正是对它的反叛，即不但要以这种“粗野”去对抗旧诗形式的精巧，而且要突破节制情绪宣泄的人为束缚，破坏传统的中和之美的理想，一句话，他的诗正体现了以形式手段爆破传统精神的自觉努力。鲁迅说：“非有天马行空似的大精神即无大艺术的产生。”① 如果说郭沫若的诗还显示着粗糙的毛病，那也只是“大艺术”的粗糙；如果说郭沫若的诗还存在着“未成品的面貌”，那也只是“天才的未成品”！

闻一多说，“郭沫若君的诗才配称新呢”②，卞之琳也说，郭诗出现以后，“新诗才真像‘新诗’”③。事实上，是郭沫若创造了中国真正的新诗。“新诗”能在有着悠久的诗歌传统的中国出现，无疑是一个真正新奇的事物。说它“新”是名符其实，这不仅表现在一目了然的形式的变异上，还更为深刻地表现在它对陈旧而停滞的民族文化传统的冲击和突破上。郭沫若的新诗引入直抒胸臆的西方浪漫主义精神，为中国新诗开拓了主体精神的新天地。郭沫若的意义在于，他以新颖、精炼而成熟的现代新诗语汇洞悉现代人的

---

① 鲁迅：《〈苦闷的象征〉引言》，《鲁迅全集》第10卷，人民文学出版社1981年版，第232页。

② 闻一多：《女神之时代精神》，《创造周报》第4号，1923年6月3日。

③ 卞之琳：《新诗和西方诗》，《诗探索》第4期，1981年。

至深的心灵颤动，决定性地将中国新诗推向成熟；他把古今中外诗歌的诸多有益营养整合在自己创作中，从而丰富和深化了中国新诗的内涵，创立了别具一格的新诗形态；他的多种创作方法和艺术风格的开拓创新与结合并用，开辟了现代新诗的广阔道路。他的诗不但在表现时代精神方面达到了最强度，而且在新诗文体的创造性上也是空前的。正如周扬所说："在诗的魄力和独创性上讲，他简直是卓然独步的。"① 他的诗既具有破旧立新的精神内涵，又具有破旧立新的诗学意义。在理论与实践的统一上真正实现了中国新诗的第一次伟大的综合。他以辉煌的创作业绩，越居五四时期的一切诗人之上。他所开拓的诗歌精神与诗歌形式对中国新诗坛产生了巨大而深远的影响。尽管他的诗存在这样那样的缺陷——有时太注重"自然流露"，过分地让主观情感放纵；为求独创，有时流为奇异；有时过多地采用外国字词，存在"过于欧化"倾向……这些都在一定程度上影响了他的诗美，表现出某些不成熟性甚至幼稚的毛病。特别是当我们对郭诗粗糙与粗野的合理性给予了充分肯定时，还须冷静地看到，这种"粗野"从另一层面上讲也是一种缺陷，它对郭诗的艺术性具有潜在的危害性；由于郭诗这种粗野的形式与表现五四时代精神的内容有一定的协调性，因而它的危害性在当时并不显得怎么突出。郭沫若后来不但没有注意用艺术的雅致去修正和规范这种粗野，而且还让这种粗野更加任性"放肆"下去，结果诗越写越粗陋和粗暴，以致等同于标语口号，他在20世纪20年代后期和40年代所写的自由诗离"诗"越来越远。所以我们在确认郭诗粗野形式的历史进步性时，也不能不看到它的潜在危机。但作为继胡适之后的新诗坛的领潮人，郭沫若对新诗的深入试验与创造，使中国新诗的历史进程大大向前推进了一步，其功绩是显赫的。他的诗，无疑是横跨中外古今艺术交汇点上的一座耀眼的丰碑，是中国新诗人高起点追求的一个显著标志。

---

① 周扬：《郭沫若和他的〈女神〉》，延安《解放日报》，1941年11月16日。

五、中国新诗第二次整合的界碑

——戴望舒诗歌创作综论

中国新诗经过草创（1917~1920年）、奠基（1921~1925年）、拓展（1925~1937年）和普及与深化（1937~1949年）四个阶段，以及以郭沫若、戴望舒、艾青为代表的三次整合过程，在20世纪最初30年里完成了它的第一次自律运动期。戴望舒作为新诗拓展时期的代表诗人，其诗歌创作是继郭沫若之后对中国新诗进行第二次整合的一个界碑。

在20世纪二三十年代诗坛上，戴望舒是一位引人注目的诗人，他作为现代派的领袖，开拓了现代主义诗风。但我们纵观他的整个诗歌创作，却又不是一个现代派所能范围得住的。他在整个二三十年代诗坛上，都具有代表性。虽然那时比较有成就的诗人不少，如卞之琳、何其芳、田间、臧克家、艾青等，但卞之琳、何其芳的诗格局较小，数量也不多；冯至有一个较长的创作间歇期（1929年至1941年基本没有诗歌创作）；闻一多早已离开诗坛；徐志摩过早逝世；田间、臧克家、艾青的创作刚刚开始，他们在20世纪40年代还有更大的发展。因此，戴望舒的代表性就相对突出了。当然，更重要的理由是，在那诗歌建设时期，诗风大变革时期，他的诗的投影是多方面的、多色彩的。他留下的诗作数量虽不多，却异常丰富多样。从诗人的总体倾向性来看，他经历了从逃避现实到回归现实，从消极对待人生到积极参与人生，从人性的软弱到人格的坚强，从诗风的萎靡到诗风的雄强的变化过程。这种变化，具有时代的典型性，是那个时代大多数追求进步的知识分子、有良心的诗人的共同特征。从诗歌的内质来看，他的诗包含了多种因素，即在创作方法上，以现代主义为主导，而又吸纳了现实主义、浪漫主义、象征主义、意象主义和魔幻现实主义等；在创作形式、技巧上，具备了对古今中外广采博取、融会贯通的特征；在创作风格上，他比较早地注意诗歌的现代化与民族化的结合，与那些欧美诗风甚浓的诗人相比，他的诗更多民族风味，与那些专注中国民族的通俗诗风的诗人相比，他的诗又更多现代派风貌。我们说戴望舒是二三十年代新诗的最高综合者，倒不是因为他的诗歌成就高出了同代著名诗人多少，而是他的诗歌中所内含的多种思想艺术质素，都显示着或潜存着新诗的发展与流变的种种动向，也就是说，他的诗歌创作的丰富性、综合性、典型性，是可以作为新诗从幼稚到成熟、从奠基到拓展阶段的标尺来看待的。

一、心灵的历程：一面时代的镜子

过去一些戴望舒研究者主要从戴望舒的诗歌情绪的消极性上极力否定其诗的价值，或者把他的前期和后期截然分开，极力贬低其前期，抬高其后期。我认为，这是一种认识上的偏误。戴诗前期的消极性和后期的积极性，都是诗人对时代生活的真实感应，是时代生活在诗人心灵上的投影。因此，不论怎么说，它都是一面时代的镜子，其认识价值和诗学价值都是不可轻估的。

戴望舒从20世纪20年代开始作诗到40年代搁笔，留下了四本诗集：《我底记忆》、《望舒草》、《望舒诗稿》和《灾难的岁月》，共存诗90余首。论数量是很少的，但施蛰存指出："这九十余首所反映的创作历程，正可说明'五四'运动以后第二代诗人是怎样孜孜矻矻地探索前进的道路。在望舒的四本诗集中，我以为《望舒草》标志着作者艺术性的完成，《灾难的岁月》标志着作者思想性的提高。"① 伴随着思想的变化，他的诗歌情感色调也表现出前后期的迥异。我们细读他前期诗作，可以明显地感到戴望舒对现实人生充满了苦恼和失望，并企望在自造的幻觉中为破碎的生活

---

① 施蛰存：《戴望舒诗全编·引言》，浙江文艺出版社1989年版，第4页。

寻求一个新的支点。戴望舒的开卷之作《夕阳下》所抒发的是一种说不清道不明的愁苦伤感的情绪，已经预示了诗人今后在情绪上的一种基本走向。在题为《旧锦囊》一辑中的12首诗作都弥漫着这种调子。后来他在题为《雨巷》一辑中的一首诗直接用Spleen（忧郁）为题，在《望舒草》集中的一首诗里直接用“烦忧”为题。这表明了戴望舒前期创作心态中的烦忧苦恼意识之深重。

烦忧苦恼意识是人在现实与梦想、生存环境与生命渴求的矛盾冲突中的一种强烈的无所依傍的精神状态。20世纪20年代的军阀割据与军阀混战，使人民在死亡线上痛苦挣扎，戴望舒面对黑暗现实十分愤慨和绝望，所以当大革命开始的时候，曾对它寄予了很大的希望。他抱着满腔热血，从事革命文艺活动，并加入了共产主义青年团，用他热情的笔投入党的宣传工作，还被反动当局逮捕拘留过。大革命的失败给戴望舒以极大的精神挫伤，他感到整个世界都陷入了绝望的泥潭，不由发出许多感慨和无奈的叹息。为了逃避乌烟瘴气的现实社会，他企图凭借诗“想象自己是世俗的网所网罗不到的，而借此以忘记”①，但事实上，那是很难忘却的，为此，他更加感到痛苦和忧愁。于是，他由一位现实世界的“失落者”转换为诗的世界的“寻梦者”。为他的心态与精神作了集中的观照与画像的，是他的杰出诗篇《寻梦者》。从最早吟咏“我是漂泊的孤身，我要与残月同沉”的《流浪人的夜歌》到“戴着黑色的毡帽，迈着夜一样静的步子”，“从黑茫茫的雾，到黑茫茫的雾”的《夜行者》，以及从《对于天的怀乡病》到《游子谣》，最后到《寻梦者》，实际上构成了戴望舒诗歌的“寻梦者”的形象系列。戴望舒前期诗作大都向内心发掘，在寂寞的心境下精致地抒写自己心中的忧愁和爱情的渴求，苦闷的孤独者和飘忽幽怨的少女成为主要抒情形象。从这类诗中，难以看到当时现实斗争的投影，但他所咏叹的飘零、寂寞、烦忧、痛苦和他所感受到的那种令人窒息的环境是与当时的社会现实相一致的。

---

① 苏汶：《望舒草·序》，《中国现代文论选》（第1册），贵州人民出版社1984年版，第142页。

1932年11月，戴望舒赴法国留学，1935年春回国。抗战爆发后，他积极投入抗日救亡宣传活动。1941年，日寇占领香港，诗人和祖国同胞一起蒙受国难。在狱中，诗人坚贞不屈，对祖国的前途充满了必胜的信念。苏汶说，诗人"在无数的歧途中间找到了一条浩浩荡荡的大路，而且这样地完成了"①，这不仅是指他的思想的转换，也是指他艺术的完成。诗人一扫阴柔雅丽的诗风，以爱国主义的热情呼喊回应时代的召唤。从后期诗集《灾难的岁月》中，可以看到诗人经过日寇的铁窗腥风血雨和屈辱困苦生活的磨练，他的喜怒哀乐逐渐与广大人民群众融为一体，不仅唱出了个人的苦难，从一个侧面表现了我们整个民族的苦难，而且抒写了由此而激发的金子般纯净的爱国主义感情。可以说，"只为灾难树里程碑"，是他后期创作的基调。面对仇恨、惨烈与死亡，他用沉重的笔写下了《元日祝福》、《狱中题壁》和《我用残损的手掌》，这是诗人在民族危亡和自身危难之际体验到的深沉痛苦和强烈渴求所凝聚的篇章。这些诗篇虽然没有使用什么响亮的政治术语和口号，但却切实地吻合着时代的脉搏，体现着抗战时代精神。戴望舒的诗篇不仅在一定程度上为现代主义诗歌拓宽内容领域提供了依据，而且为现代主义诗歌抒写暴力革命提供了话语的合理性的逻辑基础。它与那时普遍存在的政治意识的进步带来抒情艺术的滑坡的现象，形成鲜明的对照。所以，正如有的学者指出的，"在那个以狂暴的呼吼声代替艺术的凝想的年代里，这些诗的诞生几乎是一个令人振奋的奇迹",② 因为"望舒的诗的特征，是思想性的提高，非但没有妨碍他的艺术手法，反而使他的艺术手法更美好，更深刻地助成了思想性的提高"③。

---

① 苏汶：《望舒草·序》，《中国现代文化选》（第1册），贵州人民出版社1984年版，第141页。

② 孙玉石：《戴望舒名作欣赏》，中国和平出版社1993年版，第316页。

③ 施蛰存：《戴望舒诗全编·引言》，浙江文艺出版社1989年版，第4页。

戴望舒后期创作在诗风上发生了很大的变化，这是一个明显存在的事实。但是我们同时还要看到，戴望舒此期的作品，自然没有摆脱从《我底记忆》贯穿下来的凄惶、孤寂、苦恼、忧患情调。在《灯》、《秋夜思》、《小曲》、《赠克木》、《眼》、《寂寞》、《我思想》、《白蝴蝶》、《致萤火》、《等待》、《过旧居》、《赠内》、《萧红墓畔口占》等诗章中，我们所感受到的还是那个寂寞、痛苦、忧郁的戴望舒。即使在《狱中题壁》、《我用残损的手掌》、《心愿》这种诗风开阔、向上的诗篇中，苦恼和忧患也同激情相伴而生。尽管诗人后期卷入了血与火的战斗，写出了感情激越、深沉、有力的作品，但在社会的黑暗有增无减、斗争更加艰难残酷以及本人的不幸遭遇面前，他不可能一味地激昂，他有自己对生活的多重感应和多种理解，有对人生和人性更加深入的探索，因而烦闷、寂寞、苦闷、忧患等必然成为他作品情调的重要方面。不过，这类作品确实比以前有了很开阔深入的拓展，它逐渐舍弃了那份幽怨凄艳的自伤自哀，多了一些对人生、宇宙的体察和终极关怀。其诗歌格调也多了一种苍凉沉郁，其诗歌境界也渐趋深厚和悠长。这也可说是诗人思想感情发生变化后的一种折射。尽管诗人前后期诗歌的苦恼、忧患情调有一定的区别，但都是诗人来自于不同时期的深刻的现实体验，都属于"现代"的产物。可以说，以痛苦为诗歌的情感基调，这正是戴望舒诗歌典型的现代性趋向。戴望舒之所以一直都没有摆脱法国象征主义的影响，一直都浸染着晚唐五代诗歌的色彩，一个很重要的原因，就是戴望舒与法国象征主义和晚唐五代诗歌的情调有很大的相似性。当然，戴望舒受到法国象征主义和晚唐五代诗歌的影响，并不是先入为主，完全照搬，而是他固有的人生痛苦与忧患在与法国象征主义诗歌和晚唐五代诗歌相碰撞时，产生了某种程度的认同，从而进一步感染和强化了他已有的痛苦与忧患。说到底，戴望舒诗歌的情感基调，是苦难和黑暗的时代在诗人心灵上投下的阴影，是中国知识分子所特有的郁悒多思的气质的鲜明体现。因此，我们可以说，戴望舒诗歌的思想情感是具有典型的意义的。

贯彻戴望舒前后期创作的一个重要的特点，就是他始终凭着自己对艺术的真诚，不违背自己的性格、情趣、气质和时代给予的影响，不造作阶级感情，或用虚伪的情感去迎合某种政治观念和思想倾向，他始终忠实于自己，忠实于一个正直的知识分子向民主主义革命战士转变过程中所特有的政治态度和人生见解，以及观察现实生活时所产生的真实情感和认识，从而在创作中真实反映出了他在一定历史环境中的灵魂、意识和精神风貌。艾青说，“望舒所走的道路，是中国的一个正直的、有很高的文化教养的知识分子的道路”，① 这不仅是就戴望舒的人生道路而言，也是就戴望舒的诗歌创作道路而说的。

二、作诗的态度与立场：对新诗的纵向继承与革新

戴望舒崛起于自由诗派领潮人郭沫若、格律诗派领潮人闻一多和徐志摩、象征诗派领潮人李金发之后，因此，在新诗的纵向继承上他能够放手试验，这是历史赋予他的机会。事实上，戴望舒的诗歌创作从早期的《雨巷》到中期的《我底记忆》，再到后期的《元日祝福》，至少有过多次大幅度的变化或开拓。他在诗艺建构上曾经带来过新的倾向和新的表达策略。他对当时各路诗的鉴识、吸收和综合达到了相当的深度和层次。

戴望舒最重要的诗歌主张，是他阅读法国象征派诗歌后所作的十七条诗论札记，其中“诗是由真实经过想象而出来的，不单是真实，亦不单是想象”② 这一见解，基本上概括了他整个诗学观点和立场。戴望舒的挚友苏汶当时曾这样评价说：“‘不单是真实，亦不单是想象’，这句话倒的确是望舒诗底惟一的真实了。它包含

---

① 艾青：《望舒的诗》，《艾青全集》第3卷，花山文艺出版社1994年版，第383页。

② 戴望舒：《诗论零札》，《戴望舒诗全编》，浙江文艺出版社1989年版，第692页。

着望舒底整个作诗的态度，以及对于诗的见解。抱这种见解的，在近年来，国内诗坛上很难找到类似的例子。它差不多成为一个特点。这一个特点，是从望舒开始写诗的时候起，一贯地发展下来的。”①

五四初期写实诗派强调作诗须凭个人的经验，主张逼真地反映生活，对于反对无病呻吟、向壁虚构的诗风具有积极的意义，但初期写实诗派对“真实”的理解仅停留在事物表层，带有一定的自然主义痕迹。同时，写实诗派忽视想象的作用，在手法上重白描而轻比兴。而与写实诗派有着迥然不同的风格的浪漫诗派，主张“诗的本质专在抒情，在自我表现”，要求诗歌发挥想象的作用，但浪漫诗派却具有放纵情绪、挥霍语言、矫饰夸张等缺陷。戴望舒的“诗是由真实经过想象而出来的，不单是事实，也不单是想象”的观念，事实上正是力求吸取并融会写实诗派与浪漫诗派的长处，扬弃其弊端。例如对浪漫诗派的缺陷，戴望舒就有所觉识，据苏汶回忆：“当时通行着一种自我表现的手法，做诗通行狂叫，通行直说，以坦白奔放为标榜。我们对于这种倾向私心里反叛着。”② 从戴望舒创作倾向来看，他注重“表现的不是意思，而是感觉或情绪”，而且是极力地把握感觉与情绪的“幽微精妙的去处”。一般来说，现代派诗歌和浪漫派诗歌都专注于诗人自我的情绪世界，不同之处在于浪漫派诗歌重在情绪的直接宣泄，现代派诗歌着力于情绪的精微感悟与体味。戴望舒早期的诗歌情感因素相当浓厚，中后期诗歌虽注重对人的精神追求作形而上的审视，但往往是在情感抒发中作哲理的思考，或渗透着玄思色彩，而并不像现代派主知倾向的诗那样“以不使人动情而使人深思为特点”，“极力避免感情的

---

① 苏汶：《望舒草·序》，《中国现代文论选》（第1册），贵州人民出版社1984年版，第137页。

② 苏汶：《望舒草·序》，《中国现代文论选》（第1册），贵州人民出版社1984年版，第138页。

发泄而追求智慧的凝聚"①，也就是说，他的诗是以对感觉或情绪的真切深致的表现取胜的，这也正与他那作诗的态度密切相关。

戴望舒写诗早期正是写实诗派和浪漫诗派在诗坛逐渐失去影响，格律诗派日渐兴盛的时期。戴望舒出于对写实诗派和浪漫诗派缺陷的觉察，以及对诗的表现艺术的锐意追求，便很自然地接受了格律诗派的某些影响。他那时做诗"追求着音律的美，努力使新诗成为跟旧诗一样的可'吟'的东西。押韵是当然的，甚至还讲究平仄"。② 戴望舒的第一本诗集《我底记忆》中的诗大都具有这个特点。在题为《旧锦囊》一辑中的诗，虽流露出浓郁的旧诗词气息，但可以看出，他对语言的音乐潜能的发挥，对诗的韵律的着意推敲，多少回应着格律诗派的理论实践，到创作《闻曼陀铃》和《雨巷》，诗人对新诗音乐美的追求达到了高峰。然而不久，戴望舒的诗美探求发生了巨变。从 1927 年开始，他已不满于《雨巷》的音乐性，他已经感觉到，与其"刻意追求音节的美，有时候倒还不如老实去吟旧诗"。于是，他要使自己的诗风来一次变化，即由初期注重诗的外在音乐美过渡到中期的取消诗的韵，代之以"诗的韵律不在字的抑扬顿挫上，而在诗的情绪的抑扬顿挫上"，也即是以内在的韵律代替外在的韵律。他的《诗论》头七条，便是对格律派"三美"说的彻底否定。他认为诗人不应该离开诗的情绪而追求形式之美，只应根据情绪的要求去创造新的形式，正如根据自己的脚的需要去制作鞋子一样。戴望舒"为自己制最合自己的脚的鞋子"，就是以清新自然的接近生活的现代口语，剔除韵文语言的虚伪的书卷气，以情绪的自然节奏代替对外在的音乐成分的刻意追求。《我底记忆》是他的新的诗歌观的自觉的实践。这首诗没有《雨巷》那种铿锵的韵脚，华美的字眼，完全采用朴实无华的现代口语。艾青称赞这首诗改用口语写，也不押

---

① 柯可：《论中国新诗的新途径》，《新诗》第 4 期，1937 年 1 月 10 日。

②③ 苏汶：《望舒草·序》，《中国现代文论选》（第 1 册），贵州人民出版社 1984 年版，第 139 页。

韵，是作者给新诗发展史立下的功劳。戴望舒中期诗歌创作，一反以前对诗的音乐美的追求，以摒弃了华丽雕饰的自然朴素的诗句表达内心情绪，这些诗都不在乎外在韵律而重视情绪的婉转起伏，追求形式上的自由化，且以口语为诗，亲切自然，含蓄蕴藉。卞之琳说戴望舒的诗“舒卷自如，敏锐、精确，而又不失它的风姿，有节制的潇洒和有功力的淳朴”①，其实这一诗风正是从《我底记忆》开始确立的。

戴望舒诗风的转变，也反映了新诗发展带规律性的现象。当格律诗占领诗坛以后，一些诗人刻意为之而伤于雕琢，偏嗜形式而妨碍内容，豆腐干式的诗或麻将牌诗充斥诗坛，泛滥成灾。戴望舒从理论到实践反拨格律诗的流弊，开了一代诗风。以《我底记忆》为题的第一本诗集的出版，成为1929年诗坛的一大盛事。戴望舒对《我底记忆》的偏爱远远胜过《雨巷》。其实，《雨巷》对新诗音乐美尝试的意义是不可低估的，作者扬弃的仅仅是格律诗派对音律刻意追求的倾向，并没有消除诗的音乐性。他开始自由诗写作以后，虽然倾向于“散文美”，但并没有无视诗的“音乐美”。特别是到后期写作《元日祝福》等诗的时候，他的语言风格与《雨巷》时代有了更多衔接，诗又重新注意“新诗的音节”。当初他提出“去了音乐”，事实上只是说“去了格律”，即“被中国旧诗词笼罩住的平仄律”② 和格律派某些诗人一味模仿“字数划一”而固守的“固定的韵律”，并未反对包括节奏在内的“广义的音乐”。他在译介了大量西班牙那些有着美妙的音调的谣曲以后，受到很大启发，对诗的音乐美有了新的体味，因此他修正了自己的看法，补充说自己“并不是反对这些词藻、音韵本身。只有当它们对于‘诗’并非必需，或‘妨碍诗’的时候，才应该驱除它们”③。《元日祝福》、《我用残损的手掌》等诗，韵脚常常自由变幻（不像初期诗一

① 卞之琳：《戴望舒诗集·序》，四川人民出版社1981年版，第5页。

② 苏汶：《望舒草·序》，上海复兴书局，1932年版。

③ 戴望舒：《诗论零札》，香港《华侨日报》“文艺”周刊第2期，1944年2月6日。

韵到底),它和语词节奏一样,不再是“表面的、矫饰的”,而是“随着那由一种微妙的起承转合所按拍着的、思想的曲线而波动着”①。

戴望舒迈上诗坛以后,一方面受到格律诗派形式观的影响,追求音律美;另一方面,自由诗派的浪漫主义精神也使他深受启迪。他反叛格律诗派的形式之后,看到了自由诗表现现代生活和情感的优势,他虽然厌恶“做诗通行直说,以坦白奔放为标榜”的浪漫派诗风,但又不忽视浪漫派自由体的进步意义。他认为格律体与现代生活和现代人的情绪相抵触,而自由体则更适宜现代人的敏捷感应。所以他的中期诗歌创作很注意诗的现代性,吸取浪漫派自由诗风的长处,建立一种能够表现现代的“题材、情感、思想”的具有散文美的自由诗体,这种自由诗体接近口语,弹性较大,更适合新时代的要求。戴望舒这种诗风对于诗坛的影响是深远的,番草评价说,由于戴望舒所起的作用,中国新诗从“白话入诗”的白话诗时代进到了“散文入诗”的现代诗时代。② 后来艾青在20世纪40年代提倡“诗的散文美”,影响很大,但艾青承认,散文美这个主张不是他的发明,戴望舒在写《我底记忆》时就这样做了。③ 戴望舒创作《元日祝福》、《狱中题壁》、《我用残损的手掌》、《等待》等优秀诗篇的时候,又努力探索新的形式美,语言由过去的华丽中带些晦涩变得纯朴洗炼、清新隽永,语言节奏也极富音乐感。从总体上看,这类诗依然是自由体,但有的地方又兼备格律体的特点。在戴望舒尝试着“熔铸”新语的过程中,从开始追求格律美,努力使诗成为“可吟”的东西,到学习象征主义独特的音节,追求回环往复的“旋律”,用朦胧的音乐暗示和创造迷蒙的意象,再到以口语入诗的自由体,最后到半格律的自由体,这个变化过程正可看出戴望舒对诗的语言美有了新的理解。

---

① 戴望舒:《诗论零札》,香港《华侨日报》“文艺”周刊第2期1944年2月6日。

② 参见蓝棣之:《现代派诗选·前言》,人民文学出版社1986年版,第19页。

③ 艾青:《与青年诗人谈诗》,《艾青谈诗》,花城出版社1982年版。

戴望舒在做诗中期出于“对徐志摩、闻一多等诗风的一种反响”（卞之琳语），扬弃了刻意追求音律美的做诗倾向，但他又很自觉地吸取了格律诗派强调诗的意象营造的新鲜经验，正是从这里开始，他的诗歌艺术逐渐向着象征表现发展。对戴望舒与格律诗派这一带继承性的情况，当时诗界并未引起足够的重视。闻一多在提出“戴着脚镣跳舞”的主张时，还强调诗要有“浓丽繁密而具体的意象”。因此，其代表作《死水》一诗的艺术魅力不只在诗形的工整与音节的和谐上，更在幻想的丰富、意象的奇特、象征的技巧等诗艺的恰到好处上。同时，格律诗派其他一些诗人，如徐志摩、朱湘、孙大雨、卞之琳等，也都讲究意象的营造技巧，并且格律诗派后期显示出向象征主义倾斜的趋势。然而，他们这方面的理论与实践却被他们自造的与别人帮造的关于格律声浪之“墙”所遮掩了，以致当格律诗派衰疲之际，自由诗形式重新被诗界重视的时候，绝大多数诗人仍纠缠于格律形式问题，不知道除此之外，新诗还有许多没有开辟的新天地。戴望舒则与众不同，他不但能跳出诗学旧格局有创新之举，而且能够从别人不甚注意的地方开拓出诗的新生面，即从早期趋于格律的《雨巷》开始，就已表现出了与众不同的追求。《雨巷》虽然追求“音乐美”，对格律诗有模仿痕迹，但它却比格律派诗显得轻快、和谐、流丽和含蓄蕴藉，并且从中可以看到，它明显融合了格律诗派意象营造的经验，接受了早期象征派的影响，注重诗的音乐性，运用暗示、隐喻的方法，初步形成了介乎“隐藏自己与表现自己”之间的艺术特征。那撑着油纸伞的诗人，那寂寥悠长的雨巷，那梦一般地飘过有着丁香一般忧愁的姑娘，都是充满象征意味的抒情形象和意象。朱自清先生说，戴望舒也取法象征派，“他也注重整齐的音节，但不是铿锵而是轻清的；也找一点朦胧的气氛，但让人可以看得懂；也有颜色，但不是像冯乃超氏那样浓，他是要捕捉那幽微的精妙的去处。”① 《雨巷》朦胧而不晦涩，低沉而不颓唐，深情而不轻佻，确实把握了象征派诗

---

① 朱自清：《中国新文学大系·诗集·导言》，上海文艺出版社 1981 年影印本，第 8 页。

歌艺术的“幽微精妙的去处”。后来，戴望舒扬弃了格律诗派的形式而创作自由诗的时候，他丢掉的仅仅是外形，而早在《雨巷》里已经形成的意象营造、暗示、隐喻等手法，又不断得到发扬，且在日后的诗作中运用得更加娴熟了。尽管他的诗艺在前期、中期、后期三个阶段有所不同，然而象征诗派的基本质素都贯穿始终，成为他诗歌创作的一个重要方面。苏汶说：“象征诗人之所以会对他有特殊的吸引力，却可说是为了那种特殊的手法恰巧合乎他底既不是隐藏自己，也不是表现自己的那种写诗的动机的缘故。”① 总之，在诗的朦胧与透明，隐藏与表现之间，追求藏而不露的“半透明”的东方式的意境，是戴望舒诗歌美学追求的一个重要特色。

由上可知，戴望舒的诗歌创作是在不断突破自己的过程中实现自我超越的，同时也是在不断吸收各派（写实诗派、浪漫诗派、新月诗派、象征诗派等）之所长的基础上形成现代主义诗歌特色的。戴望舒长期保持着主体创造的自觉意识，并不失时机地把握现实的动向和新诗发展的道路，从而不断作出新的调整和选择。正因为戴望舒对中国新诗有一个不断继承和扬弃、变革与发展的过程，因而他的诗不但有丰富的容量，多样的色彩，而且浓缩了新诗发展的一定历史过程。应当说，这是他对于中国新诗的重大贡献。

三、开放的胸襟与眼界：对诗艺的横向借鉴与融合

戴望舒的诗不但在新诗艺术的纵向继承与革新上具有代表性，而且在新诗的横向借鉴与融合的道路上也显示出了相当的胸襟与眼界、相当的宽度与深度。在那时，人们对传统文学的态度，已不像五四初期那样流于极端，对西方诗歌的移植，也不像以前那样生硬照搬，而是更注重中西借鉴与融合，这正是新诗由五四时期的

---

① 苏汶：《望舒草·序》，《中国现代文论选》第1册，贵州人民出版社1984年版，第139～140页。

“破坏”转入二三十年代的“创造与建设”的一个重要标志。而且中西融合的程度如何，决定着新诗建设的成效如何。从先后出现的浪漫诗派、格律诗派、象征诗派、现代诗派来看，都注重学习借鉴西方诗歌艺术，并在一定程度上注意到了与本国文学传统和民族现实生活相结合的问题，因而取得了一些成效，为新诗的发展作出了一定的贡献，但他们也都因最终在中西结合上的不力（不彻底，不深入）而导致失败与衰落。戴望舒是个例外，他作为现代派代表诗人，不可避免地存在着现代派普遍所具有的缺陷和不足，但他毕竟具有高出一般人的化“古”纳“洋”、蜕旧变新的艺术才力，这就使他在一定程度上超越了现代派，他的诗章也由此放射出了更加诱人的光彩。

戴望舒生活在那个激荡的时代，东西方文化的猛烈冲撞和汇流的趋势，推动着他去广采博收。他身上根深蒂固的民族文化素养决定了外来的东西难以反客为主，而良好的欧洲文学素养决定了他能够根据新诗建设的需要择取异域的精华。同时，影响的多元存在也决定了他难以长久沉浸在某个特定的外来文学流派中，而是兼取众家之长。所以说，戴望舒不是西方现代派的单纯移植者，他创造的诗也不只是借鉴西方现代主义，“而是双管齐下，踏着东西方文化的两条路轨，在古老民族的历史积淀与西方文学的交汇处进行古典与现代的成功嫁接的”。①

在诗艺的中西借鉴与融合上，戴望舒始终注意到了这样两点：一是西方现代诗歌艺术与民族现实生活的结合；二是西方现代诗歌艺术与民族传统诗歌艺术的融合。

戴望舒受到国外多种文艺思潮的熏陶与浸润，对西方意象主义、象征主义、超现实主义等现代主义艺术方法都有广泛的移植和借鉴，并注意把它们与中国民族现实生活相结合，尤其在借鉴西方象征主义诗歌艺术表现中国现代人的生活情感方面，达到了相当深厚的程度。李金发早期试验象征诗歌时，虽然曾发誓要沟通中国古

---

① 罗振亚：《中国现代主义诗歌流派史》，北方文艺出版社 1993 年版，第 58 页。

诗和西方诗歌的根本处，“把两家所有，试为沟通，或即调和”①，但由于他对中国民族生活与诗歌传统十分隔膜，其诗歌创作往往失之于欧化，终因脱离群众而未能获得更多的读者。而戴望舒在上海震旦大学法文班就读时，就直接阅读了法国象征主义诗人的作品，并深受其影响。他醉心于法国象征派代表魏尔伦的诗论和创作，“参与成功的介绍法国象征派诗来补充英国浪漫派诗的介绍，作为中国人用现代白话写诗的一种有益的借鉴”。② 他还在翻译了象征诗人的作品之后写下了自己的心得体会，他公开发表的《诗论》便是阅读这些诗歌作品和诗论的心得札记。由于对中国早期象征派诗人的得失看得比较清楚，他能够从中西结合的基础上，寻找到自己的新的艺术途径，即“象征派的形式、古典派的内容”相统一的诗歌之路。③ 西方象征主义诗歌对戴望舒有特殊的吸引力，就是因为那种特殊的手法恰巧与诗人从中国传统和现实所感受到的迷茫的、梦幻式的朦胧诗情相适应。例如《寻梦者》一诗，写寻梦者的心灵之路，寻梦者的欢悦辛酸，寻梦者的迷惘感伤。在表现技巧上将类似民歌的夸饰、复沓与意象朦胧的现代象征手法，不露痕迹地结合为一体。流动于其间的诗绪，既是明朗的（表现了追求理想的执著），又是迷惘、感伤的（表现了追求中精神的疲倦、苍老）。作者运用亲切的日常口语，将复杂微妙的现代人的感受极其精确地表达出来。凡是历经劫难的中国现代知识分子，读了这首诗是不能不悄然动容的。可以说，这首诗深刻而精妙地概括了20世纪中国民族奋斗的心灵历史。在这里，外来的象征主义形式同中国民族的生活内容、思想感情取得了和谐的统一。④

在戴望舒后期译作中，西班牙诗作和西班牙抗战谣曲占了很突

---

① 李金发：《食客与凶年·自跋》，北新书局1927年版。

② 卞之琳：《戴望舒诗集·序》，四川人民出版社1981年版，第3～4页。

③ 苏汶：《望舒草·序》，上海复兴书局1932年版。

④ 参见钱理群等：《中国现代文学三十年》，上海文艺出版社1987年版，第354～355页。

出的地位。这说明诗人为了表现新生活的需要，有意地寻找新的营养。事实上，他后期的创作很难说没有受到洛尔迦和阿莱桑德雷等西班牙诗人的启发。这些诗人把现代主义的经验融化于新时期拓宽了视野的创作中，写出了仇恨黑暗、抨击法西斯的不朽诗篇。戴望舒通过翻译他们的诗作，对诗的主题和艺术有了新的理解。他的诗歌风格的变化也可明显地看到西班牙诗歌的影响存在。例如《致萤火》一诗，那纯净的音乐性和狂放多彩的想像力，以及多用口语，诗句短促，注意对话和抒情的亲切性，明显受到洛尔迦的谣曲的影响。

从戴望舒的翻译和创作中还可以看到，戴望舒对法国苏佩维艾尔、爱吕雅等诗人是十分钟爱的。他们超现实主义的一些表现方法对戴望舒的诗的表现方法的拓展，产生了明显的影响。写于法国的《灯》明显受到苏佩维艾尔的《烛焰》一诗的启迪。在《我用残损的手掌》一诗中，更可从他喜爱的法国诗人苏佩维艾尔那里找到原型，后者的诗中同样充满了对侵略者的仇恨和对祖国的热爱。戴望舒在该诗中沿用了在想象中“抚摸”这个典型的超现实主义的幻觉意象，但不同于苏佩维艾尔诗里纯粹的“抚摸”动作。诗人对触觉的抒写不是写现实世界中的感觉，而是写幻觉世界中的想象。诗人也没有仅凭触觉与幻觉意象表现，而是融入象征主义强调感觉性和暗示力的手段，在“抚摸”动作里交织了复杂的感官经验，既有各感官间的转移与嬗递，也有五官共生的通感。这首诗由于把象征主义与幻中见真的超现实主义结合运用，真切深刻地表现了苦难中国的社会现实和作者的思想感情，因而在诗坛独具一格，影响甚大。

戴望舒对中西诗歌的借鉴与融合，是想在二者的结合点上，创建一种具有中国特色的现代诗歌。特别是他将古典诗歌神韵与西方象征主义诗歌技巧融为一体，力图让中国诗歌的长处在新诗中得到发展，是一个很有价值的创新之举。例如《雨巷》，作者在铿锵悠长、错综变化的精妙语式中，融合进了中国古典诗词中“芭蕉不展丁香结，同向春风各自愁”和“青鸟不传云外信，丁香空结雨中愁”的意象，以及法国象征派魏尔伦等人“模糊和精密兼备”

的表现方法，写成了一篇现代雨巷中的《洛神赋》。还有《野宴》一诗明显受到法国后期象征派诗人耶麦的《膳厅》等诗的影响，“抛弃了一切虚夸的华丽、精致、娇美，而以他自己淳朴的心灵来写他的诗”①。同时，这首诗又是对中国传统文化精神和古典诗歌风格的认同。中国古典诗歌一向强调平淡、悠远的风格美，戴望舒正是看到了中外诗歌这一共同特点，因而主张做诗“不应该有只是炫奇的装饰癖”，认为“那是不永存的”。②《野宴》一反以前刻意求工的毛病，注重诗情的自然描写与对本色美的追求，用轻淡平白，几乎带有口语特色的字句，传达那宁静、悠久的心境及欢娱的情绪。这是既得之于耶麦诗的启发，又吸取传统诗歌营养的结果。

戴望舒在借鉴西方意象主义诗歌技巧，同时又融合中国古典诗传统上，也是颇有创造性的。早在20世纪30年代就有人指出，现代派诗“在形式上说是美国新意象派诗的形式”，而且还认为戴望舒的《诗论》“有意无意地与意象派诗的规律相同”③。的确，那“显然源于法国象征主义者”的英美意象派，很可能在戴望舒接受象征主义诗歌的影响时给他以启发。而且英美意象派的产生，既受到法国象征主义的影响，也受到中国古典诗的启发。具有中国古典诗歌深厚功底的戴望舒在学习西方现代诗歌时，必然会与意象派诗歌产生某种亲近感，使他在自觉不自觉地双向交流中有条件把中国古典诗的长处复活在一种新的现代形式里。戴望舒认为诗“既不能隐藏自己，也不能表现自己”，能调节二者的，就是意象的功能。闻一多曾说过，西洋人所谓意象、象征，“实在都是隐”④，隐的最大特点就是诗人的本意须通过意象的营造或作为符号的象征方能暗示出来。由于意象主义与象征主义的复合交叉性的特点，我们

---

① 戴望舒：《法国诗选译·译后记》，《戴望舒诗全编》，浙江文艺出版社1989年版，第570页。

② 戴望舒：《望舒诗论》，《现代》第2卷第1期，1932年11月。

③ 孙作云：《论“现代派”诗》，《清华周刊》第43卷1期，1935年5月15日。

④ 闻一多：《说鱼》，《闻一多全集》第3卷，湖北人民出版社1993年版，第232页。

在戴望舒的诗歌中很难分辨出哪些是意象主义的，哪些是象征主义的。但可以看到，他的一部分诗的意象的营构和传统诗歌的结合是明显的。在这些诗中，他借鉴意象主义的一些表现手法，与中国传统诗歌的某些特征相融合，创造出了一个全新的艺术境界。例如《旅思》，诗人把“乡愁”这一心理感受诉诸诗人所精心选择的意象而委婉曲折地传达出来。诗人有意识地节制了抒情的成分，旅人的乡愁自始至终都凭借意象来传达，意象的生成与转化构成了这首诗的突出的技巧。《古神祠前》以“古神祠”为意象中心、形成自己的意象群，展示诗人在一个古老而又备受膜拜的偶像前的沉思。这沉思的内涵是什么，诗人没有明说，但随着意象的先后陈列，诗的内涵就被逐渐暗示出来，它不是用很清晰的语义逻辑导致这个结果，而是从头至尾都以朦胧的意象构成。这种结构类似意象派所谓“压缩的方法”，即把一连串的意象重叠或集中成一个深刻的印象。其实，这样的表现方法，也正是与中国古典诗歌传统相通的。中国古典诗歌（尤其是近体诗）往往倾向于省略意象间的联系，让意象直接向读者呈现，留下许多空白让读者自己去补充。戴望舒 20 世纪 30 年代以后的一些作品，越来越靠近了中国古典诗歌所特有的美学境界，古典诗歌的格调和气氛显得愈来愈鲜明。诗人不仅有意识地大胆择取古典诗歌几百年来所积淀的意象，并使之迸发出新的生命，同时更自觉地借用古典诗歌中常见的题材，并在此基础上独出机杼，推陈出新。由于他注意把西方现代主义诗歌艺术表现手法与中国古典诗歌传统相结合，因而他的诗既呈现出鲜明的民族特色，又具有浓厚的现代气息。在诗歌的中西融合的道路上，戴望舒迈出了稳健有力的步伐。

戴望舒的诗歌创作表明，中国的现代诗结束了简单模仿外国的幼稚阶段，逐渐形成了自己的特色：不仅与自己民族传统相接续，而且开辟了自己的发展道路。戴望舒那些优秀之作，在现代新诗中获得了谁也没法取代的位置。假如仅有深厚的古典诗词修养，或者仅靠对西方现代诗的精深研究和借鉴，戴望舒的诗都不可能达到这样成熟的境地。尽管戴望舒对西方现代诗歌的借鉴多偏于象征主义，少了些现代性的尖锐与开阔；对中国传统诗歌的吸取多偏于晚唐五代，少了些恣肆和舒展，但在西方现代诗与中国古典诗的结合点上，戴望舒获取的经验是成功的。他在对外应合于世界文学和诗歌重于内心表现的大潮，对内向悠久的民族诗歌的优秀遗产寻求借鉴与融合的大势下，取得了他人不可企及的成就。他的创作实践表明，不同诗歌话语系统间的异质与矛盾，通过交流与互补，彼此是应该也能够在诗的根本问题上达到融合与超越的。

四、一个复杂的存在

戴望舒的诗看似是那么轻柔、单纯、和谐，然而具体分析，却是一个复杂的存在。他的诗既映现了20世纪20～40年代的历史风云，也包含着一代知识分子曲折的思想历程，还记载着中国现代主义诗歌从幼稚到成熟的成长道路。从戴望舒20余年的艺术活动中，我们还可看到自由诗派、格律诗派、象征诗派、现代诗派的此起彼伏、兴衰消长的历史轨迹，看到中西艺术结合的“宁馨儿”得以诞生的过程；看到一个终成气候的现代诗人在诗坛艺术的纵横继承上怎样调和新旧、融贯中西的艺术胸襟；看到一个诗人怎样以独特的诗心去追求，去创造，由此开出一条别具一格的新诗的路；看到一个诗人是怎样把一个时代的消极性与积极性、艺术风格的朦胧与明朗、艰涩与清新、典雅与质朴、柔弱与豪放、形式的严谨与自由等因素对立统一地集中于一身。当然，在那光明与黑暗、进取与倒退激烈搏斗的年代，戴望舒的诗存在着种种不足与缺陷（例如他的作品里充满着虚无的色彩），这“也是无须乎我们来替他讳言的”，但“在苦难和不幸的中间，望舒始终没有抛下的就是写诗这件事情。这差不多是他灵魂底苏息、净化”。① 如果说郭沫若在新诗草创时期，以新异而丰富的新诗语汇，洞悉时代的精神底蕴和五四知识分子的至深的心灵颤动，决定性地将中国新诗推向成熟，确立了他人无可企及的地位，那么戴望舒则在新诗拓展时期，把中国

① 苏汶：《望舒草·序》，《中国现代文论选》（第1册），贵州人民出版社1984年版，第142页。

新诗的横向借鉴与纵向继承有机地统一起来，把中国古典神韵与西方现代特质很好地调和起来，开创了既令雅者感悟又让俗人提升的崭新的现代新诗文体，其在表现现代人生活和情感与开拓现代诗歌境界方面作出了无可替代的贡献。如果把他和同代著名诗人相比，其在现代汉语的创造性运用、文体的独特建构、人文内涵的深刻表现和形而上意味的深入挖掘等方面的综合性贡献，则是卓越的、无可比拟的。

我们认识戴望舒诗歌的价值也许应该有一个过程，当我们经过一个真诚的误解与冷静的探讨过程之后，终于发现：他使新诗彻底变革，形成前所未有的崭新风貌，他在新诗走向现代化途中高出于同代人所作出的贡献，他在新诗中西融会上所达到的时代高度，在新诗历史发展的多元化趋向中所作出的必然选择，使我们不可置疑地确认他作为中国现代诗歌史上一位杰出诗人的重要地位。他作为一个真诚的诗人，在适应自我与社会中所表现出来的惊人的应变之举，又代表了一个时代潮流的转折趋势和下一阶段诗歌发展的必然走向。

20 世纪二三十年代中国新诗潮流在矛盾对立中选择与发展，又在矛盾对立中走向统一与融合，戴望舒集中代表了这种既矛盾又统一、既对立又融合的趋势。因此，戴望舒的诗歌创作堪称中国新诗第二次整合的界碑。

20 世纪 40 年代诗歌论

一、七月诗派与九叶诗人：在历史与未来的交汇点上

在中国历史上，20 世纪的 40 年代，是反动与进步、黑暗与光明、绝望与希望激烈搏斗的年代。正是在那个时期里，中国现代诗歌史上奋然崛起了两个颇有影响的流派：七月诗派与九叶诗人。这两派诗人当时都是二十岁上下的青年。他们带着战斗的人格、灼人的诗情，怀着所向披靡的气概登上诗坛，促成了中国现代新诗的又一次勃兴和繁荣。他们注重从社会历史的方面把握生活，把诗与现实生活联系起来，把诗和人联系起来，把诗所体现的美学上的斗争和人的社会职责与战斗任务联系起来，表现时代与个人的真情实感，注重艺术的开放性和独创精神。作为交相辉映的现实主义诗歌流派，他们给中国现代诗坛带来了新的思想情感，新的美学元素，新的艺术世界。

使命感——一个巨大的历史光环

随着现代中国反帝反封建斗争的艰难推进，历史使命感像一个高悬的巨大光环，把四溢的光辉投射在每一个诗人的心灵上，自觉不自觉地温暖着诗人的主体意识和创造力量。抗战以后，现代作家的历史使命感增加到极其强悍的程度，几乎一切文艺都是以此为起点的。动荡的年代使作家与社会、文学与社会斗争的联系越来越紧密，他们的活动在不同程度上都贯穿着改造社会的功利目的。同时，广大民众要求文学担负起反映现实的职责的真诚呼唤越来越强烈，形势的遽变和民族意识、阶级意识、政治意识的普遍强化，导

致作家历史使命感的增强。诗人们再也无心去营造“为艺术而艺术”的象牙之塔，而是极力去挖掘抵抗黑暗的战壕，虔诚地为祖国而歌，为民族解放而战。

奋起于中华民族苦难深重年代的七月诗派与九叶诗人，程度不同地参加了那个年代各种形式的革命斗争，他们自觉地倾向进步，追求革命，在黑暗中寻求作为战士——诗人的岗位。七月诗人写道：“人必须用诗找寻理性的光/人必须用诗通过丑恶的桥梁/人必须用诗开拓生活的荒野/人必须用诗战胜人类的虎狼/人必须用诗一路勇往直前/即使中途不断受伤。”（绿原《诗与真》）九叶诗人宣称：“我们渴望能拥抱历史的生活，在伟大的历史光辉里奉献我们渺小的工作”——“诗创造”!① 这种沉重而自觉的历史使命感像经线和纬线一样交织在两派诗人的诗歌创作中，不息地流动在他们的笔下，深深地灌注在他们的诗篇里。由于两派诗人的主客观条件的差异，由历史使命感升华出来的现实战斗精神，在七月诗人那里体现为猛烈地反抗和热烈地歌颂；在九叶诗人那里则体现为冷峻的批判和深沉的追求。

七月诗人把高度自觉的使命感化为强烈的政治意识和战斗者的欲望，赋予他们的一切题材和体裁的诗歌以一种异常强烈的反抗精神和“复仇的哲学”意识。他们的诗歌对国民党统治的政治、经济、法律、道德、文化等各方面的腐败和没落进行全面的攻击，现实战斗精神在与现实社会关系方面，表现为异常强烈的反抗意识：“我，——/要像子弹，/穿出闷抑的枪膛，/向黑暗的中国南方的低沉的密云深处/打出去。/我，——渴望为我们的时代，/写出一篇雷鸣电闪的文章!”（徐放《在动乱的城记》）这就是这一派诗人的抒情基调：复仇，反抗，战斗！艾青的“芦笛”常常“吹送出/对于凌辱过它的世界的/毁灭的咒诅的歌”；田间呼唤“战斗的/呼吸，不能停止，血肉的行列，不能拆散。我们/复仇/的枪，不能扭断”。绿原在一系列长诗里，以“魔鬼的身份”面对整个腐朽的统治“大摇大摆地背诵讽刺小品”；郑思猛烈而沉痛地控诉国民党虐

① 《代序：我们的呼唤》，《中国新诗》第1集，1948年6月。

伪的法律所建立的畸形的"秩序"。这些诗在粗犷、直率、勇敢、豪迈的气氛中，体现了置生死于不顾的勇猛反抗意识、进取精神及战斗者的气质，强烈地显示出现代诗人的本质力量和创造伟力。对于敌人，他们使用的是剑；对于黑暗王国，他们放的是火！而对于共产党所领导的人民革命斗争，他们则热烈地加以赞颂。他们写"给战斗者"的诗篇无不似"响亮而沉重的鼓声"，"鼓舞你爱，鼓动你恨，鼓舞你活着，用最高限度的热与力活着，在这大地上"；他们把从现实生活里升华出来的希望化做火把颂，太阳赞。这都是诗人通过崇高的理想透视之后发出来的精神激光！

与七月诗人有所不同，九叶诗人的使命感则体现为冷峻的解剖和理智的批判。他们身处腐朽污浊、大夜弥天的现实环境，把自己的诗比做像啼血杜鹃一样的"布谷"的叫声，要以自己警觉的灵魂和全部的生命，一声声来诉说"人民的苦难无边"，来叫出"人民的控诉"（辛笛《布谷》）。他们诅咒那"容不下一粒倔强的种子"的"最善于藏污纳垢"的"大地"（陈敬容《抗辩》）；他们描写流产的女犯从墙角里发出"撕裂的呼喊"，"血泊中，世界是一个乞丐"（唐祈《女犯监狱》）；他们揭露封建买办阶级在垂死前掩盖不住色厉内荏的惊慌，只得靠"等待南京的谣言"来麻醉一下恐惧的神经（袁可嘉《上海》）。他们的诗在比较平凡甚至狭窄的题材上展示尖锐的思想锋芒和政治批判的性质。他们不是醉心于狂乱的战叫，而是把激情的呼吁渗透在对时代对现实的思考与解剖里面，为历史尽着"批判的武器"的义务。九叶诗人虽然没有写出很多直接歌唱革命和光明的诗篇，但他们的诗往往把民族的愤怒和斗争、痛苦与欢乐，时代的黑暗与光明、腐朽与崇高水乳般地交融在一起。他们往往在批判丑恶、揭露黑暗的诗行中揭示历史发展的动向，其诗不流于单一的浅露直白，像钻探机一样掘进，寻求关于现实和未来的答案。总的说来，九叶诗歌虽然不像七月诗歌那样充满汹涌澎湃的激情和冲决一切罗网的气势，但却在冷静的描写中潜伏着奔涌的地火，闪射着敏锐的思想；虽不像七月诗歌那样亢直郁勃，燃烧着反抗、复仇的烈焰，但却冷峻辛辣，充满社会批判的力度和哲理思考的分量。如果说七月诗歌是大刀长炮，那么九叶诗歌则是匕首投枪。这些比照也许是苍白的，但确实可以看到他们的诗歌在历史使命感的变奏中所产生的不同战斗风貌。

在与整个民族同挣扎、共抗争的历史年代里，七月与九叶的诗篇与广大人民的感情、意志和愿望相通，与当时国统区人民的各种各样的斗争相配合，与解放战场上的战士们进军的号角相呼应，唱出了不负时代使命的声音。尽管一些诗歌的审美意识消融于政治意识，但这无损于他们的诗歌在当时存在的合理性和历史价值。特别值得注意的是，他们把握观照历史的方式不是具体事件的累加，过程的缩写，现象的陈述，也不是激情与理性的简单叠加，而是把个人的自觉意识融会积淀到历史运行的轨迹中，再以诗人的沉思触摸现实生活运动的脉搏，以独特的心灵领悟人类的自由本质和创造能力在现实中的展开与延伸，这正是这一代诗人共同的历史品格的鲜明表征。

忧患意识——一个重要的美学元素

忧患意识既是一种心理现实，一种情感基调，又是作品的基本内涵。在那“国家不兴诗家兴”的时代，这正是诗歌艺术魅力的深层因素。忧患意识与历史使命感是互相联系，互相渗透，互为因果的。忧患意识是使命感的内化，使命感是忧患意识的外射。使命感积淀着忧患意识，从而变得更加沉重；忧患意识交织着使命感，从而变得更加严肃和真挚。

七月与九叶诗派的诗歌渗透着深厚的忧患意识。这两派诗人是一大群忧患意识的敏锐感受者，他们承受了以前文学中积淀本已十分丰厚的忧患意识的心理负荷，又在新的历史条件下增添了新的养料，终于形成了诗歌的特殊的感情色彩。从现实的角度看，也是忧患丛生的社会生活在诗人心理上的特殊升华，是时代精神的折射反映。40年代那“衰世”与“乱世”正是生长忧患意识的良好土壤，那不安定的灵魂——诗人，也更易把诗歌的根深植在这块土壤之上，分外丰茂地开出奇异的花。文学传统的继承性和现实社会生活的滋养，这两个方面的条件综合地发生作用，就造成了七月与九叶诗歌的普遍而深广的忧患意识。

以前中国诗歌以忧患为基调的作品大都是抒写“悲士不遇”和“忧生之嗟”的个人忧患，而以屈原、杜甫、黄遵宪等为代表的诗人忧国忧民的沉重忧患则是中国文学的瑰宝、中华民族的精魂，一直为后世所珍视和发扬。七月与九叶诗人正是在这样的起点上，写出了具有时代高度的新的忧患感，其忧患感与前人不但在深度和广度上有量的差异，而且在精神上也有质的不同。如果说前人的忧患感更多地流露着无可奈何的消极情绪，那么七月与九叶诗人的忧患感则充满了革命的韧性和进取的力量；如果说前人的忧患感常常给人带来压抑和绝望，那么七月与九叶诗人的忧患感则能给人带来勇气和希望。七月与九叶诗人的忧患感也并非等值等量的，他们在民族大忧患的氛围中保持了各自的流派特征，只要认真地比较一下，我们就会发现他们的忧患感是各有侧重的，前者更多地表现为忧国忧民的忧患情绪，后者更多地表现为忧患人生的忧患情感。七月诗人注重把个人和国家、民族、党、人民凝结在一个焦点上，祖国的前途，人民的命运，牵动着他们的缕缕诗情，不但所写重大题材和战争事件的诗意诗境联系着祖国、民族、人民的喜怒哀乐，而且所写人生苦难也处处紧扣时代脉息。艾青为“载负了土地的痛苦的重压”的乞丐、农人承受着巨大的悲哀和忧郁——“雪落在中国的土地上，寒冷在封锁着中国呀……”；田间忧患“在祖先的田埂，母亲的土地，掉洒着/雨一般的泪浪”（《到满洲去》），“残忍的野兽，用它的刀，嬉戏着——人民的/生命，劳苦的血”（《给战斗者》）；绿原从国统区的面面观里，看到了国民党统治的腐败糜烂，在愤怒、激越、奔涌的诗行里，跳荡着诗人的忧国忧民之心。艾青说，“叫一个生活在这年代的忠实的灵魂不忧郁，是……一种奢望”，“把忧伤与悲哀，看成一种力，把弥漫在广大土地上的渴望、不平、愤懑……集合拢来，浓密如乌云，沉重地移行在地面上……伫望暴风雨来卷带了这一切，扫荡这整个世界吧”。① 很显然，“这忧郁不是消极冷漠，而是对于祖国人民的挚

---

① 艾青：《诗论》，人民文学出版社1980年版，第212页。

爱心怀在苦难现实面前的热切思索"①；阿垅曾把这种忧郁称为一种压抑的力流，一种更蕴藉的战斗，他们正是从沉重的压抑和忧郁中执著于光明的未来，从深广的忧患里升华出激越、慷慨的主观战斗精神的。他们彻底打破了"怨而不怒，哀而不伤"的传统诗教，在深广的忧患意识中渗透着战斗的情怀。

九叶是"一批对于人生苦于思索的诗人"②。对于人的生命意识的表现，人生现象的哲理思索，几乎是他们诗歌的共通的主题意向。"我们如其写诗/是以被榨取的拿闲/写出生活的沉痛/众人的/你的或是我的。"（辛笛《一念》）人生亘古的苦难横卧在他们面前，现实环境如此无情多艰。他们的诗写出了心底的忧郁，写出了现实的沉重感，涂上了一层忧患人生的浓重色彩。我们从他们的诗歌中可以发现一个带规律性的现象：时间愈往后，其忧患意识就愈见浓烈。在他们许多正面揭露"丑角的世界"和批判黑暗王国的诗篇中，可以窥见旧时代的浓重阴影，感应到诗人忧患社会人生的沉重心绪以及对社会人生所作的清醒的思考。他们哀伤"国事和人事，翻不尽的波涛。凋尽了童心，枝枝叶叶，全是悲愤和苦恼"（陈敬容《从灰尘中望出去》）；他们沉思着"在这痛苦的世界上奔跑"的劳动者，是怎样"举起，永远地举起，他的腿/奔跑，一条与生命同始终的漫长的道路"（郑敏《人力车夫》）；他们终于发出了时代的预言："全人类的热情，汇合交融/在痛苦的挣扎里守候/一个共同的黎明。"（陈敬容《力的前奏》）这些情思主要是那个时代黑暗重压所形成的苦闷心理氛围，最终也会蒸发出忧患社会人生的哲学意味来。他们那"给忧患叫破了的心，今已不能"有"片刻"的"过客的拿闲"（辛笛《熊山一日游》），因而他们的诗歌里包含着时代的颓废、现实的苦难所折射在诗人心里的忧患色彩。诗人从自我的小天地里进入人生的抒情境界，他们即便是写一个风景、一棵树、一片云、一团雾，都充满了凝重的思索，他们的这类

① 参考吴之敏：《论"七月"流派》，《文学评论》第2期，1983年。

② 艾青：《中国新诗六十年》，《艾青全集》第3卷，花山文艺出版社1994年版，第486页。

诗，是扎根忧患意识的土壤之中而开出的艺术之花。

由于相同的文化心理积淀对七月与九叶诗人的浸润，国统区的政治氛围对他们审美心理的制约，使他们有着一种严肃而诚挚、深广而丰厚的忧患意识，这种忧患意识与时代的主要课题息息相通，休戚相关，这就使他们的诗歌开拓了一种新的艺术视野，诗歌的力度和深度增强扩展了，诗歌的境界也变得深邃阔大了；这种忧患意识弥漫地扩展在他们两派诗作中，形成了诗歌总体上的悲剧性美感。但由于两派诗人的主客观条件和艺术追求的差异，也使他们的诗歌呈现出不同的特点：七月诗人思想激进，心境明亮，因而其诗在忧患的情调中勃发着雄强之气，洋溢着战斗的意绪，忧患而郁勃，悲凉而豪放，激越多于压抑，愤慨多于哀怨，从而呈现出更富力度的“壮美”境界；九叶诗人身处逆境，人生多艰，因而其诗在忧患的情绪中充满抑郁和沉思的色调，忧愤而哀婉，沉郁而缠绵，深致多于雄放，含蓄多于直率，从而呈现出更富深度的“优美”境界。他们的忧患意识积淀着人类的情思，闪射着时代的精神，充满着现代人的生命所具有的升沉和震动。不管这种忧患意识是在历史的磁场上制造现实的吸引力，或是在现实生活的广阔背景上溶入历史的因子，都会在这充满忧患的国土上放射出魅人的光彩。如果说历史使命感是一种外在结构——主要与社会政治任务紧密相连而赋予他们的诗歌一种强烈的战斗意识，从而体现了诗歌外在的功利价值，那么忧患意识则是一种内在结构——主要与民生、人生、人道息息相通而赋予他们的诗歌一个重要的美学元素，从而体现了诗歌的内在审美价值。同时，这二者的合成和融会，十分鲜明地表现了这一代人对于社会人生和国家民族前途极为深挚、执著的感情，从而构成了那时代诗歌的中心一环，构成了我们这个民族在 40 年代的历史进程中不屈不挠地追求、战斗的思想轨迹，从而显示了独特的美学风貌。

“由内至外”与“由外至内”：两种不同的思维模式

七月与九叶诗人表现自觉的历史使命感和深广的忧患意识，这可说是以一种自觉的艺术追求所表现的一种文化认同，显示了一种历史的觉醒意识。在艺术的探求上，他们打破了传统现实主义方法，寻找着自己的艺术思维模式，艺术技巧和艺术风格，从而建构起了自己的诗歌艺术世界。

在追求诗的形象塑造上的主观与客观、理性与感性的统一上，两派既具有基本一致的倾向，又具有各自不同的思维途径，也即是说，他们虽然都强调二者的统一，但统一的脉迹与价值取向是不一样的。

七月诗派强调主观战斗精神和主观拥抱客观的美学追求。主体要反映或认识客体，必须通过主体的内部条件才能实现。在创作中，当现实生活、客观对象进入人的意识的时候，首先要高扬主观战斗精神。根据胡风的解释，就是在创作过程中，首先要提高作为诗歌主体的诗人的思想觉悟、理论水平、认识生活和感受生活的能力，也即是提高对于客观现实的捕捉力、拥抱力和突击力。然后，以这种高扬了的主观战斗精神去拥抱客观，“向赤裸裸的现实人生搏斗”，在这拥抱、捕捉、突击现实生活和客观对象过程中，又体现为“相生相克的搏斗过程”，也就是说，诗人不是被动地反映着客观世界，而是在艺术创作过程中，由诗人的主体意识面对客观世界的反应（即“迎合、选择、抵抗”的过程）以及客观世界对诗人主体意识的进一步制约（即“促进、修改甚至推翻”的过程）的相互作用下，来获得历史对象的真实性；① 这种“由内至外”的演化过程，就是绿原所说的“诗人对于客观世界的主观抒情”，也即“以我写物，化物为我”的艺术思维方式，这就决定了他们诗歌的“主观型感情特征”。② 诗歌里所描写的事物是主体化的客观具象物，都能从特定角度传达出主观感情的信息来。因此他们的诗总是跳荡着活泼的主观情感，主体风风火火的战斗英姿也跃然纸

---

① 参考胡风：《论现实主义的路》、《人道主义和现实主义道路》等文，《胡风评论集》下册，人民文学出版社 1985 年版。

② 参考骆寒超：《中国现代诗歌论》，江苏人民出版社 1984 年版，第 302～304 页。

上。即使那些写山写水的咏物诗，也处处有着诗人主观精神活动的足迹，流贯着主体的热情，充溢着旺盛的情感活力，这就是客观对象的主体化。他们在高扬主观战斗精神时，也力避热情离开了生活内容、主观没有突入客观的主观主义倾向，并注重理性与感性的统一。胡风说："一方面，对象要在血肉的感性表现里面涌进作家的艺术世界，另一方面，作家的思想要求和对象的感性表现结为一体。"① 事实上，七月诗歌大都是这样做的。但是，七月诗人有时在高扬主观战斗精神时，更倾斜于理性的一面，诗歌中抽象的哲理思维与理性的机智火花较多。但也由于具有较多的理性思维，造成了理性束缚感性的倾向；或者完全把感性成分去掉，只剩下理念化的现成教条。这种理性化倾向在诗歌中的表现，使有的诗仅仅是一个思想的表白，缺乏动人的形象；有的即使较多感性的形象思维，也往往加上说教的尾巴，因而显得思想浅露，情感浮泛，缺乏诗的意味和意境。七月诗派的理性化倾向主要是一种政治化倾向。过分强调表现现实的政治生活和政治事件，诗歌成了政治的传声筒，或者是为政治功利目的所安排的手段。由于理性化的限制，造成了七月诗歌发展的钳制力，使得一些诗歌缺乏个性色彩和形象的鲜明性，又囿于主题的确定性和单一性的牵制，使得一些诗歌缺乏感应时代氛围并表现个性情绪的主观意识。但从总的倾向来看，他们的艺术思维模式是与他们的创作个性相适应、相一致的。由于他们对创作主体意识的重视，从而建立了新的感知世界的艺术思维方式。

九叶诗人的艺术思维方式与七月诗派不同，他们强调"忠诚于自己对时代的观察和感受，也忠诚于各自心目中的诗艺"②，在创作过程中，他们首先是寻找与心灵相通的对应物，通过对应物的客观冷静的描写，注重内心世界反映，让客观对象透视出个人的感受。如郑敏的诗善于从客观事物引起深思，通过生动丰富的形象，展开浮想联翩的画幅，把读者引入深思的境界；陈敬容的诗是以火

① 胡风：《置身在为民主的斗争里面》，《胡风评论集》下册，人民文学出版社 1985 年版，第 19 页。

② 袁可嘉：《九叶集·序》，江苏人民出版社 1981 年版，第 13 页。

爆式的快速反应，高速度地以外景触发内感。① 他们的诗不满足于表面现象的描绘，善于对事物作心理的探索，在客观地描写事物的同时，总要发掘出一些真切的心理特征。他们的诗超越了外在部位，即偏重外表的、对现实生活作镜子式描述的阶段，而转向对现实生活进行心理的哲学的思考。《九叶集》中的许多诗篇都带有这种特色，既努力开掘内心世界的矿藏，又不曾“迷失在自己的小世界里”；既“抛弃了心爱的镜子，开始向自己的世界外去找寻世界”（杭约赫《启示》），又总是通过闪动在内心世界的“永恒的星光”唱出自己独特的感受。如果说七月诗歌具有“以我写物，化物为我”的特点，那么九叶诗歌就具有“以物写我，化我为物”的特点，前者是人带物走，后者是物带人走，由物的描写，再到内心的发掘。这种“由外至内”的思维方式就决定了他们那种“客观型感情特征”②。艺术认识世界最后总是为了认识自身，它环视我们周围的一切，但最后目光却落在人的内心，并且正是在这里，升起了永久的审美的魅力。《九叶集》里的诗歌所描述的东西也都是客观的，然而里面却藏着诗人冷静的诗思，它以种种动人的形象与诗人内心存在的感觉、情绪、经验相通，它是诗人心灵所创造的“第二自然”。这些富有客观生机和形象的诗歌往往具有思想和情感的张力，我们一边读着这些诗，一边总想尽量捕捉住隐藏在表面事件下的“潜流”。他们的诗力避那种事件的叠加、表象的描述和缺乏情感积蓄所造成的冲击力的创作倾向，力避那种生活形象吞没了思想内容、客观与主观相分离的客观主义倾向，“力求智性与感性的融合”③，情绪与物象的交融。他们对感性的描写不只是现象的摹仿，而是包含着自然、社会、人生的内容；不再是客观现象的机械照搬，而包含着主体心智的创造。在他们诗里，感性的东西心灵化了，而心灵的东西也借感性化而显现出来。这种感性与智性的

① 袁可嘉：《九叶集·序》，江苏人民出版社 1981 年版，第 13 页。

② 参考骆寒超：《中国现代诗歌论》，江苏人民出版社 1984 年版，第 302～304 页。

③ 袁可嘉：《九叶集·序》，江苏人民出版社 1981 年版，第 16 页。

统一，“使诗人说理时不陷入枯燥，抒情时不限于显露，写景时不陷于静态”①。《九叶集》中很多诗是通过一个事物、一个景致或一种气氛的感性描写而创造一种意象，这意象是主客观相统一的复合体，是诗人的心灵对象化的表现，诗人由于感受的不同，必对客观事物、景致、气氛进行变形处理，诗人创造意象，只需忠实于自我的感受，而不必束缚于外在世界。那些写景咏物的诗之所以蕴藏深厚，诗意盎然，就是诗人借助于意象传达了他的感受。他们不但把人生体验融入自然景物的描写中，而且更注重表现比政治更为宽广的社会生活现象，开拓比较宽广的具有社会意义的内容；并且诗人向感知对象深入，从对象的具体形态中开拓心灵的历史。

从总的倾向来看，九叶“由外至内”的思维是与其创作个性相适应的，也是十分成功的。他们把自己的艺术视角由外在转向内在，诗的外部事物让位于内心的思考，诗的重心转向内在情绪的动态刻画，主题的确定性和思想的单一性让位于内涵的复杂性与情绪的朦胧性；他们的诗歌由客体真实向主体真实位移，由被动反映向主动创造倾斜，体现了向内发展的倾向，从而开拓了一种新的感知世界的方式。

七月与九叶不同的艺术思维模式，正是他们诗歌创作的内在律动的表现。但是，两种思维模式也不是截然不同的，相反，他们往往是相互交错，相互补充，相互包容的，有时甚至是难以分辨的。这也说明艺术思维本身是一个十分复杂的思想集合体，我们的分析不可能不留下一些盲区和空白。

“崇高的山”与“深沉的河”：两种不同的艺术风格

从五四以来，中国现代新诗确定了现实主义的发展方向，到了40年代，现实主义取得了独尊的地位，新诗创作正在向着民族化

① 袁可嘉：《九叶集·序》，江苏人民出版社1981年版，第17页。

的单一狭窄方向走去，但也在这时，人们的审美趣味开始变化，新诗创作出现了新的格局，这主要体现在七月与九叶诗人已不满足于按照“生活本身形式”反映生活的创作方法，他们对于新颖的追求使新诗开始突破传统的框架，走向多元化；他们也不满足于单调的艺术方法和风格，对于综合的要求越来越高。

七月属于现实主义诗派，得到学术界肯定，但并非说他们没有其他色调。他们中不少诗人由于吸收了多种艺术养分，给诗篇带来了更为丰富的色彩。有的吸收了浪漫主义艺术的乳汁，深情的歌唱中充满了理想或传奇的色彩；有的吸收了象征主义的手法，在蕴蓄的形象中暗示着幽深的意义或情调；有的接受欧美现代派技巧，把一连串的客观事物和种种生活印象交错地排列在一起，造成一种霓虹灯和电子音乐一般强烈的艺术效果。① 他们在艺术方法上广泛吸收的闳放豁达的态度，使现实主义新诗更臻于丰富和完美。

九叶诗派的属性问题，学术界颇有争议，有的说是现代派，有的说是象征派，有的说是现实主义派，这种分歧本身就说明九叶是个复杂的诗派。但从本质上看，是现实主义派。九叶诗人当时大多在大学里学外国文学，受欧美现代派的熏染较深。他们的诗歌创作在力求开拓视野，力求反映现代生活的基础上，吸收了欧美现代派的各种构思和表现技巧，丰富了现实主义。欧美象征主义、新感觉主义、意象主义、黑色幽默、荒诞派文学、魔幻现实主义等都为九叶所借鉴，他们的借鉴不是囫囵吞枣的照搬，画虎类猫的模仿，而是在原有的现实主义框架内运用现代派表现手法，创造出现实主义的开放体系；既参照西方艺术经验，又植根于本国现实生活，创造出自己的新颖的内在文学机制。

七月与九叶，前者更多中国风格，后者更多现代派气味，他们都做到了在保持传统的现实主义基本格局的前提下对一切行之有效的艺术手段开放，并在这个开放过程中加深和丰富了自己的现实主义。他们的诗歌实践表明了新诗走向开阔的重要特点，即由真挚向内开拓本土文化的沉积，到热心向外借鉴西方各流派技巧，使新诗

---

① 参考孙玉石：《不曾凋谢的鲜花》，《诗探索》第1期，1982年。

现实主义充满活力和弹性。当然，他们在吸收和消化西方各流派技巧的时候，还不同程度地存在着“高雅的生涩味”和“新颖的斧凿痕”，但他们给新诗带来的变化是不可轻估的，表明了新诗逐渐走向开放的骚动和觉醒。

七月与九叶虽然都追求现实主义，但却有着不同的内质，呈现出不同的流派风格。作为一个流派，众多的诗人们必定有着一个相同或相近的主导风格，这种主导风格正是流派间相互区别的重要标志。七月诗派的主导风格，我以为可用“明朗、朴实、激越、豪放”来概括，这种风格综合地表现在诗歌内容、表现手法、艺术语言和形式诸方面。七月的诗歌是扎根于生活土壤的歌唱，是与祖国人民的命运相联系的苦难和战斗的声音，因此，他们的诗大多有一种鲜明的形象、明晰的主题，明朗的思想倾向和浓郁的生活气息。七月诗人最爱泥土和大地，写得最多的也是泥土和大地，这些诗表现出朴实而清新的格调。七月诗人敏锐地感受并捕捉具有时代特征的宏伟主题，《他死在第二次》、《火把》、《秩序》、《终点，又是一个起点》、《在动乱的城记》、《鄂尔多斯草原》等诗，展开了史诗、叙事诗的幕景和抒情长诗的宏大规模，对20世纪40年代那繁复多变的历史生活作了真实的艺术概括，表现出充实的革命激情和强劲豪放的格调。他们把从种种痛苦遭遇中换来的感受情不自禁地发为浩歌、痛斥、挑战、抗辩，不惜因此而流于袒露直率，毫不含蓄委婉。他们的诗除了常用铺叙、描写和直抒胸臆的手法外，也多用比喻、象征、暗示等手法，都力求清晰和明朗的亮度。他们所用的比喻大都有相对明确的指向性，比喻的核心内涵也是清晰的。例如杜谷《泥土的梦》用一系列富于诗意的新颖比喻把泥土写活了，创造出了清新自然的美的境界。他们的象征一般都有单纯易懂的意象，如孙钿以旗象征一种连续不断的战斗；艾青以火把象征不可阻挡的革命洪流；阿垅以纤夫象征迎着逆流而受难、挣扎、崛起、前进的人民，这种象征有较明确的内涵，易为人所理解，可称为朴实的象征主义。他们的主导风格与其“诗的散文美”的美学追求密切相关。这种散文美，首先是要求诗的语言具有充满生活气息的新鲜单纯、明白晓畅、朴实洗练的口语美。其次是要求诗的自由形式。他们诗的形式走向自由奔放，既是因为得了悲壮、乐观、慷慨、激昂的情绪，也是为了表现的便利。再其次，他们的诗还表现在追求结构上的气魄和抒写上的力度，以及在广阔的文化背景和深邃的人的内心精神层面上推演出来的开阔宏大的气势。20世纪40年代诗歌在整体上存在“形式疲劳”问题，而七月诗派为了寻求新的形式，增强表现生活的手段和能力，十分重视形式上的创造。

九叶诗人注重形象思维的力量，探索新的表现手段，发挥艺术的感染力，建立起含蓄、典雅、冷隽、深沉的流派风格。他们不管是继承借景抒情、托物言志的传统手法，还是借用西方现代派的表现技巧，都意在克服诗歌反映现实生活的直率与浅露，创造含蓄蕴藉而深邃的诗境。他们运用最多的是象征手法。其中不少诗歌表现为象征的写实，这种象征的写实不像纯写实手法那样直接具体地反映现实，而是和现实保持一定的距离，用象征与暗示透视现实。如郑敏的《清道夫》处处在写垃圾，写对垃圾的思考和垃圾引起的诗人的联想，这是写实。然而我们读者感到的不仅是对现实的垃圾的描写，它还有弦外之音，即对日本侵略者、国民党反动派及一切压榨劳动人民的“垃圾”的描写，预示这些垃圾迟早会被历史淘汰的必然性。① 这种“象征的成份闪烁在现实的画面中，而现实的画面不断地跳跃和变幻”② 的诗歌，给读者提供了让想像力自由驰骋的巨大空间，启发人根据自己的生活经验和审美感受去思考，去补充，去进行能动的再创造，这就是他们象征的写实的特殊效果。象征的优势本不在哲理，然而他们的象征所创造的意象或意境却不仅能通向哲理，而且往往包含着更为丰富而深邃的哲理内涵。他们不少诗虽然写的是一个事件、一个景物，而暗含的则多是一种人生的哲理，他们注重哲理的诗情化，不仅对诗的感情、情绪、氛围有一个整体把握，而且把这种感情、情绪、氛围像海绵吸水一样灌注在象征体中，使象征体成为诗情和哲理的结晶，读之令人遐想，回

---

① 参考寒冰：《成长的诗》，《抗战文艺研究》第3期，1982年。

② 郑敏：《诗的高层建筑》，《诗探索》第3期，1982年。

味无穷。九叶的一些诗作打破了传统的意境组接的方式，以跳跃的意象造成暗示性，又以变幻的感性描写造成整体意蕴的朦胧，更真实地表现社会现实生活氛围和诗人独特的感应。九叶诗歌有时创造的是一种动态的意象——一种“情绪萌动的幻象”，读者不可能从诗中找到含义清晰的句子，正如观赏绘画的观众不可能从用明暗对照法画出的画中找出清晰的轮廓线一样。九叶诗歌的含蓄朦胧并非晦涩、难懂，而大都是明朗和含蓄相协调的。特别是他们善于把“思想知觉化”，把难以捉摸的微妙感受化作可视、可听、可触、可感的形象，避免了意少辞多、晦涩难懂的毛病。九叶诗人耽于思考的癖性使得他们不但追求新颖别致、意蕴深厚的意境，而且喜欢推敲、锤炼诗的形式，因而其诗歌语言隽永深致，富于文采；其诗歌形式整齐、精巧、简洁；其诗歌体式宏裁少，短制多，在诗的形式上呈现出典雅的整体特色。这些多种多样的因素在诗里凝结融合，从而形成含蓄、典雅、冷隽、深沉的流派风格。

唐湜在《诗创造》第八集《诗的新生代》中对两派诗人呼吁道：“让崇高的山与深沉的河来一次交铸吧，让大家都以自觉的欢欣来组织一次大合唱吧！”这“崇高的山”与“深沉的河”正好看做是对七月与九叶风格的恰当比喻。如果说前者可比作“崇高的山”，那么后者则可比作“深沉的河”；如果说前者更富力度，那么后者则更富深度；如果说前者更多阳刚之美，那么后者则更多阴柔之美。但是，七月与九叶是两个艺术活力十分充沛的诗歌复合体，两派的风格也有相互交叉的现象。深沉的河中有崇高的山的投影；崇高的山中有深沉的河的映照。他们各以旋律节奏的多样性，奏出谐美的和声。“崇高的山”与“深沉的河”互相辉映，“浇铸”出一个诗的新生代。

伟大的民族战争和人民解放战争连接着过去，通到未来，被现实斗争所吸引，被未来理想的远景所照耀的新一代诗人，以诚实而艰苦的探索，在历史与未来的交汇点上，作出了自己的艺术抉择，放出了自己的思想光芒和艺术热力。在现代新诗发展史上，两派诗人所取得的成就和发生的影响虽有差别，但就艺术探索来看，则各有所长，也各有所短，我们无意扬此抑彼。现代诗歌发展必有一定的过程性、阶段性，不可能离开过程、阶段去谈论发展。不论是从发生学的意义去理解，还是着眼于诗歌与社会历史进程之关系，都说明现代诗歌的成长和发展走过了一段相当长的路。可以说，包括七月与九叶在内的20世纪40年代诗歌是一个不可忽视的发展过程和阶段——它凝结着过去，延续到未来……

二、论20世纪40年代诗歌的历史发展

20世纪40年代诗歌内容与形式的演变受制于现实需求规律。诗歌内容随时代现实生活和政治情势变化，而诗歌形式的运动与转换也随之同步。20世纪40年代诗人执著地投入生活的激流，在紧紧追逐时代主流的同时，探索并运用各种表现手段，用以与自身艺术地把握现实生活、传达思想感情的旋律结合起来，和日寇及其汉奸走狗进行搏斗，和国民党反动派展开斗争。正如李煌（王亚平）当时所说："在此悲壮苦痛的伟大年代，我们有权要求诗人们创作出伟大的史诗、叙事诗；也同样要求诗人们写出不朽的抒情小诗，还要求诗人们写出极有诗趣的讽刺诗，正如我们抵抗敌人，有时需要长矛大刀，有时也需要短枪匕首一样。"① 的确，抒情诗、叙事诗（史诗）、讽刺诗是20世纪40年代诗歌的主要文体，是诗人表现生活情感的主要形式。但由于各个阶段的时代生活内容有别，诗歌表现方式又呈现出不同的偏重和不同的特色。也就是说，社会生活的发展是不平衡的，各个阶段的社会生活又有着自己的特殊性，因而表现生活的诗歌形式则有所不同。虽然同样一种生活题材，非用什么形式表现不可，未免有些绝对，但不可否认，某种生活题材比较适于某种表现形式。从20世纪40年代各个阶段的社会生活内容的发展和诗歌形式的变化来看，正说明了这一点。也就是说，如果我们从表现形式与表现内容相适应的角度作纵向考察，整个20世纪40年代诗歌可以说是时代谱写的三部曲——抒情·叙事·讽刺。

---

① 李煌：《再论小诗》，《新华日报》，1942年8月4日。

一

“七·七”事变以后，中国人民长期被日寇侵略与凌辱，郁结于心底的爱国主义的抗日烈火终于爆发成伟大的抗日战争。正如胡风所说：“战争带来了一个高峰，我们看到了全面性的热情澎湃，我们看到了全面性的爱国主义放射着灿烂的光辉；人民的苦闷消散了，人民的热情爆发了，人民的希望燃起了。”① “在那热情蓬勃的时期，无论是时代底气流或我们自己底心，只有在诗这一形式里面能够得到最高的表现。”② 茅盾也指出：“炮火使我们的血液沸腾，壮烈的斗争使我们的灵魂震撼，可歌可泣的事太多，此时此际，只觉得非用诗歌这一形式便不能淋漓尽致。”③ 的确，抗战爆发后，中国新诗进入了“最蓬勃发展的阶段”④，“面向着这民族解放的战争，面向着勇敢地为祖国而斗争的战士与民众，面向着旧时代的暗夜与新世界的黎明，我们的诗人们，以对于土地的深沉的挚爱，以对于英雄战士的崇高的敬仰，以对于在火中、血中呻吟着的悲哭着的无数同胞的同情与哀伤，以对于法西斯强盗的兽行的仇恨……我们的诗歌唱起来了”。⑤ 臧克家这样写道：“诗人啊，请放开你们的喉咙，除了高唱战歌，我们的诗句将哑然无声。”（《我们要抗战》）这实际上表达了诗人们的共同心声。

抗战初期的诗歌负载着时代的激情，普遍充满着对于抗战的鼓动和光明的歌颂，洋溢着震撼人心的鼓舞力量和乐观兴奋的调子。郭沫若在《战声集·前奏曲》里歌唱道：“全民族抗战的炮声响了，/我们要放声高歌，/我们的歌声要高过，/敌人射出的高射

---

① 胡风：《论现实主义的路》，《胡风评论集》下册，人民文学出版社 1985 年版，第 281 页。

② 胡风：《四年读诗小记》，《胡风评论集》中册，人民文学出版社 1984 年版，第 345 页。

③ 茅盾：《这时代的诗歌》，《救亡日报》，1938 年 1 月 26 日。

④ 艾青：《中国新诗六十年》，《文艺研究》第 4 期，1980 年。

⑤ 力扬：《抗战以来的诗歌》，《广西日报》第 4 期，1939 年 1 月 3 日。

炮。/最后的胜利是属于我们，/我们再没有顾虑逡巡，/要在飞机炸弹之下，/争取民族独立的光荣。”这可说是抗战初期诗歌的主旋律！在强烈的爱国主义气氛中，诗人们亢奋地抒写出一曲曲抗战的颂歌，整个基调真切率直，激越粗犷。正如芦焚当时指出的：“这时期诗的主要作用在于传达抗战的任务，诗人是号手，是尖兵，是为祖国战斗的站在最前排的战士，因而出版的诗集或在各杂志报章上的副刊发表的诗都是热情的歌唱而洗脱了过去靡靡之音。”① 这一概述是符合诗坛实际的。当时诗歌作为战斗的号角，“它已不复是湖上的清涟，而是海洋的汹涌的巨浪；它已不复是林中的鸟语，而是暴风的呼啸；它已不复是恬静的溪水，而是狂奔的激流”②。当时郭沫若也指出一般的诗人们“受着战争的激烈刺激，都显示着异常的激越，而较少平稳的静观，这是无可否认的事实。因而初期的抗战文艺在内容上大抵是直观的、抒情的、性急的、鼓动的，而在形式上，则诗歌和独幕剧占着优势的地位”③。

抗战时期，诗歌最受鼓舞，因为战争本身的刺激性，又因为抒情诗人的特别敏感，随着抗战的号角，诗歌便勃兴了起来，甚至诗歌本身差不多就等于抗战的号角，所以抗战以来，抒情诗之多，产量之丰富，是超出于其他各部门的。而且这些抒情诗大都继承了五四以来的抒情诗的优秀传统，又特别把革命诗歌（政治抒情诗）的鼓动性、战斗性发挥到了极致。这时期的抒情诗大都是在抗战热潮激荡中产生的，诗人们都以高度的爱国热情发出了刚健的雄声。那些来自大后方、来自中国共产党领导的各抗日民主根据地，特别是来自延安的战斗的怒吼，成为这一时代最激昂的号音与鼓点。这一时代诗歌的战斗精神的集中代表，无疑要算艾青和田间。艾青的《向太阳》是号角，田间的《给战斗者》是战鼓，它们概括地传达出那个时代洪亮、激越、沉浑的声音。诗篇感情激越，气势磅礴，

---

① 芦焚：《二十年来中国新诗发展的回顾》，《中国诗坛》第 4 期，1940 年 6 月。

② 《我们的广播》，《诗》第 3 卷第 3 期，1942 年 8 月。

③ 郭沫若：《新文艺的使命》，《新华日报》，1943 年 3 月 27 日。

洋溢着革命英雄主义和乐观主义精神。诗人在诗中更为圆熟地运用了他们那独特的抒情形式，鼓荡的激情和急风暴雨般的时代的声音，使诗篇成为全民抗战的进军鼓声与号角，产生了很大的社会影响。在这时代和个人生活的大转折时期，剧变的社会生活已经直接把激情提炼出来，涌动在诗人的胸间，使它们忍不住像江堤决口一样直泻出来，于是就成了真挚动人的诗篇。

在抗战初期的诗坛上，凸现的是与抗战初期的时代情绪相协调的各种各样的抒情诗体，如朗诵诗、街头诗、枪杆诗、传单诗等。这些“手榴弹”、“盒子枪”式的短诗都是鼓动性极强的政治抒情诗，它们是抗战现实生活中培育出来的花朵，是抒情诗领域中的奇葩，它们为当时的抒情诗创作增添了夺目的光彩。这些诗的最大特点是感情真挚，火药味浓，战斗性强；提炼了人民群众中优美的口语，充分表现出一种朴素的美、简明的美。

这时期的抒情诗大多以小型为主，呈现出短小精悍的特色，这是因为抗战初期强调生死攸关的战斗，又要求急速反映紧迫的现实，煽动人民起来为生存、为改变自己的命运而斗争的激情，因而诗人们不可能有从容抒写的余裕。而他们自身生活的剧烈变化，使他们感受着强烈的生活印象和炽热的时代情绪，这强烈的生活印象和炽热的时代情绪逼着他们选取直截而单纯的形式。这就是说，生活和环境都不容许他们冷静地思考，从容地进行艺术的熔铸，他们只能抓到一点写一点，所以篇幅的简短是非常自然的。尽管这时期也有一定数量的抒情长诗、叙事长诗和讽刺诗产生，但影响并不大，成就并不高。而大量的抒情短诗既紧密地结合了时代，又是诗人发自内心的独白。诗人在斗争的生活中抱着强烈的战斗激情和坚强的战斗信念来反映当时的生活现实，因而这些诗歌能成为时代精神的先声，体现时代的主潮。尽管大敌当前，国破家亡，却没有惶惑不安，消极颓废，每一行诗句都洋溢着全民族大奋起的昂扬与乐观，较好地反映了初期轰轰烈烈全民抗战的时代风貌。

抗战初期的抒情诗大多采用赤裸裸的表现方式，大多在直抒胸臆的宣言式的呐喊声中又加入了大量的议论式陈辞，这就造成了一种时代所需要的气氛，容易产生现时性的鼓动效果，但由此也给诗歌带来了一种突出的毛病，那就是感情浮泛浅露。虽然充满了气势，但又不免令人感到干爆；虽然热烈奔放，但又深刻不足，精美、谨严不够。臧克家在谈到他初期的创作时说："第一阶段：心里充满了热情、幻想和光明。这心境反映到诗上，显得粗糙、躁厉、虚浮和廉价的乐观，热情不允许你沉深、洗炼。《从军行》、《泥淖集》、《呜咽的云烟》中的诗大概可以这么说。"① 王亚平也说："在前方两年内写成的一些诗，虽然不敢存心偷懒，骗人骗自己，但苦功夫下的不够，不能执著在艺术的创作上，不能从生活到创作一点一滴的尽自己的血汗与精力，那些在浮浅的感情下产生的东西，却带着粗劣的宣传味，与火性的喊叫，多少壮丽动人的题材，却被自己糟踏了。那些诗宛似生柴生烟蒸的生饭一样，没有一点深厚的味道，只给那些战争中的可以歌颂的人物，动人很深的故事，画了一个不清楚的面貌，一个简单的轮廓。"② 可以说，不只臧克家、王亚平如此，绝大多数诗人都存在着这样的现象。在那热情蓬勃的时期，"诗人普遍受到了情绪底激动正是当然的，但激动的情绪并不就等于诗人用自己的脉搏经验到了；用自己的语言表现出了隐伏在表皮下面的、时代底活的脉搏底颤悸"③。一些诗人虽然已经深入生活，但又因技巧的贫弱而陷入无法深透表现的境地。所以，诗坛更多的是悲壮激昂的单一声调，"粗劣的宣传味"、"火性的喊叫"、"浮浅的感情"，是当时诗坛的一种通病。这时期的抒情诗，它的成绩和缺陷都明显地胶着在一起。

抗战初期的诗坛纵然有着这样那样的不足，但它所反映的新主题和新的现象却表现了相当程度的真实。从抗战初期文艺的总的形势来看，诗歌有着长足的进步，"这进步在配合着整个抗战形势的

① 臧克家：《我的诗生活》，《臧克家文集》第 4 卷，山东文艺出版社 1994 年版，第 572 页。

② 王亚平：《抒情时代、叙事时代》，《时与潮文艺》第 5 卷 1 期，1945 年。

③ 胡风：《四年读诗小记》，《胡风评论集》中册，人民文学出版社 1984 年版，第 347 页。

行进上看来，容或还不够，但是在发展的本身上，依然可以预望着胜利的远景，依然可以从这新的基础上出发，向新中国的伟大的文艺阵地迈进了”。①

二

抗战初期，诗人们受着战争的激荡，情不自禁地发出时代的音响，大多数作品偏于抒情一途，且形式短小。随着抗战进入相持阶段，诗人们的心境由兴奋状态转入了沉淀状态，对现实生活的认识也逐渐加深。于是，诗坛出现了从短诗到长诗、从抒情诗到叙事诗的发展趋向。

诗坛格局的这种变化，是随着战争的持续，生活的深入而产生的。武汉沦陷以后，政治形势逆转，国统区十分黑暗，诗人们面对新的形势，热烈昂奋的情绪消失了。随着战争转入相持阶段，诗人们的情绪渐渐镇定下来，艰苦的战斗削弱了诗人廉价的乐观。对初期创作的认真总结和反思，必然引导他们回复到本来的静观，使得他们在现实体验既经饱满之后，不得不站在更高的层面来重新审视创作，提炼、构思新的作品。抗战初期，各类体裁的作品多属短制，自然限制了生活内容的表达。抗战中期，形势的巨变，生活的深入发展，促使诗人探索表现新的世界的新形式与新风格，努力创作综合性的历史性的作品。于是，诗人们选择题材不再限于正面的英雄和战斗，而是要在比较广阔的画面上从多种角度反映抗战的现实生活，更深入地表现时代和社会的变动，揭露这些现实状态在人们心灵深处引起的剧烈变化；于是，诗歌的内容也渐渐地比较丰富和厚实了，形式方面也比初期更复杂了。在艰苦的劳作中，诗人们善于根据不同题材、不同内容而采取不同的形式，运用不同的笔法，写出风采格调不同的诗来；初期那种单纯的歌唱已成为过去，繁复的现实生活已成为诗篇的描写对象，因此这时期诗坛便有了大量的叙事诗、剧诗、抒情诗、朗诵诗、街头诗、讽刺诗。特别是长

---

① 罗荪：《抗战文艺运动鸟瞰》，《文学日报》第1卷第1期。

篇叙事诗形成“竞写热潮”，万行长诗的创作成了诗人们追求的一种风尚。诗人们试图在广阔的背景上全景式地反映生活，铸造时代的史诗，要求伟大的作品产生，因而叙事诗、史诗便在诗坛捷足先登了。

事实上，史诗般的作品是随着抗战的持续，从生活的表层走到了生活的密林，上前线，到敌后，下农村，诗人普遍深入生活，获得了广大的生活领域。所谓“文章入伍，文章下乡”，已经不是流于标语口号，而是诗人实际上的行动与事业了。诗人们从兴奋状态镇静下来，深入生活，是叙事诗兴盛起来的基本条件。其次，诗人们深入现实生活之中，苦难的现实时时槌击着诗人们的心，他们更多地看到了现实，触到了现实，理解了现实，他们看到了光明的一面，也看到了黑暗的一面；他们看到了抗战历程中许多值得颂扬与怒骂的现象；他们为许多抗战中牺牲的英雄感动得流泪，也为一些出卖祖国的丑类憎恨得咬牙。诗人们要描写这样的人物，表现这样的故事，只有倚重于叙事诗、史诗。可以说，这个时代既为抒情诗、讽刺诗的发展提供了良机，更为叙事诗的发展提供了绝好的机会。因为优秀的叙事诗，更能表现伟大时代的画面，更能描写人生社会之动态情景，更能创造出典型的人物，更能唤起广大民众的抗日情绪；它比火性的喊叫、空洞的抒情更具有感召力量。再次，抗战中期对现实主义问题的深入讨论，使诗人们对现实主义有了更深的理解和把握。他们认识到抗战初期诗歌创作只反映了抗日而忽视了争民主，这种只反映了“半面”现实的情况，不能再继续下去了。于是，更加全面地、深刻地、真实地反映现实生活，成为他们创作上的一种自觉追求。要使诗歌在反映广阔的现实生活方面跨进一步，短小的抒情诗便受到了某种限制，而叙事诗则显出了它特有的优势。还有，文坛对叙事诗的理论倡导和呼唤，也是叙事诗的繁荣和发展的重要条件。仅以几位成就较大的诗人为例，即可说明抗战以来新诗从短到长，从抒情到叙事的一般发展趋向。

艾青在抗战前和抗战初的诗大都是抒情短章，很少写叙事诗，1939 年 3 月写的《吹号者》是一篇半抒情的诗，是诗人开始探索新的创作风格的标志。随后所写的《他死在第二次》显示着诗人创作的新发展，诗人开始把描写空泛的感情与静物的图画的笔用来描写具象的人，绘写伟大的血与火的时代中的战斗者的形象，诗人能够以完整的章法与绵织的诗节获得成功。1940 年创作的《火把》，无论在诗的章法方面或人物的描写方面，都比《他死在第二次》完整得多，诗人已经能自觉地把握新的发展方向了。

田间在初期创作政治抒情诗的同时，就开始了叙事诗的探索；他的小叙事诗创作是他从抒情转向叙事的过渡性产物。尽管他的小叙事诗也不失为一种创造，在表现当时的斗争生活方面具有突出的贡献，但小叙事诗还毕竟是突击性的速写，它只截取生活中的一个片断或侧面，没有完整的故事情节，人物形象也显得单薄。但田间并未就此止步，他不断探索新的创作道路，大胆作叙事诗的尝试。正如胡风所说："小叙事诗毕竟是突击性的描写，而诗却总是不断地要求情绪世界的深厚和深长的。随着对于生活内容的坚韧的深入，诗人田间终于开辟了纪念碑式的大叙事诗的方向。"① 他的《她也要杀人》以及《祝山》、《我底枪》、《亲爱的土地》、《铁的子弟兵》等初步展开了长篇叙事诗的规模；后来的《戎冠秀》和《赶车传》则标志着他的叙事诗的更大的成就。

臧克家自《烙印》之后就对自己那种谨严得"太觉局促"的形式有些不满，于是"想脱开过分的拘谨渐渐向博大雄健处走"。如何达到博大雄健呢？就是"运用大材料"来"写长一点的叙事诗"。他的这种探索自《自己的写照》就开始了，而《走向火线》、《淮上吟》、《向祖国》、《古树的花朵》、《感情的野马》、《和驮马一起上前线》、《六机匠》等规模可观的长诗，则标志着他在叙事诗创作上不断探索的足迹。

抗战进入相持阶段以后，诗人们都由热情的歌颂转向冷静的叙写，都力图用长篇巨制来反映这场伟大的人民战争，反映繁复多变的社会生活，写出具有史诗般的作品来。在这个时期，几乎每个诗人都注意长篇叙事诗的尝试与探索，像艾青、田间、臧克家等不但

---

① 胡风：《给战斗者·后记》，《胡风评论集》中册，人民文学出版社 1984 年版，第 455 页。

以叙事诗创作为重，而且他们这时期的代表作也多为叙事诗。除此，力扬、绿原、邹荻帆、柯仲平、玉杲、戈茅、臧云远、何其芳、方敬、鲁藜、厂民、冀汸、常任侠、雷石榆、李岳南、李雷、锡金、柳倩、天蓝、韩北屏、魏巍、陈辉、公木等众多诗人都在长篇叙事诗创作上用力甚勤。这个时期叙事诗创作基本处于热闹的探索阶段，诗人们对它的性格还不十分把握得住，他们试探着，创作着，努力做栽培的工作。他们勇于写叙事诗，坚信它有辉煌的前途。他们由不断的探索中奠下了成功的基石，达成了20世纪40年代后期（1946年以后）叙事诗的进一步成熟和繁荣。但我们切不可只见后来的硕果而忽略了前面的诗人所走过的曲折道路。要知道，那时有不少诗人在叙事诗的倡导与创作上一直十分用力，但最终并没有获取成功的果实，王亚平就是一个典型的例子。他对叙事长诗作过长期的试验，写下了《地狱》、《血战亭子山》、《失地上的故事》、《血的斗笠》、《塑像》、《静静的修河》、《二岗兵》、《红蔷薇》、《同志，骄傲当属于你们》等一系列的叙事长诗，由于诗人艺术积累的不足和生活体验的不深入等原因，使这些作品艺术上都比较幼稚，但诗人在不断的失败中，并没有放弃自己的探索。他说："我准备在不断的失败中，更坚毅韧性地写作下去"；"诗是永远结不成的果实，我自己愿为这果实付出终身的血力。"① 在那时，叙事诗创作毕竟处于探索阶段，往往失败多于成功，即使像艾青这样杰出的诗人，也是成败得失皆有。

经过众多诗人的努力探索，基本确立了叙事长诗的文体特征和诗性品格。他们先后对叙事诗的阐释也基本体认了这一点：叙事诗这种形式，是兼有抒情诗的抒情与小说、戏剧的叙事的优点的特殊形式，这是别的文学形式难以取代的。这种叙事诗的抒情近似抒情诗，又有别于抒情诗；这种叙事诗的叙事近似小说、戏剧，又有别于小说、戏剧，它具有既能抒情又能叙事的特殊功能。当时比较优秀的叙事诗几乎都是"有情有景有人有事"的有机统一体，我们

---

① 王亚平：《抒情时代、叙事时代》，《时与潮文艺》第5卷第1期，1945年。

能够从“叙事的诗”中，看到较为完整的故事和鲜明的人物；从“诗的叙事”中，享受到那些感荡心灵的强烈浓郁的诗情、诗味。叙事诗与主观化的抒情诗和客观化的小说、戏剧之不同，在于它把客观叙述与主观抒情相结合，把实境和诗境、实情和诗情相统一。叙事诗的叙事因素的加强并不等于抒情因素的减弱。加强叙事是为了情溢于事，强化叙事因素乃是为了抒情的强烈。当时比较出色的叙事诗作者，都在叙事和抒情的巧妙的结合上呕心沥血，苦苦探索，从而取得了可喜的成绩。如艾青的《他死在第二次》、《火把》、田间的《戎冠秀》、臧克家的《古树的花朵》、力扬的《射虎者及其家族》、玉杲的《大渡河支流》等诗都在叙事中融合着昂奋的激情，都以饱满的热情和生动感人的人物形象打动人心。

从这时期叙事诗的内在形态来看，大都经历了由单纯到繁复、由紧凑到恢廓的发展过程。前期叙事诗大都规模较小，而后来的叙事诗在结构上更为铺张和宏大，在铺张的结构里，固然失去了先前的“单纯”和“紧凑”，但却得着了“繁复”与“恢廓”，这样就扩大了新诗的容量和负载力。同时，这时期优秀的叙事诗也摆脱了空洞的叫喊，大都对人民的苦难和反抗的主题进行沉思，具有广阔的叙事范围和沉重的抒情分量，表现技巧也趋于老练和成熟。由于国统区和解放区的环境不同，叙事诗风格也呈现出大致不同的两种倾向：国统区的叙事诗格调一般显得比较深沉凝重，而解放区的叙事诗格调则具有比较清新朴实的民歌风味。

尽管叙事诗本身的优势在抗战中期得到了很好的发挥，但由于叙事诗的创作毕竟处于摸索阶段，因而成功之作并不够多，很多叙事诗不尽如人意，尤其在叙事诗的表现技巧上尚未达成艺术的完美，其情感的淡薄、形象的贫弱、组织的散漫、形式的松弛、手法的粗疏、语言的空泛呆板等，成为不少叙事诗的弊病。周钢鸣当时的尖锐批评可谓一针见血，他说：“目前的许多长诗，是有着许多没有‘诗’的——不足以表现诗的情绪和意境的空疏的语言，和没有生命的形象，杂芜其中，于是变成一首很长很长的‘长诗’。这好像未淘过的一堆矿砂，里面的金子只是几粒，而沙子却是一大堆。这毛病是诗人企图把情感扩张，可是他的感情只有一点点。正因为这种‘擀面条’式的拉‘长’的诗，于是把诗的情绪拉细扯淡了，诗的情感思想稀薄脆弱了，诗的意境与印象模糊了，只看见沙子，寻不到黄金。结果，本来可以写成很动人的诗，也变成贫血的没有生命的苍白的语言了。”① 这种“长”而无“诗”的现象，在当时是带普遍性的。但诗人们坚持不懈的追求和探索使叙事诗创作不断走向自我完善，在抗战后期和解放战争时期，叙事诗创作有了更大的发展，结出了更加丰硕的果实。

抗战中期是叙事诗的时代，也是抒情诗的时代，在叙事诗创作成为普遍风气的情况下，抒情诗创作也得到相当的发展。大多数诗人都操着两副笔墨，既写叙事诗，又写抒情诗，叙事诗尚属试验时期，写起来还不那么娴熟，抒情诗对他们来说则得心应手，所以，一般诗人在叙事诗创作上虽用力甚勤却成效并非很大，反而在并非十分用力的抒情诗创作上却成效显得更好。与此同时，面对日益黑暗的社会制度和日益恶化的社会局势，诗人们并未屈服，并未沉寂，而是更加深沉地搏战，更加策略地斗争，他们又不约而同操起了似匕首投枪般的武器——讽刺诗。

三

抗战初期与中期毕竟是抒情诗与叙事诗时代，讽刺诗虽然也在蓬勃生长着，但在量和质上都明显不足。讽刺诗的真正勃兴乃是抗战后期和解放战争时期的事。

抗战胜利后广大人民不但没有享受到自己饱尝战祸、出生入死所获得的抗战胜利的果实，反而被再度掷入更加深重的苦难之中。面对着这惨酷的现实，广大文艺工作者自觉转向了对黑暗现实的揭露、鞭挞和讽刺。于是，在诗歌领域，讽刺诗便兴盛起来了。正如臧克家当时所指出的：“在今天，不但要求诗要带政治讽刺性，还要进一步要求政治讽刺诗。因为在光明与黑暗交界的当口，光明越

---

① 周钢鸣：《论诗创作发展的偏向》，《周钢鸣作品选》，漓江出版社1985年版，第264页。

见光明，而黑暗越显得黑暗。这不就是说，在今日的后方，环境已为政治讽刺诗布置好了再好不过的产床吗？”① 讽刺诗是适应20世纪40年代中后期反帝反封建、反压迫、争民主的群众运动的需要而产生的。它和当时的杂文、讽刺喜剧、讽刺小说一道，成为刺向国民党心脏的犀利尖刀，发挥了巨大的战斗作用。讽刺诗因其独特的艺术效用，在这一时期的喜剧文学潮流中处于特别触目的地位。

在解放区歌颂救亡与革命的诗歌主潮中，涌现了一批揭露日寇、汉奸和国民党政权的丑行的作品，其中无不充满了强烈的政治讽刺意味，特别是置身于国统区的诗人，不管是老诗人或年轻诗人都拿起讽刺这枝笔，郭沫若、臧克家、袁水拍、任钧、王亚平、邹荻帆、绿原、郑思、苏金伞、黄宁婴、黄药眠、穆木天、杭约赫、杜运燮、辛笛等诗人都在这方面作出了相当的贡献。

其中，成就最高的要数袁水拍，他在《人民》、《冬天，冬天》的诗集里就已显示了讽刺诗创作的才能，而他的声誉主要来自于《马凡陀的山歌》。《马凡陀的山歌》是用通俗歌谣的形式，暴露国统区城市一切荒唐、虚伪、腐朽、黑暗的现象。“凡是城市市民所感到的一切不合理的现象，无论是可笑的或可气的，一为马凡驼所捉住，就成了他的山歌材料，加以嘲笑、拨弄，极尽辛辣讽刺之能事。从马路的泥浆到电车的拥挤，从外汇的开放到物价的飞涨，从吉普车撞人到取缔黄包车，从副官到张百万……一切一切，凡是城市市民生活中所遇到的事物，差不多都逃不出他的笔尖。”“他所挖苦嘲笑的事物，无一不是这个臭名远播的‘恶政府’的‘政绩’，他的讽刺的箭，是每一根都射中了黑暗势力的鼻梁的。”②《抓住这匹野马》、《上海物价大暴动》、《长方形之崇拜》、《王小二历险记》等篇，对国民党的经济政策从各方面加以揭露和嘲讽，特别把飞涨的物价比做野马、暴徒，其讽刺十分形象、有力。《发票贴在印花上》、《万税》形象地讽刺国民党的苛捐杂税，一针见

① 臧克家：《向黑暗的“黑心”刺去》，《新华日报》，1945年6月14日。

② 默涵：《关于马凡陀山歌》，《新华日报》，1947年1月25日。

血。《民主和原子弹》把达官贵人的丑恶面目暴露无遗。《副官自叹》把副官那副走狗的丑态刻画得穷形尽相。《张百万》把那些吮血的"英雄"们的脸谱描绘得惟妙惟肖。《主人要辞职》把反动统治者自诩为人民的"公仆"的假面具和狰狞面目揭露得鞭辟入里。袁水拍的山歌极精彩地展现出了当时黑暗社会里的人间悲喜剧。袁水拍思想敏锐，观察入微，对时代的弊病看得透，看得深，看得准，有胆有识，能迅速捕捉住有意义的题材，识破伪装巧妙的敌人言行，戳穿某些丑恶现象与畸形生活的本质，写得妙趣横生，痛快淋漓，意味深长。袁水拍的山歌读来使人痛快，催人深省，让人震颤。在那时群众民主运动的集会和游行中常常有人朗诵马凡陀的诗，在上海反饥饿、反内战游行中，有人把马凡陀的诗写在旗帜上。正如徐迟所评价的，"一九四四到一九四九年，这么六个年头里，他是冷讽热嘲，嬉笑怒骂，他身不由己地勇敢地以山歌作武器而战斗了过来，他取得了在战场上不可能取得的另一种形式的精神世界里的革命战争的辉煌胜利"。①

臧克家从1942年就开始写讽刺诗，抗战胜利前后，产量更丰，锋芒更尖锐。他在1945年发表的《向黑暗的"黑心"刺去》中说："这一年来，讽刺诗多起来了，这不是由于诗人们的忽然高兴，而是碰眼触心的'事实'太多了，把诗人'刺'起来了。"②特别是诗人到上海后，目所接触、心所感受的，全是令人悲愤的景况，诗人无法抑制自己的感情，收在《宝贝儿》、《生命的零度》、《冬天》里的诗，都是诗人这时期愤怒感情的爆发和凝结。他在抗战末期写的《枪筒子还在发烧》，在解放战争初期写的《发热的只有枪筒子》，都是揭露国民党发动内战的罪恶，这两篇火辣辣的讽刺诗在当时产生了很大的影响。《生命的零度》、《冬天》等感人的诗篇，对反动统治作了最严正的谴责。臧克家写这些诗，不愁没有材料，丑恶的现实就是"宝库"。他说他写《你们》这篇诗时"没

---

① 徐迟：《袁水拍诗歌选·序》，人民文学出版社1985年版，第7页。

② 臧克家：《向黑暗的"黑心"刺去》，《新华日报》，1945年6月14日。

有经过酝酿，淤积胸中的愤懑，一泄而不可止！我不像在写诗，像在写一篇檄文，一篇控诉书。它既不温柔敦厚，也不委婉曲折。写它的时候，只觉得眼中冒火，笔下惊雷”。“在这篇诗中，找不到隐约‘内向’的蕴藉之情，在艺术表现上也寻不到雕刻的痕迹。我是有意如此，我不得不如此。在当年那样时代里，需要带上火药味的诗。我这首诗是外向的，连发机枪似的向着敌人射出去，射出去！”① 在这里，诗人实际上道出了他当时政治讽刺诗创作的整个情景与状态；这也决定了他的政治讽刺诗不是耍聪明，不是追求廉价的噱头，而是把握事物本质，击中反面事物的要害。他的诗不是想出来的，而是从抑制不住的愤怒里跳出来的，因而深刻犀利，发人深省。劳辛称赞《宝贝儿》“是从愤怒中爆发出的诗篇”，“有些诗颇有粗犷的崇高美，它的高亢和律动是能够感动读者的”。②

黄宁婴在湘桂战争后写下的《溃退》，是一篇带有强烈政治讽刺性的长诗，暴露了国民党统治集团的腐败无能，指出中国的出路不仅是一个民族抗战，还必须展开一个民主的斗争。在1946年的民主巨潮中，诗人又献出了他的《民主短篇》，这些诗都是对现实政治作短兵的搏斗，对国民党的“假民主”、“剿匪”、“戡乱”等阴谋予以尖锐的揭露和辛辣的讽刺。邵荃麟当时就指出：“诗人能够那么泼辣勇敢地用他的艺术去为人民战斗，能够抓住每一现实事件给予敏捷有力的反击。把艺术和政治紧密地结合，这不仅为今日激烈的人民斗争所需要，而且也是今天诗歌运动的一个方向。”③

青年诗人苏金伞抗战胜利之后写下的诗几乎都是政治讽刺诗，其《台阶上》、《控诉太阳》、《民主和自由》、《国民身份证》等篇都是对国民党政权压制民主、实行法西斯统治的种种卑劣行为的无情嘲讽。邹荻帆在抗战胜利后写下了40多首讽刺诗，名为《恶梦

① 臧克家：《关于〈你们〉》，《甘苦寸心知》，四川人民出版社1982年版，第181页。

② 劳辛：《〈马凡陀的山歌〉和臧克家的〈宝贝儿〉》，《文艺复兴》第3卷第4期，1947年。

③ 邵荃麟：《读黄宁婴的诗》，《文艺生活》第16期，1946年。

备忘录》，沙鸥在这时期也写下了许多揭露国民党官场丑闻的讽刺诗，名为《百丑图》，这些诗集的标题已经令人感慨，再读这些诗，更使人心中隐隐作痛。杜运燮写的《追物价的人》、《一个有名字的兵》、《善诉苦者》、《排泄问题》、《论上帝》等诗都是在机智风趣的戏谑中，表现饱含辛酸的生活内容和对畸形现实的愤怒鞭打。杭约赫写的《感谢》、《最后的演出》、《严肃的游戏》、《噩梦》、《伪善者》、《丑角的世界》等诗都是富于喜剧效果的讽刺诗，对那个喜剧时代、丑角们的世界作了深刻的揭露。绿原的《给天真的乐观主义者们》将上海的丑恶集中排列，在讽刺怒火的照射下显示出其光怪陆离的荒诞性。郑思的《秩序》揭露国民党统治下的是非正邪都给颠倒了的生活秩序。这些讽刺诗都集中于剥画皮、撕伪装、割脓疮、扫垃圾，从而谱写出一支支人民的诅咒曲。

这时期的讽刺诗的总的特征是：不但具有强烈的现实性、政治性，而且表现出多种多样的色调和风格：或揭露控诉、慷慨淋漓；或振笔直陈，尖锐泼辣；或委婉深沉，含蓄有致；或幽默诙谐，笑不自禁；等等。但在这多样的风格中，尖锐泼辣和幽默机智乃是其主导风格。这其中分别以臧克家和袁水拍为代表。如果说臧克家振笔直陈，以泄义愤，其诗也亢直有力，读之令人击节昂奋，那么袁水拍的诗则在热烈的颂歌中蕴含着冷峻的讽刺，斑斓的画幅里隐喻着深刻的哲理；较之其他人的作品，不但多了几分辣味，几分警钟，而且多了几分谐趣，几分冷笑。尖锐泼辣、幽默机智能成为多数诗人的主导风格，是因为时代需要能够挺身而出敢于和善于表示愤怒或冷笑的诗人。就这样，“马凡陀山歌主要以其冷笑、臧克家的讽刺诗主要以其愤怒，得到了读者的肯定”。①

这时期讽刺诗创作虽然显得繁盛，但真正成熟的作品并不多，这表现在相当一部分讽刺或油腔滑调，“随口溜”，使诗失却了机智的光彩；或拖泥带水、画蛇添足，一览无余，或手法单调，甚至标语口号充塞其间，使诗肤浅乏味，不堪卒读。当然，最根本的问题还是诗人缺乏喜剧感，缺乏讽刺才华。这是因为那个时代的诗坛

① 吕家乡：《为了开拓诗的疆土》，《抗战文艺研究》第3期，1986年。

热衷于讽刺的风气的形成，不是出于一种强烈的讽刺理性意识的自觉，而是出于一种现实的功利需求，即如臧克家一再所言，他的讽刺诗“实际上是对国民党反动派罪恶的指控和暴露”，讽刺“实际上就是暴露和打击的代名词”。尽管当时讽刺诗创作成风，但讽刺诗的理论探讨却相当贫弱、无力，诗人们在创作讽刺诗时尚缺少一种本体建构的雄心和魄力，因而在这时期表现了良好的讽刺素质，写出了切中时弊、尖锐泼辣、幽默锋利而又意趣盎然的讽刺诗的诗人并不够多。比较而言，袁水拍是比臧克家更具喜剧意味的诗人，袁水拍之所以能称得上真正的讽刺诗人，是因为他的诗“致力于把丑恶撕毁给人看，把注意力集中于反面的喜剧现象，所以他调动了一切能够达到喜剧效果的手段，他的讽刺诗里处处可以爆发‘笑’的力量，以辛辣、诙谐为突出的格调”。但相当一部分诗人如臧克家一样，“一般不把喜剧因素从生活中单独抽出来，而是把喜剧因素放在生活的多面体中来把握，他往往以写正剧的态度和方法来处理喜剧现象，写讽刺诗就像写一般抒情诗或叙事诗那样郑重严谨，一本正经，缺乏足够的幽默感”①。所以，从总体上看，那时的讽刺诗的面目在一定程度上还不那么清晰，讽刺诗还没有从一般（自然讽刺诗也还不能不是抒情的）诗的框架中独立出来，获得自己的独立品格，大多数诗人的讽刺诗还与抒情诗、叙事诗胶着在一起，难以分别其突出个性。这也许是那个时代的一种必然。抗战后期和解放战争时期毕竟是一个新旧交替的时代，一个光明与黑暗激烈搏斗的时代，诗人们既直接鞭挞黑暗，也呼唤正义和光明；既嬉笑怒骂丑恶事物，也歌颂斗争的胜利。即如写讽刺诗，必然充满强烈的憎爱情感；写抒情诗和叙事诗，也不免带有讽刺色彩。不管是讽刺笑骂，抒情感怀，写实（叙事）批判，每一个执笔为诗的人，都无从闪避地以各自的方式和语言回答时代的逼问，参与时代的斗争。

无论怎样说，抗战后期和解放战争时期讽刺诗的勃兴，是中国文学史上的一个奇观。在这个时期，诗人们以讽刺特有的犀利锋

① 吕家乡：《为了开拓诗的疆土》，《抗战文艺研究》第3期，1986年。

芒，在与黑暗现实的搏斗中，显示了无穷的战斗威力，诗人们以喜剧方式结束了一个时代。当然，在这一时期，歌颂人民革命斗争，表达人民和平民主的愿望的政治抒情诗和叙事诗创作也占了相当大的比重，并且在以前的基础上有了较大的发展，特别是解放区的民歌体叙事诗创作取得了很大的成就，它把中国叙事诗推向了成熟的境地。所以说，这是讽刺诗的时代，又是叙事诗的黄金季节。

由上可知，尽管20世纪40年代解放区、沦陷区、国统区诗歌形式的运动与转换为其特定环境的时代内容所限制，呈现出某些不同的特点，但从纵向上看，大致经历了从抗战初期的抒情短章——抗战中期的长篇叙事诗——抗战后期乃至解放战争时期的讽刺诗这样几个阶段；创作的审美重心大体上经历了一个情、事、理（亦即抒情、叙事、说理）逐渐推移的历史进程。而从横向上看，整个20世纪40年代抒情诗、叙事诗、讽刺诗等都得到了充分的发展。从此前新诗的形式发展倾向来看，抒情诗比较发达，而叙事诗、讽刺诗则较薄弱。20世纪40年代社会生活和情感的丰富性、复杂性，决定了诗体的全面发展趋势的形成。

与此相联系，20世纪40年代诗歌的表现技巧也大大提高了，这种提高，是指诗歌的艺术表现力的综合性增强了。可以说，这一时期真正的好诗，技巧是相当娴熟的，这主要不表现在对某一种技巧的单向掘进与发展上，而是体现在诗人能熔多种技巧于一炉，创造出能够反映现代生活和思想情感的为一般读众所接受的好诗，而不像二三十年代的“好诗”那样存在一种普遍倾向，要么诗歌内容积极而艺术性则较弱（如革命现实主义诗歌），要么诗歌内容消极而艺术性则较强（如象征主义、现代主义诗歌），而是二者得到了较好的统一。这时期的现代主义诗歌在现代情绪中融进了浓厚的时代内容（如戴望舒、卞之琳、冯至、穆旦的诗），革命现实主义诗歌也常常把现代主义技巧化入诗中。因此，诗歌的纯粹性减弱了，综合性增强了。这不能不说是一种进步。

整个20世纪40年代，由于社会生活变化太快，诗人生活的动荡不安和社会功利性的强化，导致诗歌的艺术性在一定程度上下滑，粗制滥造者较多，这无形中造成一些人对20世纪40年代诗歌评价的偏低，甚至有人认为这是诗歌的“倒退时期”、“凋零时期”。其实，从总体上看，20世纪40年代诗歌的成就并不让于此前新诗的任何一个历史时期，诗歌的多样化特征与数量上的绝对优势，保证了诗歌质量的提高。没有一定的数量则没有一定的质量。这时期诗人之多，创作之活跃，是从前不可比拟的。尽管那时诗歌的平庸之作占了相当的比例，但如果从20世纪40年代大量的诗作中挑选高质量的诗作，可以说，在数量上是多于以前任何一个时期的。并且这时期诗歌的格调普遍表现出一种昂奋的时代情绪，这种诗歌风格与时代精神的统一性、一致性特征，正是诗歌得以存在的价值。如同魏晋南北朝诗歌的恬静与神秘、唐诗的苍凉与豪放、宋诗的理智与做作，给人造成了一种深刻的印象一样，中国20世纪40年代诗歌的悲愤与激越的诗风，在人们心中留下了不可抹灭的印记。

三、艾青40年代诗歌创作论

艾青所处的20世纪40年代，是社会、道德与审美方面不甚和谐的时代，有人要么重视文学作为工具的作用，把文学服务社会看得高于一切，而忽视文学的审美特性；要么把文学艺术的纯化放在首位，而缺乏关注和探讨现实问题的热情和耐心。当时整个诗坛，面对时代的苦难和斗争显得有些无力和浮躁。艾青对这样的诗坛现状深感不满。自抗战以后，他就开始了创作上痛苦的沉思："如何才能把我们的呼声，成为真的代表中国人民的呼声。"① 思考的结果，他坚定地认为，诗歌艺术是伟大时代的产物，诗歌艺术应当真实地表现出这个时代的全部激烈冲突和时代特征，而在其内容表达和审美创造两方面应当是统一的，相辅相成的，而不应人为地割裂它们。艾青说，他"渴求着'完整'，渴求着至美、至善、至真实，因而把生命投到创造的烈焰里"。② 这表明艾青对于诗的创造就是要寻求诗的"完整"，即创造至真至善至美的诗篇。他在桂林办诗歌讲座，写《诗论》，就是为了矫正诗歌创作中的偏至现象，以振作诗坛，让诗歌在肩负时代使命的同时走向和谐，达至完美。他在《诗论》中开宗明义地指出："真、善、美，是统一在人类共同意志里的三种表现，诗必须是它们之间最好的联系。""我们的诗神是驾着纯金的三轮马车，在生活的旷野上驰骋的。那三个轮

① 艾青：《为了胜利》，《艾青全集》第3卷，花山文艺出版社1994年版，第120、122页。

② 艾青：《诗论》，《艾青全集》第3卷，花山文艺出版社1994年版，第47页。本文引文未注明出处者，均引自《艾青全集》第3卷《诗论》部分。

子，就是真、善、美。”在艾青看来，真、善、美属于不同的价值范畴：真是我们对客观世界的真切认识；善是社会的功利性，它以人民的利益为准则；美是依附在人类向上生活的外形。真、善、美相统一，是艾青诗歌的最高审美追求。

一

艾青始终认为，文学作品的价值的高低，就在于其作品反映现实的真实与否。怀抱这样的美学观念，艾青始终“大胆地感受着世界，清楚地理解着世界，明确地反映着世界”。所以，我们纵观艾青20世纪40年代的创作，整个给人一种“真”的境界。

艾青诗歌的真的境界，主要体现在他的诗准确地反映了时代的发展趋向，表现了他对社会现实的真切认识。他说：“我们是悲苦的种族之最悲苦的一代，多少年月积压下来的耻辱与愤恨，都将在我们这一代来清算。我们是担待了历史的多重使命的。……我们写诗，是作为一个悲苦的种族争取解放、摆脱枷锁的歌手而写诗。”①出于这样的创作动机，艾青诗歌中所表现出的种种思想情感和精神特征，必然具有历史的真实性。艾青的诗歌作品始终是他那“伟大而独特的时代”的产儿。感受着时代的脉搏，倾听着时代的呼声，紧跟着时代的脚步，深沉而独特地高唱着时代之歌，是艾青诗歌的最大特色。他当时说过：“每个日子都带给我们的启示，感动和激动，都在迫使诗人丰富地产生属于这个时代的诗篇”；“属于这伟大和独特的时代的诗人，必须以最大的宽度献身给时代。”②诗人始终以他的全部激情、火热的青春和整个生命去拥抱时代，歌唱时代，献身时代。中国20世纪40年代，是一个充满悲剧性冲突的时代，但诗人艾青坚信自己正站在一个历史新纪元的门槛上，因

① 艾青：《诗与宣传》，《艾青全集》第3卷，花山文艺出版社1994年版，第77、78页。

② 艾青：《诗与时代》，《艾青全集》第3卷，花山文艺出版社1994年版，第68页。

此他以诗歌这一形式，撼人心魄地具体再现他那个时代的现实生活和悲剧特征，孜孜不倦地探索人类的命运和前途。他对于人民痛苦的关心、对于理想和光明的追求及其浓厚的爱国主义精神，始终贯穿于他的全部作品。对于民族解放与人民解放战争，他交付出了“最真挚的爱和最大的创作雄心”。

艾青的诗现实性强，内心体验深，情感真实深沉。他要以他的诗来呼唤寻找可以呼唤、可以互相照耀的灵魂。对于他来说，怎样活着与怎样写诗已经完全同构在一起，这是一种生命感悟的写作，它与为金钱为名利而写作的矫情和苍白是不可同日而语的。艾青既有大的胸怀，又有人生的深沉的体验和完满的诗的素养，所以他能够洞悉历史的底蕴和人生的真谛，能够敏锐地感觉时代脉搏的跳动，能够在更高的本质上表现时代的精神与风采。艾青在抗战前夕写的《复活的土地》就预示了抗战的开始；在抗战最艰难的时刻，艾青带着基于对社会生活进行深入概括的远见，带着对人民事业的必胜的憧憬，向“远方的沉浸在苦难里的城市和村庄”发出了“黎明的通知”，由此预示了民族解放战争的胜利。特别是《他起来了》、《向太阳》和《火把》这样“高度的表现了现实的，表现了战斗的英勇与坚强的，深刻的，感人的诗”，在当时具有相当典型的意义。这些诗，对当时尚处在麻木状态中的人们，对在十字街头徘徊的青年知识分子，艺术地而不是概念地指明了一条革命的道路，不少青年受到这些诗的鼓舞，走上了救国与革命的征程。艾青与他所处时代的关系显然不同于一般人，他是那个时代的感受的先知。他写出了他的感受，这种感受对于大多数人来说，都是新鲜的，富于启示性的。

艾青对于那伟大而独特的时代，表现出了极大的创造活力，这体现在他对世界的把握的真切和对人类关心的深切，以及对事物思索的深刻与开阔上。他“以最大的热情去讴歌人民的内心的愿望，他们的对于被奴役的生活的厌恶，他们的对于新的日子的欢迎，对于革命战争的兴奋，对于自由幸福的企求，以及在那远处向他们闪光的理想境界的向往"。① 艾青总是关注着那变化着的世界，总是给人类的诸般生活以审视、批判、诱发、鼓舞、赞扬等鲜明的姿态。他的《赌博》、《悼词》、《十月祝贺》、《狂欢的夜晚》等对世界反法西斯主义战争的热情讴歌；《人皮》、《纵火》、《死难者画像》、《江上浮婴尸》等诗对法西斯侵略者惨绝人寰的兽性与暴行的诅咒；《欧罗巴》、《哀巴黎》、《三国公约》、《希特勒》、《赖伐尔》、《忏悔吧，周作人》、《通缉令》、《仇恨的歌》等诗对法西斯暴徒、寄生虫、卖国贼、汉奸的有力讽刺和鞭挞；《杜塔拉》、《敬礼》、《马雅可夫斯基》、《悼罗曼·罗兰》、《俄罗斯人民的普希金》、《索亚》、《鲁迅》、《播种者》、《毛泽东》等诗对世界上反法西斯的英雄、革命斗士和人民领袖的热情礼赞；《鞍鞯店》、《城市人》、《我的职业》、《两亲家》等诗对国民党统治的丑恶及各类贵人恶少的虚伪、势利、贪婪、冒险、纵欲的嘴脸和庸俗卑劣的灵魂的无情揭露；《北方》、《手推车》、《乞丐》、《补衣妇》、《旷野》、《村庄》、《献给乡村的诗》等诗对中国农民的苦难的生存状况的深切表现；《吹号者》、《他起来了》、《他死在第二次》、《雪里钻》等诗对中国人民以鲜血保卫祖国的精神和英雄品格的颂扬；《向太阳》、《火把》、《黎明的通知》等诗对人类理想和光明前途的昭示，都给人一种相当充实、深刻和广阔的感受。时代的惊涛骇浪，风云变幻和苦乐悲欢，在其诗作的光与影里得到了相当生动全面的映照。这些与特定年代联系在一起的诗作具有一种特别的历史感和重要的诗学价值。如果说郭沫若的《女神》充分地表现了五四时期狂飙突进、猛烈反帝反封建的时代精神，成为时代的最强音；戴望舒的诗作表现了革命与反革命相激相荡的20世纪二三十年代中国知识分子在追求革命和进步的过程中的特有的思想意识和精神风貌，成为时代的一面镜子；那么艾青的诗作则真实全面地表现了20世纪40年代战争与和平、革命与救亡的严酷斗争和世界历史发展动向，以及中国社会的变迁和中国人民思想感情的发展轨迹，不

① 艾青：《论抗战以来的中国新诗》，《艾青全集》第3卷，花山文艺出版社1994年版，第170页。

愧为时代的“最忠实的代言人”。

艾青的诗作向我们展示的巨大历史内容，包括诗人在广阔的历史文化背景下，他与时代生活息息相关的丰富、美好的心灵世界，以及诗人融合了中国与世界、历史与未来，融合了审美经验、审美感受与审美理想的伟大时代的诗情。它可以说是诗人心中的历史——非常诗意化的历史，非常形象化的历史，它是与历史教科书上的历史不一样的历史，或者说，它是充满诗性真实的“史诗”，则是最准确不过的了。

二

艾青认为诗歌应该具备“善”的内涵，善作为一种伦理道德规范，它不是抽象的，而是现实与历史的，是以人民的利益为准则的，即具有人民性、进步性的。也就是说，诗人的向“善”，就是要忠实于时代，服务于时代进步政治，为推动人类前进而努力。

（一）诗的主体意象

艾青对于“善”的表达，主要体现在诗情的表达上，而对于诗情的表达，艾青反对浪漫主义者的情感泛滥与直抒，主张将诗情转化为具体可感的审美意象。他说，“意象是具体化了的感觉”，同时也是“诗人从感受向他所采取的材料的拥抱”。意象的创造，就是“在万象中，‘抛弃着，拣取着，拼凑着’，选择与自己的情感与思想能糅合的，塑造形体”。这就是说，诗中的意象本来就是情意化了的物象或形象。我们从艾青20世纪40年代的大量诗作中可以看出，活跃在诗人心灵视野中的审美意象是何等的多姿多彩，诗人对审美意象是多么地敏感。我们对艾青诗歌的审美意象网络中的主体意象进行抽样分析，就可以揭示出其诗歌向“善”的基本倾向。

雪与雾　这组意象是作为黑暗社会与险恶环境的象征物而出现在艾青的诗作中。雪，寒气逼人；雾，压得人喘不过气来。中国人民受着寒冷的侵袭和黑暗的笼罩，遭遇着险恶环境的威逼。前者如

《雪落在中国的土地上》、《愿春天早点来》等，后者如《秋》、《旷野》、《雾》等，都以雪境或雾境喻人境，既有象征性，又有诗意。在《雪落在中国的土地上》中，始终回荡着这样的呼唤："中国的苦痛与灾难/像这雪夜一样广阔而又漫长呀！/雪落在中国的土地上/寒冷在封锁着中国呀！"在《旷野》中，始终跳跃着这样的旋律："薄雾在迷蒙着旷野啊"；"没有什么声音，/一切都好像被窒息了；/只有那边/看不清的灌林丛里，/传出了一片/威慑于严寒的/抖索着毛羽的/鸟雀的聒噪……"与雪和雾相一致的还有黑夜、阴霾、严寒、风霜等意象在艾青诗中频繁而交错地出现。黑暗与苦难的中国现实背景借助这些诗歌意象真实地表现了出来。这组意象还有深一层的含义：即雪会融化，雾会驱散，可谓"黑云压城城欲摧，山雨欲来风满楼"。中国人民所面临的现实处境是艰难而险恶的，但经过艰苦而英勇的斗争，一定会迎来雪化和雾散后的晴空万里、太阳高照的美好世界。它与艾青诗中出现最多的太阳、光明意象是相映成趣、相对照而存在的。

土地和旷野　艾青是一位心贴着大地的行吟诗人，他的很多诗都以土地、乡村、旷野、道路和河流为中心意象或贯穿着土地、乡村、旷野、道路和河流意象。这组意象，有着多层含义。首先，它凝聚着诗人对祖国——大地母亲的最深沉的爱。他在《北方》中写道："我爱这悲哀的国土"；他在《旷野》（又一章）中写道："我始终是旷野的儿子"。把这种感情表现得最动人的是《我爱这土地》："为什么我的眼里常含泪水？因为我对这土地爱得深沉"；即使我死了，"连羽毛也腐烂在土地里面"。这里所表达的是一种刻骨铭心、至死不渝的最伟大最深沉的爱国主义感情。其次，这组意象还凝聚着诗人对祖国命运的深沉的忧患意识。在抗日战争的炮火中，艾青四处漂泊、流浪，这使他"能以真实的眼凝视着广大的土地"，看到"那上面，和着雾、雨、风、雪一起，占据了大地的，是被帝国主义和封建地主搜刮空了的贫穷"。为此，他心里极为悲愤和不安。他在许多诗中，怀着说不尽的忧郁，不断地发出令人震颤的呼喊，抒发着对国土沦丧、主权旁落的悲痛心绪。另外，这组意象还凝聚着诗人对劳动人民的热爱之情以及对他们的命运的关切与探索。他关注的中心始终是与土地合而为一的广大的普通农民的命运。他先后写出了一系列的“土地”的变换视角：“土地——农民”遭受掠夺和蹂躏的痛苦；“土地——农民”的复活（觉醒和抗争）；“土地——农民”的翻身与解放。诗人正是通过对土地的三部曲的抒写，真实地“写出了中国农村现实的灵魂”①。

黎明和太阳　在那十分黑暗的年代，艾青始终如一地热情讴歌着太阳、朝霞、黎明、曙光、春天、火焰、生命、红旗与胜利。这是艾青诗歌中出现得最多的诗作意象。这组诗歌意象的内涵是相当丰富的。首先，它是中国光明前途的象征，中国革命必胜的信念的象征。《太阳》、《春》、《黎明》、《向太阳》、《火把》、《篝火》、《给太阳》、《太阳的话》、《黎明的通知》、《野火》等都是光明的颂歌。诗人情不自禁地赞美“比一切都美丽”的永生的太阳，并且深信，“假如没有你，太阳，/一切生命将匍匐在阴暗里，/即使有翅膀，也只能像蝙蝠/在永恒的黑夜里飞翔”。因此，对于太阳——光明的追求就成为中国人民的出发点。对于身处内忧外患、动荡的环境中的中国人来说，没有什么比坚定自己对于祖国、民族的光明未来的信念更为重要的了。其次，这组光明意象也是对革命者战斗精神的源泉及其把握前进方向的动力的揭示。在《向太阳》中，我们看到了“在太阳下”真心实意为抗战献身的人们：“一个伤兵”尽管支撑拐杖走着，他在“太阳下的真实的姿态”，确实要“比拿破仑的铜像更漂亮”。在《吹号者》中，我们看到吹号者“以对于丰美的黎明的倾慕/吹起了起身号”；“太阳给那道路镀上黄金了，/而我们的吹号者/在阳光照着的长长的队伍的最前面，/以行进号/给前进着的步伐/做了优美的拍节”。从中我们可以感受到，战斗者从容不迫的战斗英姿和大无畏的英雄气概。最后，这组意象也正寄寓着诗人依附真理的力量，去向旧世界挑战，向黑暗势力搏击，向美好的明天进发的思想趋向。

生与死　这组意象或形象是对英勇战斗和不畏牺牲的战士品格

① 参看钱理群等著：《中国现代文学三十年》，上海文艺出版社 1987 年版，第 497、498 页。

的写照。20世纪40年代，是中国流血最多、代价最沉重的年代，血的现实迫使人们思考生的价值，死的意义。艾青对生与死的哲理思考和议论显露出一个明确的意向，即用愈战愈勇的战士情怀来纪念生和死，赞颂生和死。《生命》、《他起来了》、《我爱这土地》、《吹号者》、《他死在第二次》、《播种者》等诗都是生与死的颂歌，是把人类从苦海中拯救出来的智者、勇者的颂歌。艾青笔下的智者、勇者都是出于对侵略者的仇恨和现实环境的不满起而抗争，不屈不挠地战斗着，他们不是生，就是死，生与死的统一构成了他们生命的全部。在艾青看来，在这个世界上，苦难与幸福并存，死亡与再生相伴，任何巨大的历史进步，都必须付出巨大的流血牺牲，因而他在作品中竭力地表现企图超越死亡获得新生的愿望，他在表现现实斗争时，始终把个人的生命价值与人民大众群体价值联系在一起，生要生得正直而热烈，死要死得壮烈而有意义。艾青诗作对生与死的赞颂集中体现了民族求生存、争解放的热望与意愿，体现了中国人民在民族灾难面前敢于正面淋漓的鲜血，直面惨淡的人生，呻吟、挣扎、呐喊、奋斗的精神轨迹。其诗中那“从几十年的屈辱里，从敌人为他掘好的深坑旁边”奋然站起来了的战士，那不折不挠、视死如归的伤兵，那吹醒了别人而自己倒下了的号兵，那临死不惧、笑对死亡的战马，无不是我们民族的意志、民族的精神、民族的旗帜的象征，它作为我们古老民族奋起的形象标志，将永远留存在人们的记忆中。

前面所述的四组诗歌意象是艾青诗歌意象网络中最为突出的主体意象。它们在作品中，既是诗人所具体描绘的形象，也是诗人强烈、深厚的情绪的客观对应物。它作为生命、人格和诗情的高度集结，是诗人艾青爱与恨、真与善的最高意义的表达。这些意象由于充满了诗人的思考而具有较强的思想性和哲理性。如果我们把这四组相互叠加的意象联系起来做一总体考察，就可以概括出艾青诗歌主体意象所包含的整体思想内涵：中国由于外侮的侵犯和国内统治者的腐败，祖国土地遭践踏，人民的生存世界像雾一样阴暗像雪一样严酷，所以土地和太阳就成了人们最渴求的东西，只有保住土地，获得太阳，中华民族才有生机。为此，生与死的搏战，就成为严峻的现实，“必须从敌人的死亡，夺回来自己的生存”，就成为中国人民的庄严使命。这一思想认识，不是对现实生活的某一局部的解释，而是诗人对世界整体把握的结晶，它紧扣了人民的心弦，凸现了时代的主题。

（二）诗的主导性精神意识

如果说以上诗歌主体意象在一定层面上体现了艾青诗歌向“善”的思想，那么我们再对艾青诗歌所蕴含的主导性精神意识进行分析，就可以比较全面地呈现艾青诗歌向“善”的思想体系。艾青的诗歌所蕴含的主导性精神意识主要有以下几种：

反叛意识　艾青的许多作品，都以鲜明的形象表现了他对旧家庭、旧思想、旧制度、旧世界以及人类的一切丑恶事物的叛逆，他的那支“芦笛”就是他叛逆的标志。艾青童年和少年时代的生活经历和环境，形成了他反抗旧家庭、旧制度的叛逆意识。并且这种叛逆意识随着艰难经历的延伸，恶劣环境的挤压，而变得越来越鲜明和强烈。他的早期成名之作《大堰河——我的保姆》就是诗人写给“这不公道的世界的咒语”，他后来所写的《我的父亲》这首带自传色彩的长诗，则站在理性认识的高度，以阶级的眼光表达了他对地主父亲的认识，是艾青从旧营垒中反叛而出的宣言。他父亲曾经要他回家去继承遗产，要他守住“永世不变的王国”，而艾青“为了从废墟中救起自己，/为了追求一个至善的理想”，又离开了他的家，“带着嘶哑的歌声”，毅然地“奔走在解放战争的烟火里”。诗人从最初的反抗旧家庭、旧制度的叛逆意识而扩展、升华为一种反叛旧世界和一切恶势力，为人类的解放呐喊，为真理和正义而不断进击的精神。他在《强盗》中写道：“我要用这脱落了毛羽的鹅毛管/刺向旧世界丑恶的一切。”在艾青诗中，一切恶势力与诗人构成了一对不可调和的矛盾，活生生地呈现出一个战斗的现实主义诗人雄健的形象。

苦难意识　童年的苦涩，初上人生之旅的艰难，以及成年后背负国耻家仇四处流落的种种曲折经历，使艾青的精神世界里逐渐积淀成了一种厚重的苦难意识和忧郁情调。可以说，苦难和忧郁几乎占据了他的整个心灵空间，并且成为他诗歌的基本内涵和主要色调。艾青自写贫困一生的乳母“大堰河”始，尽管不同时期的诗作反射出不同的时代色彩，但大都渗透着“苦难的美”，始终有一种忧郁与悲愤之情贯穿其中。在他的《北方》组诗和《旷野》诗集中，有着更为浓郁的苦涩和忧郁之感。艾青把他亲眼目睹的“载负了土地的痛苦重压”的北方农民的“贫穷与饥饿”、“灾难和不幸”，一一展现在《北方》组诗里。收在《旷野》里的作品，“多数写的是中国农村的亘古的阴郁与农民的没有终止的劳顿”。①诗人的苦难意识既来自他个人，也来自历史的深处。他对整个民族的苦难历史和人民所承受的痛苦和哀怨了解得太清楚了。他说，阴惨而凄苦的岁月不断地向我们流来，“我们每天所过的生活都像是被压倒在一个难于挣脱的梦魇里，我们连呼吸都感到困难……中国实在太艰苦了，它正和四面八方所加给它的危害搏斗”。② 艾青关注苦难，要把我们民族“所蒙受的一切的耻辱与不幸、迫害与困厄”当做“我们诗的最真实的源泉”，最主要的表现对象，并且要把它表现得触目惊心，提醒人们：不要忘记中国人民在过着怎样一种生活，中国人民正处在一种怎样的困境之中；就是告诫人们：必须振作起来，为摆脱苦难、消灭苦难而斗争。所以他的“苦难”诗，常常跳动着诗人的激励和呼唤的诗情。艾青写苦难与忧郁曾受到过一些人的非难和指责。艾青则回答道：“叫一个生活在这年代的忠实的灵魂不忧郁”，是“一种奢望”。他到延安后所写的《毛泽东》一诗这样写道：“他生根于古老而庞大的中国，/把历史的重载驮在自己身上；/他的脸常覆盖着忧愁，/眼瞳里映着人民的苦难”，这也表明，苦难和忧郁，正是那一代人的精神重负。

平民意识　艾青多次表明自己是一个“农人的后裔”，他对他的保姆“大堰河”的爱，一直沉到心底，潜滋暗长，逐渐升华为

---

① 艾青：《为了胜利》，《艾青全集》第3卷，花山文艺出版社1994年版，第120、122页。

② 艾青：《诗与宣传》，《艾青全集》第3卷，花山文艺出版社1994年版，第77、78页。

对广大贫苦大众的挚爱之情。自开始诗歌创作之后，他就把自己定位在普通人当中。他在《诗人论》中说："永远和人民群众在一起，了解他们灵魂的美，只有他们才能把世界从罪恶中拯救出来……只有他们在这世界上是最可信赖的。""信任一切不幸者，只有他们对世界怀有希望，对人怀有梦想。"这就是艾青诗歌创作的思想基础。翻开艾青的诗篇，大都是写土地和农民、战士及广大普通人民的，在这些诗篇中一贯地充满着诗人的真实感受，反映着人民的大众的情绪和精神。与黑暗社会的势不两立，对劳动人民的疾苦的同情和对他们沉默坚忍性格的赞扬，是其诗歌的基调。我们仅从《北方》组诗、《旷野》、《旷野》（又一章）、《村庄》、《献给乡村的诗》等作品中就可以看到，艾青对农民的艰难处境了解得那样清楚，对他们的苦况写得那样深广，那样细致，那样生动，那样真切，恐怕在现代诗坛上还没有第二人可与之相比。如果没有与他们广泛深入接触，没有与他们声息相通，没有广博的人道主义情怀，是不可能把诗写到那样动人的程度的。他在《献给乡村的诗》中写道："我的诗献给乡村里一切不幸的人——无论到什么地方我都记起他们。"在那悲苦的年代，艾青以一颗独特的诗心，牵挂着下层人民的喜怒哀乐及其生存状况，以此为荣，乐此不疲，且不以为不"高贵"，不"高雅"。这是以摒弃了个人的得失，脱掉了所有虚伪和矫情作为基础的平民意识，所以称艾青为伟大的"平民诗人"，应当说是最恰当不过的了。在那时的诗坛，虽然"大众化"口号喊得那样响亮，但真正以诗走近乡村旷野，与广大底层人民始终保持着密切的精神联系，并把他们作了真切表现的诗人，又有多少呢？相比之下，艾青的诗就显得独特而可贵了。他的诗，不愧为中国农民的一面镜子。

战争意识　20世纪40年代那场旷日持久的战争，既发生在中国，也联系着全球；既关涉着中华民族的生死存亡，也关涉着世界的和平与民主能否保障。所以，对于那场战争的态度，是每一位有良心的中国人都不可回避的。艾青认为，中国的尊严与主权，中国的独立、自由和幸福，"必须通过战争才能得到保证"。"这是真理，是每个谋解放的中国人民所应该把握的信心，没有这样的信心的人，是不可能理解战争的。不能理解这战争的，又如何能理解时代的精神呢?"① 正因为诗人对战争抱有如此严肃的态度和深刻的认识，所以他的创作始终关注着战争，把"这无比英勇的反侵略的战争，和与这战争相关联的一切思想行动；侵略者的残暴与反抗者的勇猛；产生于这伟大时代的英雄人物；民主世界之保卫，人类向明日的世界所伸引的希望"，作为"中国新诗新的主题"②，这实际上已直接触及到了"战争与和平"的母题。艾青对这一主题的把握是相当准确有力的，他所抒写的一曲曲抗战的颂歌不但在表现抗日斗争宏伟壮观的场面上"并世无二人"③，而且在民族精神的高扬和"民族魂"的重铸上，也达到了时代的需求高度，它无疑"为抗日战争留下了丰碑"。艾青那些国防题材的诗作则奏出了世界反法西斯的高昂旋律，它在题材涉及的广度、主题开掘的深度和表现的力度上，都是空前的，在现代中国新诗史上，似无能与之媲美者。纵观艾青的战争题材诗作，它是献给中国人民和世界人民的豪迈的进行曲，它非常深刻地表达了这样一个共同的世界话语：反侵略、反强权、反独裁、反歧视、求生存、求独立、求和平、求自由、求发展。从这些作品中，我们可以看到一位正直的中国人，真正的世界公民所拥有的风度与胸襟。

艾青诗歌的主体意象和主导精神意识鲜明地贯彻于他在 20 世纪 40 年代的诗歌创作中，它充分显示了一个追求革命与进步的知识分子对于时代的基本态度，对于世界的基本认识，显示了一个有作为的现代诗人的忧患感和使命感。应当说，艾青对诗歌求"善"目标的强调与追求，相当鲜明地表现了民族的良心，代表了人民的心声，体现了一个时代的灵魂。

---

① 艾青：《诗与时代》，《艾青全集》第 3 卷，花山文艺出版社 1994 年版，第 68 页。

② 艾青：《诗与宣传》，《艾青全集》第 3 卷，花山文艺出版社 1994 年版，第 77、78 页。

③ 陆耀东：《论艾青诗的审美特征》，《中国现代文学研究丛刊》第 4 期，1992 年。

三

作为诗人，艾青十分重视诗美，执著地追求诗美。他说："凡是能够促使人类向上发展的，都是善的，都是美的，也都是诗的。"也就是说，美的精神内涵是真与善，而真与善必须是具体成形的，所以诗美又是诗歌创作手法、表现技巧与艺术形式和风格的综合体现。

（一）艺术特质：对现实主义传统的坚持与发展

艾青的诗艺追求，首先体现在他对新诗现实主义的诗歌传统的坚持和发展。如前所述，他的创作的一个最显著的特征，就是始终"忠实于现实，用自己全部智能去和现实结合，随着发展和变化的现实一同发展和变化"①，所以他的诗鲜明地体现了新诗现实主义"忠实于现实的战斗的传统"。他对诗的现实性、思想性和力度的追求，使他的诗的境界站在了一个时代的高度上，而他对诗的主体性和艺术性的高度重视，则使他的诗在当时显得与众不同，从而把现实主义诗歌提高到了一个新的水平。

现实主义应时代形势的需要，而成为诗歌的主潮，这种主潮中一个明显的倾向就是把时代与自我、政治性与艺术性对立起来，当时拙劣的诗作的泛滥和恶性膨胀就是由此所致。而艾青不为流俗所囿，始终把时代与自我、政治性与艺术性的统一视为现实主义的本质规定，从而使他的创作保持了现实主义的本色，获得了一种成熟的美学规范。

艾青在创作实践中，总是坚持把握住自我的主动性，总是忠实于自己对时代、对生活的真切感受，将自己的心灵袒露在读者面前，将自己的爱爱恨恨真诚地抒写出来；他按照自己的方式，用自己的歌喉，唱出自己的心灵之歌，因而他的诗的真本色、真性情显

---

① 艾青：《我们对于目前文艺上几个问题的意见》，《艾青全集》第5卷，花山文艺出版社1994年版，第386页。

得相当鲜明，他的诗的个性特征也显得相当充分。艾青是爱好遐思的诗人，他常常把个人的思考自然地融入描写对象中，因此他诗中的人物形象都带上了诗人的个性和感情色彩。艾青对诗中抒情主人公的形象进行了较自觉的塑造，贯穿于艾青20世纪40年代诗作中的抒情主人公是一个充满了沉重的忧国忧民意识和热切追求光明并甘愿为正义事业献身的人物形象。正如他的《群众》一诗所表达的："当我用手按着自己跳动的脉搏/我的心就被汹涌的血潮所冲荡/他们的痛苦与欲求和我如此纠缠不清——/他们的血什么时候流进了我的血管?"这就是说，诗人的"自我"与"大我"是相通的，因而诗人的心灵抒写也是整个民族心灵的律动。《他起来了》、《吹号者》、《他死在第二次》、《火把》等作品是艾青个人的生命体验，又凝聚了我们全民族在血与火中的共同体验。可以说，艾青的诗总是将时间与场景统一，作者与人物交融，质朴的人道情韵与现世的忧患结合，从而扩散为他相当一部分诗歌的基调。正因为这样，艾青诗歌在20世纪40年代诗坛具有了特别的意义，它使现实主义诗歌在忽视自我、使其在内容上出现贫乏的趋势的情况下起到了补充血液、重现生机的作用。再加上受他影响的七月派青年诗人的茁壮成长，使现实主义诗歌摆脱危机，真正走向了成熟和深入。

（二）艺术构成：吞吐容纳中外古今的气度

艾青一贯追求和坚持现实主义，但又不拘守现实主义的单一模式，而是有所突破，有所开拓。正如法国诗人贝尔娜所说的："艾青从一开始就是写实派，但他不是僵硬的，教条主义的，这是一种自由的现实主义，开明的现实主义，进取的现实主义。"① 也就是说，他在恪守现实主义本质规定的基础上尽量吸收古今中外文化的精华和多种文学流派的营养，在中西结合的道路上发展现实主义，使现实主义诗歌在艺术上具有多种色调和开阔的格局，在多种题材的处理上具有更强的表现力，在表现手法与风格的变化上具有更大

① 《艾青诗选·序》（法文本），《艾青专集》，江苏人民出版社1982年版，第98页。

的适应性。

艾青全身心地经受过欧洲现代思潮的洗礼，熔铸了欧洲近现代多种流派的艺术家和诗人之所长。他是从绘画转到写诗的，他最先接受的是印象派画家梵·高和高更的影响。他所喜欢的作家和诗人有波德莱尔、兰波、凡尔哈仑、阿波里内尔、普希金、叶赛宁、勃洛克、马雅可夫斯基、莱蒙托夫、莎士比亚、惠特曼、雪莱、拜伦等。这些作家深厚的爱国主义思想、强烈的反叛意识和维护正义与和平的精神使他有一种本能的亲切感，而这些作家的自由、民主思想及其对人性、人类问题的种种哲理探索，使他感到极为新鲜，使他获得了一种现代的眼光与灵魂的启悟，他把这些都纳入到自己的人生追求与精神追求中去；同时，他对这些现代作家的艺术创造所怀有的特殊的敏感，使他能够在借鉴中披沙拣金，获取甚多。

我们从艾青诗作中，可以看到他对城市与乡村的表现，忧郁情调，意象选择以及色彩描写、象征手法和诗歌风格等特点的形成，都有明显的影响源。对乡村与城市的表现是艾青诗作的重要内容，而其中明显存留着凡尔哈仑和叶赛宁的影响。艾青曾译过凡尔哈仑的诗集《原野与乡村》，对他的诗自然体会深切，他说："我最喜欢、受影响较深的是比利时大诗人凡尔哈仑的诗，它深刻地揭示了资本主义世界的大都市的无限扩张和广大农村濒于破灭的景象。"①艾青很多写乡村、旷野、土地和农民的诗，既描述了中国农村和农民的衰败与困厄，也写出了农村和农民的命运变迁，而其中大多数诗在表现那苦难的年代中国农村的衰败面相时，却充满了浓郁的乡愁和乡恋："中国的乡村/虽然到处都一样贫穷，污秽，灰暗/但到处都一样地使我留恋。"这些诗的情调、风格和语言与凡尔哈仑的诗颇为相似。而艾青那些表现城市的诗对城市基本持批判否定态度，《城市人》相当尖锐地揭示了城市的丑恶，而《浮桥》、《吊楼》则把城市与乡村相对照：一边是豪奢，一边是贫穷；一边是傲慢，一边是畏缩；一边是欢笑，一边是悲愁。这些诗的有些手法

① 艾青：《在汽笛的长鸣声中》，《艾青全集》第3卷，花山文艺出版社1994年版，第399页。

显然是从凡尔哈仑那里学习来的；而他对农村的眷恋和对都市的憎恶又与叶赛宁的诗相接近。

艾青诗歌的忧郁情调的形成，还与凡尔哈仑、普希金、叶赛宁、马雅可夫斯基、莱蒙托夫等的忧郁气质与格调有一定的联系。这些作家的精灵，正是发自肺腑的彷徨、痛苦的追求与反叛、抗争的欲望紧紧相连的深沉之音，这与艾青有相通之处。尽管艾青的忧郁情调是由他的经历和所处环境造成的，但外国作家和诗人所给予的影响不能不对他起到心灵的催化与塑造的作用。在艾青的意象选择中，对太阳的选择就受到了欧美一些艺术家的影响。正如黄子平所说："波德莱尔对异域阳光的梦想，兰波对晨曦的追逐，凡·高对太阳的神一般的崇拜，马雅可夫斯基与太阳的对话，叶赛宁对太阳光辉永存的信念，就全部汇入艾青毕生不倦的'光的赞歌'之中。"① 艾青曾受印象派绘画的影响，特别重视感觉的表现，他常常善于捕捉刹那间的新奇印象，并以简洁的语言描画渲染。同时，印象派以色彩与光线表现主观感受的方法在他诗歌创作中运用得十分自如。他诗中经常所写的土色、泥色、山色、水色、树色、石色、天色、人色等大都色彩较浅，色质较暗，带有淡淡哀愁的色调美，这与他忧郁的情调正相吻合。在诗歌表现手法上对艾青影响最大的可说是法国象征派。艾青说他并不讳言象征主义的影响，但他并不喜欢象征主义，从他的诗歌创作来看，他确实没有走向象征主义，他的诗歌作品也没有形成象征主义的氛围，但对象征主义的象征与暗示、通感、远取譬、意象奇接等方法的运用却是相当娴熟的，特别是象征与暗示的运用更是大量的。艾青运用象征与暗示的手法，但不制造朦胧与神秘、晦涩与怪诞氛围，尽力让其象征与暗示含蓄而不晦涩难解，这就使他的诗与象征主义区别开来。艾青在广泛接受外国诗人的技法的基础上点化熔铸，形成自己的自由多变的诗艺系统，从而使他进入了技艺操作的从容不迫、得心应手的自由境界。艾青在诗歌境界与风格的形成上所受外国作家的影响也是

① 曾逸主编：《走向世界文学》，湖南人民出版社 1985 年版，第 492 页。

广泛的。他赞颂马雅可夫斯基的诗歌："意象——新鲜如云霞，/旋律——吹刮如旋风，/音节——响亮如雷霆，/思想——宽阔如海洋。"(《马雅可夫斯基》)他称道"莎士比亚的联想的丰富"，他对自由的歌手普希金那"狂风似的歌声"、"明晰、朴素的语言"也是十分佩服的。艾青对这些作家的创作境界和风格特征的发现，本身就是他选择的结果，事实上，他的艺术创作已经融合了他们的优长，并且在艺术境界与风格上具备了某些相似性。

艾青十分自觉地将外来的经过选择的艺术精神、艺术表达方式与艺术风格和深刻的现实主义精神结合起来，从而取得了创作上的更大发展；但我们又不能不承认，艾青的诗歌对中国古代文化与文学的承续关系是相当明显的。首先，他在主体意识上继承了中国古代知识分子"以天下为己任"的传统思想及其积淀本已十分丰厚的忧患意识，使他始终葆有强烈的进取精神与时代的使命感和忧国忧民的情怀。其次，他在艺术创造上承传了中国古代文学中深厚的诗骚传统，把诗歌当作抒发内在思想情感，传达人生态度的工具，这就使他的诗必然与"游戏"、"唯美"相去甚远，他的诗几无无病呻吟之作，也无优游山林之曲，他自觉直面现实人生，承担了人世间的一切苦恼，承担了时代的各种忧患，表现了以国家、民族、人民之忧为忧的"赤子之心"和人道精神。艾青发扬了中国诗歌以抒情为本，以意境为审美的最高境界，以赋、比、兴为主要表现手段的诗学传统，尽管这些传统因素在与外来影响化合后发生了变异，形成了新的质素，但我们仍可看到它在艾青诗中所发生的作用。艾青诗歌以自然为工，与"独抒个性，不拘格套"的明代公安派有相通之处。他写诗时，情感非从胸腔流出不肯下笔，因此他的很多诗作是情与境会，顷刻千言，如水东注，令人夺魄。艾青学习古代诗歌传统，而又容纳新潮，因而其创作并未笼罩上古代遗风与古典韵味，而是充满了扑面而来的现代气息，他的诗是具有现代品格与现代风尚的新诗。也由于他承传了古代优秀的诗歌传统，而使他在学习外国现代诗歌艺术时能化腐朽为神奇，遏止非理性、神秘、怪诞以及唯美的倾向，而始终葆有中国之风，民族之魂。

（三）艺术创新：形象、形式和语言方式的重建

抗战以后，诗歌走向单调，普遍重视诗歌的社会功能，而缺乏应有的诗美规范。因此，诗体重建是20世纪40年代诗歌面临的重要而迫切的任务。所以艾青提出："诗人的劳役是：为新的现实创造新的形象；为新的主题创造新的形式；为新的形式创造新的语言。"由此可见，艾青是把新的形象、形式和语言方式的建构看做诗歌艺术创新的关键。而艾青在这方面的创造性工作则有力地体现了他的诗美实绩。

在20世纪40年代，艾青是倡导新诗形象化运动的先锋，他之所以特别重视诗歌的形象化，因为在他看来，"形象塑造的过程就是诗人认识现实的过程"。艾青因重视诗的形象塑造，避免了当时普遍存在的概念化公式化倾向，形象思维帮了艾青的大忙，使他的诗的整体的质量能保持在时代诗坛的高度上。重视形象思维的结果，使艾青创造了一种别具一格的"艾青体"长诗（叙事诗）。在20世纪40年代诗人中，艾青以大体裁的诗歌创作而出众，长诗在他当时的创作中占了三分之一的位置，这在当时是并不多见的。从当时诗坛来看，大的诗歌体裁的创作是不够景气的，成熟的有影响的长诗作品甚少。"艾青体"长诗代表了当时长诗所达到的艺术高度。当时茅盾指出："依我看来，目前已有的长诗，倘从风格上来说，那么，可以说是我们有了艾青的，田间的，以及柯仲平的三种风格。"他还说："长诗至少要有雍容的风度，浩荡的气势，在这点上，我是比较中意'艾青体'。"① 艾青、田间、柯仲平是当时在长诗探索上用力最勤，成就最大的诗人，"艾青体"长诗显然是与鼓点式的"田间体"和运用民歌风格的"柯仲平体"是不一样的。它的主要特点是：1. 通过人物特写揭示人物灵魂，突出人物性格，塑造人物形象。他的《吹号者》、《他死在第二次》、《火把》、《雪里钻》、《索亚》等长诗，并不着意于构筑一个完整的故事，而是截取人物生活侧面或片段来展示人物的精神世界。读了艾

① 茅盾：《文艺杂谈》，《文艺先锋》第2卷第2期，1943年。

青的长诗，或许不能获得人物生平事迹的完整情况，但人物思想性格的突出特征却给你留下深刻的印象。艾青长诗这一特点，是与以激情抒写为主的田间体长诗和以讲故事为主的柯仲平体长诗迥然不同的。2. 艾青的长诗始终保持着抒情性、诗意化的特征。在诗的内在结构上，艾青体长诗与抒情诗所不同的是加重了叙事的容量和成分，但它仍然以诗情、诗意与诗味为本。在故事与情节的展现中，诗人常常以强烈的主观情感去介入叙事，其主人公的很多思想活动都几乎是诗人对生活的态度和对世界的认识的对象化的把握，所以艾青的长诗总是融贯着强烈的自我感觉，流动着反复歌咏的情绪。还有，艾青写长诗非常注意营造诗意的氛围，这种诗意氛围的营造，主要靠诗人对一些特定场景的渲染，对一些具有特征的事物的联想，以及对支撑情节的贯穿物的诗性发挥。《火把》一诗对火把大游行场景及"人群"、"动"、"光"的描绘，既构成了人物活动的背景，又使诗罩上浓厚的诗意氤氲。《吹号者》中吹号者的号角这一独特事物既是人物身份的标志，又是人物职责的标志，还是人物闪光精神的象征。诗人对它多视角的描绘，使作品增添了耐人咀嚼的诗味。艾青长诗对抒情性的贯穿和诗意氛围的营构，使他的长诗始终具有浓厚的诗性特征，与激情有余而诗意不足的田间体长诗和故事性强而抒情性不足的柯仲平体长诗相比，艾青明显高出一筹。3. 艾青长诗在总体上有着雍容的风度和浩荡的气势，这是从他的作品总体描写中所呈现出来的风格与基调。这一点之所以得到茅盾的高度肯定，不但因为那时长诗的题材"非有庄严与雄伟的风格是不相称的"，而且那些长诗在这方面的不足也是普遍存在的，而艾青体长诗的这一风格特征与同代诗人相比，则其优势就显得相当突出了。可以认为，对现实斗争的介入，对生活的高度概括，以及对时代氛围的准确把握，使艾青成为那一时代的宏伟风格的代表诗人。

艾青所创造的新的形式，就是具有散文美的自由体诗。它主要由两方面构成：一是形式的自由性，二是语言的口语美。艾青的创作已清晰地展示了这种诗体所能承载的艺术容量，在他的笔下，这种自由与谨严、开阔与集中、朴素与简练、深入与浅出的诗体的奇特功能被发挥到了前所未有的境地。绿原说："中国的自由诗从'五四'发源，经历了曲折的探索过程，到三十年代才由诗人艾青开拓成为一条壮阔的河流。"① 因此他被视为中国现代自由体诗的代表，创作成就最高的诗人。

由上可见，艾青重视新的形象、新的形式、新的语言方式的建构，就是要探寻一条新的诗歌创造的道路，即诗歌在形象地反映现实生活情感时，摆脱形式的桎梏，采用自然朴素的语言，将其多种表现方法综合运用。这一倾向，也正体现了时代的一种普遍愿望与主体趋势：使诗歌更广泛地接近生活，摆脱贵族气，更民主、更直接、更自然地走向读者，走向大众，同时也使诗的表现方式得到更大的扩展。艾青将诗歌文体、形式和语言的变革与探索的成果与新的诗歌内容成功地结合在一起，使他的诗歌创作显出了独特丰采，为中国新诗开创了一个新的天地。

四

艾青在 20 世纪 30 年代末明确提出真、善、美统一的诗歌美学观和他在创作实践中所体现的这种审美追求，正是他对时代生活和诗歌自身运动的准确把握的结果。艾青在创作实践中既坚持诗歌艺术的纯洁性，又忠实于时代生活，并予以独特的表现，他的诗因此超越了唯艺术或唯思想的偏执，而步入包容美与社会历史内容的阔大境界。他是在诗歌的时代性与艺术性的结合上做得最好的诗人之一，无论是政治主题的表达还是艺术形式的革新，他都一直处在时代的先锋位置上。他既是他所处时代的典型的产物，又在许多方面超越了时代，他以旺盛而持久的创作力，领三四十年代诗坛风骚十余年之久，他以突出的创作实绩实现了自己的诗美理想，从而创造出一种"完成"的新诗艺术。在他的整个诗歌创作中，真的境界、善的灵魂，美的艺术，达到了较为完美的统一。他的创作成就，标志着中国新诗第三次整合的完成；他的艺术探索，促进了中国新诗

① 绿原：《白色花·序》，人民文学出版社 1994 年版。

艺术向更高更深层次的发展。

当然，不可讳言，艾青也有他自己的局限和不足。例如有些诗作显得单纯而欠丰富厚实，有的小诗甚至显得太清浅。这不但与诗人的思想力度不够有关，也“在于诗人沿着面对现实的主线推进过程中，某些作品尚停留在感觉、意象、场景的色彩和情绪的跳动上面，没有进入对象（生活）的深处并缺乏更完整的思想性的把握；某些篇什对于抒唱的对象往往处于一种陶醉状态而缺少更典型的艺术概括”①。在20世纪40年代后期的几年中，艾青对社会的关注超过了对诗的“恪守”，他对革命工作的热情也远远大于对诗的兴趣，所以其诗作减少了，诗的浓度淡化了，诗的质量有所下滑。不过，艾青在当时诗坛的影响并没有因此减弱。他的诗歌的不朽价值已溶入后继诗人的写作中，受他影响而成长起来的七月诗派、延安诗派和一些九叶派诗人及其他众多青年诗人则活跃于20世纪40年代后期诗坛，并且给中国新诗带来了新的繁荣、新的气象和新的美学风貌。在整个20世纪40年代，艾青始终是走在诗歌方阵前面的人。

时隔半个世纪，我们再来审视20世纪40年代的艾青，仍可发现艾青的价值并没有随着时间的流逝而失去，相反，却显得更加引人注目，其对现实和未来的启示明显地存活在他的人与诗之中。这正如七月诗派著名诗人牛汉所说：“在中国新诗发展的历史当中，艾青是一个大形象。这是因为他和他的诗凝聚着并形成了一种近似大自然的气象和氛围。这是因为他和他的诗，始终生息在一个悲壮而动荡的伟大时代，与民族的土地的忧患和欢欣血肉相连。从他的人和诗，我们能真实地感受到无比巨大的历史胸膛内创造生命的激情，这激情使人类的美好智慧和精神能不断繁衍下去。我们多灾多难、有光辉前景的民族，将永远感谢诗人艾青和他的诗。”② 这真是至切之论！

---

① 杨匡汉、杨匡满：《艾青传论》，上海文艺出版社1984年版，第327页。

② 牛汉：《艾青名作欣赏·序》，中国和平出版社1993年版，第7页。

艾青的诗歌之所以具有不朽的价值，首先在于他的诗歌始终经营的不是小感觉，而是大感觉，抒发的不只是一己的悲欢，更是大时代的诗情，而这种大感觉、大诗情对于民族精神支柱的树立，民族灵魂的铸造所产生的影响是重大的，由此证明诗歌在国家民族的生活中的地位是不可偏离的。其次，艾青的诗歌具有与其时代主题表现相适应的艺术架构，新诗的成熟的审美规范在他诗中得到了充分而全面的体现，由此证明诗人如能超越极端，即追求美又不迷失于艺术至上，既富于道德力量又不流于说教，乃是其诗歌创作实现其最高审美价值的根本保证。最后，艾青的诗歌是诗人诗品与人品完美统一的结晶，由此证明诗人只有保持高尚的人品和卓异的诗品，才能求真求善求美；诗德能催生出诗歌的永恒，对诗歌永恒的追求可以造就纯正的诗德。

艾青的诗论和诗作所展示的艺术经验及其所显现出来的艺术探索精神，已成为中国新诗人的一笔宝贵的精神财富，他对于中国新诗的进一步的创造和繁荣，对于把什么样的诗歌带到新的世纪，将有着重要的借鉴与昭示作用。艾青是迷人的，其诗魂是不朽的！

四、40年代“新生代”诗歌综论

“新生代”是20世纪40年代后期顽强崛起的诗歌流派，它当时并无明确的流派名称，偶有人称之为“新现代派”和“学院派”，也有人称之为“新生代”。自20世纪80年代以来，又有人称它为“九叶诗派”（因1981年版《九叶集》而得名）或“中国新诗派”（因《中国新诗》杂志而得名）。其实，“新现代派”和“学院派”涵盖太宽，所以在当时没有产生影响；后来追认的“九叶诗派”和“中国新诗派”又涵盖太窄，所以未被人们完全接受。此派诗人实际不止九人，除了辛笛、陈敬容、杭约赫、唐祈、唐湜、穆旦、郑敏、杜运燮和袁可嘉“九叶”外，还应有方敬、莫洛、金克木、王佐良、徐迟、李白风、马逢华、李瑛、方宇晨、杨禾、吕亮耕、孙落等，尤其是方敬、莫洛，风格与之相当接近。这一派诗人除了在《诗创造》、《中国新诗》上发表作品外，还在京、津一些刊物上发表作品，而且《中国新诗》存在时间也较短（不到半年），所以，称他们为“九叶诗派”或“中国新诗派”不甚恰当，而称他们为“新生代”也许更为合适。当时唐湜在《诗创造》第8辑发表的《诗的“新生代”》一文称以穆旦为代表的诗人是“一群自觉的现代主义者”，影响很大，虽然此文所论“新生代”还包含以绿原为代表的另一诗人群，但他们却有着明确的流派（“七月派”）归宿，并与前者有着不同的流派性质，所以人们一般更愿意把“新生代”这个命名赋予穆旦为代表的诗人群，把他们视做中国现代主义的后来者，中国现代诗坛的“新生代”诗人。这一称谓，应该说比其他名称更具历史依据，更合乎它的实质内涵。

一、历史成因：由分散到聚合

“新生代”主要由上海诗人群和西南联大诗人群组成。上海诗人群有辛笛、杭约赫、陈敬容、唐祈和唐湜等；西南联大诗人群有穆旦、杜运燮、郑敏和袁可嘉等。西南联大迁回北京和天津后，两个诗人群就分别居于南方和北方城市，所以又被称为南方诗人群和北方诗人群。两个诗人群聚合以前已经分别展开了20世纪40年代的现代主义诗歌运动。

20世纪40年代的昆明是文化上的奇特存在。西南联大作为全国最高学府，在艰苦战争环境仍保持开放前卫、兼收并蓄、多元竞争的优良学风。在这里，冯至、卞之琳、李广田、叶公超等通过授课、著述、翻译和编辑活动介绍西方现代派；闻一多也偏向现代诗歌艺术，他选编了《现代诗抄》；朱自清在20世纪20年代中期就对象征派诗歌大力扶持，他这时期写的诗论集《新诗杂话》也热心倡导现代诗歌艺术；更重要的是，英国现代诗人、新批评诗论家燕卜逊（Empon）在联大开设了深受学生欢迎的《当代英国诗歌》课程；等等。这些都构成了浓厚的现代诗歌氛围，强烈地影响到联大的青年诗人的成长。他们组织诗社，开展诗歌活动，不少诗作在当地《文聚》杂志以及桂林的《明日文艺》、香港的《大公报》副刊上发表。联大青年诗人群较为活跃的有穆旦、郑敏、杜运燮、杨周翰、王佐良、罗寄一、赵瑞蕻、汪曾祺、刘北汜、巫宁坤、何达等，其中穆旦、郑敏、杜运燮当时已有诗名，被称为联大诗坛“三星”。1946年他们复员回到京、津后，经常在天津《大公报》副刊《星期文艺》、天津《益世报》副刊《文学周刊》、北平《经世日报》文学副刊和商务印书馆的《文学杂志》上发表作品。这时他们与京派文化圈比较接近。

1947年杭约赫等人在上海集资成立星群出版公司，后创办“诗创造社”，并于当年7月编辑出版《诗创造》杂志，以此为阵地，上海诗人群逐渐向流派汇集。《诗创造》明确倡导兼容并包的方针，创刊号的《编余小记》宣告：“在诗的创作上，只要大的目标一致，不论它所表现的是知识分子的感情或劳动大众的感情，我们都一样重视。不论他是抒写社会生活，大众病苦，战争惨象，暴露黑暗，歌颂光明；或是仅仅抒写一己的爱恋、忧郁、梦幻、憧憬……只要能写出作者真实情感，都不失为好作品。”无论是写为广大劳动大众所喜闻乐见的诗，还是写商籁诗，玄学派的诗，及那些高级形式的诗，“我们也应一样对其珍爱”。这种在后来反复强调的编辑方针实际体现了两种思想倾向，一是与当时的文学主潮相一致，积极倡导和创作现实主义诗歌；二是对受到抑制的现代主义诗歌给予肯定，主张给它留下一定的生存空间。从《诗创造》的作者队伍来看，也主要由两部分人构成：一是臧克家周围的年轻人，如康定、林宏、沈明、田地、劳辛等；二是编者杭约赫的诗友，如陈敬容、辛笛、唐祈、唐湜、方宇晨、马逢华、李瑛等。他们确定这种兼容并包的编辑方针的初衷显然不在于形成一个流派，而是为了冲破诗坛寂寞与萧条所作的努力。实际上，兼容并包在当时是很难实现的，因为时代的主潮是现实主义，大多数作家独尊现实主义，很难给现代主义以平等的地位，所以，《诗创造》内部所存在的两种创作倾向就逐渐由兼容走向了分离。据林宏、郝天航回忆说，他们当时在大目标上“是共同一致的”，“但在艺术思想上却有分歧，存在着不同的见解”，于是，“逐渐在刊物的选稿标准上，林宏、康定等人的意见与辛之、唐湜等人不时发生矛盾。前者认为在残酷的现实环境下，要多刊登战斗气息浓厚与人民生活密切联系的作品，以激励斗志，不能让脱离现实、晦涩玄虚的西方现代派诗作充斥版面；后者则强调诗的艺术性，反对标语口号式的空泛之作，主张要讲究意境和色调，多作诗艺的探索。而臧克家大力支持林宏等人的意见，多次与辛之讨论，有时争得面红耳赤”。① 正是这种分歧与矛盾，使几位具有现代倾向的诗人自觉地走到一起，其诗歌探索在《诗创造》上越来越鲜明地展示出来，以致杭约赫在第11辑《编余小记》中承认：“这个丛刊，可以勉强说是稍带

---

① 林宏，郝天航：《关于星群出版社与〈诗创造〉的始末》，《新文学史料》第3期，1991年。

同人性的园地。"唐湜也回忆说:《诗创造》"后来在敬容、唐祈与我的参与下,刊物上显现了一些'现代派'的倾向,引起了一些人的非议"①。于是,上海诗人群的分道扬镳则不可避免了。很快,杭约赫、辛笛、陈敬容、唐祈、唐湜等人从中分蘖出来,在辛笛的经济资助下,于1948年6月另行创办《中国新诗》丛刊,由森林出版社出版,杭约赫、辛笛、陈敬容、唐祈、唐湜和方敬(未到职)等为编委。他们与北方的穆旦、杜运燮、郑敏、袁可嘉等相汇合,掀起了一股现代主义诗歌潮流。正如唐湜所说:"在《诗创造》中,我与敬容、唐祈关系较好,在辛之的支持下,初步形成了一个四人核心,到了《中国新诗》,南北双方合流(当时攻击我们的批评家们说是'南北才子才女的大会合'),北方的Trio(三星)与可嘉积极来稿支持南方的我们五人,九叶这一流派才算真形成了。"②

杭约赫等人从"诗创造社"分离出去之后,《诗创造》从第13辑起(出到第16辑)编辑易人(由林宏、康定、沈明、田地等人负责编辑),方针改向,他们也就不再投稿。该刊在作为"一年总结"的《新的起点》(林宏执笔)中指出:"从本辑起,我们要以最大的篇幅来刊登强烈地反映现实的作品。""我们对于艺术的要求是:明快、朴素、健康、有力,我们需要从生活实感出发的真实的现实的诗。"此时的《诗创造》不但加强了战斗性,而且风格上也有所改变,把以前的现实主义创作倾向推向了主导地位。而北方诗人穆旦、郑敏、杜运燮等从未在《诗创造》上发表作品,而此时却成了《中国新诗》的主要撰稿者。《中国新诗》虽仅出1~5辑(1948年11月与《诗创造》同时遭国民党政府查禁),但大都以"新生代"诗人的创作与评论为主,这与此前《诗创造》的"杂乱无序"截然不同。杭约赫后来回忆说,《中国新诗》作者面较《诗创造》狭,但提高了选稿标准,使其对诗艺的探索和美学追求能在前辈的指导、鼓励下,汇合诗友,共同协作,于是,

① 唐湜:《九叶在闪光》,《新文学史料》第4期,1989年。

② 唐湜:《九叶在闪光》,《新文学史料》第4期,1989年。

"《中国新诗》这块园地里，逐渐形成了一个具有鲜明特色的新诗流派"。① 由此可以说，《中国新诗》的创办是"新生代"诗人正式聚合的标志。

"新生代"诗人选择现代主义道路绝非偶然。从世界文学发展趋势来看，早从19世纪后期以来现代主义就成为风靡世界的文学潮流。中国新诗自诞生以来，已经走过了一段为时不短的向西方现代派取经的艰难历程。在新诗的草创时期，现代主义并未引起人们的普遍关注，但当新诗的发展逐步走向深入的时候，西方现代主义诗歌被引进了中国新诗坛。强烈的世界文学意识和现代意识，驱使一部分诗人勇于追求接近诗的本质的"纯粹的诗"的观念，所以他们探寻艺术本质的目光不再局限于西方18、19世纪的传统诗人，而是对西方当代诗歌潮流投以更多的关注，努力在这一潮流中寻找新诗艺术现代化的启示，寻找中国诗歌加入世界文学的道路。以李金发为代表的象征派作为新诗坛上的"一支异军"，首开中国现代主义诗歌潮流。象征派的探索虽然没有获得较大成功，但后起的现代派则把现代主义诗潮推向了高峰。他们先后以《现代》和《新诗》为大本营，形成了强大的阵容。他们结束了中国现代主义诗歌盲目摹仿阶段，开始进入了一自觉创造的时期。正当现代主义诗歌发展方兴未艾之时，一场战争改变了它的历史进程，即它再也不是在与现实主义的对峙中求得独立发展，而是努力向现实主义依归。尽管如此，中国现代主义诗歌艺术已经作为新诗传统的一部分，存留于后起的中国新诗人的记忆之中，尤其对那些心灵极其敏感的年轻诗人，具有巨大的吸引力，它所具有的那种为传统诗艺所欠缺的优势必然会给他们的艺术探索提供某种借鉴。正因为如此，后起的"新生代"诗人大都是在20世纪30年代现代派诗人的影响下走上诗坛的，与现代派有着一定的历史联系。

辛笛早在抗战前就和何其芳、卞之琳有着亲密的关系。穆旦在戴望舒主编的《星岛日报》副刊上发表过诗作。也有一部分诗人如唐祈、唐湜、陈敬容、杭约赫等都是从推崇现实主义或浪漫主义

---

① 曹辛之：《最初的蜜》，文化艺术出版社1985年版，第243页。

而转向现代主义的。尤其是20世纪40年代仍坚持现代主义诗歌创作的冯至、卞之琳等诗人所取得的成就更加增强和坚定了他们取向现代主义的兴趣和信心。袁可嘉在谈及穆旦、杜运燮等人的诗歌创作时说，他们之所以采取了现代派的艺术方式，是因为受到了“在借鉴现代派诗艺上获得优异成果的前辈诗人戴望舒、卞之琳、艾青、冯至的影响”①。也如有人指出的那样，像冯至的《十四行集》所产生的“笼罩一时的影响”，在很大程度上“启示了青年诗人探索的航道”；② 卞之琳的《慰劳信集》“用现代主义的诗歌艺术，写出中国抗战的现实生活”，成为校园诗人闪光的路标。③ 这就是说，如果没有前辈诗人在现代诗艺上的成功和影响，“新生代”诗人“要在40年代的历史环境里作出取向现代主义的选择也许要困难得多”。可见，“新生代”诗人的艺术选择“并不是一个艺术志趣使然的孤立偶然的行动，而是新诗传统推动的必然结果”④。

新诗传统的推力是重要的，而他们所受大学教育则是他们选择现代主义的又一重要力量。“新生代”诗人几乎都出自大学校园，他们中不少人还是专攻外国文学的，如辛笛毕业于清华大学外文系，唐湜毕业于浙江大学外文系，穆旦、杜运燮、袁可嘉毕业于西南联大外文系，等等。大学教育为他们接受现代主义提供了便利条件。唐祈是在西北联大上学时受盛澄华先生影响而接近现代派的。⑤ 唐湜多次回忆说，在学校，由于戚叔会教授的影响，他接触了一些欧美现代派的诗作和诗论，“觉得在浪漫主义和现实主义之外，又发现了一个新的世界”。戚先生教他和同学们阅读沃尔芙的

① 袁可嘉：《现代派论·英美诗论》，中国社会科学出版社1985年版，第375页。

② 孙玉石：《面对历史的深思》之八，《文艺报》，1987年6月20日。

③ 唐祈：《卞之琳与现代主义诗歌》，《卞之琳与诗艺术》，河北教育出版社1990年版，第40页。

④ 唐正序、陈厚诚主编：《20世纪中国文学与西方现代主义思潮》，四川人民出版社1992年版，第414页。

⑤ 参考唐祈：《诗歌回忆片断》，《飞天》第8期，1984年。

《波浪》、艾略特的《荒原》等后，他“由雪莱、济慈飞越到了里尔克与艾略特的世界”①。辛笛于1936～1939年在英国爱丁堡大学读书期间，不但听现代主义大师艾略特讲授的课，并与当时英国著名诗人S. 史本德、D. 刘易斯等时有往来，“成为现代主义大师的嫡系学生”。② 郑敏也曾入美国布朗大学研究院攻读外国文学，其硕士论文的研究对象是为西方现代派所推崇的英国玄学诗人约翰·邓恩。当然更为突出的是西南联大的风气的熏陶，在那里，有燕卜逊（Empon）、白英（Payne）及贾思培（Jasper）、贝克夫人等外籍教授讲授外国文学。据周珏良回忆：“在西南联大受到英国燕卜荪先生的教导，接触到现代派诗人如叶芝，艾略特，奥登乃至更年轻的狄兰·托马斯等人的作品和近代西方文论。记得我们俩人都喜欢叶芝的诗，他（穆旦）当时的创作很受叶芝的影响。我也记得我们从燕卜逊先生处借到威尔逊（Edmudn Wilson）的《爱克斯尔的城堡》和艾略特的文集《圣木》（The Sacred Wood），才知道什么叫现代派，大开眼界，时常一起讨论。”③ 可以说，燕卜逊在无形中教给中国诗人“一种新的诗”④。通过燕卜逊架设的桥梁，联大青年诗人开始取法叶芝、艾略特、里尔克、奥登等人的现代主义诗艺。

“新生代”诗人程度不同地倾向现代主义，这不仅是外在推力的结果，其实还有更为重要的内部原因。现代主义作为后期资本主义社会特定时期的产物，对于现代人的生存处境的焦虑和绝望，对于人的生命本体的深刻思考，对于人类精神生活前景的可贵探索，具有特殊的艺术魅力。它对处于黑暗与光明搏斗的现代中国诗人来说，必然具有某种感应和共鸣，他们必然会把它作为现代情绪的重

---

① 唐湜：《我的诗习作探索历程》，《20世纪中国文学与西方现代主义思潮》，四川人民出版社1992年版，第415页。

② 唐湜：《九叶在闪光》，《新文学史料》第4期，1989年。

③ 周珏良：《穆旦的诗和译诗》，《一个民族已经起来》，江苏人民出版社1987年版，第20页。

④ 王佐良：《穆旦：由来与归宿》，《一个民族已经起来》，江苏人民出版社1987年版，第2页。

要表现方式。中国象征派和现代派正是在表现现代中国人的生存危机与种种心理变幻上，大胆看取西方现代主义的。虽然在中国抗战爆发、大敌当前的特殊时期，现代主义的发展受到抑制，但在经历了民族与个人的生存灾变之后，在社会生活与情感变得更加错综复杂的情势下，中国诗人又开始回归现代主义。正如唐祈所说："生活在40年代那个历史的严峻时期，我必然学会以一个现代人的意识来思考、感受和抒发，把上海那些丑恶、复杂、冷酷、恐怖……放进现代主义的冷峻中。"① 20世纪30年代末，残酷的战争给人们带来了失望与痛苦。战乱，灾难，社会的黑暗，环境的险恶，人生的厌倦，未知的疑虑，很有些像存在主义者经历世界大战后描画出的人类"极端情境"，也类似于艾略特笔下渲染的雾一样晦暗的灰色世界。这都使当时生活在沦陷区和国统区的知识分子对自己的生存困境有着尖锐的体认，加上传统价值的崩溃以及中国新诗的内在要求，促使现代主义思潮悄悄地复苏和滋长。最先敏锐地反映着这一新趋势的是大学校园和沦陷区、国统区的一批青年诗人，由于对人生价值和生活苦难的困惑与思索，他们与西方现代主义发生了心灵的共鸣，而自觉地倾向于现代主义。例如，在燕京大学就有吴兴华等人对现代主义诗风的追寻；在沦陷区有黄雨、闻青、顾视、刘荣恩、成弦、金音、沈宝基、黄烈等人的现代主义诗歌创作；在国统区有孙望、汪铭竹、吕亮耕、吴奔星、紫曼、常任侠、徐迟等"中国诗艺社"诗人对20世纪30年代现代派的承继。但由于环境的限制，他们没有得到大的发展，其创作也没有形成潮流。而以穆旦为代表的西南联大青年诗人群和以杭约赫为代表的上海青年诗人群由于受到前辈诗人的影响与扶持以及西方现代派的熏染，得到不断扩大和发展，而形成诗潮与流派。在整个20世纪40年代，"新生代"诗人无疑最具先锋性，他们的存在，反映了中国新诗发展的一定历史要求，代表了中国现代主义诗歌一个独特的发展阶段。

---

① 唐祈：《唐祈诗选·后记》，《唐祈诗选》，人民文学出版社1990年版，第187页。

二、审美追求：在“平衡”中拓展诗歌天地

“新生代”诗人本着社会良知，执著追求自身的美学理想，探索新诗现代化的道路，“通过强烈的现代化倾向，而确定地指向诗的新生”①。“新生代”理论家袁可嘉说，他提出“新诗现代化”的概念包括两个方面的含义：第一，在思想倾向上，坚持反映重大社会问题的主张，又保留抒写个人心绪的自由，而且力求个人感受与大众心志相沟通，强调社会性与个人性，反映论与表现论的统一；第二，在诗艺上，要求发挥形象思维的特点，追求知性与感性的融合，注重象征与联想，让幻想与现实交织渗透，强调继承与创新，民族传统与外来影响的结合。② 受20世纪40年代社会形势和文学思潮的影响，在继承中国现代派诗歌传统和借鉴西方现代主义文学的基础上，“新生代”形成了独特的审美追求。自觉而执著地寻求诗歌与现实的平衡，时代与自我的平衡，知性与感性的平衡以及中西诗艺的融会，是其审美追求的核心。

袁可嘉说：“我只愿意着重指出这群来自南北的年轻作者如何奋力追求艺术与现实间的正常平衡。而这一平衡对于艺术、人生又是何等不可计量的重要而可贵。”③ 形成这一审美观念，是他们自身条件的必然结果。他们把“现实、象征、玄学的综合”作为自己的诗学原则，把“对当前世界人生的紧密把握”作为诗歌综合的第一要义。他们绝对强调人与社会相辅相成，有机综合，不像西方现代派只专注于个人精神世界，他们坚持必须首先介入现实生活，切入现实的肌理，他们“绝对肯定诗与政治的平行密切联

① 袁可嘉：《诗的新方向》，《论新诗现代化》，生活·读书·新知三联书店1988年版，第223页。

② 袁可嘉：《诗人的位置》，《一个民族已经起来》，江苏人民出版社1987年版，第17页。

③ 袁可嘉：《诗的新方向》，《论新诗现代化》，生活·读书·新知三联书店1988年版，第223页。

系”，“绝对肯定诗应包含，应解释，应反映的人生现实性”。① 同时，他们又对诗歌艺术的个性与特质相当尊重，对诗与现实间正确关系有深刻的理解，他们希望“在现实与艺术之间求得平衡，不让艺术逃避现实，也不让现实扼死艺术”，“要诗在反映现实之余还享有独立的艺术生命”，保留“广阔自由”的想象空间。② 这就纠正了现代主义诗歌长期偏离时代与现实的倾向，从而把现代主义诗歌的表现方位确定在一个新的逻辑起点上。这可说是“新生代”对中国现代主义诗歌的一个突破，一个重要开拓。

“新生代”“平衡”的美学追求还包括他们在诗歌内容上强调表现现实与挖掘内心的统一，即客体与主体、社会性与个人性、时代与自我的平衡。他们检视了中国现代派脱离时代的缺陷，又看到新诗现实主义日益狭隘的客观事实，强调诗人“忠诚于时代的观察和感受，也忠诚于各自心目中的诗艺”③，努力把诗歌建构在外在世界和内心世界的重叠上。他们“在一切苦难的历程中折磨自己的灵魂，在内心世界进行残酷的自我搏斗，以一颗孤独的探索者的心灵寻求着理想，创造出诗的形象”④。可以说，在那危机四伏和荒诞不经的社会环境中，通过深入探索痛苦的“自我”来表现现代人的思想情绪和复杂心态，成了“新生代”创作的一个显著特征。“新生代”这种表现自我和挖掘内心与20世纪20、30年代象征派、现代派有所不同，后者都以“小我”为中心，其个人情感抒发常常流于无病呻吟，而“新生代”诗人抒写自我，却是将自我置于时代的风云际会，个人的悲哀、痛苦与思索大都与现实扭结在一起；大都在个体之思上体现着群体之思，在对群体的观照上，体现着个人的精神视域。他们较少现代派的迷惘和幻灭之感，

---

① 袁可嘉：《新诗现代化》，《论新诗现代化》，生活·读书·新知三联书店1988年版，第4、5页。

② 袁可嘉：《诗的新方向》，《论新诗现代化》，生活·读书·新知三联书店1988年版，第219～220页。

③ 袁可嘉：《九叶集·序》，江苏人民出版社1981年版，第16页。

④ 唐祈：《现代杰出的诗人穆旦》，《一个民族已经起来》，江苏人民出版社1987年版，第57～58页。

而更多的是忧愤、矛盾和拼搏；较少人生无望的悲戚和无家可归的孤独，而大多具有对现实的清醒认识和对未来的执著信念，这就冲破了中国象征派与现代派“咀嚼着身边的小小的悲欢，而且就看这小悲欢为全世界”的狭小天地，与西方现代派也有了质的区别。

“新生代”“平衡”的美学追求，还包括他们在诗歌艺术思维方式上的知性与感性的平衡。为了打破“情感”对诗国的绝对统治，他们强调“知性与感性的融合”，官能感觉与抽象玄思的统一，使生活的内在经验通过转化而升华为底蕴丰富深厚的诗。他们认为，“现代诗人重新发现诗是经验的传达而非单纯的热情的宣泄”①，诗应当是一种情绪和思想的综合。这实际上是以西方现代诗为参照，力求使诗由情绪内质向思想内质、经验内质转化。此前的中国象征派、现代派并非没有思想，但更多的是抒情，乃至滥情，缺乏有硬度和质地的内涵，最优秀者如戴望舒可以达到情绪的幽深，而“新生代”诗人则追求诗情的深沉与诗思的深邃，其“诗质富于金属性的硬度，情绪坚实，蕴含着思想与经验，拥有内在密度和强度，宛若雕塑凝聚的内力”②。“新生代”的创作坚持向感知对象深入，从对象的具体形态中开拓心灵的历史，力求智性与感性的融合，情绪与物象的交融。他们对感性的描写不只是现象的摹仿，而是包含着自然、社会、人生的内容，包含着主体心智的创造。在他们的诗里，感性的东西经过心灵化了，而心灵的东西也借感性化而显现出来。这种感性与智性的统一，突破了传统诗歌单一的实象结构，在抽象与实象之间寻找内在的契合点，由此建立起诗歌的双重结构。例如辛笛的《风景》与唐祈的《老妓女》，起笔于生活的感性的具象，落笔于社会的病态的抽象，这种双重结构，实现了对生活题材的超越，把诗歌引向了丰富与深邃的高层境界。

“新生代”“平衡”的美学追求，还包括在诗艺上的“综合”特征。这就是指他们在诗艺上不满足于单调的艺术风格，不满足于

---

① 袁可嘉：《诗与民主》，《论新诗现代化》，生活·读书·新知三联书店 1988 年版，第 47 页。

② 张同道：《探险的风旗》，安徽教育出版社 1998 年版，第 70 页。

按照“生活本身形式”反映生活的艺术方法，对于综合的要求越来越高，开始突破传统的框架，走向多元化。首先，在追求古今中外诗艺的融合上，他们继承和超越了以前的现代派。以李金发为代表的象征派，在中外诗艺的沟通上所做的试验没有成功，后来以戴望舒为代表的现代派探索“象征派的形式，古典派的内容”相统一的诗歌之路，取得了一定的成效，但在中西融会的过程中未能很好地考虑如何与表现中国现实生活潮流统一起来，从而在一定程度上影响了融会的宽度、深度及其诗艺的拓展。“新生代”吸取前辈的经验教训，站在一个更高的视界上审视中外诗艺传统，进行中外诗艺融会的创造性工作，他们广泛吸收欧美象征主义、新感觉主义、意象主义、黑色幽默、荒诞派文学、超现实主义等艺术方法，从而建立起具有相当的开放性、综合性的现代主义体系，同时，他们又在现代主义的框架内，充分地兼容并蓄现实主义的有益成分，自觉走着现代主义与现实主义相结合的现代化之路。当然，就其整个诗派来说，其中也存在着某种区别：西南联大诗人群受西方现代派诗的熏染较深，抽象的哲理沉思或理性的机智的火花较多，常有多层次的构思；而上海诗人群则较多接受新诗的艺术传统或现实主义精神，较多感性的形象思维，但也从西方现代派的艺术风格与创作手法里汲取了不少艺术营养。正因为这样，有人说他们是现代主义派，有人说他们是现实主义派，事实上，他们不少诗篇都是二者有机结合的结果。但从总体上看，他们的艺术方法是以现代主义为主体的，他们参照中西艺术经验，又植根于本国现实生活，创造出自己的新颖的内在文学机制，从而革新了中国现代派诗歌面貌，开拓出崭新的诗歌格局和诗歌天地。

三、主题意向：对于社会人生的苦索

“新生代”是“一批对于人生苦于思索的诗人”①。《中国新

① 艾青：《中国新诗六十年》，《艾青全集》第3卷，花山文艺出版社1994年版，第494页。

诗》发刊词《我们呼唤》中说："我们面对着的是一个'严肃的时辰'与'严肃的工作'，我们必须以血肉的感情抒说思想的探索。我们应该把握整个时代的声音在心理化为一片严肃，严肃地思想一切，首先思想自己，思想自己一切历史生活的严肃的关联。"诗要思想，可以说是整个"新生代"诗人的一个共识。可以说，对社会现实的冷峻的解剖、理智的批判，对现代人生存处境的忧患和对自我深层心理的探索，几乎是他们诗歌的共同的主题意向。

"新生代"诗人身处腐朽污浊的大都市和大夜弥天的现实环境，自觉不自觉地滋生出艾略特式的"荒原"意识，但由于文化背景和现实处境不同，他们没有获得西方现代派诗歌那种深远的历史感和深厚的人类意识，但他们对于社会现实的剖析，却比以前的中国现代派来得尖锐、深刻。战争与民主成为20世纪40年代诗歌的共同主题，"新生代"对此并不回避。他们对于战争主要不着力于正面描写，不侧重于个人对时代的价值与贡献，个人对国家与民族义务的表现，而是着力于战争背景下人的深层心态之揭示和抗争的精神力量之寻求，呈现对人类生存命题具体切实又抽象超验的思考。穆旦看见民族蒙难，人们濒临精神崩溃，将要迷失自我，他就从更高层次认识内在生命和外部事物，寻求如何才能使人们的思想认识和精神内涵获得一个新的充满希望的境界。如他的代表作《赞美》一诗大量铺叙历史与现实的深长忧患、屈辱和巨大的荒芜、毁灭，雕塑人民"受难的形象"，并对一个民族在抗战中奋起发出"带血的"深沉祝祷："我要以一切拥抱你，你，/我到处看到的人民啊，/在耻辱里生活的人民，佝偻的人民，/我要以带血的手和你们一一拥抱。/因为一个民族已经起来。"在他的另一首代表作《森林之魅》中，诗人祭奠胡康河谷里抗日战士的白骨。在人类历史里死亡，也在自然里新生，抗日战士壮烈的视死如归，在这里有着永恒的奥义。战争既关乎着人的解放，也关乎着人道与人性。杜运燮的一系列关于战争的诗篇不是写轰轰烈烈的战争场面，而是进行战争与人的命运的深层探索，寻求人的内在解放的途径。《林中鬼夜哭》借死去的日本兵之魂谴责战争给予人类的创痛；《被遗弃在路旁的死老总》揭示死老总自卑自嘲的心态和深切的恐惧，正是战争对人的极度摧残的结果。杭约赫那些《严肃的游戏》、《最后的演出》、《感谢》、《致天字第一号》等诗篇，是对当时发动内战的“醉迷于战争的反动将军们的棒喝”，是对战争对于人类理性与文明的扭曲与破坏，人类在精神上感到自身存在的不合理性和荒诞性的深刻揭示，“新生代”的诗篇更多是与当时民主运动的洪流相汇合，发出对黑暗现实的诅咒，对于民主、自由、幸福的呼唤。

对现代人生存处境的沉思，对人生痛苦的勇敢逼视与自觉承担，在自我搏斗中对生命意识的捕捉与把握，对人的生命价值的探讨，更显示出“新生代”诗人的灵魂的丰富与深刻。最有代表性的是穆旦。穆旦这个痛苦的灵魂以对现代人的处境和命运的深入揭示而成为最具现代性的诗人。“诗人的敏感使他超前地感到了深远的痛苦”，“仿佛整个二十世纪的苦难和忧患都压到了他的身上”。① 他的长诗《隐现》呼吁的是现代人不能“看见”的精神痛苦：“因为我们认为真的，现在已经变假，/我们曾经哭泣过的，现在已被遗忘。”他在诗中尖锐地揭示现代人的缺失和疑惑，他诅咒那使世界变得僵硬和窒息的“偏见”和“狭窄”，他对于心灵自由的追寻以及对于精神压迫的谴责是触目惊心的：“我们站在这个荒凉的世界上/我们是廿世纪的众生骚动在它的黑暗里/我们有机器和制度却没有文明/我们有复杂的感情却无处归依/我们有很多的声音而没有真理/我们来自一个良心却各自藏起。”他的《我》是他对现代人处境的痛苦思索：“从子宫割裂，失去了温暖，/是残缺的部分渴望着救援，/永远是自己，锁在荒野里”，诗人用“子宫割裂”的意象展示生命诞生之初的残酷，表达现代人的生之无奈以及孤独无援，找不回自己的痛苦处境。在强大的习俗面前，一切独立特行的举动会“被压制、被扭转”，真正的个体、独立担当的存在者无疑会陷入痛苦的悲观的境地，“痛苦在于那改变明天的已为今天所改变”这句话，是诗人对现代人精神困境的深切感受，

---

① 谢冕：《一颗星亮在天边——纪念穆旦》，《穆旦诗全集》，中国文学出版社 1996 年版，第 19、17 页。

它“是一个数学公式那样可惊的确切的结论，含有可怕的真实”。①“新生代”诗人深沉的人生忧患与痛苦的内在探索，并无脱离实际、虚浮无根的概念，而是以现实世界为起点展开对人的深层思考，从比政治更为宽广的社会生活现实中开拓较为宽广的具有思想意义的内容。他们承继了里尔克对世界静观默省的方式，奥登对现代人作心理探索的手法和艾略特对现实清醒的理性洞察，以及现实主义对社会人生的深切关注的传统。正如唐湜评论穆旦时所说：“读完了穆旦的诗，一种难得的丰富，丰富到痛苦的印象久久在我的心里徘徊。我想，诗人是经历了一番内心的焦灼后才下笔的，甚至笔下还有一些挣扎的痛苦印记。他有一份不平衡的心，一份思想者的坚忍的风格，集中的固执，在别人懦弱得不敢正视的地方他却有足够的勇敢去突破。”② 应当说，这不仅是穆旦，也是整个“新生代”的共同特点，而“在别人懦弱得不敢正视的地方他却有足够的勇敢去突破”，正是“新生代”在人生探索上的独特贡献。这类诗作，可说是他们全人格以及“新时代的精神风格、虔诚的智者的风度与深沉的思想者的力量”③ 的真切体现。“新生代”诗人对自我及现代人命运的探索虽各有不同的角度和方式，但大都能从情绪状态进入冷静的思考，从个体转向人类或宇宙；都能突破人生的表层，进入心灵的深处，并力图超越形而下的层面，透视出现代人的灵魂震颤和心灵的历史。

历史使命感、人生忧患和个体生命意识作为内在精神而渗入他们的艺术营造之中，它构成了诗歌的情感、灵魂和精神的主体。应当说，这是中国现代主义诗歌的一个发展。20 世纪 20、30 年代的象征派和现代派都是热心于现代诗艺的“诚实和敏感的诗人”，尽

① 唐湜：《搏求者穆旦》，《新意度集》，生活·读书·新知三联书店 1990 年版，第 98～99 页。

② 唐湜：《搏求者穆旦》，《新意度集》，生活·读书·新知三联书店 1990 年版，第 103 页。

③ 唐湜：《搏求者穆旦》，《新意度集》，生活·读书·新知三联书店 1990 年版，第 106 页。

管“所走的道路不同”，但都是“根植于同一个缘由——普遍的幻灭”①。普遍幻灭必然导致他们在讲求艺术中寻求出路；厌世情绪必然导致他们走向神秘、梦幻和讴歌死亡，并逐渐深入到潜意识领域。尽管其诗神秘，甚至晦涩难懂，但由于他们所表现的那不可言说的忧伤和混乱世界有着强烈的时代特征，是一种“普遍的情绪”，所以在很大程度上维持了诗歌与外界的感情共鸣。到了20世纪40年代，感情上的呈现逐渐被追根溯源的思考代替，个体生存、存在与本质等问题进入诗歌，这最集中地体现在“新生代”诗人中。他们力图在孤独中寻求超越和“突围”，并在诗中达到哲理与经验的结合。因此，他们的诗不再是情感的载体，而是人生经验的融合，其诗学主题不再限于个体情感，而是将人置于社会、文化语境，探讨人的价值、人的命运以及人的心灵状态和复杂的内在世界。他们自觉追求诗的深度模式，追求诗歌审美内涵的多变性、丰富性、深邃性，这就使他们的创作克服了20世纪20、30年代的平行的两种“新诗的毛病”，即“说教或感伤”；克服了20世纪20、30年代象征派、现代派批判精神淡薄和哲理意识匮乏的缺陷，从而把中国现代主义诗歌推向更加成熟的境地。

四、表现策略：新诗的戏剧化

20世纪40年代，“新生代”最明确提出了“新诗戏剧化”的口号，这是他们针对诗坛流行的宣传说教诗和感伤诗过于浅露，缺乏艺术性的倾向提出来的，这是他们从诗歌表现策略角度，探索诗歌艺术革新的道路而提出来的。他们认为，“从抒情底‘运动’到戏剧底‘行动’”，“却不是说现代诗人已不需要抒情，而是说抒情的方式，因为文化演变的压力，已必须放弃原来的直线倾泻而采取曲线的戏剧的发展。造成这个变化的因素很多（如现代文化的日趋复杂，现代人生的日趋丰富，直线的运动显然已不足以应付这个奇异的现代世界），最基本的理由之一是现代诗人重新发现诗是经

① 卞之琳：《戴望舒诗集·序》，四川人民出版社1981年版，第2页。

验的传达而非单纯的热情的宣泄。热情可以借惊叹号而表现得痛快淋漓，复杂的现代经验却绝非捶胸顿足所能道其万一的。诗底必须戏剧化因此便成为现代诗人的课题”。①

在中国新诗坛，新月派诗人闻一多、卞之琳等最早采用“戏剧性处境”和“戏剧性台词”来营造诗的意境。“新生代”诗人从前辈诗人那里得到启示，从西方现代派那里获得理论依据，从而发展起各种戏剧化手法，丰富了诗歌的表现手段。他们的戏剧化手法，表现比较明显的是戏剧性结构、戏剧性情境、戏剧性独白与对白等在诗中的运用。诗的戏剧性结构，是指采用戏剧以矛盾冲突为中心组织完整的戏剧情境的结构方式，以展示丰富复杂的诗歌内涵。这种结构方式使短小的诗篇气势宏大，包涵丰富。穆旦的《诗八首》是一组有着精巧的内在结构，而又具有深厚的哲理内涵的情诗。全诗以我、你和上帝三者之间的生息消长的冲突推动着爱情和生命过程的发展为线索，展示各种矛盾斗争，并且由此构成张弛有度的内在节奏和浑然一体的戏剧性情境。尽管这首诗的技巧是多种多样的，但戏剧性结构的运用使其形成一个具有强大张力的有机整体起到了举足轻重的作用。戏剧性情境、戏剧性独白与对白运用于诗中，可以使思想成分渗透于艺术转换的过程中。陈敬容的《船舶和我们》既揭示了人与人之间的冷漠与隔阂，又写出了现代人的内心期盼，其深刻的人生感悟寄寓在真切的戏剧性情境中。杭约赫《复活的土地》的戏剧性场景的描写使诗更具客观真实性，诗人把自己的仇恨与期望渗透在戏剧性情节中，使诗达到了从现实到诗的艺术转换。唐祈的《墓中人的歌》荒诞地以墓中人对于敲墓门的四种情境，发出辛酸的独白，谱成荒乱年代的悲秋之歌，情境与独白相得益彰。穆旦的《从空虚到充实》混合了独白和对话、动作和背景描写，表现人在战争时代的复杂的心态，其《防空洞里的抒情诗》，以防空洞里普通人的琐碎的对话无次序地并置排列，犹如舞台上荒诞派戏剧的出演，写出了在战争面前普通人的渺

① 袁可嘉：《诗与民主——五论新诗现代化》，《论新诗现代化》，生活·读书·新知三联书店 1988 年版，第 47 页。

小和无力。这些都是以直接抒情表达不出的现代感受。

"新生代"提倡诗的戏剧化，就是要求诗歌不仅仅满足抒情功能，还应像戏剧那样具有一定的冲突性和较大的情感张力，能够显示出心灵深层的运动与变化。所谓戏剧性，即是"每一刹那的人生经验都包含不同的矛盾的因素"，诗的表现也是在"不同的张力"中求得"螺旋形的"辩证运动。唐湜说穆旦"也许是中国诗人里最少绝对意识又较多辩证观念的一个"，"他的诗常常有一个辩证的发展过程，一个由外而内，由广而深，由泛而实的过程，而他的思想与诗的意象里也最多生命的辩证的对立"。① 唐祈后来也说："穆旦在艺术表现和形象内涵上，追求高远的历史视野和现代人的深沉的哲学反思。无论取材于自然或社会现象，他的诗的意象中都有许多生命的辩证的对立、冲击和跃动，表现出现代人的思维方式。"② 确实，在穆旦诗中，辩证思想表现得相当深刻。他的《诗八首》既是一首爱情诗，又是一首哲理诗。通过对爱情的描写，上升到对现代人生真谛的哲理探索。在这首诗中，爱情是其显在结构，哲理是其隐在结构。诗人"拼命地思索，拼命地感觉"③，从爱情的种种矛盾关系中思考人生的真谛：人生是充满欢爱与痛苦的，人生是既圆满又不无缺陷的，人生是不断寻求又不断失去的过程；人生总是在短暂与永恒、有限与无限之间充满了张力和弹性，因此，我们要使人生的"巨树永青"，就必须在人生矛盾的"合一的老根里化为平静"。这一辩证观念的诗性呈现，无疑是深刻的。他的《时感》所表达的主题"绝望里期待希望，希望中见出绝望"这一相反相成的思想主流在每一节里都交互环锁，层层渗透，使诗闪射出辩证的光芒；他的《隐现》把充满血性的现

---

① 唐湜：《搏求者穆旦》，《新意度集》，生活·读书·新知三联书店1990年版，第90~91页。

② 唐祈：《现代杰出的诗人穆旦》，《一个民族已经起来》，江苏人民出版社1987年版，第59页。

③ 袁可嘉：《诗的新方向》，《论新诗现代化》，生活·读书·新知三联书店1988年版，第221页。

实感受，把现代生活的种种矛盾、冲突，以及愿望目标的确立而又违反的痛苦，提升为闪耀着理性光芒的睿智。这种艺术表达，在其他“新生代”诗人中也不乏其例。如陈敬容的《逻辑病者的春天》，是诗人对充满荒诞、光怪陆离旧上海崩溃前的艺术再现，但诗充满了观念的辩证法，一种反日常逻辑的哲理。它不像浪漫主义诗歌那样往往将哲理融入抒情之中，使抒情成为顶点，而是以哲理观念的凸现压倒抒情，透射出尖锐机智的锋芒，并时时吐出反讽的火花。这种诗歌艺术表达方式的形成，带来的是“新生代”诗歌哲学意味的增强。在某种程度上可以说，哲学的沉思、辩证的思想，成了“新生代”诗歌的精神支柱，这是追求客观性的新诗戏剧化这一表现策略的可能性结果。

诗的戏剧化，就是要求诗歌表现上的客观性与间接性，也就是对诗歌说理与抒情的控制与规范。他们认为“说明自己的强烈的意志或信仰”和“表现自己某一种狂热的感情”的两类诗作，大多数之所以失败，都在于没有能将其表现的过程“客观化”和“间接化”。为了闪避说教的和感伤的倾向，就要设法使“意志和情感都得着戏剧的表现”。“无论想从哪一个方向使诗戏剧化，以为诗只是激情流露的迷信必须击破。没有一种理论危害比放任感情更为厉害”。① 在他们看来，新诗戏剧化，重要的是“思想知觉化”。所谓思想知觉化，就是“充分发挥形象的力量，并把官能感觉的形象和抽象的观点、炽烈的情绪密切结合在一起，成为一个孪生体”②。其实就是抽象具象化，抽象与具象契合。如郑敏的惯用形象性的词承受思想，如写金色的稻束“肩荷着那伟大的疲倦”；如写“树梢上/每一个夜晚添多几面/绿色的希望的旗帜”（《村落的早晨》），以“绿色”“旗帜”等几个具体可感的词汇把抽象的喜悦充分地实体化了。唐祈长于用奇特的隐喻托出深刻的哲理，如写“死亡，鼓着盆大的腹，在暗屋里孕育”（《女犯监狱》），暗含

① 袁可嘉：《新诗戏剧化》，《论新诗现代化》，生活·读书·新知三联书店 1988 年版，第 28 页。

② 袁可嘉：《九叶集·序》，江苏人民出版社 1981 年版，第 16 页。

“死亡”在不断孕育，“新生”只能流产。这都充分地体现了他们的诗歌的思想知觉化特征。“新生代”强调诗歌表现上的客观性与间接性，就是要使“意志和情感转化为诗的经验”，使诗歌取得客观抒情的效果。他们不满足于那种直接地、赤裸裸地反映现实人生的艺术方式，而要求诗人以一种客观的艺术方式去认识世界，体验人生和本质，即用外界的相当事物寄托作者的意志或情思。因此，在创作过程中，他们首先是寻找与心灵相通的“客观对应物”，通过对对应物的客观冷静的描写，注重内心世界反映，让客观对象透视出个人的感受，于是“新生代”诗歌就具有了“以物写我，化我为物”的特点。即是物带人走，由物的描写，再到内心的发掘；由对艺术客体的关注转到对主体体验的表现；由对客观对应物的刻绘、抒写指向人格表现、生命力表现和情态表现，这种“由外至内”的思维方式就决定了他们那种“客观型感情”特征。

“新诗戏剧化”作为“新生代”一个总的艺术表现策略，它不仅包含了西方现代派主要的艺术优长，也吸纳了中国新诗的有益的艺术经验，从而形成一种高超的现代诗艺技能。它以其总体艺术效果，克服了新诗感伤和说教的不良倾向，突破了此前象征派、现代派依靠神秘怪诞、模糊空泛的意象营构建立诗歌本体的缺陷，超越了此前象征派、现代派喜欢运用象征与暗示，而对于日常经验所赋予事物的内在底蕴却难以深入发掘和表达的不足，使现代诗歌在更具宽容性、综合性的层面上大大地提高了艺术表现的力量。我们强烈地感觉到，现代主义诗歌的丰富性、新颖性、创造性，在“新生代”这里得到了更为充分的体现和更为有力的证明。

五、历史定位：投射于未来的光焰

在20世纪40年代诗坛上真正称得上诗歌流派的可能只有七月诗派，延安诗派和“新生代”，比较而言，“新生代”没有延安诗派那么庞大，也不如七月诗派那么紧密；就持续的时间而言，它不及延安诗派和七月诗派久；就对社会产生的冲击力量而言，它也不及延安诗派和七月诗派大；就诗歌的发展而言，它与七月诗派和延安诗派一样是应运而生的，是一种历史的必然。任何一种文学潮流都不可能永远统治文坛，现代主义一度衰落后出现的文学空间需要新生力量来填补；但是若就社会背景来看，“新生代”却显得有些生不逢时。如果说延安诗歌运动是和民族解放与人民解放的社会发展要求相结合的产物，七月诗派是20世纪40年代启蒙与救亡的昂扬的社会激情在诗中的体现，那么“新生代”的出现则似乎缺少特定的社会和时代的大前提，而有某种“自发性”、“偶然性”。然而，就诗歌的诗学价值和意义而言，“新生代”是毫不逊色的，甚至是更为出色的。第一，“新生代”诗歌既与民族的、人民的苦难和斗争紧密相连，又有些超出常规经验，超出常规语言的意蕴，它的存在为常规的存在打开了巨大的想象空间，所以他们的创作在一定程度上体现了中国诗人为建立中国式的现代主义诗歌所作的努力。第二，“新生代”推出了自己的诗歌大师——穆旦。穆旦诗歌把那时代的复杂与不和谐的现象连同其内部所固有的矛盾和悲剧特征最大限度地暴露和表现了出来，这就使他的创作具有了与极其动荡紧张的20世纪的时代精神相吻合的精神特征，从而使他的创作超越了时代并获得了当代读者的认同。穆旦诗歌“意识之流动，象征暗示的运用，整体性涵盖的注重，都表现出新异的现代诗美”。“他的抒情方式和语言比过去任何新诗人都现代化。”① 穆旦诗歌“语言上的逐渐净化，从初期的复杂——‘丰富和丰富的痛苦’——进到能用语言‘照明世界’使他成为中国新诗里最少成语套语的新颖的风格家”②。穆旦的诗歌“有着最鲜明的现代诗风”，“最深沉的哲理内涵”，其“流派风格最浓烈”③。他的诗歌标志着20世纪40年代现代主义诗歌的高度，其艺术成就并不让于此前的戴望舒。第三，“新生代”通过自己的独特的语言表达方

---

① 袁可嘉：《现代派论·英美诗论》，中国社会科学出版社1985年版，第378页。

② 王佐良：《中国新诗中的现代主义——一个回顾》，《文艺研究》第4期，1983年。

③ 唐湜：《九叶在闪光》，《新文学史料》第4期，1989年。

式，把现代主义强烈的反叛精神与对人生经验的深刻体察和对人命运的关怀结合在一起，从而超越了20世纪20、30年代象征派、现代派的“纯诗”传统，把现代主义诗歌推向了一个更高更深的层次。他们诗中的现代精神与极其丰富的中国内容的完好结合，让人看到的不是所谓“纯粹”的技巧的炫示，而是给中国的历史重负和现实纠结以个性化的表现和现代性的观照与透视。他们既有与西方现代派相通的人性意识和人的价值观念，也有强烈的民族情怀，我们仅从穆旦的《赞美》中热烈讴歌“一个民族已经起来”和杜运燮在《滇缅公路》中赞颂坚忍的民族精神，即可见一斑。第四，在整个20世纪40年代，当“大众化”成为诗坛主潮或最响亮的口号时，“新生代”对此所起的是一种矫正与弥补的作用，他们虽然重视诗的高层追求，但也更注重诗歌民族化与现代化相结合的艺术探寻。与此前现代派诗歌相比，“新生代”更注重于对本民族诗歌精神的体现，他们虽大多热爱外国文学，但却比此前的现代派有了更强的民族文化意识；他们的创作中虽出现过欧化倾向，外在形式上有些接近西方现代派，但思想感情、思维方式上却是中国式的，他们的创作体现了继承中国传统，创造民族诗歌风格的自觉努力。第五，在艺术地把握世界的方式上，“新生代”既不满足于单一的现实主义和浪漫主义，也有别于西方的现代主义，既不抛弃传统，也不排除异己，而是以其对艺术的忠诚、挚爱以及对诗的现代性的自觉追求，进行自己独立的艺术创造。他们努力通过对艺术的有效组合、调整乃至重建来创造具有时代特征的新诗，他们成功地挖掘了中国新诗的艺术潜力，不断将诗歌艺术推向深奥、微妙和新奇的领域，从而使其创作具有了更为丰富复杂的特质和更高的综合性，获得了较高的诗歌美学品格和文化品位。“新生代”在20世纪40年代的存在说明现代主义虽然表面相对沉寂了，但其艺术探索并未停歇，其艺术创造实际上已经向前发展了。当然，“新生代”诗歌也并非完美无缺。相对于延安诗派和七月诗派的激烈单纯、理想主义的热情乐观和英雄主义的坚定自信，“新生代”对20世纪40年代后期的社会历史态度确实有些暧昧，这是执著的现实主义与沉思的现代主义的碰撞。他们的诗歌虽然没有摒弃表现现实生活的创作原则，但一个明显的感觉，他们的诗“善于表达深沉的玄思，微妙的意境，细腻的感触”，而在一定程度上“不大能够直接表现民族和时代的广阔画面”①，对于比较繁复的题材似乎显得有点力不从心。因而，他们尽管主观上力求改变现代派诗歌脱离现实生活的倾向，但其创作仍然不能坚定地切入尖锐激烈的现实斗争生活，并在一定层面上与时代主流生活有所疏离与隔膜。他们比较注重艺术表现的内视效果，无疑促进了诗歌内涵的深化。而当诗歌作品的描绘对象由外部清晰的客观世界转向内部纷繁复杂、混乱无序的精神世界时，其表现形式上的朦胧与晦涩也就势在必行了，并且他们不少上乘之作都在朦胧晦涩、杂乱无章的表层结构下隐伏着一种坚实严谨、完美和谐而又耐人寻味的深沉结构，这种艺术形式不仅使诗歌作品具有更深刻的内涵，而且对读者的阅读理解提出了更高的要求。但不可否认，他们中有些诗人在构思与语言上的猎奇和求新而使有些作品变得不可思议，最终成为其个人的文字表演，无法在读者中唤起最起码的共鸣。但是，从总体上看，“新生代”冲破了外部条件的挤压及其创作活动的时空限制，在艰难的环境中获得了沉稳的发展。他们不但与世界现代主义潮流进一步取得了联系，而且在与中国的现实和中国的诗歌传统的结合上比以前更紧密、更深入了；他们在深刻体认现代主义精神的基础上，自觉地确认“新诗现代化”的发展方向，并对之进行了新的成功的探索，从而使中国现代主义诗歌站到了一个时代的高度上。可以说，他们的创作是中国新诗在艰难曲折中深入发展的标志，是中国现代主义诗歌在总体上实现突破、走向成熟的标志。但中国人民解放战争那涵盖一切的影响，却在一定程度上遮掩了“新生代”的美学价值，新中国建立之后的特定的社会环境，使“新生代”的遗产也没有得到应有的继承，这不能不说是一种历史的遗憾。

但是，在新时期到来之后，20 世纪 40 年代的“新生代”诗人受到人们的特别青睐，其诗学价值凸现于当代诗坛，并有效地转化

---

① 袁可嘉：《现代派论·英美诗论》，中国社会科学出版社 1985 年版，第 362 页。

在新一代诗人的创造中。正如唐湜当年在评论“新生代”诗人时所指出的：“他们在诗的天宇上都是严肃的星辰，对历史生活都有一种严肃的气度与反应，也都对新人类的理想生活与艺术的完成有着坚定的追求，我们不能忽视了他们行将投射于未来的问题的光焰。”①“新生代”诗人虽然长期遭受冷落与忽视，但历史的阳光通过诗性的映现、凝定后，他们的创作又在中国诗坛呈现出“真实的跃动的生命”，重新闪射出熠熠的光芒。“如果将80年代朦胧诗及追随者的诗歌与上半个世纪已经产生的新诗各派大师的力作对比，就可以看出朦胧诗实是40年代中国新诗库存中的种子在新的历史阶段的重播与收获。”② “新生代”的创作对于中国新诗现代化的历史意义与长远影响，是不可低估和不可忽视的。

① 唐湜：《严肃的星辰们》，《新意度集》，生活·读书·新知三联书店1990年版，第190～191页。

② 郑敏：《新诗百年探索与后新诗潮》，《文学评论》第4期，1998年。

后新诗潮论

我看“后新诗潮”

后新诗潮是针对“新诗潮”而起的。过去，所谓“新诗潮”主要是指朦胧诗。20世纪80年代中期，继朦胧诗之后的一批更年轻的诗人崛起于诗坛。作为对朦胧诗的反动，这批诗人被称为“新生代”、“第三代”或“后崛起”、“后朦胧”、“后现代”，等等。当代诗评界一般都将它们统称为“后新诗潮”。

这股后新诗潮是以对朦胧诗的反动为其开端的，其根本就是要破除陈规，寻求自由。它是继五四新诗运动之后又一次最彻底的反传统运动。这次反传统运动表现为两种倾向：一是“个人化写作”的加强和“精神逃亡”母题的凸现；二是对诗歌审美规范的解构和对诗歌崇高性和神秘性的颠覆，这都是后新诗潮诗人在诗歌精神内涵与艺术策略上的极端性表现。

进入新时期之初，朦胧诗在当时是一种新异的诗歌形态，但它仍然带有一定的时代“代言人”的鲜明特征。20世纪80年代中期以后，由于社会更加开放，人的心灵更为自由，观念也更为解放，后新诗潮就获得了生存发展的空间。正如有人指出的，当一切以往的价值面临挑战，理想主义、英雄主义破灭的年代，年轻一代不再相信自命真理，他们只信奉生命是真实的。他们把感觉和体验潜存在内在世界的无限丰富之中，即注重个体生命的细观默察、心理的和潜意识的体察和把握。他们把日常生活、个人情态大量入诗，大胆地袒露自己的心理真实与内在的欲望和野心，其诗的社会属性和公众关怀被消解了，从集体化写作过渡到了个人化写作。

作为继朦胧诗之后的又一次精神的解放，后新诗潮继续冲击新诗形成的意识形态硬壳，在诗中极力凸现“精神逃亡”母题。在现实世界向艺术世界的逃亡，是后新诗潮诗歌的一个共同倾向。后新诗潮诗人在创作中不断地咀嚼“孤独”、“寂寞”，大量地潜入深夜，托梦于诗，无数遍地吟唱“死亡”，力图达到最彻底的逃亡。诗是后新诗潮诗人实现精神逃亡的手段，也是逃亡的终点。

如果说后新诗潮诗人在诗歌内涵上的“个人化写作”的加强和“精神逃亡”母题的凸现，既是对工具性的彻底反叛，也是对精神禁锢的突破，最终都是为了获得心灵的自由，那么，他们在艺术策略上最极端的倾向就是对诗歌传统审美规范的解构和对诗歌的崇高性和神秘性的颠覆，其根本在于剥蚀诗歌被历史所罩上的装饰和光环，还诗歌以本色，以达到实现诗歌的彻底解放。他们明确提出创作“三还原”——感觉还原、意识还原、语言还原，并指出创作还原的“三逃避”——逃避知识、逃避思想、逃避意义，和“三超越”——超越逻辑、超越理性、超越语法。他们的艺术实验及其艺术取向突出地体现在这几个方面：第一，消解诗美。此前的诗歌对爱情、亲情和友情，对大海、太阳、红旗等事物大都写得神圣、美丽；而在后新诗潮诗人那里，这些都被还原成很平常的事物。后新诗潮诗歌以否定一切、嘲弄一切、调侃一切的态度和语言消解了一切崇高和神圣、一切虚假和迷信，读者能从中寻求到一种近乎发泄的快感。第二，消解诗境。在传统诗学看来，诗歌境界是诗人的最高审美追求，也是诗歌获得艺术魅力的根本。后新诗潮诗人却以咄咄逼人的粗暴姿态向意象宣战，他们提出了“消灭意象”的口号，用来代替意象审美方式的是“语言再处理”的主张。这主要表现为两种方式：一是借助汉字的表形特征和方块形状以产生视觉经验和快感的图像，造成强烈的富有刺激性的“注视效果”，即“以纯重复的视觉印象代替意象组合”。二是以原生态的口语代替美化诗歌的意象，即以日常口语描写日常情态，明显表现出对日常语言的戏拟。第三，消解诗情。中国古诗一贯以抒情言志为本，中国新诗也秉承了这一血脉。后新诗潮诗歌已不再是那种“美好”、“美妙”的诗情抒发，而是以前所未有的平常感和幽默感来体现当代诗人对人类生存状态的极度敏感。例如韩东的《你见过大海》、伊沙的《车过黄河》、李亚伟的《中文系》、王正云的《北方》、何小竹的《太阳太》等诗以粗鄙化、俚俗化、日常化手段瓦解着以往高雅或故作高雅的诗情。第四，消解诗艺（修辞）。后新诗潮诗人力求让诗歌还原于生活本身，而不依赖象征、隐喻、想象等传统诗歌手法。例如韩东的《你的手》，拒绝了象征，“手”回到了手本身，事件回到了自身的过程。诗歌在这里不再是传统方式上的引申与说教，而是让读者自己去感受体验生活本身。第五，消解诗语。传统诗歌艺术重视语言的提炼，讲究炼字、炼句、炼意，追求“无言之美”。后新诗潮诗人则主张破坏语言的神秘性，还语言的能指一个清白，强调“诗从语言开始”，“到语言为止”，写作只能在能指中滑动，具有“不及物性”。他们注重对日常语言的戏拟；重视语感，排斥语义；用堆积木和拼贴的方式处理语言；用形符的视觉效果消弭诗歌的“激情”；用说话、白描消除诗歌既有的“深度”，从而使诗歌走向平面、裸露，也即“还原”。总之，他们采取粗暴的态度来颠覆和瓦解诗美、诗境和诗情。

现代主义反传统、反本质、反形而上学、反理性。后新诗潮诗人认为他们反得不够彻底，需要一锅端掉，因此往往采取极端的方式来反传统、反理性、反本质、反中心、反崇高，主张艺术还原于生活，主张游戏和消解，用局部的东西去消解整体。对后现代主义和现代主义在艺术态度和审美方式上的区别，可以做出这样的简单归纳：

首先，在创作态度上，现代主义诗人活得认真，活得太累，后现代主义诗人则活得随便，活得轻松。现代主义诗人有一种献身艺术的殉道精神，持守严肃的创作态度，喜欢探究人类深沉的东西。他们为探寻人的本质而苦恼，特别对彼岸世界的形而上的探寻所体现的深度模式，让人感到他们的诗充满了神秘的色彩。后现代主义诗人则抱有一种“游戏人生”的人生态度，主张一种轻松、随便的写作方式，他们打破了生活与艺术之间的界限，让诗回到生活本身，所以他们什么都写，什么都可以入诗，没有艺术的选择和提炼。后现代主义诗歌呈现的是平面性、浅层性，没有潜藏在语言文字背后的深层寓意，终极意义与思想价值已被悬置。后现代主义诗歌的出现，意味着传统诗歌探究深度的思维模式被打破，一切关于深度的话语不再是后现代的话语。

其次，在审美趣味上，现代主义诗人有一种贵族化的倾向，后现代主义诗人则有一种平民化的倾向。现代主义诗人把艺术视为高雅的东西、神圣的东西、不可亵渎的东西，掀起了“为艺术而艺术”、“以诗为诗”的“纯诗化”潮流。而后现代主义诗人则打破了艺术的纯粹性和贵族化倾向，使诗回复到日常状态，使诗在对日常生活的观照中恢复其自然、自在的属性，所以他们的不少诗作以反讽、调侃和本色的语言嬉戏为艺术特点，以平民化审美趣味为美学风格。如果说现代主义诗歌更具“艺术化”气味，那么后现代主义诗歌则更具“生活化”倾向；如果说现代主义诗歌更多诗化倾向，那么后现代主义诗歌则更多非诗化倾向。

最后，在对诗歌作品的阐释上，现代主义作品很注重读者从中感受到什么，比如你在其作品中感受到了一种有意味的结构，一种可以进行自由联想的关系，一种或悲怨愤怒或骚动不安的情绪，那么作品就有了意义，同时你也就读懂了作品。而后现代主义作品则不在乎读者能否知道作者说了什么，而在于读者自己的“解读”。“解读”正在代替评价，随心所欲的解读不需要尺度，没有了尺度便没有了以往意义上的批评——随你怎么说都行。或者说，在后现代主义那里，“误读”更具有意义，“误读”是构成作品意义的生命的一个因素，所谓本真性的价值判断标准在这里已失去了意义。

从以上的比照中，可以看到，后新诗潮已经表现出一种明显的后现代倾向，而且这种艺术取向并非无源之水、无本之木，它是以一定的社会生活为基础的。

冷战结束以后，现代世界格局已有了很大变化，全球化趋势不可遏止地向前发展，而这种全球化进程正在摆脱过去在政治、经济、文化上的二元对立局面，正在形成多元推动、多元共存、多元发展的强大趋势。在这种趋势下，各个民族再也不可能在文化上各美其美，而必须具有文化的自觉和文化的调适，因而，作为西方最新异的后现代主义文化（文学）不可能不在中国具有市场。就经济基础来说，虽然在整体上，中国经济尚不发达，但经济发展的不平衡，又决定着在中国某些大城市里早早地出现了西方后工业社会的种种特征。后新诗潮诗人都很年轻，他们置身于一个开放、自由的思想文化氛围中，带着渴求艺术观念更新的欲望接触到了后现代主义文化，而后现代主义文化在精神上又给予后新诗潮诗人以强有力的鼓舞。他们试图从世界的不同角度去理解和处理世界的欲望，由此不再受制于传统的观念和方法，从根本上拒绝既成规范，并对个体自由怀有极端的偏爱，由此导致了过于新奇的诗歌观念的产生和怪异的诗歌形态的扩张。正因为这样，后新诗潮在一定程度上暗合着一种时代审美趣味的变化，折射出时代精神风貌的变迁。

当然，任何文化思潮、文学思潮都有利有弊。泥沙俱下，鱼龙混杂，是任何事物出现的必然规律。我们要正视它，要分辨其精华和糟粕，进行积极的选择。后新诗潮的出现，可能会带来很多负面效果，可能会把一些传统的可贵的东西、美好的东西、深层的东西给消解了，但它可以使人保持主体的自在性和自由性，极大地激发人们的独立性和创造性。它打破艺术的纯粹性，拆毁传统文学体裁的界限，提供一种新的语言表达方式，扩大了文学的功能，拓宽了文学的表现领域。它不但为中国新诗的发展提供了某种新质与某种可能性，也为我们认识时代与社会提供了某种参照与启示，其意义和价值是不可轻视的。

对于这种趋附世界文学潮流的后新诗潮的成败得失，现在下结论还为时过早。我们对它应该怀有一种宽容与宽宏的审视态度，对它的理解也应该宽泛一些。